KB236903

문학과 정신분석

문학과 정신분석

이봉일 지음

새미

■ 책을 내면서

『문학과 정신분석』이라는 제목으로 세 번째 책을 엮으면서, 책 제목
을 무엇으로 정할까 고민하던 중 중요한 사실 하나를 발견했다. 내가 쓴
글 상당수가 정신분석의 관점에서 씌어졌다는 점이다. 이러한 사실의
발견으로, 나는 지금 내가 추구하고 있는 학문세계 형성의 정신적 궤적
에 대한 반성의 기회를 갖게 되었다.

나는 몇 년 전부터 대학시절부터 오랜 기간 공부해왔던 비평의 세계
에 대해 깊은 회의를 품고 강의에만 몰두하고 있었다. 그 강의 속에서
보다 근원적인 학문세계를 찾기 위한 부단한 노력의 일환으로 신화와
그 주변학문의 세계를 탐구하였다. 내가 신화와 그 주변학문의 세계를
진지하게 연구하기 시작한 것은 서구의 근대이론으로 뒤범벅된 비평의
세계가 싫었기 때문이다. 가늠할 길 없는 서구의 근대이론들을 공부하
면서 느꼈던 까닭 모를 막연한 불안감이 정신을 휘감았을 때마다, 나는
보다 근원적인 학문을 접하고 싶었다.

숱한 번역서를 읽으면서 느꼈던 원전(原典) 텍스트에 대한 불확실한
이해가 가져온 불쾌감을 떨치기 위한 방법으로 조금씩 읽기 시작했던
신화와 그 주변학문의 세계가 어느 날 나에게 가장 확실한 학문의 세계
처럼 다가왔다.

그런데 내가 신화와 그 주변학문의 세계를 본격적으로 공부하기 시작한 것은 <열린책들>에서 출간된 프로이드의 전집을 통독하고 나서, 그리고 라캉과 지젝을 조금씩 읽으면서부터다. 인간의 기원에 대한 이해가 없이는 모든 것이 헛것으로 보이는 그런 정신상태로서는 너무나 당연한 도달점이었다.

나는 지금 거의 20년 가까이 꾸준하게 신화와 그 주변학문의 세계에 대한 연구를 천착하면서 바깥의 사유를 할 수 있게 되었다. 즉, 신화의 세계에서 근대를 바라보고, 근대의 세계에서 신화를 바라볼 수 있게 됨으로써, 삶과 역사 그리고 우주에 대해 보다 명확하게 통찰하고 싶은 나의 소망에 가깝게 접근해 갔던 것이다. 이러한 나의 소망에 대한 결과는 앞으로 나올 네 번째, 다섯 번째 책에서 확인할 수 있을 것이다.

그럼 이번에 출간되는 『문학과 정신분석』의 내용을 살펴보자.

제1부에서는 근대와 내면성의 관계를 다룬 글들을 모았다. 1.「개화기 문예에 나타난 '근대적 내면성'의 성립과정연구」는 17세기 김만중이 『서포만필』에서 민족어를 선언한 이후부터 1919년 김동인의 중편소설 「약한 자의 슬픔」에 이르기까지 한국근대문학사에서 '근대적 내면성'의 성립과정을, 2.「한국근대리얼리즘에 관한 시론」은 '신소설' 개념의 성립과정과 당대 리얼리즘과의 관계 그리고 '신소설'적 리얼리즘의 한계에 대해, 3.「일본 근대문학의 창조적 정신을 찾아서」는 일본 근대문학의 상징인 나쓰메 소세키(夏目漱石) 문학을 영국 유학시절부터 죽을 때까지 그의 내면의 변화과정에 따라 추적하였다.

제2부에서는 정신분석의 관점으로 작품을 분석한 글들이다. 4.「라캉

의 정신분석 담론을 통해본 황석영의 『손님』론」, 5.「이데올로기의 유령을 넘어서」, 7.「분단문학에 나타난 형제살해와 아비부재 현상에 대하여」까지는 분단현실에 대해 이데올로기의 허상과 원한의 문제를 파헤쳤고, 8.「강박신경증과 욕망의 서사」, 16.「금지와 유혹의 기원에 관하여」 두 글은 강박신경증과 욕망의 이면을 다루었고, 9.「강요된 선택, 반여성주의」에서는 가부장적 질서의 억압된 문화 속에서 억압없는 문화의 역사적 가능성에 대해 살펴보았다.

10.「욕망의 늪을 건너는 방식」, 11.「낭만적 열정과 합리적 냉정 사이」, 12.「일상과 죽음, 그 드라마의 서사」, 14.「일상성, 내면성, 테러리즘」에서는 일상과 개인의 욕망에 각인된 시대적 흔적을 다룬 것들이고, 6.「역사관찰자로서의 작가」, 15.「욕망을 넘어, 해탈로」, 17.「삼인행: '배우기'와 '고치기'의 변증법」, 19.「서정의 고통」에서는 대타자의 시선으로 역사에 얽힌 욕망을 분석한 글들이고, 18.「분열에서 통합으로」에서는 시선과 응시의 변증법적 시각으로 근대문명의 극복과 통합을 다루었다. 그리고 13.「서사의 개방과 하이퍼텍스트적 글쓰기」는 디지털 시대 새로운 서사의 출현을 알리는 하이퍼텍스트에 대한 가능성을 타진해 본 글이다.

제3부에서는 대담 및 기타를 실었다. 20.「한국문학 발전을 위한 제언」, 21.「경희문학, 무엇을 할 것인가」 두 글은 한국문학과 경희문학의 새로운 모색에 대해 2007년과 2004년에 했던 대담이고, 22.「2000년대 북한문학의 전개양상」에서는 김일성 사후, 3년간의 유훈통치를 끝낸 후 1998년 대내외에 공포한 '강성대국론' – '사상중시문학', '총대중시문학', '과학기술중시문학' – 에 부합하는 2000년에 발표된 단편 세 편을 뽑아

분석한 글이다.

　지난 몇 년 동안 개인적 삶과 학문적 열정 때문에 남모르게 방황한 세월이 아련하게 떠오른다. 그 방황한 세월만큼 열심히 살지 못한 모습이 이번 책에 그대로 묻어나는 것 같아 참으로 부끄럽기 그지없다. 그러나 그 방황의 세월이 다시 나를 일으켜 세워줄 힘이 될 것이라 생각하니 한편으로 희망이 부풀어 오른다.
　끝으로 이 책을 출간하는데 흔쾌히 승락해 주신 정구형 대표이사님과 교정과 편집을 맡아주신 박지연 팀장님께 감사드린다.

2009년 7월 25일
이 봉 일

■ 차례

■ 차례

제1부

근대와 내면성

개화기 문예에 나타난 '근대적 내면성'의 성립 과정 연구

1. 근대의 초입과 민족어문학론의 전개

근대국가에서 가장 핵심적인 사항은 정치적 주권의 문제다. 정치적 주권이 없으면 정치·경제·사회·문화 등 한 나라의 모든 영역을 주체적으로 다스릴 수 없다. 국제관계에서 이 주권은 외교권으로 표상된다.

신유사옥(1801)에서부터 서북농민항쟁(홍경래의 난:1811-2)과 임술민란(1862)을 거쳐 강화도조약(1876)과 동학농민전쟁(1894)에 이르기까지 19세기 조선의 정치사는 "세도정권, 대원군 집정, 민씨 척족의 전횡 등으로 이어지는데 이것들은 그 현상적 차별성에도 불구하고 대토지 소유자와 특권 시전 상인의 경제적 독점, 그리고 그를 유지하기 위한 사상적 탄압이라는 파행의 연속이었을 뿐이다. 이것은 봉건해체기적 조짐이 광범한 영역에서 일어나기는 했으나, 아직 상층과 하층의 완충지대가 존재했고 서구사상 역시 문화적 충격 이상의 것이 되지 못했던 18세기와는 질을 달리하는 것이었다."[1]

특히, 동학농민전쟁은 조선의 운명을 결정적으로 가른 민족사적·세

---

1) 고미숙, 『18세기에서 20세기 초 한국시가사의 구도』, 소명, 1998, 90쪽.

계사적 사건에 해당한다. 이 전쟁의 발발은, 동학군과 대원군이 손을 잡을지 모른다는 위기감에 빠진 민비로 하여금 일본을 국내에 끌어들이게 하였고, 청일전쟁(1894 - 5)의 도하선이 되었다. 청일전쟁에서 승리한 일본은 조선이 중세의 중화주의로부터 벗어날 수 있게 해준 반면, 일본 제국주의의 질서 속으로 편입되는 굴레를 씌웠다.

그 결과, 조선은 청일전쟁에 이어 러일전쟁(1904 - 5)에서도 또다시 승리한 일제와 을사조약(1905)을 체결하게 되고 외교권마저 박탈당한다. 외교권의 박탈은 민족주체의 몰락을 의미한다. 이후 애국계몽기 지식인들은 내·외적 모순 속에서 근대민족국가를 건설하기 위해 대중과의 연대를 모색하게 된다. 이 연대에서 문학은 핵심적 역할을 떠맡게 되고, 이때 문학담당층의 근본적 교체가 이루어진다. 이 문예적 운동에는 시, 소설, 연극 등 당대 예술의 대다수가 참여하였지만, 그 중심에는 시가(詩歌)가 자리잡고 있었다.

이러한 현상은 문예양식 가운데 시가가 가장 대중적이고, 순발력 있게 현실에 대응할 수 있는 장르라는 사실을 가리킨다. 그러나 시가가 민족주체에 대한 자의식을 갖게 된 데에는 언문(諺文)과 진서(眞書)의 중세적 대립구도를 언문2)으로 통일하려는 아주 오랜 전통의 결과였다.

---

2) '언문'이라는 명칭은 『세종실록』권 102의 「상친제언문이십팔자(上親製諺文二十八字)」에서 유래하며, 세종과 한글 제작에 관여한 학자들을 제외하고는 거의 언문이라 불렀다. 오늘날 우리가 쓰는 '한글'이라는 명칭은 그 기원이 모호하지만 1910년 최남선이 제안하고 주시경이 수용했다는 설이 가장 그럴듯하다. 그후 1913년 3월 23일 『한글모죽보기』조선어문회 창립총회에서 공식적으로 처음 쓰였고, 그해 9월 최남선이 창간한 어린이 잡지 『아이들보이』의 '한글'란의 원고를 주시경이 집필하기 시작한다. 그러나 '한글'이라는 명칭이 본격적으로 알려진 것은 주시경의 제자들이 조직한 조선어연구회에서 국어의 학문적 이론의 연구와 한글 보급을 위하여 1927년 2월 10일 『한글』이라는 잡지를 창간하고, 1926년 훈민정음 창제 480돌을 맞아 제정한 '가갸날'을 1928년 '한글날'로 고쳐 부르면서부터이다.

① 송강(松江)의 『관동별곡』과 『전・후사미인가』는 우리나라 (我東)의 이소(離騷)이다. 그런데, 문자(文字:漢文)로는 표기할 수 없는 까닭에 오직 악인들만이 입으로 서로 전수하거나, 나랏글 (國書)로만 전한다. 어떤 사람이 칠언시로 『관동별곡』을 번역한 적이 있었는데, 그 아름다운 멋을 살릴 수 없었다. −중략− 지금 우리나라의 시문은 우리말을 버리고 다른 나라의 말을 배워서 표현한 것이니, 설령 십분 비슷하다고 하더라도 이것은 다만 앵무새가 사람 말을 흉내내는 것에 불과하다. 마을 거리에서 초동(樵童)과 급부(汲婦)가 웃으면서 서로 주고받는 말이 비록 비루하고 속되다고 하나, 만약 참과 거짓을 따진다면 진실로 학사・대부들의 소위 시부(詩賦)라고 하는 것과는 함께 논할 수 없다. 하물며 세 별곡은 천기(天機)가 자연히 발동하여 세속의 상스러움이 없으니, 옛날부터 우리나라(左海)의 참된 문장은 다만 이 세 편뿐이다. 그러나 이것에 대해 또다시 논한다면 『후미인가』가 가장 좋다. 『관동별곡』과 『전미인가』는 오히려 한문(文字)의 어구를 빌어서 꾸민 것이다.[3]

② 시가 어찌 반드시 주남(周南)의 관저편(關雎篇)이어야 하고, 노래는 어찌 반드시 고요(皐陶)의 갱재가(賡載歌)이어야 되는가? 오로지 성정을 벗어나지 않으면 그만이다. 시는 시경(詩經)의 풍아(風雅) 이래로 나날이 옛것과 멀어졌다. 한・위 이래 시를 배우는 자는 단지 형식적인 언어구사에만 힘을 쏟아 넓고 섬부하게 경물을 묘사하는 것만이 공교하는 것이라고 여겼다. 심지어 성병(沈約의 聲病說)에 견주거나 세련된 잣귀(字句) 연마법이 나오기 이르렀으니, 이로써 성정은 사라졌다. 이러한 폐단은 우리나라

---

3) 金萬重, 『西浦漫筆』下, "松江關東別曲 前後思美人歌 乃我東之離騷 而以其不可以文字寫之 故有樂人輩 口相授受 或傳以國書而已 人有以七言詩翻關東而不能佳 −중략− 今我國詩文 捨其言而學他國之言 設令十分相似 只是鸚鵡之人言 而閭巷間樵童汲婦咿啞而相和者 雖曰鄙俚 若論眞贋 則固不可與學士大夫所謂詩賦者 同日而論 況此三別曲者 有天機之自發 而無夷俗之鄙俚 自古左海眞文章 只此三篇 然又就三篇而論之 則後美人尤高 關東前美人 猶借文字語 以飾其色耳"

에 와서 더욱 심했다. 오직 가요의 한 가닥만이 풍인(風人)의 유지에 거의 가깝고 성정으로부터 솟아나왔으며, 우리말로 표현되어 있어 읊조리는 동안에 사람을 가슴깊이 감동시킨다.[4]

③ 노래란 그 정을 말하는 것이다. 정이 말에 움직이고, 말이 글에 이루어지는 것을 노래라 한다. 교졸(巧拙)을 버리고 선악(善惡)을 잊으며 자연을 따르고 천기(天機)를 발하는 것은 노래의 훌륭한 특질이다. 그런 까닭에 시경(詩經)의 국풍(國風)은 허다히 이항(里巷)의 가요를 따랐으므로 -중략- 그렇다면 그 당시에 듣던 자도 지금 사람이 지금 사람의 노래를 듣는 것처럼 아니하였으리라는 것을 어찌 알겠는가. 오직 그 입에서 나오는 대로 부르는 노래라 하더라도 말이 마음에서 우러나오고, 혹 곡조에 알맞게 되지 못했다 하더라도 천진(天眞)이 드러나면, 초동(樵童)과 농부(農夫)의 노래라 할지라도 또한 자연에서 나온 것이다. 그 말을 옛것이라고 하면서, 이것저것 주어모아 애써 다듬으며 천기(天機)를 깎아 없앤 사대부의 시보다 오히려 나은 것이다.[5]

④ "우리나라의 글자(我文)는 우리 선왕(세종)께서 창조하신 글자요, 한자는 중국과 함께 쓰는 글자이니, 나는 오히려 우리 글자만을 순수하게 쓰지 못한 것을 불만스럽게 생각한다. 외국 사람들과 국교를 이미 맺었으니, 온 나라 사람들 - 상하·귀천·부인·어린이를 가릴 것 없이 저들의 형편을 알지 못해서는 안 될 것이다. 그러니 서투르고도 껄끄러운 한자로 얼크러진 글을

---

4) 磨嶽老樵, 『靑丘永言』 「後拔」, "詩何必周南關雎 歌何必虞廷賡載 惟不離乎性情則幾矣 詩自風雅以降 日與古背馳 而漢魏以後學詩者 徒馳騁事辭 以爲博藻懷景物以爲工 甚至於較聲病鍊 字句之法出 而性情隱矣 下逮吾東 其弊滋甚 獨最歌謠一路 差近風人之遺旨 率性而發 緣以俚語 吟諷之間 油然感人"

5) 洪大容, 『湛軒書』 內集 卷3, 「大東風謠 序」, "歌者言其情也 情動於言 言成於文 謂之歌 舍巧拙 忘善惡 依乎自然發乎天機 歌之善也 故詩之國風多從里歌巷謠 -중략- 則當時之聽之者 安知不如以今人而聽今人之歌耶 惟其信口成腔 而言出衷 曲不俗安排 而天眞呈露 則樵歌農謳 亦出於自然者 反復勝於士大夫點竄敲推 言則古昔 而適足以斲喪其天機也"

지어서 실정을 전하는 데 어긋남이 있기보다는, 유창한 글과 친근한 말을 통하여 사실 그대로의 상황을 힘써 나타내는 것이 올바르다고 생각한다."6)

①은 김만중(金萬重:1637－1692)의 『서포만필(西浦漫筆)』(1687년 이후)에 실려 있는 정철(鄭澈:1536－1593)의 『관동별곡』과 『전·후사미인가』에 대한 비평이고, ②는 김천택(金天澤:생몰연대 미상)의 『청구영언(靑丘永言)』(1728) 「후발(後拔)」로 마악노초(磨嶽老樵) 이정섭(李廷燮:1688－1744)이 쓴 것이고, ③은 홍대용(洪大容:1731－1783)의 『대동풍요(大東風謠)』(연대 미정) 「서(序)」다. 마지막 ④는 유길준(兪吉濬:1856－1914)의 『서유견문(西遊見聞)』(1895) 「서문(序文)」이다. 이들의 글을 읽어보면, 김만중의 민족어 선언 이후 유길준에 이르기까지 조선 후기 문예비평의 이념적 지향점이 무엇인지 분명히 알 수 있다.

여기서 나타나는 공통점은 문자(文字:漢文)와 우리글(國書·我文)의 대립과 갈등, 즉 조선 후기까지의 중세의 이원적 언어체계의 모순에 관한 것이다. 우리 삶의 정서를 '문자로는 표기할 수 없는 까닭에' '우리 글자만을 순수하게 쓰지 못한 것을 불만스럽게 생각'하면서, '형식적인 언어구사'로 가득찬 '학사·대부들의 소위 시부(詩賦)라고 하는 것'과 '이것저것 주어모아 애써 다듬으며 천기(天機)를 깎아 없앤 사대부의 시'들에 대해서는 혹독한 비판이 가해진다.

이에 반해 '천진(天眞)이 드러나'고 '성정을 벗어나지 않으면' 초동(樵童)과 급부(汲婦)가 웃으면서 서로 주고받는 말'과 '초동(樵童)과 농부(農夫)의 노래'는 '우리말로 표현되어 있어 읊조리는 동안에 사람을 가슴깊이 감동'시키기 때문에, 또 우리글은 외국과의 수교로 '온 나라

---

6) 유길준 지음/허경진 옮김, 『서유견문』(1895), 서해문집, 2004, 26쪽.

사람들−상하·귀천·부인·어린이를 가릴 것 없이 저들의 형편'에 대해 '사실 그대로의 상황'을 알아야 하기 때문에 적극적으로 옹호된다.

이러한 중세의 이원적 언어체계는, 갑오개혁 이후부터 1910년대까지 국문과 국한문이 함께 사용되다가, 1910년대 막바지에 하나의 언어체계로 통합된다. 그 노력의 논리적 표현이 『대한매일신보』에 1909년 11월 9일부터 12월 4일까지 연재된 신채호의 「천희당시화(天喜堂詩話)」라 할 수 있다. 신채호는 이 시론(詩論)에서 당대 문학이 도달해야 할 '동국시계혁명(東國詩界革命)'을 '동국어(東國語)·동국문(東國文)·동국음(東國音)으로 제(製)한 자(者)'[7]라는 표현으로 압축한다. 이렇게 하여 민족어문학론은 17세기 후반부터 20세기 초반까지 4세기 동안 '김만중−이정섭−홍대용−유길준'을 거쳐 신채호에 의해 완성된다.

2. 신문 독자의 탄생과 역사 주체의 교체

그러나 신채호가 '동국시계혁명(東國詩界革命)'을 '동국어(東國語)·동국문(東國文)·동국음(東國音)으로 제(製)한 자(者)'로 정의하고 그것의 실천을 천명했을 때 그 주장은 전혀 새로운 것이 아니었다. 사대부들 사이에서 진서(眞書)로 추앙되던 문자인 한문은 한갓 이웃나라 중국의 글자로 전락한 지 오래였고, "문명을 위해 가장 필수적인 것은 제 나라의 문자다."[8]라는 명제까지 세상에 나온 마당이었다. 게다가 신채호의 진술보다 몇 년 앞서 매천 황현은 '국문과 한문 그리고 국한문'이 발생한 시대적 상황에 대해 이렇게 적고 있다.

---

7) 丹齋 申采浩 全集 刊行委員會, 『丹齋 申采浩 全集』 別集, 형설출판사, 1977, 63쪽.
8) 이봉운, 『국문정리』 서문, 학부 편집국, 1897.

    "이때 서울의 관보(官報)나 각도의 문서는 모두 한문과 국문을 섞어서 잣귀(字句)를 만들어 썼는데, 일본문법(日本文法)을 본받은 것이다. 우리 방언에 옛적에 중국 글을 진서(眞書)라 불렀고 훈민정음을 언문(諺文)이라 불렀는데 통칭할 때는 진언(眞諺)이라 하였다. 갑오년 이후에 시무(時務)를 쫓는 자는 언문을 추켜서 국문(國文)이라 하고 달리 진서는 외국 글이니 한문(漢文)이라 하였다. 이에 국한문(國漢文) 3자(字)는 드디어 방언이 되었고 그리하여 진언(眞諺)이라는 말은 없어졌다. 경박하게 날뛰는 무리들은 한문을 마땅히 폐지해야 한다고 떠들었으나 그러나 세(勢)가 그렇지 못하여 그만두었다."9)

위의 인용문을 보면, 갑오년 그러니까 1894년 이후 공공의 '시무(時務)를 쫓는 자'는 '언문'을 '국문'이라 부르고, 진서는 외국 글로 '한문'이라 하였다. 그리고 '서울의 관보(官報)나 각도의 문서는 모두 한문과 국문을 섞어서' '국한문'으로 썼는데, '일본문법'을 본뜬 것이다. 이때 '국한문 3자'는 '방언'이 되었고, 한문폐지를 주장하던 자들은 '세(勢)가 그렇지 못하여' 자신들의 뜻을 달성할 수 없었다.

그 역사적 상황에 대해서는 우리나라 초창기 신문들의 언어표기를 보면 쉽게 알 수 있다. 한국 최초의 근대 신문인 『한성순보』(1883 – 1884)는 '순한문'으로 발행되었고, 19세기 말 한국사회의 개혁과 민중 계몽의 전위적 역할을 수행한 『독립신문』(1896 – 1899)과 민족의 대변지로 일간신문 시대를 연 『매일신문』(1898 – 1899) 그리고 일반 서민층과 부녀자들을 독자로 설정한 『제국신문』(1898 – 1910)은 '순국문'을 채택하였다. 『한성순보』를 계승하고 최초로 상업광고를 실었던 『한성주보』

---

9) 是時京中官報及外道文移 皆眞諺相錯 以綴字句 蓋效日本文法也 我國方言 古稱華文 曰眞書 稱訓民正音曰諺文 及甲午後趨始務者 盛推諺文曰國文別眞書以外之曰漢文 於是國漢文三字 遂成方言 而眞諺之稱泯焉 其狂佻者 倡漢文當廢止論者 然勢格而止 (『黃玹全集』下「甲午條(1894)」12, 亞細亞文化史影印, 1978, 1084쪽)

(1886-1888)와 지식층 독자를 겨냥해 창간된 『황성신문』(1898-
1910)은 '국한문'을 혼용하였다. 창간 당시 '국문'(2쪽)과 '영문'(4쪽)의
타블로이드판(版)이었던 『대한매일신보』(1904-1910)는 1905년 8월
11일부터 분리 발간되면서, 표기가 '국문'에서 '국한문'으로 바뀌었다.
그러나 '국한문' 혼용을 싫어하는 독자들을 위해 1907년 5월 23일부터
따로 '국문'판을 찍으며 '국문·국한문·영문' 3종의 신문을 발행하게
되었다. 이때 총 발행부수가 1만 3천부를 넘었다.[10]

　　이처럼 국문과 국한문은 대한제국이 일본제국주의에 합병되던 1910
년 8월 22일 전후까지 발간되었던 신문에서는 함께 쓰였으며, 신문의
독자는 그 언어표기에 따라 '일반 서민층과 부녀자들'과 '지식인' 계층
으로 양분되어 있었다. 갑오경장 이래 '언(諺)'이 '국(國)'이라는 말로
바뀌면서 국문의 사회적 지위가 비약적으로 성장하였지만, "국문은 우
리 민족의 문자다. 한자는 중국의 문자다."[11]라는 생각이 전 민족에 영
향을 미치기에는 1900년대는 아직 일렀다. 그래서 사회 구성원의 상층
과 하층을 모두 하나로 묶어 '국민'으로 만들어나가기 위해서는 새로운
언어, 즉 국한문체가 요청되었다.

　　갑오경장 이전에는 『한성주보』외에 거의 쓰인 적 없었던 국한문체
는 "이 '국민'이라는 집단의 새로운 언어로 구상된 체계였다. 구 지식인
은 한문에서 국문으로 접근하고 부유(婦孺)는 국문에서 한문으로 상승
해 가야 한다는 이중의 기획이 만난 지점이 곧 국한문체였던 것이다. 국
한문체의 구상에서 국민은 단일한 질로 전제된 집단이라기보다, 처음으

---

10) 초창기 우리나라 신문들의 발행부수는 『대한매일신보』를 제외하고는 대략 2
　　천~4천부 가량이었다. 앙드레 슈미드 지음/정여울 옮김, 『제국 그 사이의 한국』,
　　휴머니스트, 2007, 147쪽 참조.
11) 이승교, 「국한문론」, 『서북학회월보』 2호, 1908년 6월, 20쪽.
　　"蓋國文者ᄂᆫ 我國之文也오 漢文者ᄂᆫ 支那之文也라"

로 개척해야 할 새로운 정체성이었다."[12]

여기서 흥미로운 사실은 '국문과 국한문'의 언어표기가 공존하고 있을 때, '민족'이라는 개념이 생성되고 거기에 역사적 실체가 부여되었다는 것이다. "1907년 6월, '민족주의'라는 간단한 제목이 붙은 사설에서, 『황성신문』 필진은 비로소 처음으로 '민족'이라는 어휘를 개념적인 명확성을 가지고서 의식적으로 사용하기 시작한다."[13] 이러한 사설 내용은 1905년 을사조약 이후 풍전등화의 상황에 놓인 조국을 구할 민족의 구심점으로 역사를 선택하고, 국조(國祖) 단군을 위시한 광개토대왕과 을지문덕 그리고 연개소문 같은 민족의 위대한 영웅을 상상하게 하는 아래의 인용문과 궤를 같이한다.

> "가소롭고 지리멸렬한 횡설수설로 우리나라 4천년의 신성한 역사를 더럽히고 위대한 영웅을 묻어버렸기 때문에, 혹 용맹한 인물이 있다 하여도 어린아이의 상스런 말 속에 한두 구절 편린이 겨우 전할 뿐이며, 혹 놀라운 공업(功業)이 있어도 나무꾼의 노랫가락 한 토막으로만 우연히 전할 뿐으로, 전해 내려오는 사적(史蹟)은 날로 사라져 이름마저 잊혀진 대남아(大男兒)가 그 얼마인가."(可笑의 筆事와 支離無關의 等說로 我韓四千載神聖歷史를 汚衊ᄒ고 偉大英雄은 埋沒에 一任ᄒ 故로 或龍爭虎躍의 人物로도 村兒俚談에 一句만 僅傳ᄒ며 或神驚鬼號의 功業으로도 樵豎巷謠에 一曲만 遇播ᄒ고 傳來史蹟은 落落無多ᄒ니 然則又其外姓名ᄭ지 遺漏된 大男兒가 幾何인지 不知홀지라.)[14]

신채호는 '우리나라 4천년의 신성한 역사'가 유교주의자들의 '가소

12) 권보드래, 『한국근대소설의 기원』, 소명출판, 2000, 142쪽.

13) 앙드레 슈미드 지음/정여울 옮김, 앞의 책, 406쪽.

14) 신채호, 『을지문덕』 「서론」(광학서포, 1908, 5), 『단재신채호전집』 中, 형설출판사, 1972.

롭고 지리멸렬한 횡설수설로' 더럽혀졌다고 생각한다. 그 결과로 용맹한 인물의 놀라운 공적들이 '어린아이의 상스런 말 속에 한두 구절 편린'으로 혹은 '나무꾼의 노랫가락 한 토막'으로밖에 전해 내려오지 않을 정도로 망각되었다는 것이다. 그래서 신채호는 민족을 버리면 역사가 없고, 역사를 버리면 민족의 그 국가에 대한 관념이 크지 않을 것이라는 논리에 입각하여 '잊혀진 대남아'의 역사적 기록을 재생하려고 노력했다.15) 왜 그랬을까? 그 이유는 1908년 7월 8일자 『대한매일신보』 논설을 보면 알 수 있다.

　　"텬하에 큰 스업은 을지문덕이나 합소문 ᄀ흔 큰 영웅이나 큰 호걸이 지어내ᄂ 것이 아니라 우부우부와 ᄋ동주졸이 지어내ᄂ 거시며 샤회의 크게 붓종게 ᄒᄂ 거슨 종교나 졍치나 법률 갓흔 큰 학문으로 바르게 ᄒᄂ 거시 아니라 언문 쇼셜노 바르게 ᄒᄂ 바"16)

　　이 논설과 위 인용문의 내용은 언뜻 보기에 서로 상반되는 것처럼 보인다. 그러나 1908년 7월 8일 『대한매일신보』 국문판 논설 「근일 국문쇼셜을 져슐ᄒᄂ쟈의 주의홀일」과 국한문판 논설 「近今國文小說著者의 注意」의 내용17)이 비슷한 것으로 보아 두 논설은 한 사람에 의해

---

15) 실제로 신채호는 『을지문덕』(1908:광학서포)과 『수군 제일위인 이순신전』(1908. 5. 12 – 8. 18:대한매일신보) 그리고 『동국거걸 최도통전』(1909. 12. 5 – 1910. 5. 27:대한매일신보)을 창작했다.

16) 「근일 국문쇼셜을 져슐ᄒᄂ쟈의 주의홀일」, 『대한매일신보』, 1908년 7월 8일, 논설.

17) "余가 甞謂하되 天下 大事業은 乙支文德・淵蓋蘇文 같은 大哲・大英雄・大豪傑의 做하는 배며, 社會大趨向은 宗敎・政治・法律 같은 大哲理・大學文으로 正하는배 아니라, ─중략─, 故로 曰 天下大事業은 婦儒走卒의 做하는 배라 함이여, ─중략─, 故로 曰 社會의 大趨向은 國文小說의 正하는 배라 함이니라. ─후략─."(「近今國文小說著者의 注意」, 『大韓每日申報』, 1908年 7月 8日, 『丹齋申采浩

씌어졌음이 확실하다. 또 이러한 역사관은 신채호가 쓴 1908년 8월 21일 『대한매일신보』 국한문판 논설 「所懷 一幅으로 普告同胞」의 내용[18]과도 일맥상통한다.

그러니까 천하대업은 영웅호걸이 아니라 우부우부와 아동주졸에 의해 만들어지고, 사회발전은 큰 학문이 아니라 언문소설에 의해 이루어진다는 논리에는 1910년대 사회상황의 역사철학적 함의를 담고 있다. 여기서 비교와 대조의 <A가 아니라 B>라는 문법구조의 사고틀은 상호부정이 아니라 상호침투의 세계를 보여준다. 민족의 장래를 걱정하는 당대 지식인들에게는 민족의 위기를 구하기 위해서 영웅호걸들의 민족혼이 요청되었고, 또 영웅호걸들의 민족혼을 실천할 수 있는 개인이 절실히 필요했다. 그리하여 이 둘을 동시에 달성할 수 있는 수단으로 언문소설이 채택되었다.

> "뎌 샹말과 쇽담으로 지어노흔 칙자는 그러치 아니ᄒ야 일톄 우부우부와 ᄋ동주졸의 편벽되어 즐겨보는 바이라"[19]

> "소설이라 云ᄒ는 者는 여항 인민의 풍속 습관에 의ᄒ야 淺近ᄒ 言辭로 切要ᄒ 의의를 포함ᄒ야 인민으로 ᄒ야곰 感動의 效를 奏케 홈이니"[20]

> "그 말이 친근하고 그 쓴 거시 공교ᄒ여 아모리 무식ᄒ 로동쟈

全集』下, 1977, 17쪽)

18) "一전략一 古代에는 一國의 原動力이 恒常 一, 二豪傑에 在하고 國民은 其指揮를 隨하여 左右할 뿐이러니, 今日에 至 하여는 一國의 興亡은 國民 全體實力에 在하고, 一, 二豪傑에 不在할 뿐더러, 一후략一."(「所懷 一幅으로 普告同胞」, 『大韓每日申報』, 1908年 8月 21日, 『丹齋申采浩全集』別集, 1977, 93쪽)

19) 「근일 국문쇼설을 져슐ᄒ는쟈의 주의홀 일」

20) 「부정의 소설을 금지홈」, 『경남일보』, 1909년 11월 26일, 사설.

들 싯지라도 쇼셜은 능히 보지 못ᄒᆞᄂᆞᆫ 쟈ㅣ 드믈며 ᄯᅩ 보기 됴와 아니ᄒᆞᄂᆞᆫ 쟈ㅣ 업ᄂᆞ니"21)

"그런즉 쇼셜과 연희ᄂᆞᆫ 심샹ᄒᆞᆫ 부인녀ᄌᆞ와 시졍무식비의 뎨 일 감동ᄒᆞ기 쉽고 뎨일 즐겨ᄒᆞᄂᆞᆫ 바ㅣ라"22)

위 신문 논설에서 보듯, 1910년대 언문소설은 '샹말과 속담'의 '淺近ᄒᆞᆫ 言辭'로 씌어져서 '그 말이 친근하고 그 쓴 거시 공교ᄒᆞ여' 독자가 '뎨일 감동ᄒᆞ기 쉽고 뎨일 즐겨ᄒᆞᄂᆞᆫ' 것이었다. 언문소설의 주된 독자 층은 '우부우부와 ᄋᆞ동주졸', '인민', '무식ᄒᆞᆫ 로동쟈들', '심샹ᄒᆞᆫ 부인 녀ᄌᆞ와 시졍무식비'들로 그들의 영혼 속에 영웅호걸의 민족혼을 불어 넣어야 했던 계몽의 대상이었다. 그리하여 이제 언문소설은 이들의 마 음을 사로잡는 예술적 장르가 되었다.

3. 애국계몽기와 개인주체의 출현

애국계몽기에서 근대적 내면성의 단초가 출현한 때는 백악춘사(白岳春史)의 「춘몽」(『태극학보』 8호, 1907), 「월하(月下)의 자백(自白)」(『태극학보』 13호, 1907), 초해생(椒海生)의 「한(恨)」(『태극학보』 14호, 1907), 몽몽(夢夢)의 「요조오 한(四疊半)」(『대한흥학보』 8호, 1909) 등 재일유학생들의 단편소설이 발표된 무렵이다.

이 시기 신문의 일상적인 논설의 주제들은 "競爭의 聲"23), "保種策"24), "文勝의 폐해를 痛論함"25), "大人物을 拜하라"26) 등과 같은

---

21) 「잡동산이」, 『대한매일신보』, 1909년 12월 2일, 논설.
22) 「쇼셜과 연희가 풍속에 샹관되ᄂᆞᆫ 것」, 『대한매일신보』, 1910년 7월 20일, 논설.
23) 『만세보』, 1907년 6월 8일.

사회정치적 이슈가 대부분이었다. 그럼에도 불구하고 이들 단편소설 주인공들의 내면은 대부분 사회적 현실을 수용하지 않은 채 소설의 서사적 공간 속에 갇혀 있었다. "이러한 형식은 당시 우리 소설적 상황에서는 아주 이질적인 것으로 일단 그 외래적 영향을 짐작하지 않을 수 없다."[27)

이에 대한 자세한 역사적 상황을 이해하기 위해서는 재일유학생들의 잡지 『태극학보』(1906.8 – 1908.12)와 『대한흥학보』(1909.3 – 1910.5)를 이해할 필요가 있다. 『태극학보』는 일본 도쿄「東京」의 한국 유학생 모임인 태극학회에서 1906년 8월에 창간한 월간지로, 1908년 12월에 종간되었다. 이후 태극학회는 1908년 1월에 조직된 대한학회 등 여러 단체와 합쳐 1909년 1월 대한흥학회로 통합되었고, 대한흥학회는 1909년 3월에 『태극학보』의 후신으로 기관지 『대한흥학보』를 창간한다.

재일유학생들이 『태극학보』와 『대한흥학보』에 작품을 발표하던 무렵, 일본사회는 러일전쟁에서 승리한 이후 국가지상주의의 제국주의로 치닫고 있었다. 이러한 사회적 현실은 국가에 대한 개인의 저항을 불가능하게 만들었다. 그 결과 일본 사상계는 사회와 국가보다 개인에 대해 깊은 관심을 가지기 시작했고, 당시 유행하던 자연주의 문학 또한 사소설을 통해 개인의 자아를 탐구하는 쪽으로 나아갔다. 일본근대문학에서 '내면'은 이렇게 생겨났다.

일본문단의 영향을 받은 애국계몽기 재일유학생 작가들은 이미 일제의 반식민지로 전락한 대한제국을 바라보는 당대 지식인들의 정치적 무

---

24) 『황성신문』, 1907년 9월 18일.

25) 『황성신문』, 1910년 6월 28일부터 7월 6일까지 연재.

26) 『대한매일신보』, 1909년 6월 15일.

27) 연세대근대한국학연구소, 『한국문학의 근대와 근대성』, 소명출판, 2006, 61쪽.

기력의 상징이 되었고, 그들에게는 아직 대한제국의 현실을 소설의 서사 속으로 수용하여 개혁할 만한 예술적 힘이 부족하였다. 그러나 그들이 '내적 망명'[28]에 몰입한 것은 유럽문명과 경쟁하고 투쟁하기 위해 1870–80년대 일본에서 기원한 '동아시아 연합론'의 함정에서 빠져나오지 못했기 때문이다.

'동아시아 연합론'은 1880년대 초 조선의 개화 지식인인들에게 처음 소개된 이후, 매우 빠르게 퍼져나갔다. "정도의 차이는 있지만, 미국의 영향을 받은(그리고 일부는 기독교였던) 독립협회 지도자들과 『독립신문』(1896년 4월 7일 – 1899년 12월 4일) 발행인들, 개신 유학자들, 일본에서 교육받은 1900년대의 계몽주의자들 대다수가 아시아 지역 외부로부터의 위협에 대항하여 동아시아/아시아 동맹을 구축해야 한다는 발상의 영향을 받았다."[29]

이 '동아시아 연합론'은 1900년대에 사회진화론과 결합하면서 애국계몽기 지식인들을 사로잡기에 이른다. 한 예로 애국계몽기 계몽주의자들에게 상당한 관심을 불러일으켰던 '자유의 포기'에 대한 량치차오(梁啓超)의 비판을 들 수 있다. 하지만 량치차오(梁啓超)의 비판은 사회진화론이 내포하고 있는 제국구주의적 측면을 간과했을 때 수반되는 위험에 대해서는 어떠한 방어책도 내놓지 않는다.

> …그런데 만약 한쪽이 약하다면 강한 쪽이 분명히 그 선 밖으로 자신의 힘을 신장하여 약자의 자유를 침범하게 될 것이다. … 이게 과연 죄인가? 우주의 생물 중에서 누가 생존을 위해서 싸우

---

28) 원래 독일에서 1, 2차 대전 중 해외로 망명한 작가들의 문학을 '망명 문학'이라고 불렀다. 이와는 반대로 '내적 망명'이란 말은 독일 국내에 남아 외부와 단절하고 내면의 세계에 침잠하여 고독한 글쓰기를 하던 작가들을 정의하던 용어였다.

29) 박노자, 『우승열패의 신화』, 한겨레신문사, 2005, 169 – 170쪽 참조.

지 않는가? 힘을 키워나가면서 생존을 위해서 싸운다는 것이 어찌 죄라 할 수 있겠는가? 만약 당신이 열세에 안주하여 패배를 달갑게 받아들이고 그 힘을 키워 그 신장의 경계선을 확충시키려 하지 않고 남의 침범을 가만히 앉아서 기다린다면 그것을 어찌 '자유의 포기'라 굳이 부르지 않겠는가? 즉 남의 자유에 대한 침범의 원천은 침범 대상자의 자유에 대한 스스로의 포기이다….30)

　물론 이 글을 쓴 량치차오(梁啓超)의 의도는 "남(중국:필자)의 자유에 대한 침범(서구의 침략:필자)의 원천은 침범 대상자(중국:필자)의 자유에 대한 스스로의 포기"를 행한 당시 중국내 수구주의자들을 비판하기 위함이었다. 애국계몽기 지식인들 또한 량치차오(梁啓超)와 똑같은 이유로 조선 내 수구주의자들을 비판하려고 했지만, 거꾸로 그 논리로 인해 일본 제국주의의 조선 지배를 정당화하는 이상한? 상황을 연출하게 된다. 서국 제국주의자들이 주장하는 사회진화론의 약육강식 논리는 이렇게 하여 조선의 지식인들에게 내면화된다. 애국계몽기 작가들의 한계는 바로 사회진화론의 약육강식 논리를 극복하지 못한 결과였다.
　이들과 반대로 대한제국의 사회정치적 현실과 긴밀한 관계를 맺고 있었던 지식인들의 시대적 담론은 영웅에서 개인으로 넘어가는 과정에 있었다. 그 흔적은 "1910년에 가까워질수록 영웅이라는 메타포는 차츰 빛이 바래고, '조선혼', '너', '내 사랑'이라는 메타포로 전이되어 간"31) 글들 속에 잘 나타나 있다.

---

30) 梁啓超, '放棄自由之罪', 「談叢」, 『飮氷, 室文集』(上海, 廣智書局, 1907). 박노자, 앞의 책, 146쪽 재인용.
31) 고미숙, 『한국의 근대성, 그 기원을 찾아서』, 책세상, 2001, 67쪽.

①

　조선혼아 조선혼아 단군 이래 사천 년을 한반도에 굳게 서서 안으로는 나라 돕고 밖으로는 도적 막어 윤태사의 말이 되어 만주스들에 횡행하며 양만춘의 화스살 되어 당태종의 눈을 쏘며 이충무의 배가 되어 왜적들을 소멸터니 오늘날에 이르러는 어찌 그리 무력한가 죽었느냐 살았느냐 죽었으면 이어니와 살았거든 일어나서 네 민족을 보호하라

②

　간다 간다 나는 간다 너를 두고 나는 간다 잠시 뜻을 얻었노라 까불대는 이 시운이 나의 등을 내밀어서 너를 떠나가게 하니 이로부터 여러 해를 너를 보지 못할지나 그 동안에 나는 오직 너를 위해 일하리니 나 간다고 슬퍼마라 나의 사랑 한반도야

③
나는 네 사랑
너는 내 사랑
두 사랑 사이 칼로 썩 베면
고우나 고운 핏덩이가
줄줄줄 흘러내려 오리니
한주먹 덥석 그 피를 쥐어
한 나라 땅에 고루 뿌리리
떨어지는 꽃마다 꽃이 피어서
봄맞이하리.

　①은 1910년 4월 15일자 『대한매일신보』 「시사평론」의 두 번째 단락이고, ②는 안창호가 중국으로 망명가면서 불렀다고 알려진 1910년 5월 12일자 『대한매일신보』에 실린 '거국가'의 일절이다. 그리고 ③은 1910년 5월 중순 서른 한 살의 나이에 압록강을 건너 중국으로 망명갈

때[32] 그 회한을 적은 신채호의 '한 나라 생각'이라는 시 전문이다. 여기서 ① '나=조선혼', ② '나의 사랑=한반도', ③ '나=너'라는 수사학의 이면에는 '나'(개인)와 관계된 국가와 민족의 모든 것에 대한 상실의 메타포가 숨어 있다.

이제 국가와 민족은 보호하고 사랑해야 할 대상이 된 것이다. 죽느냐 사느냐 역사적 갈림길에서 조선혼을 일깨워 '네 민족을 보호하라'는 절체절명의 명령을 내리는 화자의 마음 속에는 '오직 너를 위해' '두 사랑 사이 칼로 썩 베면' 흐르는 그 피의 절대적 희생으로 역사적 '봄맞이'를 하겠다는 애국적인 심리가 깔려 있다. 이제 계몽된 개인이 스스로 역사의 주체로 나서야 하고, 또 나설 수밖에 없는 역사적 상황에 이른 것이다.

4. 자아의 발견과 근대적 내면성의 성립

신채호는 애국계몽기 소설에 대해 '국민의 혼'[33]을 일깨우고 역사의 방향을 결정짓는 '국민의 나침반'[34]이 되어야 한다고 주장하였다. 그러나 신채호의 계몽주의적 소설관은 일제의 대한제국 병탄 이후 사회문화가 상업주의로 재편되면서 급속히 사라지게 된다. 이때부터 신소설은 근대사회의 계몽적 이상을 상실한 채 흥미위주의 서사로 치닫는다. "계몽의 담론이 허무하게 무너지자, 그 대신에 신소설의 서사양식에 넘쳐나는 것은 허무와 퇴폐를 몰고 오는 유희적 담론뿐이다. 신소설이라는

---

32) 김삼웅, 「압록강을 건너는 청년 망명객」, 『단재신채호평전』, 시대의창, 2005, 34 – 38쪽 참조.
33) 신채호, 「近今國文小說著者의 注意」(『大韓每日申報』, 1908, 7, 8), 『丹齋申采浩全集』下, 1977, 18쪽.
34) 신채호, 「小說家의 趨勢」(『大韓每日申報』, 1909. 12. 2), 『丹齋申采浩全集』別集, 1977, 81쪽.

개화계몽시대의 서사양식의 운명은 바로 그 시대의 운명처럼 타락한
다."[35]

이렇듯 "1910년대는 지식인들이 정치적으로 완전히 소외된 시기였
으며, 경제적으로는 수탈체제가 확립되어가는 시기였고, 문화적·언론
적 측면에서도 친일적 성향의 것이나 종교의 성향의 것이 아니고는 발
을 붙일 수 없는"[36] 위기의 시기였다. 하지만 이때 비로소 근대소설의
핵심적 본질이라 할 수 있는 '서사적 허구성'에 대한 인식이 등장한다.

> "『花의 血』이라 하는 소설을 새로 저술할 새 허언낭설은 한 구
> 절도 기록치 아니하고 정녕히 있는 일동일정을 일호의 차착없이
> 편집하노니 기자의 재주가 민첩치 못함으로 문장의 광채는 황홀
> 치 못할지언정 사실은 적확하여 눈으로 그 사람을 보고 귀로 그
> 사정을 듣는 듯 하여 선악간 족히 밝은 거울이 될 만할까 하노
> 라."(『花의 血』, 서언)

> "기자 왈 소설이라 하는 것은 매양 빙공착영(憑空捉影)으로 인
> 정에 맞도록 편집하여 풍속을 교정하고 사회를 경성하는 것이
> 제일 목적인 중 그와 방불한 사람과 방불한 사실이 있고 보면 애
> 독하시는 열위부인 신사의 진진한 재미가 일층 더 생길 것이오
> 그 사람이 회개하고 그 사실을 경계하는 좋은 영향도 없지 아니
> 할지라 고로 본 기자는 이 소설을 기록함에 스스로 그 재미와 그
> 영향이 있음을 바라고 또 바라노라."(『花의 血』, 후기)

『花의 血』(1911) 「서언」과 「후기」에서 보여주는 이해조의 소설관은
한국근대소설사에서 대단히 중요한 발견이다. 일체의 '허언낭설은 한
구절도 기록치 아니하고' 사실적인 '눈으로 그 사람을 보고 귀로 그 사

---

35) 권영민, 『서사양식과 담론의 근대성』, 서울대학교출판부, 1999, 227 - 228쪽.
36) 김복순, 『1910년대 한국문학과 근대성』, 소명출판, 1999, 18 - 9쪽.

정을 듣는 듯'하게 '빙공착영(憑空捉影)'의 허구적 세계를 그려내어 '풍속을 교정하고 사회를 경성'해야 한다는 생각은 당대 소설이 도달할 수 있는 서사의 최대치일 것이다.

소설적 허구성과 함께 이해조가 제기하고 있는 또 하나 중요한 문제는 사실적 표현에 관한 것이다. '방불한 사람과 방불한 사실'을 묘사하는 것은 대상을 사실적으로 형상화하는 기법과 관련이 있다. 그는 실상 소설적 허구성과 표현의 사실성이라는 근대소설의 본질에 대해 잘 알고 있었음에도 불구하고, 그의 작품들은 흥미성 일변도로 내달린다.37) 이것은 중세적 신분제와 화해하지 못하는 바로 그 지점에서 중심과 주변을 전복시킴으로써 허구적 서사가 사회적 실천과 결부되어야 한다는 『신단공안(神斷公案)』38)의 제4화 「김봉본전」(金鳳本傳)과 제7화 「어복손전」(魚福孫傳)의 서사적 성과39)에서 크게 후퇴한 것이다.

---

37) 이봉일, 「한국근대 리얼리즘의 기원에 관한 시론」, 『21세기 문학의 새로운 방향성』, 포엠토피아, 2003, 150-152쪽 참조.

38) 『신단공안(神斷公案)』은 1906년 5월19일부터 12월31일까지 190회에 걸쳐 『황성신문』에 연재된 7편의 단편이 실린 한문현토체(漢問懸吐體) 연작소설집이다. 이 중에서 4편은 중국의 공안소설 「용도공안」(제1화, 제2화, 제3화)과 「초각박안경기」(제5화)의 번안 작품이다. 이와 더불어, 제6화는 「당음비사」(棠陰比事), 「흠흠신서」(欽欽新書), 「임관정요」(臨官政要)와 이야기 모티브가 같다는 점에서 이들 작품의 번안이라는 주장(이헌홍, 『조선조송사소설연구』, 부산대 박사논문, 1987; 손병희, 『한국고전소설에 미친 명대화본소설의 영향』, 동국대 박사논문; 증천부, 『한국소설의 명대화본소설 수용연구』, 부산대 박사논문, 1995)과 구비설화의 이야기를 토대로 한 창작소설이라는 주장(심재숙, 『근대계몽기 신작고소설의 현실대응양상연구』, 고려대 박사논문, 2000)이 있다. 이런 점으로 보아 실제 창작소설은 구비설화를 전(傳)의 형식으로 새롭게 창작한 제4화 「김봉본전」(金鳳本傳)과 제7화 「어복손전」(魚福孫傳) 두 편뿐이다.

39) 사마천의 『사기(史記)』 「열전」(列傳)에서 시작된, 애국 계몽기의 전(傳) 양식은 '사실지향적인 전'과 '허구지향적 전'으로 유형화할 수 있다. 전자에서는 통상적으로 입전 인물의 '외면-(유가적)이념을 체현하고 있는 인물의 행위'가 재현되는 반면, 후자에서는 입전 인물의 '내면-인물의 불안과 고독, 혹은 악의 심리적 근저 등등'이 재현된다. 『신단공안』은 후자의 '내면' 창출의 '서사적 허구성'을

이제 신소설이 근대소설로 발전하기 위해서는 '빙공착영(憑空捉影)'의 소설적 허구성과 함께 현실반영의 서사적 개연성을 획득해야 한다. 이 둘의 관계가 균형을 잡지 못할 때 서사적 주체의 자리에 올라서려는 부정적 자의식이라 할 수 있는 아이러니가 발생한다. "'있는 것'과 '있어야 할 것' 사이의 낙차로부터 비롯되는 아이러니는 본질적으로 자의식에 도달하는 것이며 부정을 통해 자의식을 표출하는 것이다. 부정하지만 변화시킬 수 없을 때 아이러니는 현실을 드러내는 효과적인 서술 전략으로 선택된다."[40]

이같은 존재와 당위의 낙차에 대한 역사적 인식은 최남선이 발행했던 잡지 『소년』(1908)이 『청춘』(1914)으로 바뀌는 과정에서 잘 드러난다. 서사적 관점에서 보자면, 1900년대 '소년'의 '영웅'에 대한 열망은 1910년대 '청춘'의 '천재'에 대한 기대로 변해가고 있었던 것이다. "이것을 나는 天才가 있는 緣故라, 그리고 各各 다른 緣故라 하오, 甲이란 사람은 藝術에 天才를 가졌음이요, 乙이란 사람은 工業에 天才를 가졌음이요, 丙이란 사람은 倫理에 天才를 가졌음이라 하는 말이오."[41] 갑·을·병 각 사람은 예술과 공업과 윤리에 저마다 남다른 '천재'(재능)를 지니고 있으므로 '各自의 天才'를 계발해나가야 한다.

이러한 이광수의 '천재'론은 '자아'론과 짝을 이룬다. 이광수는 「천재」가 실린 같은 잡지에 '천재'의 실현은 '자아'의 발견과 성장에 있음을 갈파한 시 「곰」도 함께 발표했다. "이와 같은 목숨이 아까와 貴重한 自我를 꺾어?/自我! 自我! 이 곧 없으면 목숨(살음) 아니요 機械라"[42]

가장 빨리 보여주는 작품으로, 전(傳)에서 소설로 넘어가는 과도기적 특징을 잘 보여준다.(김찬기, 『한국근대소설의 형성과 전(傳)』, 소명출판, 2004, 45 - 46쪽 참조)

40) 박헌호 지음, 『식민지 근대성과 소설의 양식』, 소명출판, 2004, 89쪽.

41) 이광수, 「天才」(『소년』 제6권, 1910년, 6월), 『이광수전집』1, 삼중당, 1971년, 530쪽.

이러한 질문과 대답은 '自然의 法則以外에는 自我를 껌'을 수 없으며, '한번 各自의 天才를 알아 이로 目的을 정한 이상에는 그리로 나가야' 한다는 근대적 자아의 탄생을 예고하는 것이다. 그러나 자아의 성숙은 내면의 발견 없이는 불가능하다.

애국계몽기 단편소설 이후, 다시 내면이 소설 속에 전면적으로 등장하게 되는 것은 1914년에 창간된 『청춘』과 『학지광』의 가장 중요한 담론이었던 「아관(我觀)」(『청춘』4호, 1914)과 「자기표창(自己表彰)과 운명」(『학지광』14호, 1917) 그리고 「조선청년(朝鮮靑年)과 각성(覺醒)의 제일보(第一步)」(『학지광』15호, 1918) 등 자아의 각성과 관련 깊다. 자아의 각성은 당대 지식인의 제일 의무였다.[43]

자아의 각성은 늘 내면의 발견을 동반하고, 내면의 발견은 곧 주체의 자기발견에 다름 아니다. 이것은 사물의 현전을 이해하는 언어의 형식과 깊은 관계가 있다. 근대 이전에는 '지금-여기'의 시·공간을 극복할 수 있는 기계적 도구가 없었다. 고소설에서 신소설에 이르기까지 각종 소설에서 서술어에 해당하는 '-더라'체가 사용된 것이 이를 반증한다. 서술자가 '지금-여기' 시·공간의 변증법에 영향을 받게 되면, '더라'체는 점점 쓰이지 않게 된다. "<나>라는 서술자가 등장하면서 '-다'체가 부상해 오는 이유는 여기에 있다. 1910년대의 중요한 소설가 중 한 명인 현상윤의 경우, '-다'체로 일관된 글쓰기를 처음 시도한 것은 '나'를 화자로 한 최초의 소설 「핍박」에서였다."[44]

'-다'체의 등장은 개인주체의 탄생과 궤를 같이한다. 개인주체가 부

---

42) 이광수, 「곰」(『소년』 제6권, 1910년, 6월), 『이광수전집』9, 삼중당, 1971년, 467-8쪽.

43) 양문규, 「1910년대 소설의 근대성 재론」, 『한국문학의 근대와 근대성』, 소명출판, 2006, 64-65쪽 참조.

44) 권보드래, 앞의 책, 247쪽.

재하면 내면의 성립 또한 불가능하기 때문이다. 중세의 '－더라'체에서 애국계몽기 '－더라/－다'체의 혼재를 거쳐 근대의 '－다'체가 정착되는 역사적 과정은 그것을 여실히 증명한다. '－다'체는 모든 개인이 세계의 실상을 구체적으로 상상한다고 생각하는 그 순간에, 서술자 자신이 1인칭에서 3인칭으로 전변할 수 있는 가능성을 열어놓게 된다. 이처럼 근대소설에서 1인칭은 3인칭에 의해 확보되는 균질한 공간 속에서 발화하는 것에 불과하다.

이 균질적인 공간의 위상학적 함의는 "공간 내 어떤 지점에서도 동일한 원리가 성립된다는 사실과 함께 '지금－여기'로부터의 공간 파악이, 다른(즉, '지금－여기'가 아닌) 지점으로부터의 공간 파악과 동일한 원리 하에 같은 것으로 포착된다는 사실에 존재하는 것이 아닐까. 즉 그것은 '타자'의 시선과 시야가 자신의 것으로 상정되고 이해되는 계기를 포함해야만 한다. 바꿔 말하면 '타자'와 자신이, 대상화되고 있는 사상(事象)을 통해서 상호 반전될 수 있는 존재로 파악된다는 것이다."45) 이때 주체의 시선과 객체의 응시는 변증법적 상호이해의 계기 속에 놓여진다.46)

---

45) 이효덕 지음/박성관 옮김, 『표상공간의 근대』, 소명출판, 2002, 136쪽.

46) 이를 두고 시선(eye)과 응시(regard:the Gaze)의 변증법이라 한다. 라캉에 의하면, 응시는 바라보는 행위의 대상이 되거나 시각충동의 대상이다. 따라서 응시는 주체 쪽이 아니라 대타자의 응시가 된다. 다시 말해 바라보는 시선은 주체의 것인 반면, 응시는 대상 쪽에 있어서 그 둘 사이에는 일치나 공존이 있을 수 없다. 왜냐하면 내가 당신을 바라보는 그 자리에서 당신은 결코 나를 볼 수 없기 때문이다. 주체가 대상을 바라볼 때, 그 대상은 항상 그 주체에게 응시를 되돌려 준다. 그러나 그 자리는 주체가 대상을 볼 수 없는 지점이다. 그렇기 때문에 보는 것은 '우리'가 아니라 '세계'이다. 다시 말해 진실은 "응시가 본다(look)"는 것이며, 나아가서는 "응시가 보여준다(show)"는 것이다.(권택영 엮음, 「시선과 응시의 분열」, 『욕망이론』, 문예출판사, 1994, 186－202쪽 참조/딜런에반스 지음·김종주 외 옮김, 『라깡 정신분석 사전』, 인간사랑, 1998, '시선' 항목 참조/주은우, 『현대성의 시각체제에 대한 연구』, 서울대학교 박사학위논문, 1998, 41－55쪽 참조)

이러한 관점에 따르면 나와 너 그리고 제3의 사물을 대표하는 하나의 보편적 언어가 필요하다. 한 사회의 시간과 공간의 구조가 변하면, 그 영향은 사회 전체에 미친다. 1899년 9월 18일 노량진에서 제물포까지 총 33.2km에 달하는 경인선이, 1905년 경부선과 1906년 경의선 그리고 1914년 호남선과 경원선이 개통되기 시작하면서부터 철로라는 신문명은 우리나라 사람들에게 내면적으로 체험되기 시작한다.

거대한 기차가 철로 위를 엄청난 속력으로 달리면서 만들어내는 것은 생산과 소비의 동시성이다. 철도와 우편제도가 등장하기 전까지, 말과 사람에 의존하던 지역과 지역 간의 의사소통은 부정확했다. 기차는 시간과 공간을 축소하면서 이 부정확성을 정확성으로 바꾸었으며, 전국을 동시에 파악할 수 있게 하였다. 한국근대소설사에서 3인칭 단수 '그'라는 대명사가 출현하는 때가 철도의 주요 간선이 거의 완성되는 시기와 일치하는 것도 결코 우연이 아니다.

①
金鏡은 어젯밤에 大邱를 떠나 九月 一日 夕陽에 古邑驛에 내리었다. 그는 서울도 들르지 아니하고 하루라도 사랑하는 學徒들의 學業을 休하지 않을 양으로 빠른 火車도 더디다 하게 장달음을 하였다.[47]

②
－중략－ 이 사람은 京城에서머지아니한어느쉬골農家의 生長이요 姓名은 金承鍾이라한다 －중략－ 그러나 슬프다 이냉낙헌 세상은 그에게 幸福의 成功을 주고저안이함인지－ 不幸히 再昨年 녀름에 父親의 病報를듯고 내려갓더라[48]

---

47) 이광수, 「金鏡」(『청춘』6호, 1915년 3월), 『이광수전집』1, 삼중당, 1971, 568쪽.
48) 유종석, 「냉면한그릇」, 『청춘』10호, 1917년 9월.

③

"허허, 그가 유명한 미인이라네. 자네 힘에 웬 걸 되겠나마는 잘 얼러보게. 그러면 또 보세."하고 대팻밥 벙거지를 벗어 활활 부채질을 하며 교동 골목으로 내려간다. 형식은 여태껏 그의 너무 방탕함을 허물하더니 오늘은 도리어 그 파탈하고 쾌활함이 부러운 듯하다.49)

④

가정교사 강 엘리자벳트는 가르침을 끝낸 다음에 자기 방으로 돌아왔다. 돌아오기는 하였지만 이제껏 쾌활한 아이들과 마주 유쾌히 지낸 그는 껌껌하고 갑갑한 자기 방에 돌아와서는 무한한 적막을 깨달았다.50)

①은 이광수의 자전적 단편소설 「金鏡」(1915)의 서두이고, ②는 잡지 『청춘』의 현상문예에 상금 오십전을 받은 유종석의 장편소설(掌篇小說) 「冷麪한그릇」(1917)의 서두이고, ③은 1917년 1월 1일부터 『매일신보』에 연재했던 이광수의 장편소설 『無情』 1회분 마지막 부분으로 영채의 인상에 대한 형식과 우선의 대화이고, ④는 김동인의 처녀작 중편소설 「약한者의 슬픔」(1919)의 서두이다.

①과 ②에서 '그'라는 대명사는 철도와 함께 극적인 모습으로 등장한다. ①은 주인공 김경이 오산학교에 부임하기 위해 어젯밤 대구를 떠나 그 다음날 해질 무렵 평안북도 정주 고읍역에 도착한 장면이고, ②는 주인공 김승종이 부친의 병보를 듣고 고향으로 내려가는 장면이다. ①에서 ④까지 '그'는 '김경 - 김승종 - 영채 - 강 엘리자벳트' 등 모두 구체적 인물에 쓰였지만, ④에 와서야 다른 인물들과 차별하여 주인공에게

---

49) 이광수, 『무정』(『매일신문』, 1917년 1월 1일), 『이광수전집』1, 삼중당, 1971, 16쪽.
50) 김동인, 「약한 자의 슬픔」(『창조』제2호, 1919년 3월), 『김동인전집』, 조선일보사, 1987, 11쪽.

만 독점적으로 사용되었다. 그리고 ①과 ②에서는 남성에게, ③과 ④
에서는 여성에게 국한해서 표현되었다. 그러니까 이때까지 '그'의 쓰임
에는 남녀 구분이 없었던 것이다.

　이제 비로소 '그'가 성립된 후 다른 사람들의 심리를 '나'의 내면처럼
다룰 수 있는 길이 열렸다. 이렇게 하여 소설적 허구가 일상적 현실보다
더 현실적이고, 타자의 내면에 대한 심리적 독해가 일상적 현실로 간주
되는 근대소설의 내면적 공간이 성립된 것이다.

한국 근대 리얼리즘의 기원에 관한 시론(試論)

1. <신소설> 개념의 성립과정

<신소설>이란 명칭은 1906년 2월 1일 『대한매일신보』에 게재된 중앙신보(中央新報) 광고란에 처음 등장한다.[1] 그리고 1907년 3월 17일 金相萬書鋪에서 발행한 이인직의 『血의 淚』(1906) 초판본 표지에 '혈의 누 신소설, 新小說 血淚'가, 판권란에 '新小說 血의 淚'가 보인다. 그후 일본개화기의 정치소설인 『經國美談』의 번역소설 『經國美談』(1908)의 첫머리에 보이는 "영웅 준걸의 애국 혈통을 감동하여 『경국미담』 신소설을 번역하되", 이해조의 『彈琴臺』(1912) 후기에 작가 스스로 적어 놓은 "사람의 칠정에 각축될 만한 공전절후의 신소설을 저술코자 하나…"에서 보는 것처럼 <신소설>의 명칭은 일반화되었다. 게다가 이광수의 『무정』(1917)의 발표신문이었던 『每日申報』도 『無情』을 <신소설>로 광고하고 있다.[2]

이처럼 개화기의 <신소설>이라는 용어는 <구소설>에 대해 '새롭다'는 의미의 상대적 개념으로 쓰였다. <신소설>의 개념이 광고나 개

---

1) 부록 참조.
2) 전광용, 『신소설연구』, 새문사, 1986, 8 – 14쪽 참조.

별작품이 아니라 문학사 속으로 들어오는 시기는 우리나라 최초의 국문학사라 할 수 있는 안자산의 『조선문학사』(1922)에서이다. 『조선문학사』의 종장인 「제6장 : 최근문학」에서 안자산은 '신학(新學)과 신소설(新小說)'에 대해 논한다. 여기서 그가 사용한 <신소설>이라는 용어는 '신문학' 혹은 '신문예' 속하는 하위장르로 분류되는 보통명사 가운데 하나였다.[3] <신소설>은 한국근대소설에 대한 최초의 연구서인 김동인의 「조선근대소설고」(1929)에서도 문학사적 개념으로 사용되지 않았다. 김동인은 <신소설>을 1919년 이후의, 이전과는 아주 다른 새로운 소설이라는 의미로 사용한다.

> 1919년 2월 구체적 신소설 운동이 비롯된 지 만 10년 수개월, 많은 변천과 이동 뒤에 많은 무시와 모멸 아래서 그래도 끊임없는 운동을 계속하여 오늘날에 이르렀다. 조선 소설의 윤곽도 형성되었다. 기초공사도 끝났다. 그러나 아직 건설이라 하는 대공(大工)이 남아 있다.[4]

인용문에서처럼 김동인은 '1919년 2월 구체적 신소설 운동'이 비롯되었다고 적고 있다. 1919년 2월과 3월에 그는 근대소설사에서 문체혁명의 작품으로 평가받고 있는 「약한자의 슬픔」을 자신이 창간했던 『창조』에 발표한다. 그가 여기서 사용한 <신소설>이라는 용어는 이전의 소설과는 다른 아주 새롭고 빼어난 소설이라는 의미로 사용하고 있다.

<신소설>이라는 용어가 문학사적 개념으로 쓰이기 시작한 것은 김태준의 『조선소설사』(1933)에서부터이다. 그는 초판 이후 6년만에 발

---

3) 김영민, 『한국근대소설사』, 솔, 1997, 125 – 127쪽 참조.
4) 김동인, 「조선근대소설고」(『조선일보』, 1929), 『김동인전집』제16권, 조선일보사, 1988, 35쪽.

간된『증보조선소설사』(1939)에서 <신소설>에 대해 더 진전된 입장을 보여준다. 그는 「신문예운동 후 40년간의 소설관」에서 그때까지의 소설을 '구소설, 신소설, 소설'로 분류하고 역사적 의미를 부여하였다. "기미운동 이후의 원숙한 소설작품을 소설이라고 부름에 대하여 이때의 소설풍은 그대로 신소설이라고 불러 이제는 소설, 신소설, 구소설(고대소설)의 3종의 구별이 있게 되었다."[5] 그는 구소설과 신소설을 분명하게 밝히고 있지는 않지만 국초 이인직을 경계로 하여 1919년 3·1운동 이전까지 나온 소설을 <신소설>로, 3·1운동 이후 나온 원숙한 소설을 <소설>로 구분하였다. 그의 이러한 역사적 구분법은 오늘날 '고전소설, 신소설, 현대소설'의 구분법과 거의 일치한다. 이러한 구분과 함께 중요하게 고려해야 할 사항은 한국근대소설의 내재적 발전에 대한 그의 설명이다.

> 이 신소설(新小說)은 사회가 많은 고대적(古代的) 유제(遺制)를 포함한 채 근대적 구성을 일러 이것이 이 나라의 사회의 특성을 이룬 만큼 이도 시민의 단순한 오락과 소견(消遣)에서 시민들이 부르짖는 신문화의 계몽적 정신이 팽배한 이상주의(理想主義)였고, 이는 구소설(舊小說) 즉 이야기책에서 춘원(春園)·동인(東仁)·상섭(想涉) 제씨(諸氏)가 쓰기 시작한 현대적 의의의 소설에 이르기까지의 교량(橋梁)을 이루어 이른바 과도기적(過渡期的) 혼혈아라. 이야기책에서 대번에 현대소설(現代小說)이 나온 것이 아니라 이러한 과정을 밟아서 현대소설은 발달하여 온 것이다.
>
> 춘원 이후의 여러 작가의 수법이 전혀 구라파적 수입에서가 아니라 이러한 전대(前代)의 전통을 토대로 하고 즉 이야기책의 장구한 발전과 유명무실의 신소설 작가의 은은한 그러면서도 막대한 노력의 성과 위에 입각함으로써 현대의 문학적 세계의 건

---

5) 김태준 저, 박희병 교주, 『증보조선소설사』(학예사, 1939), 한길사, 1990, 229쪽.

설이 성공된 것이다.[6]

그는 구소설과 현대소설을 이어주는 <신소설>의 교량적 역할에 대해 논하면서, <신소설>이 '신문화의 계몽적 정신이 팽배한' 과도기적 소설이라는 것과 춘원 이후 현대소설의 창작기법이 구라파적 창작기법의 수입에 의해서가 아니라 전통문학의 토대 위에서 신소설 작가들의 피땀어린 성과로 이룩된 것임을 강조한다. <신소설>에 대한 그의 이러한 역사적 파악을 통해 우리는 근대소설을 전통과의 단절이 아닌 역사적 연속성의 차원에서 파악하는 최초의 이론적 모색과 만나게 된다. 이렇게 하여 <신소설>은 개화기라는 특정한 역사적 시기의 소설양식을 지칭하는 문학사적 개념의 고유명사로 정립되었다.

김태준의 『조선소설사』의 연구업적을 바탕으로 <신소설>이란 용어를 문학사적 범주로 확립하고, 특정한 역사적 시기의 소설양식으로 확고하게 자리매김한 비평가는 임화이다. 임화는 1940년 초반 『조선일보』에 「신문학사」를 연재한다. 여기서 그는 <신소설>를 이인직 개인의 창조적 산물로 진술한다.

> 이인직은 단지 가장 우수한 신소설 작가일 뿐만 아니라 실로 신소설이란 양식을 창조한 사람이다. 이인직의 손으로 비로소 신소설이란 것이 조선문학사 위에 등장한 것이다. 그의 소설의 영향을 받아 다른 사람들도 신소설이란 것을 쓰게 되고 독자도 역시 그를 통하여 신소설이란 것을 알게 되었다.[7]

임화는 「백로주강산촌」(1906)에서부터 「혈의 누」(1906), 「귀의 성」

---

6) 김태준 저, 박희병 교주, 같은 책, 230쪽.
7) 임화, 『신문학사』, 김외곤 엮음, 『임화전집2 – 문학사』(박이정, 2001), 214쪽.

(1906), 「치악산」(1908) 등에 이르기까지 일관되게 지속해 온 이인직의 문학적 발전경로에 주목하여 <신소설> 양식을 이인직 개인의 창조적 산물로 본다. 임화는 이인직의 작품이 발표연대순으로 전대소설의 영향을 점점 탈각하여 현대소설로 접근해 온 것으로 보고, <신소설>을 현대소설과 고대소설과의 사이를 점유하고 있는 문학사적 과도기의 소설, 즉 반구반신(反舊反新)의 신소설로 평가한다.

지금까지 살펴본 것처럼 <신소설>이라는 용어는 1906년 2월 1일 『대한매일신보』에 처음 사용된 이래 구소설에 대한 '새로운 소설'의 개념으로 쓰이다가 김태준의 『조선소설사』(1933)와 임화의 「신문학사」(1940)를 통해 문학사적 용어로 정착되었다. 이러한 논의과정을 통해 우리가 확인할 수 있는 것은 <신소설>이라는 개념이 우리문학사의 고유한 이론적 발전 속에서 확립되었다는 사실이다.

2. <신소설>과 리얼리즘의 관계

<신소설>의 서사적 내용의 변화는 세계를 향해 문호를 개방하고 서양의 신문명을 수용하면서 급격히 변모하는 개화계몽시대의 현실적 양상과 궤를 같이한다. 개화계몽시대의 <신소설>적 담론은 대개 이념성과 흥미성 가운데 한쪽이 우세한 형국을 보인다. 특수한 경우 둘의 통합을 실현하기도 한다. 이러한 현상은 개별작가의 세계관과 밀접한 연관성을 갖고 있다. 이와 관련하여 <신소설>을 분류하면 다음과 같다.

첫째, 이념성의 우위를 보여주는 작품으로는 작가가 누구인지 모르는 「소경과 앉은뱅이 문답」(1905)과 「거부오해」(1906), 안국선의 「금수회의록」(1908), 이인직의 『은세계』(1908), 이해조의 『자유종』(1910) 등이 있다.

둘째, 홍미성의 우위를 보여주는 작품으로는 이해조의 『화의 혈』(1912), 최찬식의 『추월색』(1912) 등이 있다.

셋째, 이념성과 홍미성을 동시에 보여주는 작품으로는 이인직의 『혈의 누』(1906), 이광수의 『무정』(1917)이 있다.[8]

이러한 분류를 통해 우리는 이념성과 홍미성의 우위를 보여주는 <신소설>이 한일합방(1910)을 경계로 구분됨을 알 수 있다. 그러나 <신소설>적 담론의 다양성은 개화계몽시대의 시·공간에 공존하고 있으며, 역사적 진행의 일관된 발전적 과정을 보여주는 것은 아니라는 사실을 염두에 두어야 한다. 그리고 이념성과 홍미성의 통합을 보여주는 작품들은 특정한 역사적 시기에 생성되었다. 이와 관련하여 <신소설>에 대한 당시의 여러 시각을 살펴볼 때 <신소설>과 리얼리즘의 관계는 <신소설> 작가의 세계관과 모종의 함수관계에 있다.

소설의 사회적 기능과 정치성을 강조하며 이념성의 우위를 주장하는 입장에 대해 1909년 12월 2일 대한매일신보에 발표한 신채호의 「소설가의 추세」을 통해 알아보자.

오호(嗚呼)라 소설(小說)은 국민(國民)의 나침반(羅針盤)이라 기(其) 설(說)이 이(俚)ᄒ고 그 필(筆)이 교(巧)ᄒ여 목불식정(目不識丁)의 노동자(勞動者)라도 소설(小說)을 능독(能讀)치 몯ᄒᆯ 자(者)이 무(無)ᄒ며, 우(又) 기독(嗜讀)치 아니ᄒᆯ 자(者)이 무(無)ᄒᆷ으로, 소설(小說)이 국민(國民)을 강(強)ᄒᆫ ᄃᆡ로 도(導)ᄒ면 국민(國民)이 강(強)ᄒ며 소설(小說)이 국민(國民)을 약(弱)ᄒᆫ ᄃᆡ로 도(導)ᄒ면 국민(國民)이 약(弱)ᄒ며 정(正)ᄒᆫ ᄃᆡ로 도(導)ᄒ면 정(正)ᄒ며 사(邪)ᄒᆫ ᄃᆡ로 도(導)ᄒ면 사(邪)ᄒ나니, 소설가(小說家)가 된 자(者)이 맛당히 자신(自愼)ᄒᆯ 바어늘 근일(近日) 소설(小說)들은 회음(誨淫)을 주지(主旨)로 ᄒᆷ으니 이 사회(社會)가 장차(將次) 엇지ᄒ리오.(「소설가

---

8) 김윤식·정호웅, 『한국소설사』, 예하, 1993, 18-19쪽 참조.

의 추세」)

신채호는 소설을 '국민의 나침반'이라고 규정한다. 무식한 노동자라도 소설을 읽을 수 있고, 소설을 좋아하지 않는 사람이 없으므로, 소설은 국민을 올바르게 이끌어야 한다는 것이다. 신채호의 소설개혁론은 흥미성만 추구하며 회음(誨淫)에 빠진 <신소설>들의 비윤리성에 대해 이념성을 앞세워 강도높게 비판하는 것이다. 이러한 태도는『서사건국지』(1907)의 머리말에서 소설을 한 나라의 '인심과 풍속과 정치와 사상'을 가늠하는 잣대로 보는 견해와 거의 일치한다.

신채호의 이러한 견해는 현실의 정치적 변혁을 추구하는 리얼리즘의 이념적 특성을 보여준다. 그러나 국민과 사회를 올바로 이끌어야 한다는 신채호의 계몽적 소설관은 한일합방(1910) 이후 급속히 상업주의로 재편되는 문화적 현실 속에서 사라지고 만다. 이때부터 <신소설>은 개화를 통한 근대성의 달성이라는 사회적 계몽의 이상을 상실한 채 흥미위주의 서사로 치닫는다.

그러나 우리가 한 가지 짚고 넘어가야 하는 것은 이념성이 아무리 좋은 의도를 가지고 있다 해도 그것이 곧바로 소설적 성과로 나타나지는 않는다는 사실이다. 신채호의 소설관은 리얼리즘의 한 축만을 가지고 있는 셈이다. 우리는 <신소설>적 리얼리즘의 또다른 한 축을 이해조의『화의 혈』서언과 후기에서 발견한다.

> 무릇 소설은 제재가 여러 가지라 한 가지 전례를 들어 말할 수 없으니 혹 정치를 언론한 자도 있고 혹 정탐을 기록한 자도 있고 혹 사회를 비평한 자도 있고 혹 가정을 경계한 자도 있으며 기타 윤리 과학 교제 등 인성의 천사만사 중 관계 안 되는 자가 없나니 상쾌하고 악착하고 슬프고 즐겁고 위태하고 우스운 것이 모두

다 좋은 재료가 되어 기자의 붓끝을 따라 재미가 진진한 소설이 되나 (중략)『花의 血』이라 하는 소설을 새로 저술할 새 허언낭설은 한 구절도 기록치 아니하고 정녕히 있는 일동일정을 일호의 차착없이 편집하노니 기자의 재주가 민첩치 못함으로 문장의 광채는 황홀치 못할지언정 사실은 적확하여 눈으로 그 사람을 보고 귀로 그 사정을 듣는 듯 하여 선악간 족히 밝은 거울이 될 만할까 하노라.(『화의 혈』서언)

기자 왈 소설이라 하는 것은 매양 빙공착영(憑空捉影)으로 인정에 맞도록 편집하여 풍속을 교정하고 사회를 경성하는 것이 제일 목적인 중 그와 방불한 사람과 방불한 사실이 있고 보면 애독하시는 열위부인 신사의 진진한 재미가 일층 더 생길 것이오 그 사람이 회개하고 그 사실을 경계하는 좋은 영향도 없지 아니할지라 고로 본 기자는 이 소설을 기록함에 스스로 그 재미와 그 영향이 있음을 바라고 또 바라노라.(『화의 혈』후기)

소설에 대한 이해조의 관점은 한국근대소설사에서 대단히 중요한 발견이다. 여기서부터 비로소 근대소설의 핵심적 본질이라 할 수 있는 '소설의 허구성'에 대한 인식이 나타난다. 이해조의 소설관은 '허언낭설은 한 구절도 기록치 아니하고' 사실적인 '눈으로 그 사람을 보고 귀로 그 사정을 듣는 듯'하게 '빙공착영(憑空捉影)'의 허구적 세계를 그려내어 '풍속을 교정하고 사회를 경성'해야 한다는 것이다.

소설의 허구성과 함께 그가 제기하고 있는 또 하나의 중요한 사항은 사실적 표현의 문제이다. '방불한 사람과 방불한 사실'을 묘사하는 것은 현실의 소재를 사실적으로 형상화하는 기법과 관련이 있다. 그는 실상 내용의 허구성과 표현의 사실성이라는 근대소설의 본질을 파악하고 있었던 것이다. 그러나 이해조는 소설의 재미(흥미성)와 영향(이념성)을 파악하고 있었음에도 불구하고 그의 작품들은 흥미성 일변도로 추락한다.

이러한 문학적 사실은 한일합방으로 개화계몽운동을 자유롭게 전개할 수 없는 상황이 되자 자주개화, 민중계몽의 시대정신이 점차로 약화된 데 그 원인이 있다. '빙공착영(憑空捉影)'의 서사적 허구성이 현실반영의 소설적 개연성을 벗어날 때 그것은 다시 흥미 위주의 오락소설로 후퇴하고 만 것이다. 계몽의 담론이 허무하게 무너지자, 그 대신에 신소설의 서사양식에 넘쳐나는 것은 허무와 퇴폐를 몰고 오는 유희적 담론뿐이다. 신소설이라는 개화계몽시대의 서사양식의 운명은 바로 그 시대의 운명처럼 타락한다.[9]

3. <신소설>적 리얼리즘의 한계

리얼리즘은 역사적 시각을 확보할 때 정말 현실적이고 사실적일 수 있다. 신채호는 「소설가의 추세」에서 민중계몽의 수단으로서 소설의 사명을 이념적 형태로 제시하였다. 그러나 그의 소설관은 소설 속에 나타나는 허구적 사실이 실재의 사실보다 더 현실적이라는 소설의 허구성을 깨닫지 못했다. 그의 견해는 자주개화와 근대국가의 건설을 향한 올바른 길을 제시했음에도, 문학적인 관점에서 본다면 관념에 불과했다. 반면 이해조의 경우는 근대소설의 허구성과 사실성을 깨닫고 있었음에도, 흥미성의 차원으로 떨어지고 말았다. 그 이유는 국가를 상실한 상태에서 그 회복을 겨냥하는 정치적 계몽을 뒤로한 채 대중의 독서취미에 영합하는 상업주의에 경도되었기 때문이다.

이러한 사실에 대해 임화는 구소설에 대해 <신소설>의 내용이 새롭지만 현대소설에 비하면 <신소설>의 내용이 낡았다고 하면서, <신소

---

9) 권영민, 『서사양식과 담론의 근대성』, 서울대학교출판부, 1999, 227 – 228쪽.

설>이 아직까지 항간의 독자를 유지하는 근본비밀은 독자의 의식이 구소설의 내용보다는 새로워졌으나 현대소설의 내용만치는 새로워지지 못한 데 그 까닭이 있다고 하였다. 그리고 그는 민중 가운데 깊이 뿌리 박혀 있는 의식의 반봉건성이 <신소설>의 발전을 가로막는 장애물이 었음을 지적한다. <신소설>의 리얼리즘은 결국 부분적 국부적인 리얼 리즘, '트리비얼'한 리얼리티였던 것이다. 그러나 그는 <신소설>의 한 계를 지적하면서도 조선의 소설 문학사상 '리얼리즘'의 형식을 유치한 형식으로나마 맨 처음 기여한 <신소설>의 문학적 가치를 적극적으로 구출한다.

> 그러한 소득으로서는 먼저 우리는 신소설들이 우수하면 할수
> 록 그때 세상의 시대상의 반영을 들 수 있다. 청일전쟁이라든가,
> 러일전쟁이라든가, 동학란이라든가 하는 대사건을 위시로 오리
> (汚吏)로 충만한 정부의 부패와 세정(世情)의 변천, 풍속의 추이에
> 이르기까지 구소설에서는 볼 수 없는 것이 묘출되었다. 그러한
> 외적인 것보다 더 중요한 것은 전반적인 구사회의 부패상의 폭
> 로와 봉건적 가족제도의 혼란과 부패의 정치한 묘사이다.
> 　여기서 점차로 일반화해 가는 반상(班常)의 평등, 평민의 성장
> 이 그려도지고 혹은 자녀들의 성장이 표현도 되고 미신도 폭로
> 되고 하여 개화를 계몽하는 데 가장 확실한 예술적 사업이 수행
> 되고 있다. 이러한 '리얼리즘'은 개화의 주관적인 주장보다 훨씬
> 강하게 그 사상의 필연성을 인식시킨다.
> 　이것은 또한 신소설이 갖고 있는 불멸의 가치다.[10]

임화는 <신소설>의 문학사적 가치가 외적으로는 '정부의 부패와 세정의 변천, 풍속의 추이에 이르기까지', 내적으로는 '구사회의 부패상의

---

10) 임화, 앞의 책, 223－224쪽.

폭로와 봉건적 가족제도의 혼란과 부패의 정치한 묘사'에 있음을 강조한다. <신소설>적 리얼리즘은 개화에 대한 어떤 주관적인 주장보다 '개화를 계몽하는 데 가장 확실한 예술적 사업'이었다. 이러한 임화의 시각은 형편없는 태작이라도 소설이 당대의 사회적 진실을 담보하는 시대의 사회사임을 간파한 진술이다. 임화가 대중추수적인 상업주의에 침윤된 <신소설> 작가들을 비판하면서도 <신소설>의 객관적 현실묘사에 대한 긍정적 평가를 통해 <신소설>의 가치를 적극적으로 구출해낸 것은 의미심장한 문학적 탁견이다. 당시의 독자들은 <신소설>보다 더 재미있고 계몽의 역사성을 깨닫기 위해 자유연애(흥미성)과 신교육(이념성)의 통합을 시도한 이광수의 『무정』을 기다려야 했다.

대한매일신보(大韓每日申報) 광고(1906년 2월 1일)

中央新報

中央新報는 獨立獨步無偏無黨의 大新聞也

中央新報는 某政府某政黨某敎會某權貴의 所屬機關新聞이 아니라 卽天下之新聞也

中央新報는 天의 使命을 奉ᄒ야 發生ᄒ쥴노 自信ᄒ미 濟民救世의 大任을 行遂코져ᄒᄂ 一大新聞也

中央新報의 主張은 光明正大에 在ᄒ미라 故로 筆尖이 銳利ᄒ미라

즁央新報의 論議ᄂ 中正而穩健ᄒ고 批評은 奇拔而公平也

즁央新報의 電報ᄂ 迅速而豊富ᄒ고 雜報ᄂ 鬼神不可及底의 敏活ᄒ 報導를 爲ᄒ야 天下의 機密은 一絲一毫라도 遺漏가 無케ᄒ미라

즁央新報의 外報ᄂ 簡明의 筆노 翻騰ᄒ야 士人으로 ᄒ야곰 天下의 形勢를 暗誦케 ᄒᄂ되 努ᄒ미라

즁央新報의 雜錄와 文苑과 其他雜記ᄂ 趣味饒多ᄒ야 讀而不倦ᄒ고 日日新鮮을 撰ᄒ며 珍奇를 聚ᄒ야 독자로 ᄒ야곰 즁央新報와 不堪離居케 ᄒ미라

즁央新報ᄂ 卽天下公衆의 機關新聞이니 天下讀人은 즁앙新報를 看ᄒ미 自己新聞으로 思ᄒ시고 隨意로 寄書ᄒ시와 自己意見을 公表ᄒ시고 죠곰

도 忌憚치 마시옵 중央新報는 天下公衆의 共樂公園地로 아시고 此新聞에
投書도 ᄒ시며 討論도 ᄒ시며 演說도 ᄒ시며 談話도 ᄒ시와 同樂同遊ᄒᄂ
機關을 作ᄒ시오

婦人新聞欄은 特히 姊妹諸氏를 爲ᄒ야 즁앙新報의 一部를 割ᄒ야 婦人
諸氏의 共樂公園地로 供흠이니 其즁에ᄂ 論說도 有ᄒ고 演說會도 有ᄒ고
雜報도 有ᄒ고 小說도 有ᄒ야 婦人各位가 每朝에 此新聞을 閱覽ᄒ면 獨히
自己一身上利益 뿐아니라 實노 國家의 幸福이 되리로다 男子諸賢도 婦人
의 독字를 勸ᄒ기 爲ᄒ야 此新聞을 購讀케 흠이 可ᄒ지라 此欄ᄂ 卽本新聞
의 特色之一也ㅣ라

明月奇緣은 漢雲先生의 著作인딕 才子佳人이 相別再會와 一派一瀾에
多情多恨의 態를 現ᄒ야 趣味淋淋ᄒ야 使讀者로 不知厭케 ᄒᄂ 現代傑作
의 新小說(강조:필자)이오 況又城山 畵伯의 揷畵ᄂ 極히 婉麗ᄒ야 當場之
景을 眞寫ᄒ야 使讀者로 眞哉妙哉를 呼케 ᄒ리니 此欄은 卽本신報特色之
一也라 初刊紙上붓터 連속揭載흠

本新聞初號ᄂ 十三道二千餘萬의 同胞로 하야곰 一人이라도 中央新報라
ᄒᄂ 天降妙樂을 遺聽치 勿ᄒ도록 特히 數萬張을 增刷ᄒ야 三千里江山에
配布ᄒ오니 天下萬姓의 僉君子ᄂ 試독ᄒ시오

나쓰메 소세키,
일본 근대문학의 창조적 정신을 찾아서

1. 런던 유학에서 타자를 발견하다

나쓰메 소세키(1867－1916)는 일본 근대문학의 상징이다. 『나는 고양이로소이다』(1905)에서부터 『명암』(1916)을 쓰다가 지병인 위궤양의 악화로 죽을 때까지, 그는 12년 간 열두 편의 장편과 서른 편 남짓의 중・단편 소설, 그리고 수많은 수필과 2,252통의 편지를 남겼다. 그에 대한 일본 사람들의 존경심은 천 엔(圓)짜리 지폐에 초상화를 새겨 넣을 정도로 대단하다. 그의 문학적 위치는 일본의 국민작가, 일본 근대문학의 아버지, 일본의 셰익스피어 등으로 불릴 만큼 우람하게 솟아 있다.

소세키의 문학적 원형은 열다섯 살이 되던 1881년 4월 니쇼학사(二松學舍)에 들어가 동양고전을 배우면서 형성된다. 그의 문학관은 그곳에서 공부한 '좌국사한'(左國史漢: 春秋左氏傳・國語・史記・漢書)에서 터득되었다고 보아도 무방하다. 후에 이 좌국사한의 동양고전의 세계는 그로 하여금 영문학을 타자의 문학으로 볼 수 있는 시야를 열어 준다. 그러나 그는 영국 유학시절 좌국사한과 영문학의 차이에서 발생한 정신적 심연 속에 빠져 신경증적 불안을 겪게 된다.

1900년 5월 문부성은 소세키에게 영어연구를 위한 2년 간의 영국 유학을 명령한다. 그는 국가의 명령에 따라 제1회 국비유학생의 자격으로, 1900년 9월 8일 요코하마 부두를 출발하여 오십여 일 간의 긴 여정을 마치고, 10월 28일 런던에 도착한다. 그의 나이 서른네 살이었다. 그의 소설 곳곳에 스며 있는 근대문명에 대한 예리한 비판감각은 당시 세계의 중심이었던 런던의 한복판에서 체득된 것이다.

영국 유학시절, 소세키는 근대문명의 광채를 뿜어내는 런던의 거리에서 그 광채에 눈이 멀어 뿌리 없는 부평초처럼 방황한다. 이때 그는 자신이 동양인이라는 사실을 뼈저리게 자각하게 된다. 아무리 책을 읽어도 무엇 때문에 책을 읽는지 이해할 수 없었던 동양의 이방인은, 방황 끝에 문학이란 '그 개념을 자기 힘으로 근본적으로 만들어내는 일 이외에' 아무것도 아니라는 사실을 깨닫는다. 이 주체적 자각은 그에게 '영문학에 속은 듯한 불안한 생각'을 품게 하여, 동양고전과 영문학을 '도저히 같은 정의 하에 일괄할 수 없는 다른 종류의 것'으로 인식하도록 이끈다. 그 결과 그는 동양에 대한 재인식과 함께 '자기본위'라는 네 글자를 발견하고 신경증적 불안으로부터 벗어나는 계기를 마련한다. 이러한 사정은 1914년 11월에 학습원(學習院)에서 행한 「나의 개인주의」라는 강연 속에 잘 나타나 있다.

고백하건대 나는 네 글자를 발견함으로써 새롭게 시작할 수 있었던 것입니다. 그리하여 지금과 같이 단지 남이 탄 말의 뒤에 앉아 큰소리나 치고 있기에는 적잖이 불안했던 까닭에, 서양인인 척하지 않아도 좋을 확고한 이유를 당당하게 그들 앞에 내놓는다면, 나 자신도 분명히 유쾌할 것이며 다른 사람도 몹시 기뻐하리라고 생각했습니다. 그래서 저서와 기타 수단에 의해 그것을 성취하는 일을 내 생애의 사업으로 생각했던 것입니다.

그때 나의 불안은 완전히 사라졌습니다. 나는 경쾌한 마음으로 음울(陰鬱)한 런던을 바라보았습니다. 비유해서 말하자면, 나는 다년 간 오뇌(懊惱)한 결과 점차 자신의 곡괭이로 광맥을 파헤쳐 그 안에 감춰져 있던 귀중한 것을 찾아낸 듯한 기분이 들었던 것입니다. 되풀이한다면 지금까지는 안개 속에 갇혀 있었지만 이제 어떤 방향으로 내가 나아가야 할지를 알 수 있게 되었던 것입니다.

　'자기본위'를 발견한 후, '저서와 기타 수단에 의해' 서양인들에게 당당하게 내놓을 수 있는 그 무엇의 성취를 '생애의 사업'으로 생각했을 때, 소세키가 '음울한' 마음으로 바라보던 '빛나던' 런던은 '경쾌한' 마음으로 바라보는 '음울한' 런던으로 뒤바뀐다. 그의 심리적 변화는 동양인의 서양표상과 자기표상 사이에 놓여 있는 역사철학적 거리의 문제에 대한 주체적 좌표의 확립을 의미한다. 그는 일본 안의 반일본적인 것을 찾아 떠난 영국 유학에서 서구 안의 반서구적인 것, 즉 두 문명의 타자를 동시에 보았던 것이다.

　이처럼 소세키는 근대문명의 중심에서 근대의 모순을 인식하고, 그것을 넘어서려 했다. 그는 일본의 개화가 서양에 의해 외발적으로 출발했다는 사실을 직시하고 자기본위의 문학을 창조했다. 여기서 중요한 사실은 그의 자기본위의 문학도 외발적으로 성립되었다는 것이다. 서양 근대문명은 그에게 도저히 헤쳐나갈 수 없는 깊은 늪과 같았다. 그 늪을 건너는 노력 속에서 '자기본위'라는 소세키 특유의 개인윤리 감각이 만들어진다.

　동·서양의 차이를 넘어서려는, 그러니까 문학의 보편성을 획득하려는 소세키의 필사적인 노력은 작가 내면의 동요와 갈등을 증폭시키는 계기로 작동한다. 그의 소설이 다채롭게 전개된 까닭도 바로 여기에 있다. 근대 민족국가의 핵심은 정치적 체제보다 '문학', 특히 소설에 있다고 할 수 있다. 그 이유는 국민들을 문학의 언어로 묶어낼 때, 민족국가의 '상상적 공동체'가 가능하기 때문이다. 그의 문학이 많은 연구자들을 거느리고 있는 것도 이 사실과 무관하지 않다.

소세키의 자기본위의 문학은, 한국과 중국의 입장에서 보면 역사적 책무를 벗어나기도 하지만, 「문학론」(1904)과 「나의 개인주의」(1914)에서 볼 수 있는 것처럼 그의 문학적 삶의 처음부터 끝까지 지속된다.

2. 근대문명에 공포를 느끼다

소세키는 1903년 1월 귀국한다. 그 해 4월 제1고등학교에서 영어를, 도쿄제국대학에서 「영문학형식론」과 「문학론」을 동시에 강의하고, 다음해 9월에는 메이지(明治)대학에서 강의한다. 그러나 그는 귀국 후 계속해서 유학시절 형성된 신경증적 불안증세에 시달리고 있었다. 그가 작가의 길로 들어서게 되는 우연한 사건도 이로부터 말미암는다.

소세키는 친구 마사오카 시키(政岡子規)의 소개로 1892년부터 알고 지내던 일곱 살 아래의 동료 문인 다카하마 교시(高浜虛子)에게, 1904년 12월 신경증 치료의 한 방법으로 소설창작을 권유받는다. 이를 계기로 그는 1905년 1월 『호토토기스』에 「인간이란 족속과의 첫 대면」을 발표한다. 애초 1회로 끝마치려던 것이 독자들에게 큰 반향을 불러일으키자, 1906년 8월까지 11회에 걸쳐 연재하게 된다. 이렇게 하여 『나는 고양이로소이다』라는 장편의 성립과 함께 일본 근대문학의 최고의 작가가 탄생한다.

소세키는 『나는 고양이로소이다』를 쓰는 동안 1905년에 단편소설 「런던탑」「칼라일 박물관」「환영의 방패」「하룻밤」「북망행」을, 1906

년에 「유령의 소리」 「취미의 유전」과 장편소설 『도련님』을 발표한다. 단편소설 가운데 「유령의 소리」 「하룻밤」 「취미의 유전」 이외의 다른 작품들은 영국 유학 체험과 영국의 전설을 토대로 씌어졌다. 두 계열의 작품들은 소재는 다르지만 주제의 측면에서 보면 환영(幻影)과 주술(呪術), 그리고 유전(遺傳)의 세계가 보로메오 매듭(Borromean knot)처럼 서로서로 얽혀 있다.

이것은 소세키가 서양의 세기말적 신비주의 사상에 강한 영향을 받았다는 사실을 말해준다. 그의 소설에서 그 영향의 흔적을 발견하기란 그리 어렵지 않다. 『나는 고양이로소이다』에서 펼쳐지는 '영혼의 감응'의 세계, 「환영의 방패」와 「유령의 소리」에서 드러나는 '주술'적 세계, 「런던탑」과 「북망행」에서 느껴지는 '환영'의 세계, 「취미의 유전」에서 밝혀지는 '유전'의 세계가 그렇다. 이후의 소세키 작품들은 이들 세계의 심화와 확대에 불과하다.

독자는 여기서 소세키가 메이지유신 이후 문명개화라는 시대적 흐름에 역행하는 환영과 주술, 그리고 유전의 세계를 작품 속에 집중적으로 끌어들인 이유에 대해서 짚고 넘어갈 필요가 있다.

소세키는 당시 자연주의로부터 일정한 거리를 유지하면서 창작활동을 하였다. 그와 자연주의의 관계는 대중적인 작품인 『도련님』(1906)의 문학적 운명 속에 잘 드러난다. 일본의 자연주의 문학은 시마자키 도손(島崎藤村)이 『파괴』(1906)를 발표하고 나서 확립된다. 자연주의 이후, 『도련님』의 대중성은 경멸받는다. 왜냐하면 자연주의는 새로운 문학의 관념을 수립하기 위해 이전 문학의 많은 부분을 제거했는데, 그 핵심에 대중성이 놓여 있었기 때문이다.

이러한 문학사적 사건은 자기본위의 문학을 추구하는 소세키가 자연주의의 대척점에 섰던 분명한 이유를 설명해주지는 못한다. 그가 자연주의에 맞선 까닭은 친구 마사오카 시키의 그림을 품평하는 대목에서 잘 나타난다. 예술은 생략과 함축미가 있어야 하는데, 「시키의 그림」(1911)에서 설명하듯 자연주의 예술은 그렇지 못하다는 것이다.

자연주의를 바라보는 소세키의 시각에는 문명적 대타의식이 숨어 있다. 그 대타의식은 서양 근대문명을 따라잡을 수 없다는 절망감에서 비롯되었다. 그 절망감이 얼마나 깊었던지 영국유학에서 돌아온 후 12년이나 지나서 쓴 『한눈팔기(道草)』(1915)에서 당시의 심경에 대해 "높은 칼라를 달고 외국에서 돌아온 겐조는 이토록 비참한 비경에 처한 자신의 처자를 말없이 바라볼 수밖에 없었다. 하이칼라인 그는 아이러니로 인해 엄청난 충격을 받아 움쭉달싹할 수가 없었다. 그의 입술은 쓴웃음을 지을 용기마저 남아 있지 않았다"고 적고 있다.

서양 근대문명과 대비되는 일본의 비참한 현실 앞에 '그의 입술은 쓴웃음을 지을 용기마저 남아 있지' 않았던 것이다. 『나는 고양이로소이다』의 고양이 눈에 피어난 역설적인 웃음도 바로 그런 절망감에 대한 작가의 표정이라 할 수 있다. 그 절망감은, 「런던탑」에서 "마치 시골토끼를 번화가 한복판에 팽개쳐버린 상태라고나 할까. 거리에 나서면 사람들의 물결에 휩쓸려버리지나 않을까 걱정이었고, 집에 들어와서는 기차가 내 집과 충돌하지나 않을는지 근심에 휩싸였던 시절이었다. 나는 늘 불안한 상태였다"고 표현될 만큼, 실존적 공포의 체험이었다.

이 체험은 「칼라일 박물관」에서 칼라일의 사층 서재까지 들려오는 지상의 '소리'에 관한 것이다. "영국에서 칼라일을 괴롭힌 소리는 독일에서 쇼펜하우어를 괴롭힌 소리다." 모든 이야기는 이야기하는 사람의 내면을 비춘다는 사실을 생각해보면, 칼라일과 쇼펜하우어를 괴롭힌 소리의 정체는 바로 소세키의 마음을 불안에 떨게 하던 런던의 소리라는 것을 알 수 있다. 그 소리는 사람의 몸을 움츠리게 하고(「이백십 일」,

1908), 나의 신경을 자극하여(「이상한 소리」, 1911), '세상의 이치와 사상, 시와 미술의 아름다움을 못 느끼게'(「칼라일 박물관」, 1905) 만들어 인간의 내면을 갉아먹는 근대문명에 대한 은유이다.

그러나 소리가 꼭 근대문명에 대한 비판의 메시지만 담고 있는 것은 아니다. 꿈속에서 울리는 「교토의 저녁」(1907)의 '시계 소리', 「몽십야」(1908) <제2야>의 '벽시계 소리', <제3야>의 '눈먼 아이의 목소리', <제4야>의 '노인의 노랫소리', <제5야>의 '야마노자쿠(天探女)의 닭 흉내소리', <제10야>의 '돼지의 비명소리'처럼 삶의 본질을 깨닫게 하는 계기로도 나타난다. 그리고 소세키의 소설에서 '소리'의 메타포적 의미변화는 그의 소설적 관심이 '문명의 개화'에서 '내면의 발견' 쪽으로 옮겨가고 있음을 가리킨다.

3. 일상의 내면풍경에 몰입하다

1907년 4월, 41세의 소세키는 모든 대학 강사직을 내던지고 아사히 신문의 전속작가가 된다. 이때 그의 문학은 다른 방향으로 선회한다. 그 특징은 「현대일본의 개화」(1911)와 「나의 개인주의」(1914)라는 강연 속에 잘 드러난다. 두 강연의 제목을 보면 소세키의 자기본위의 세계는 '개화'에서 '나'로 옮겨지고 있다. 그러나 이러한 변화는 실제 작품에서 두 강연보다 3 – 4년 빨리 진행되었다.

자기본위의 세계가 '개화'에서 '나'로 바뀌는 길목에 소세키의 소설 세계에서 예외적인 작품으로 평가받는 『갱부(坑夫)』(1908)가 놓여 있다. 이 작품은 도시 쁘띠부르주아의 생활을 주요소재로 삼고 있다. 그는 이 작품을 통해 자신의 계급적 한계를 넘어 새로운 세계로 나아가고자 했지만, 계속해서 추구하지는 않았다. 『갱부』 이후, 그는 「문조(文鳥)」

(1908), 「몽십야(夢十夜)」(1908), 「영일소품(永日小品)」(1909) 등 일련의 작품을 통해 일상의 내면풍경 속으로 들어간다.

이 가운데 「문조」와 「편지」만 단편의 형식을 갖춘 작품이다. 「몽십야」는 열 편, 「영일소품」은 스물다섯 편의 짧은 소품들을 모아놓았다. 네 편의 내용은 상호 텍스트적으로 짜여 있으며, 그 주제는 세 가지로 압축된다.

첫째, 근대적 일상세계의 모순과 그것을 극복하려는 노력을 보여주는 텍스트들이다. 「문조」, 「몽십야」의 <제10야>, 「영일소품」의 <인간> <돈벌이> <돈>. 「영일소품」부터 살펴보자. <인간>에서는 '경찰'을 향해 "나는 인간이다"라고 소리치는 '주정꾼'을 통해, <돈벌이>에서는 '법을 아는 장사꾼'이 '법을 모르는 장사꾼'에게 사기치는 위선을 통해, <돈>에서는 화폐의 본질에 대한 '쿠코쿠시'(空俗子)와 '나'의 대화를 통해, 근대적 일상세계가 이성과 광기·합리와 비합리·가치와 교환가치로 분열되어 있음을 담담하게 그려내고 있다.

이 근대적 일상세계의 모순을 극복하려는 노력은 「몽십야」의 <제10야>에서 과일가게를 운영하는 '지극히 선량하고 정직한 인물'에 의해 상징적으로 시도된다. '쇼다로우'는 어느 날 저녁 한 여자 손님과 함께 절벽 꼭대기로 가게 된다. 그는 거기서 자신을 핥아 죽일 것처럼 달려드는 돼지들을 몽둥이로 쳐서 차례로 격퇴한다. 그러나 칠 일 동안 계속된 싸움 끝에 기력이 다해 쓰러진다. 돼지들은 혀로 핥고, 코로 비비며 그에게 온갖 수모를 안긴다. 여기서 '돼지들'은 근대사회의 '이해(利害)관계'와 '일상생활'을 표상한다.

어느 시대 어느 사회에서나 일상세계는 철옹성이다. 그곳에서의 삶은 순응 아니면 탈출이다. 순응은 쉽다. 그렇다면 탈출은? 두 경우 모두 정신적 혹은 육체적 죽음의 대가를 치러야 한다. 그 대가를 치르지 않으려면, 탈출할 힘이 생길 때까지 일상생활을 곱씹으며 내면세계를 다듬어야 한다. 「문조」의 경우가 그렇다. 아무도 얼씬거리지 않는 '나'의 서재 주위는 '종이 위로 달리는 펜 소리를 들을 수 있을' 만큼 고요하다. 그때 제자 미에기치(三重吉)가 나에게 찾아와 '문조'를 키워볼 것을 권유한다. 나는 문조를 키우며 '밥 먹는 시간을 제외하고는 모든 시간을 소설 창작에' 매달린다. 그러나 글쓰기의 고독은 마음속에 더욱 깊어만 간다. 어느 날 문조가 죽고, '나'는 잘 '써지지도 않는 소설'을 붙잡고 있다.

「문조」는 서재에 고립된 채 외롭게 소설을 쓰는 작가의 내면풍경에 대한 묘사이다. 그러니까, 문조의 죽음은 소설쓰기의 치명적 강도를 의미한다. 실제의 삶에서 소세키는 문조의 운명을 닮아갔다. 그는 1910년 6월에 『문』을 탈고한 후 위궤양 진단을 받고, 8월에 슈젠사(修善寺)로 요양을 떠난다. 거기서, 그는 슈젠사 대환으로 불리는 30분 동안 죽음을 체험하게 된다. 「회상」(1910)은 바로 그때의 내면풍경을 기록한 것이다.

소세키의 소설에서 내면풍경을 볼 수 있는 형태는 일기, 편지, 유서 등 다양하다. 「취미의 유전」의 '전쟁일기', 「런던 소식」(1901)의 '일기', 「편지」(1911)의 '편지', 『마음』(1914)의 '유서'. 네 편의 작품은 메이지 시대 사람들이 겪었던 일상의 내면풍경을, 「문조」와 「회상」은 작가의 내면풍경을 보여준다.

둘째, 근대문명에 대한 안티테제로서의 전통세계를 그려내고 있는 텍스트들이다. 「영일소품」의 <뱀>과 「몽십야」의 <제3야>, 「영일소품」의 <마음>과 「몽십야」의 <제1야>·<제6야>. 이들 작품에서는 개화의 과정에서 사라진 전통세계가 '백 년'이라는 화두 속에 저주와 예언의 목소리로 울려퍼진다. 두 목소리는 문명개화의 명암을 단적으로 드러낸다.

저주의 목소리는 「영일소품」의 <뱀>과 「몽십야」의 <제3야>에서

들을 수 있다. <뱀>에서 '아저씨'의 그물에 걸린 '뱀'은 모가지를 꼿꼿이 세우고 '나'에게 "기억해 둬."라고 말하며 숲 속으로 사라진다. 그 목소리는 아저씨의 목소리였다. 나는 조금 전 말한 게 아저씨였느냐고 묻는다. 아저씨는 누구인지 모른다고 대답한다. <제3야>에서 '눈먼 아이'는 '아버지'에게 "네 놈이 나를 죽인 것은 지금으로부터 백 년 전이었지"라고 이야기하며, 아버지에게 살인의 추억을 떠올리게 한다. <뱀>에서 뱀과 아저씨의 목소리가 겹쳐지고 갈라지는 순간은, <제3야>에서 '백 년 전' 아버지가 자식을 죽인 시간의 원점과 같다.

그 원점에서부터 예언의 목소리가 시작된다. 그것은 시간의 강 저 깊숙이 모습을 드러내지 않고 존재하는 자기본위의 세계로, '운케이(雲慶)'가 끌과 망치로 혼신을 다해 파낸 '이미 나무 속에 각인되어 있던'(「몽십야」의 <제6야>) 인왕상의 얼굴로 나타난다. 그 얼굴은 "눈, 코, 입, 눈썹, 이마가 하나로 뭉쳐, 오직 나를 위해서 만들어진 얼굴이다. 백 년 전부터 거기 그렇게 서서 한결같이 나를 기다리고 있던 그런 얼굴이다. 백 년 후에도 나를 데리고 어디든 갈 듯한 얼굴이다. 말없이 말을 하는 얼굴이다."(「영일소품」의 <마음>) 이처럼 묵시의 언어로 된 예언의 '백 년은 이미 와 있었'(「몽십야」의 <제1야>)고, '백 년 전부터' '백 년 후까지'라는 표현에서 보듯 모든 역사를 넘어서 있다.

'백 년'은 전통의 상실과 발견이 교차하는 상징적 시간이다. 이 상징적 시간은 근대문명에 절망하고 하늘을 향해 "아! 그대와의 만남은 내가 죽을 때까지 불가능한 것이었던가. 전지전능하신 신이 창조하신 광대한 극장, 눈에 넘쳐나는 이 무한, 이것들 역시 찰나에 사라지는 허망한 것이었던가."(「칼라일 박물관」)고 절규하던 칼라일의 모습 속에서 확인된 바 있다. 그러나 칼라일과 달리, 소세키는 '백 년'이라는 화두를 가지고 근대문명에 휩쓸려가는 메이지 시대 사람들에게 자기본위의

'오래된 미래'를 회복하라고 역설적으로 말하고 있는 것이다.

셋째, 근대문명과 공존할 수밖에 없는 개인의 숙명을 보여주는 텍스트다.「몽십야」의 <제5야>・<제7야>. <제7야>에서 '나'는 어디로 가는 지 알 수 없는 '큰 배'에 타고 있다. 배에는 그 숫자를 헤아릴 수 없을 정도로 사람들이 많다. 나는 익명의 사람들 틈에서 생겨나는 고독을 이기지 못하고 바다에 투신한다. 나는 검은 파도 쪽으로 떨어지면서 목숨이 아깝다는 생각과 함께, 타고 있는 편이 좋았다고 처음으로 깨닫는다. 이 소품에서 소세키는 '큰 배'로 상징되는 근대문명의 표류 속에서 겪는 개인의 실존적 불안과 절망을 담아내고 있다. 그러나 그 죽음의 인상은 근대문명을 바라보는 작가의 내면풍경에 새겨진 삶의 역광이다.

이 내면풍경은 <제5야>에서 역설적 비유로 표현된다. '나'는 적의 포로다. '여자'는 나를 구하기 위해 백마의 잔등에 올라타고 내달린다. 나는 여자가 새벽닭이 울기 전까지 이곳에 당도해야 살 수 있다. 적장은 그때까지만 나의 목숨을 연장해주었다. 백마는 더욱 맹렬하게 달려온다. 그때 깜깜한 길가에서 꼬끼오 하는 닭울음소리가 들린다. 두 번째 소리에 여자가 놀라 말고삐를 늦추자, '백마'(생의 희망)는 '바위'(우연)에 부딪쳐 그녀와 함께 '깊은 연못'(불안과 절망)에 빠진다. 그러나 실제로 닭은 울지 않았다. 닭의 울음은 '야마노자쿠(天探女)의 흉내소리'(문명의 개화소리)였다. '말굽 흔적'(운명의 흔적)은 지금도 바위 위에 남아 있다. 이 말굽 흔적이 남아 있는 한 야마노자쿠(문명)는 '나'(작가)의 적이다.

4. 자기본위의 세계를 이탈하다

소세키의 소설에서 '근대화론'과 '인격론' 사이에서 발생한 위상의 차이는 자기본위 자체의 이중구조와 평행관계를 이룬다. 그러나 이 전제는 러일전쟁(1904−5)과 맥락이 닿아 있는 작품들을 논의할 때는 수정이 불가피하다. 그는 러일전쟁과 관련해서 단편소설 「취미의 유전」(1905)과 「만한(滿韓) 이곳저곳」(1909), 평론 「전후문학의 추세」(1905)를 남겼다. 그러나 세 편의 글이 4년 만에 씌어진 사실을 감안하면, 그 내용의 진폭이 너무나 엄청나 우리를 놀라게 한다.

소세키의 사상은 4년이라는 짧은 기간 동안 어떻게 큰 변화를 겪을 수 있었을까. 일차적 해답은 같은 해에 발표된 「취미의 유전」과 「전후문학의 추세」의 비교를 통해 얻을 수 있다. 「취미의 유전」은 이중구조로 짜여져 있다. 그것은 러일전쟁을 비판하고 있는 초반부와 나−여인−고우이치의 삼각관계를 보여주는 후반부의 차이에서 명확하게 드러난다. 다음은 「취미의 유전」 맨 앞부분이다.

> 날씨는 신을 미치게 만든다. "사람을 도살해서 굶주린 개를 구하라." 구름 속에서 신의 외침이 들려왔다. 그 소리는 동해를 뒤흔들고 만주 끝까지 울려퍼졌다. 그 순간 일본인과 러시아인은 미친 신의 요구에 발을 벗고 나섰다. 그들은 백 리나 되는 북방의 들판에서 죽음의 살육전을 벌였다. 들판은 주검으로 가득했다. 망망한 평원이 끝나는 저 멀리에서 헤아릴 수조차 없는 많은 맹견들이 비린내 진동하는 바람을 뚫고 총탄이 날아오듯 달려왔다. 미친 신이 덩실덩실 춤을 추며 "피를 빨아먹으라!"라고 소리친다.

여기서 '날씨'는 당시 만연하던 제국주의에 대한, '미친 신'은 일본천황과 러시아 차르 황제에 대한 은유이다. '미치게', '도살', '굶주린 개', '미친 신', '죽음의 살육전', "피를 빨아먹으라!" 등의 수사를 보면, 우리는 소세키가 러일전쟁을 얼마나 격렬하게 비판했는지 확인할 수 있다.

그러나 작품 후반부의 분위기는 일변하여 달리 이상하리만치 차분하다.

　작품의 후반부는 자연의 본능과 사회적 윤리의식 사이에서 괴로워하는 '나'의 내면심리를 '부모미생이전'(父母未生以前)의 사랑이 유전되느냐 그렇지 않느냐의 문제로 치환하여 교묘하게 숨기고 있다. 그러나 '나'의 태도는 자신의 본능에 충실하기 위해 전사한 친구를 배신해야만 하는 메이지 시대 한 지식인의 또 다른 모습이다. 이러한 '나'의 내면적 특성은 『그후』(1909)의 '다이스케'(代助), 『문』(1910)의 '소스케'(宗助), 『마음』(1914)의 '선생님'에게까지 지속된다. 이것은 「취미의 유전」이 자기본위의 한 축인 '인격론'의 관점에서 씌어졌다는 사실을 말해준다.

　가라타니 고진은 이것에 대해 「소세키론1」(1977)에서 소세키가 '중간계급'의 인간적 갈등을 최대한 묘사하면서, 한편으로는 '자연'의 충동을 긍정하지 않으면 안 되었고, 다른 한편으로는 그 결과 용서받지 못할 '죄'를 짓게 되는 이율배반을 반복해서 썼다고 평하고 있다. 그럼 「전후문학의 추세」는 어떠한가. 이 평론은 청일전쟁(1894－5)의 승리에 열광하지 않았던 소세키가 러일전쟁의 승리에는 얼마나 대단한 민족적 자긍심을 가졌는지 확인시켜준다.

　　자, 그렇다면 문학방면에도 그 영향이 미치리라는 것은 말할 것도 없다. 지금까지는 서양에는 못 미치며, 뭐든 서양을 흉내내지 않으면 안 된다고 생각하며 모두가 서양을 숭배하고 서양에 심취해 있었지만, 자신감을 갖게 되면 그러한 생각도 달라진다. 일본은 어디까지나 일본이다. 일본에는 일본의 역사가 있고 일본인에게는 일본인의 특성이 있다. 억지로 서양을 모방하는 것은 옳지 않다. 서양만이 표준이 아니다. 우리들도 표준이 될 수 있다. 서양을 이길 수 없는 것은 아니라고 생각한다.

소세키는 러일전쟁의 승리에 열광하였다. 그는 거기서 일본이 서양 근대문명의 영향으로부터 벗어날 수 있는 계기를 발견했고, 자신도 런던 유학 이래 짓눌러 있던 서양 근대문명의 압박감으로부터 어느 정도 해방될 수 있었다. 그 해방감은 서양만이 '표준'이 아니라, 일본도 하나의 '표준'이 될 수 있다는 자신감에서 읽을 수 있다. 러일전쟁의 승리는 일본의 외발적 근대화에 절망하던 그에게 자발적 근대화의 가능성을 확인시켜주었다.

그러나 전후 일본이 서양의 영향권에서 벗어나 제국주의로 치닫게 되었을 때, 소세키의 자기본위의 세계는 사상적 모순에 빠지게 된다. 그 모순은 '서양문명 대 일본의 문명개화'라는 사상적 구도가 '일본의 문명개화 대 일본의 동아시아 지배'라는 역사적 현실로 바뀔 때 극명하게 표출된다. 전자에서 그는 동서양 문명의 충돌 속에서 생겨난 정신적 갈등과 알력의 모순을 어떻게 주체적으로 정립해 나가야 하는지 그 역사적 과제를 제시하는데 주력하지만, 후자에서 그는 제국주의적 관점에 서 있다. 후자의 관점은 만주와 한국을 여행하고 쓴 「만한 이곳저곳」 속에 잘 나타나 있다.

남만철도회사(南滿鐵道會社) 총재였던 절친한 친구 나카무라 제코(中村是公)의 초대로, 소세키는 1909년 9월 1일부터 10월 17일까지 46일 동안 만주(滿洲) 일대와 한국을 여행한다. 다롄(大連) − 뤼순(旅順) − 고려성(高麗城) − 안둥현(安東縣) − 펑톈(奉天) − 푸순(撫順) − 한국(韓國). 그는 「만한 이곳저곳」에서 중국과 조선 민중들의 고통에 대해서는 침묵한 채, 그들의 '불결한' 생활습관만 묘사해 놓았다.

근대의 위생관념은 제국주의적 감수성의 하나로, 그 나라의 문명수준을 가늠하는 척도다. 그러니까, 청결과 불결은 문명과 미개를 구분하는 잣대가 된다. 조선인과 중국인을 바라보는 소세키의 시선은 그만의 개인적 특성이 아니라 당시 제국주의에 물들어가던 일본인들의 머릿속을 가득 채우고 있던 문명인의 긍지에 해당한다. 이 점에서 그의 시선은 제국주의자의 그것과 겹쳐진다.

소세키는 일본의 운명이 바람 앞의 촛불처럼 위태로웠을 때는 서양 '문명의 괴수들을 격파해 나가는 데'(「이백십 일」, 1908) 집중하였지만, 일본이 동양의 괴수가 되었을 때는 그렇게 하지 않았다. 자기본위가 제국주의 이데올로기에 깊이 침윤되어 있을 때, 그 사상적 정당성은 의심받지 않을 수 없다. 자기본위는 타자의 자기본위를 인정할 때, 그 사상적 정당성을 획득할 수 있다.

히야마 히사오(檜山久雄)는『동양적 근대의 창출』(1976)에서 소세키에 대해 '자신의 문학을 빌어 독자적인 근대를 창출하려 애쓴 거의 유일한 문학자'였다고 옹호하면서도, '살아 움직이는 동양의 현실에 대한 무지와 몰이해를 속속들이 드러내고 있을 뿐'이라고 비판하였다. 비유해서 말하자면, 소세키의 문학에서 전쟁은 야마노자쿠의 닭 흉내 소리다. 그 때문에 그는 자기본위의 문학 속에 영원히 지울 수 없는 '말굽 흔적'을 남겼다.

5. 소세키의 소설을 저작(咀嚼)하며

이러한 한계에도 불구하고, 소세키의 소설은 메이지 시대의 사회 분위기를 독창적으로 체현한 문학이다. 비록 그가 메이지 천황보다 4년 늦게 죽었지만, 그의 죽음은 메이지 시대의 상징적 종언을 의미한다. 이러한 사실은『마음』에서 천황의 죽음에 대해 "이때 나는 메이지 정신이 천황에서 비롯되어 천황으로 끝난 것처럼 느꼈다. 가장 강력하게 메이지의 영향을 받았던 우리들이 이후에 살아남으면 필경 시대에 뒤떨어질 것이라는 느낌이 강렬하게 내 가슴에 닿아왔다."고 표현한 대목을 통해 유추할 수 있다.

메이지 시대의 사람들은 서양문명의 수용과정에서 동양적인 것과 서양적인 것 사이에 생겨난 정신적 혼란과 갈등에 빠져 있었다. 소세키의 문학이 시종일관 한문학과 영문학, 개인(나)과 개화, 자연과 문명의 대립적 구도의 틀을 벗어나지 못한 것도 이러한 시대적 특성의 역설적 반영이다. 그의 독창적 문학은 이 모순을 이해하지 않고서는 생각할 수 없다. 바로 이 모순의 대립과 융합의 끝없는 과정 속에서 소세키의 자기본위의 문학이 가능했다. 그리고 그것은 인간의 본질과 근대적 삶의 방식에 있어서 관계의 지평을 새롭게 열려는 작가의 피나는 고투의 과정이었다.

이렇게 본다면, 소세키의 사상적 모순은 그 자체가 시대정신의 반영이다. 비록 그의 문학이 일본의 동아시아 지배라는 역사적 순간에 제국주의적 '차별의 에크리튀르'로 기울어지기도 하지만, 서양문명의 거센 도전을 넘어서기 위한 '차이의 에크리튀르'를 통해 동양적 근대를 창출한 것도 의심의 여지없는 사실이다. 그는 소설을 쓰면서 모순에 빠진 것이 아니라, 시대적 모순을 창작방법론으로 승화시켰던 것이다. 이 '모순의 창작방법론'은 그의 『문학론』(1904)에 'F＋f'라는 유명한 공식으로 제시되어 있다.

> 무릇 문학적 내용의 형식은 'F＋f'일 것을 요구한다. F는 초점적 인상 또는 관념을 의미하고, f는 이것에 부착된 정서를 의미한다. 그러면 이 공식은 인상 또는 관념의 두 방면, 곧 인식적 요소(F)와 정서적 요소(f)의 결합을 보여주는 것이라고 말할 수 있다.

여기서 'F＋f'라는 공식은 한문학과 영문학, 개인과 개화, 자연과 문명이라는 질적인 차이를 양적인 비율로 보는 것을 의미한다. 이 둘의 관계가 서로 스며들면서 소세키의 문학적 내면풍경을 형성했다. 자기본위의 문학은 근대문학의 사상적 형식(F) 속에 자기가 살고 있는 생활세계(f)를 구현하면서 성립되었던 것이다. 아무리 새로운 문학이라도 영향관계로 바라보면 'F+f'의 공식을 벗어날 수 없다.

지금까지 살펴본 소세키 문학의 궁극적 지향점은, 소세키가 죽기 직전 두 제자 아쿠타가와 류노스케(芥川龍之介)와 구메 마사오(久米正雄) 앞으로 보낸 편지(1916년 8월 24일자)에 잘 드러나 있다.

> 서둘러서는 안 되네. 머리를 너무 써서는 안 되네. 참을성이 있어야 하네. 세상은 참을성 앞에 머리를 숙인다는 것은 알고 있나? 불꽃은 순간의 기억밖에 주지 않네. 힘차게, 죽을 때까지 밀고 가는 걸세. 그것뿐일세. 결코 상대를 만들어 밀면 안 되네. 상대는 계속해서 나타나게 마련일세. 그리고 우리를 고민하게 한다네. 소는 초연하게 밀고 가네. 무엇을 미느냐고 묻는다면 말해주지. 인간을 미는 것일세. 문사를 미는 것이 아닐세.

서두르지 말고 머리를 쓰지 말고 참을성 있게 죽을 때까지 소처럼 인간을 밀고 나가라는 소세키의 말에서, 우리는 동양적 근대를 창출한 위대한 작가의 정신적 품격을 느낄 수 있다. 이 점에서 소세키의 소설을 읽는다는 것은 단순히 재미있는 소설을 읽는다는 차원을 넘어선다. 소세키읽기는 시차는 있지만 중국의 루쉰(魯迅: 1881~1936)과 우리나라의 이광수(1892~1950), 즉 한·중·일 세 나라의 문명개화 과정 속에 얽혀있는 동아시아 정신사의 중요한 한 측면을 살펴보는 작업이다.

제2부

문학과 정신분석

라캉의 정신분석 담론을 통해본 황석영의
『손님』(2001)

1. 문명과 라캉의 정신분석 담론

서구이론의 잣대로 우리의 작품을 분석할 때 종종 작품을 이론으로 재단하는 위험에 빠진다. 이럴 경우, 꼭 이런 방식으로 작품을 분석해야 그 본질에 가 닿을 수 있는 것인지 회의가 들 수 있다. 그러나 작품을 분석하는 방법은 연구자에 따라 모두 다르고, 또 달라야 한다. 그리고 연구자가 왜 그 방법을 선택했는지 그 의도도 중요하다.

필자가 국문학계에서 쓰는 일반적인 연구방법이 아니라 라캉의 정신분석 담론으로 황석영의 『손님』을 분석한 이유는 이 이론이 인류 정신문명의 역사적 차원을 극명하게 보여주기 때문이다. 우연인지 아니면 작가의 의도인지 몰라도, 『손님』의 서사를 지배하는 다양한 특징들은 라캉의 정신분석 담론 속에 드러나는 핵심적 사항들과 일치한다. 이러한 특징은 한국소설사에 흔하지 않은 문학적 현상으로 받아들여진다. 그러니까 라캉의 정신분석 담론으로 『손님』을 분석해보면, 개화기부터 현재에 이르기까지 우리의 정신이 어떻게 변화해 왔는지 가늠할 수 있다.

라캉은 담론(discourse)이라는 용어를 '언어에 기초한 사회적 연대', 즉 언어의 상호주체적 속성을 강조할 때 사용한다. "담론이란 용어는 '돌아다닌다'는 의미를 가진 라틴어 'discurrere'로부터 왔다. 하나의 담론은 돌아다닌다. 그것은 하나의 질문, 그리고 그 질문이 추구하는 대답에 따라 움직인다. 대답의 발견은 진리의 발견과 같은 의미를 지닌다."[1] 여기서 '돌아다닌다'는 담론의 기원적 의미가 인간주체를 기표의 연쇄효과의 차원으로 파악하는 라캉의 사상을 정확하게 알려준다.

라캉의 정신분석 담론은 주인 담론, 대학 담론, 히스테리 담론, 분석가 담론으로 구분된다. 담론을 구성하는 요소들은 주인기표(S1), 다른 기표 혹은 지식(S2), 잉여향유 혹은 욕망의 원인(a), 분열된 주체($)[2]라

---

1) 페터 비트머 지음, 홍준기/이승미 옮김, 『욕망의 전복』, 한울, 1998, 163쪽.
2) 라캉의 정신분석 담론에서 주인기표(S1), 다른 기표 혹은 지식(S2), 잉여향유 혹은 욕망의 원인(a), 분열된 주체($)는 각자의 위치를 바꿔가며 네 가지 담론을 생산해 낸다. 각각의 특징은 다음과 같다. ①주인기표는 다른 기표 혹은 지식에 대한 주체를 나타낸다. 더 정확히 말해 모든 다른 기표들에 대한 주체를 나타낸다. ②다른 기표 혹은 지식은 상상적 지식(connaissance)과 상징적 지식(savoir)으로 구분된다. 상상적 지식(connaissance)은 상상계에 속하는 일종의 자기지식이다. 자아를 구성하는 자신에 관한 상상적 지식에 주체가 이르게 되는 것은 오해 또는 오인에 의해서이다. 따라서 자아라는 것은 자기통달과 통일성의 환상에 기초한 일종의 착각적인 자기지식이다. 반면, 상징적 지식(savoir)은 정신분석 치료가 목표로 하는 지식이다. 그것은 주체가 맺고 있는 상징계와의 관계에 대한 지식일 뿐만 아니라 그 관계 자체이다. 주체의 상징적 우주, 즉 의미화 연쇄(S2)에서 이 지식은 단지 기표들의 분절이다. 무의식은 그것이 '알려지지 않은 지식', 즉 주체가 자신의 알고 있음을 알지 못하는 지식인 한에 있어서는 상징적 지식의 다른 이름일 뿐이다. ③잉여향유 또는 욕망의 원인은 결코 획득될 수 없는 대상을 지시한다. 이것이 바로 라캉이 a를 욕망의 '대상원인'이라고 부른 이유이다. a은 욕망을 작동시키는 어떤 대상, 특히 욕동(drive)을 정의하는 부분대상들이다. 욕동은 a을 얻으려고 하기보다는 오히려 그것의 주위를 맴돈다. a은 불안의 대상이며, 결국 환원될 수 없는 리비도의 저장소이기도 하다. ④분열된 주체는 S를 빗장으로 가로질러 빗금친 주체, $로 상징화된다. 여기서 분열은 완전히 현존하는 자의식의 개념이 불가능함을 의미한다. 주체는 그 자신에 대해 결코 알 수 없으며, 언제나 그 자신의 지식으로부터 단절된다. 그러므로 이는 무의식이 현존함을 나타내며, 또한 이는 기표의 결과이다. 주체는 그가 말하는 존재라는 바로 그 사실에 의해 분열된다. 왜냐하면 말은 언술의 주체를 언표의

고 불린다. 이들 요소들이 놓여지는 각각의 위치는 행위자, 타자, 생산, 진실로 언제나 동일하다. 네 가지 담론은 이들 요소들이 어디에 배치되느냐에 따라 다르게 형성된다. 그렇기 때문에 네 가지 담론은 하나의 공통된 기본구조를 띠며, 그 형식적 기본구조는 아래의 도표와 같다.

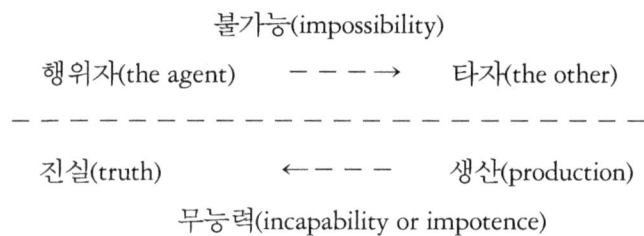

이 도표의 "가로선(bar)의 윗부분(행위자와 타자)은 아랫부분(생산과 진실)에 비해 그리고 왼쪽 부분(행위자와 진실)은 오른쪽 부분(타자와 생산)에 비해 상대적으로 능동적이거나 우월적인 위치에 해당한다. 그리고 행위자와 진실 및 타자와 생산 사이에 위치한 가로선은 양자 사이의 소통을 제한하거나 방해하는 일종의 장애물로서 기능을 하며, 행위자는 진실로부터, 타자는 생산 혹은 생산물로부터 각각 차단되어 있거나 분리되어 있다."3)

그런데 행위자는 타자 없이는 자신의 존재가 불가능한데도, 타자 역시 자기 못지않게 중요하다는 사실을 전혀 고려하지 않는다. 따라서 라캉은 지배관계의 정당화가 불가능하다는 것을 설명하기 위해 행위자와 타자 사이의 화살표에 '불가능'이란 단어를 써넣는다.4) "만약 행위자가

주체로부터 분리시키기 때문이다.(딜런 에반스, 김종주 외 옮김, 『라캉 정신분석사전』, 인간사랑, 1998;'담론', '지식', '타대상', '주체', '분열' 항목 참조)
3) 김태숙, 「콘라드(J.Conrad)의 정치소설과 라캉의 담론이론」, 경희대학교 박사학위논문, 2004, 40쪽.

타자에게 자신의 진실을 완벽하게 말로 표현할 수 있다면, 타자 역시 그 진실을 이해하고 수용하여 응답할 것이고, 그 결과 생산은 진실과 밀접한 관계를 맺을 것이다. 그러나 이 전제조건은 결코 충족될 수 없기 때문에, 생산은 진실과 직접적인 관계를 맺을 수 없다. 이런 이유에서 타자의 생산은 행위자의 진실에 대해 '무능력'하다."[5]

이때 담론을 정의하는 데 있어서 행위자의 위치가 지배적인 위치를 차지한다. 그 까닭으로 이들 요소를 배치할 때 우선적으로 행위자의 위치가 고려된다. 네 가지 담론 가운데 첫 번째 자리를 차지하는 주인 담론에서 이들 요소들은 행위자의 위치에서부터 시계방향으로 주인기표(S1), 다른 기표 혹은 지식(S2), 잉여향유 혹은 욕망의 원인(a), 분열된 주체($)의 순서로 배분된다. 주인 담론을 중심으로 시계 방향으로 1/4씩 회전시키면 '주인 담론 → 히스테리 담론 → 분석자 담론 → 대학 담론'이, 시계 반대방향으로 1/4씩 회전시키면 '주인 담론 → 대학 담론 → 분석자 담론 → 히스테리 담론'이 만들어진다. 네 가지 담론을 도표로 나열하면 다음과 같다.

주인 담론	히스테리 담론
$S1 \rightarrow S2$	$\$ \rightarrow S1$
$\$ \leftarrow a$	$a \leftarrow S2$

---

4) 페터 비트머, 앞의 책, 170쪽 참조.

5) 김태숙, 앞의 논문, 43쪽.

대학 담론	분석자 담론

$$S2 \rightarrow a \qquad\qquad a \rightarrow \$$$

$$- - - - - \qquad\qquad - - - - -$$

$$S1 \leftarrow \$ \qquad\qquad S2 \leftarrow S1$$

"먼저 각각의 담론이 담고 있는 초보적 내용을 다시 기억하자면, 주인의 담론과 대학의 담론은 앞쪽으로 가는 담론, 개척하고 일구고 펼치고 확장해가는 담론이다. 반면 히스테리 담론과 분석자 담론은 뒤로 가는 담론, 뒤집는 담론, 처음을 묻는 담론이다."[6] 앞의 두 담론이 최초 담론의 성립과 그 확장이라면, 뒤의 두 담론은 앞의 두 담론에 의해 발생된 어떤 결과에 대한 회의와 전복을 보여준다.

여기서 분석할 황석영의 <손님>은 이 네 가지 담론이 우리의 역사적 현실 속에서 어떻게 구성되었고, 어떤 형태로 작동하고 있는지, 또 왜 해소되어야 하는지를 구체적으로 보여준다.

2. 주인 담론과 광기의 역사

라캉의 주인 담론은 헤겔의 『정신현상학』(1806)에 나오는 '주인과 노예의 변증법'에 그 근원을 두고 있다. 이 변증법은 "모든 욕망은 타자의 욕망을 욕망한다."는 것을 잘 보여 준다. 욕망의 근원에는 나의 존재를 타자에게 인정받으려는 '인정투쟁'의 의지가 놓여 있다. 타자 또한

---

6) 김상환/홍준기 엮음, 『라캉의 재탄생』, 창작과 비평사, 2002, 545쪽.

'인정투쟁'의 의지를 가지고 있으므로, 둘은 인정을 위한 '목숨을 건 투쟁'을 전개할 수밖에 없다. 그러나 둘은 죽음 직전에 투쟁을 멈추어야 한다. 노예가 없다면, 주인의 주인됨은 이 지상에서 아무런 의미가 없기 때문이다.[7)]

주인 담론

$$S1 \rightarrow S2$$

$$- \quad - \quad - \quad - \quad -$$

$$\$ \quad \leftarrow \quad a$$

해방공간에서 남북한은 새로운 국가건설을 위한 민족사적 전망을 상실한 채, 서로에게 오로지 자신의 이데올로기만을 강요한다. 『손님』에서 폭로되는, 주인공 요섭의 고향인 황해도 신천 찬샘골의 비극도 이로부터 비롯되었다. 해방 전 순남은 요한네 머슴이었고, 일랑은 동네머슴이었다. 해방 후, 일랑은 인민보안대원이 된 순남의 추천으로 신천군의 토지개혁위원장이 되고 마을의 토지몰수에 앞장선다. 이전의 노예(S2)가 주인(S1)의 자리로 올라선 것이다. 그러나 주인담론에서 S1에 의한 S2의 지배가 진정 불가능하다는 사실은 분열된 주체(\$)와 잉여향유(a)의 관계를 나타내는 신경증적 환상의 구조(\$ ◇ a)[8)]가 억압된 형태를 취한

---

7) 헤겔 저, 임석진 역, 『정신현상학I』, 지식산업사, 1989, 243 − 272쪽 참조.
   장 이뽈리트, 이종철/김상환 공역, 『헤겔의 정신현상학I』, 문예출판사, 1986, 177 − 238쪽 참조.

8) 신경증적 환상은 대타자가 나에게 무엇을 원하는지에 대한 질문(Che Vuoi?)에 대한 방식인데, 대타자의 수수께끼 같은 욕망에 대한 반응이다. 라캉은 이것을 수학소(\$ ◇ a)로 공식화한다. 반면, 도착적 환상은 대상과의 이러한 관계를 전도시킨 것으로, 따라서 a ◇ \$로 공식화된다. 이러한 환상은 타협으로 형성된다. 이것은 비

다는 데서 알 수 있다.

인천상륙작전의 성공으로, 지하활동을 하던 요한・상호・봉수는 재령과 신천에서 봉기를 일으켜, 그동안 공산당에 가담했던 사람들과 그 가족들을 체포 과정에서 잔혹하게 학살한다. 이러한 학살의 실상은 인민군의 종군작가였던 김사량의 『종군기』와 구상 시인의 목격담을 전하는 서정주의 『자서전』, 그리고 KAPF 창립회원이었던 팔봉 김기진의 '인민재판'에 대한 자신의 증언 속에서도 확인된다. 해방에서부터 한국전쟁이 끝날 때까지, S1(요한/상호/봉수)과 S2(순남과 일랑)의 역전과 재역전 현상은 서로를 원한의 짝패로 만들었다. 대쌍관계동학으로 설명될 수 있는 이 원한의 짝패의 가면 뒤에는 무엇이 있었을까?

전쟁 초기 일랑에게 잡혀온 상호를 탈출시켜 준 대가로, 학살의 현장에서 살아남은 소메삼촌의 증언을 통해 알아보자.

> 관사으 판자 담장 너메가 청사 뒷마당이라 돌 하나 옮게다놓고 내다보던 장소가 있어서 거기로 올라섰다. 진작에 땅거미가 깔리구 주위가 어둑신했넌데 사람덜이 둘러섰넌 게 보이두만. 그 안에 허엽스럼한 물건 둘이 보여서. 자세 보니 빨개럴 벗긴 남자 두 사람이여. 봉수가 탄띠럴 풀어 쥐구 후려치구 있대서.
> 너 이새끼, 오년 동안 밀린 소작료 내노라. 도적놈으 새끼.
> 하구 나서 다른 사람얼 또 패는 거야.
> 네 새낀 오갈 데 없넌 것덜얼 살레주갔다구 모타 기술 가르쳤더니, 공장얼 내노라구 했디. 가이넌 기래두 너이보담 낫디. 주인 은혜럴 아니깨.(222)

록 왜곡된 방식이긴 하지만 그 주체가 지닌 향락의 독특한 방식을 표현해 준다. 따라서 환상은 주체가 자신의 욕망을 계속 유지할 수 있게 해주는 것이며, 소멸해가는 욕망의 수준에서 주체가 자신을 유지할 수 있는 것도 바로 이 환상에 의해서이다. (『라캉 정신분석사전』, '환상' 항목 참조)

토지개혁에 앞장섰던 공산당원을 상대로 펼치는 봉수(S1)의 이야기에는 오로지 '오년 동안 밀린 소작료'(a)를 내라는 지주의 모습과 오갈 데 없는 것들에게 '모타 기술'을 가르쳐준 은혜를 저버린 머슴(S2)에 대한 주인의 도덕적 분노만 보여줄 뿐이다. 이처럼 한국전쟁의 기원적 이면에는 토지의 생산물(a)을 놓고 벌이는 계급갈등이 놓여 있다.

일랑(S2)을 체포한 후, 요한(S1)이 보여주는 모습도 봉수와 다를 바 없다.

> 너 이새끼 우리 땅 뺏구 천년만년 리당위원당 해먹을 줄 알았네?
> 요한이 말이 들레오구 곁에서 말리넌 소리두 들리두만.
> 이새끼 군 토지개혁위원장 지냈디. 펜하게 쥑여선 안되가서.
> 이걸 기다리던 사람덜이 한둘이 아니야. 읍내루 끌구 가자우.(214)

요한의 이야기는 '우리 땅 뺏구 천년만년 리당위원장 해먹을 줄' 알았던, 주인의 땅을 빼앗은 머슴에 대한 원한의 복수만을 보여준다. 봉수와 요한의 매카시즘적 행동에는 당시 지주들의 토지 소유권에 대한 정치적 자기이해의 입장만 있을 뿐, 공산주의 사회의 억압성을 행동으로 폭로하는 황순원의 『카인의 후예』(1953)의 '용제영감' 같은 진정한 주인의 모습은 보이지 않는다. 그러나 우리는 그들이 잉여향유(a)에 대한 역사철학적 이해를 보여주지 않는다고 해서 탓할 수는 없다. 이데올로기의 스크린은 종종 관객의 눈을 멀게 하기 때문이다.

이처럼 주인기표의 위치를 차지한 주체는 자신을 주인기표와 동일시함으로써, 자신을 완전한 존재로 착각한다. 이것은 주인담론이 궁극적으로 성공할 수 없다는 것을 암시한다. 그리고 그 불가능은 요한과 상호의 행동을 통해서도 잘 드러난다.

중공군의 개입으로 고향을 떠나게 되는 12월 초순까지, 요한과 그의
동료들은 통일을 향한 사회적 통합의 이상적 열정보다는 외설적 광기만
을 보여준다. 신천 읍내를 장악한 지 한 달이 지나면서부터, 청년단장
봉수와 상호는 저녁마다 술자리를 벌인다. 거기서 그들은 잡혀온 여맹
원과 적의 딸들을 대상으로 '애국정신의 타락' 속에 빠져든다.

어느 날 술좌석에서, 인민궐기대회에서 연설문을 낭독한 죄명으로 붙
잡혀온 윤선생을 윤간하는 상호와 봉수의 모습에 분노한 요한은, 권총
을 꺼내 그녀를 죽이고 만다. 상호는 그 앙갚음으로 요한의 누이 둘을
해치우고 월남한다. 요한도 똑같이 상호의 애인이었던 명선을 제외한,
그녀의 가족을 모두 죽이고 월남한다.

3. 대학 담론 혹은 주인 담론의 확장

대학담론에서 행위자의 위치는 지식(S2)이, 타자의 위치는 잉여향유
(a)가, 생산의 위치는 분열된 주체($)가, 그리고 진실의 위치는 주인기표
(S1)가 각각 차지한다. 이렇듯 "대학담론은 '중립적' 지식의 위치로부터
언표된다. 그것은 실재의 잔여(a)에 말을 건네어 그 잔여를 주체($)로 전
환시킨다. 가로줄 아래 숨어 있는 대학담론의 '진실'은 물론 권력, 즉 주
인기표이다. 말하자면 대학담론의 구성적인 기만은 그것이 실상 권력에
기초한 정치적 결단에 상당하는 것을 사실적 사태에 대한 단순한 통찰
처럼 제시하면서 그 수행적 차원을 부인한다는 점이다."9)

---

9) 슬라보예 지젝, 박대진/박제철/이성민 옮김, 『이라크』, 도서출판 b, 2004, 180-
181쪽.

대학담론

$$S2 \rightarrow a$$
$$- \ - \ - \ - \ -$$
$$S1 \leftarrow \$ $$

여기서 행위자(S2)가 지식과 기술을 소유한 관료, 전문가, 목사, 교육자 등이라는 사실을 상기하자. 그 행위의 대상은 아직 기존체제에 편입되지 않은 잉여향유(a)라는 것과 함께. 『손님』에서 대학담론의 특징은 요섭과 함께 고향을 방문하는 대학교수와 북한의 '신천박물관' 해설원의 이야기 속에 잘 드러난다. 먼저 대학교수의 관점을 살펴보자.

> 교수가 선선히 말했다. 그러고는 느닷없이 아주머니에게 물었다.
> "아주머니, 남하구 북하구 어디가 좋소?"
> 주인 여자는 또 배시시 웃으면서 말했다.
> "그건 꼭 아이들 놀리는 식인군요. 어머니가 좋냐 아버지가 좋냐 하구 말이지요. 큰나라 탓이지 백성들이야 무슨 죄가 있나요."
> 교수가 크게 웃으면서 말했다.
> "이 아주머니 말솜씨가 정치인들 뺨치겠군."(64)

"아주머니, 남하구 북하구 어디가 좋소?"라는 대학교수의 질문에는 아주머니를 자기가 선호하는 체제에 편입시키려는 정치적 의도가 깔려 있다. 그러나 중국 조선족 동포 식당 아주머니는 대학교수의 의도보다 더 멀리 나간 지점에서 그 질문을 유치한 농담으로 치부한다. 우리는 자신의 질문이 하찮게 여겨지자 '아주머니 말솜씨'를 정치인들 빰 칠 정도라고 비꼬는 대학교수의 모습에서 '계몽된 허위의식'[10]을 읽을 수 있다.

이러한 대학교수의 태도는 이야기 방식만 다를 뿐 북한의 '신천박물관' 해설원의 말 속에도 그대로 나타난다. 요섭은 고향에 도착하여 북한의 친척들을 만나기 전에 북한 안내원을 따라서 '신천박물관'을 관람하게 된다. 여기서 그는 '신천학살사건'에 대한 북한의 공식입장이 역사적 사실을 왜곡하고 있음을 발견한다.

> "지난 조국전쟁해방 시기 미제침략자들은 조선에서 인류역사상 일찍이 그 류례를 찾아볼 수 없는 전대미문의 대규모적인 인간살륙 만행을 감행함으로써 - 중략 - 오십이일 동안에 신천군 주민의 사분지 일에 해당하는 삼만오천삼백팔십삼명의 무고한 인민들을 가장 잔인하고 야수적인 방법으로 학살하는 천추에 용납 못할 귀축같은 만행을 감행하였습니다.(99)

북한의 해설원은 '신천학살사건'의 주범으로 미제침략자들을 들고 있다. 그러나 '군대가 오기 직전과 뒤의 45일동안 후방병력의 대부분은 치안대와 청년단'이었고, 미군은 '10월 17일 두 시간 동안' 신천에 체류했을 뿐이다. 그렇다면 북한은 왜 '신천학살사건'의 주범을 미제침략자라고 선전하는 걸까? 그 해답은 북한의 반미주의가 남한의 반공주의와 더불어 전후 사회의 결속을 다지기 위한 이데올로기적 장치였다는 사실에 있을 것이다.

---

10) 이봉일, 『1950년대 분단소설연구』, 월인, 2001, 162 - 3쪽 참조.
　　계몽된 허위의식은 자신이 하고 있는 일이 사회에 어떠한 영향을 미칠 것인지 알고 있음에도 불구하고 계속해서 그 일을 하고 있는 의식을 말한다. 이것은, 어떤 사람이 그 상황에 대해 어떻게 생각하고 있는가 중요한 것이 아니라, 이데올로기가 상황자체에 각인되어 있음을 보여주는 것으로 주체가 현실적 이해에 구속되어 행동하는 것을 의미한다.

대학담론은 교육과 깊은 관련을 맺고 있다. 교육의 최우선 과제는 지식을 전달하는 것이다. 만약 우리에게 전달되는 지식이 근본적으로 잘못된 것이라면 어떻게 될까? 이 경우 대학담론은 주체를 억압하고 진실을 숨기면서 주인기표를 정당화하는 거짓된 이론에 불과하다. 하지만 대학담론에 의해 생산된 주체가 꼭 사회체제에 순응하는 것만은 아니다. 그 주체는 분열되어 있기 때문에 현사회의 체제모순에 대해 의심스런 눈초리를 보내게 된다. 작가가 주인담론을 확대재생산하는 대학교수와 북한해설원으로부터 식당 아주머니와 요섭을 벗어나게 한 것도 그 때문이다.

4. 히스테리 담론과 역사의 반성

히스테리 담론은 대학담론과는 정반대의 입장을 취한다. 이 담론에서는 행위자의 위치는 분열된 주체($)가, 타자의 위치는 주인기표(S1)가, 생산의 위치는 다른 기표 혹은 지식(S2)이, 그리고 진실의 위치는 잉여향유 혹은 욕망의 원인(a)이 각각 놓여진다.

히스테리 담론

$$\$ \rightarrow S1$$
$$----$$
$$a \leftarrow S2$$

여기서 분열된 주체($)는 주인기표(S1)와의 관계 속에서 다른 기표 혹은 지식(S2)을 생산한다. 그러나 이 지식은 분열된 주체의 욕망과 환상

앞에서 무력하다. 지식 자체는 무의미할 뿐이다. 따라서 질문은 계속된다.[11] "히스테리의 질문은 '주체 안에 있는 주체 이상의 것'이라 할 수 있는 무엇의 간극을, 다시 말해서 주체를 상징적인 네트워크에 종속시키고 포함시키는 호명과정에 저항하는 주체 속의 대상의 간극을 열어놓는다."[12]

우리는 여기서 케 보이(Che Vuoi)를 생각해볼 수 있다. 케 보이는 타자 속에서 구성되고 표출되는 주체의 특성을 고리모양의 의문부호로 보여준다. 이것은 영어로 "What do you want?"로 번역되고, 다시 "What does the other want of me?"로 바꿔질 수 있다. 여기서 'you'와 'the other'는 대타자를 의미한다. 해방공간에서 대타자는 이데올로기이다. 그렇다면 케 보이는 "이데올로기는 나에게 무엇을 요구하는가?"로 해석된다. 이때 '나'는 해방공간과 전쟁 때에는 요한과 순남으로 대표되고, 현재는 요섭과 소메 삼촌으로 대표된다.

요한과 순남이 현실 속에서 주인기표가 되려다가 역사의 '사라지는 매개체'[13]로 전락하였다면, 요섭과 소메 삼촌은 주인기표의 역사적 오류를 반성하는 히스테리적 주체가 되면서 역사적 진실을 담보한다. 히스테리적 주체는 자신 앞에 놓여 있는 현실에 대해 근본적인 의문을 제기한다. 그리고 "타자의 욕망의 수수께끼에 대한 해답으로서만 존재하는 한 히스테리적 주체는 탁월한 주체이다."[14]

요섭은 고향방문 내내 요한과 순남의 '유령'에 시달린다. 두 '유령'은

---

11) 김상환/홍준기 엮음, 앞의 책, 546쪽 참조.

12) 슬라보예 지젝, 이수련 옮김, 『이데올로기라는 숭고한 대상』, 인간사랑, 2002, 199쪽.

13) 슬라보예 지젝, 박정수 옮김, 『그들은 자기가 하는 일을 알지 못하나이다』, 인간사랑, 2004, 387 - 445쪽 참조.

14) 슬라보예 지젝, 『이라크』, 187쪽.

어린 시절 형성된 요섭의 이데올로기적 외상을 드러낸다. '유령'은 왜 출현하는가? 누군가 그들의 장례식을 망쳐버려 제대로 매장되지 않았기 때문이다. 두 '유령'은 역사에 대한 요섭의 반성적 내면의식을 보여주면서, 분단된 사회 속에 갇혀 사는 그의 역사적 죄의식을 드러낸다. 이점에서 '유령'들은 요섭의 내면을 통해 드러나는, 남북한 사회가 함께 청산해야 할 역사적 부채이다. 두 '유령'이 요섭의 이데올로기적 외상의 영역을 넘어서, 분단의 역사적 기원에 대해서 이야기하는 것도 그 때문이다.

요섭은 고향방문의 출발지인 LA로 가는 비행기 안에 출현한 요한의 '유령'에게서 증조할아버지 때부터 아버지에 이르기까지 삼대에 걸친 집안의 내력과 기독교를 믿게 된 경위에 대해 듣는다.

> 할아버지는 증조할아버지에게서 물려받은 땅을 잘 관리하여 두 배나 늘려놓았고, 아버지도 척식회사 과수원 자리를 잘해서 해방 전 무렵에는 동네에서 몇째 가는 포실한 중농 집안을 이루었다. 그리고 두 분은 인근 동리의 기독교인 유지들과 함께 찬샘골에 교회를 세웠다. 면에 있는 교회보다 찬샘골의 광명교회가 훨씬 크고 교인도 더 많게 되었다. 증조할머니는 해방 전에 돌아가시고.(43)

요섭의 할아버지는 '물려받은 땅을 잘 관리'하였고, 아버지는 '동척'의 마름 노릇을 하여 해방 무렵에는 '중농 집안'을 이루었다. 그리고 찬샘골에 '광명교회'를 세워 조선 최초의 개신교회인 장연의 '솔내교회'(1894)보다 더 부흥시켰다. 그러나 기독교는 개화기에 서구 제국주의가 식민지 개척의 교두보를 확보하기 위한 문화적 첨병의 역할을 해왔다. 약소민족에 대한 해방의 횃불로 떠올랐던 맑스주의도 역사의 결과로 보면 별반 다르지 않다.

이러한 해방의 전사에 대해, 작가는 서사의 추동력으로 두 '유령'을 맞세워 이야기한다. 해방공간에서 기독교와 공산주의의 대립은 두 사상 속에 깊이 뿌리박혀 있는 이데올로기에 있다기보다 토지분배를 둘러싼 현실적인 문제에서 비롯되었다. 두 사상을 축으로 전개되는『손님』의 서사는 이러한 역사적 사실에 부합한다.

다른 한편 평양의 '교예극장'에서 공연을 관람하는 요섭 앞에 출현한 순남의 '유령'은, 요섭을 자기고향으로 데려가 '동척'에 땅을 빼앗기고 소작농으로 전락한 자기 아버지에 대해 이야기한다. 그곳에서 그는 요섭의 아버지가 부를 축적한 과정을 비판한다.

> 너이 아부지두 땅마지기나 장만했넌데 원래가 동척 마름이댔지. 마름이 어떤 소행얼 저질렀너냐 하문 작료럴 올리구 저이 작료까지 물게 하군 듣지 않으문 계약을 해지하구 다른 농사꾼에게 소작권 이작 증명얼 해주는 거여. 동척회사나 금융조합이나 땅쥔들도 수완좋은 서기와 마름덜얼 좋아해서 서루 바꿔가멘 일얼 시키니라구 마름놈이 새로 오문 지난해 작권언 일체 인정하디 않구 새루 작전료럴 올레서 받거나 미리 수확할 량얼 멋대루 정해선 예채럴 받구 보증전두 받구 하댔다. 우리두 수테 갖다바쳐서(77)

요섭의 아버지처럼 일제 때 '동척'의 마름이 되어 동족을 착취하면서 부를 축적한 이야기는 새삼스런 것이 아니다. 토지는 해방공간의 사회계급을 가르는 현실적 척도였다. 토지가 사회적 승인에 대한 정당성을 잃고 기의 없는 기표, 즉 사회적 대타자가 될 때 민중들에게 이데올로기로 작동한다. 해방공간에서 토지는 사회계급들을 이데올로기적 주체로 불러내는 대상이었다.

두 '유령'의 이야기는 개화기부터 해방공간까지 남북 이데올로기의 역사적 형성과정을 잘 보여준다. 두 '유령'은, 좌절된 욕망이 그 좌절 속에 내포된 이데올로기의 특정한 내용을 담고 있듯이, 역사의 억압된 내용을 드러낸다.

이처럼 '유령'은, '요한의 뼈조각'과 함께 이데올로기적 외상의 내면적 진실을 넘어 대타자의 결핍을 보여주는 기표(S2)이다. 주인기표(S1)에 의해 형성된 다른 기표 혹은 지식(S2)이 욕망의 원인(a)에 대해 무능력하다는 것은 주인기표의 결핍을 의미한다. 형수에게 하나님에 대해 이야기하는 요섭의 진술이 그것을 드러낸다.

> 하나님은 사람과 적대가 되는 다른 신적인 존재를 측근에 가지고 있다는 것이 여기서 증거로 나옵니다. 그리고 그에게서 사람의 적과 내기를 걸고 도박을 하자는 유혹을 받지요. 이것은 우리가 그렇듯이 전지전능하신 하나님도 내적 갈등을 지니고 계신 존재임을 나타냅니다. 이것은 신성모독이 아니라 사람의 결단에 의해서만 하나님은 완전한 존재가 되시는 것입니다. 사람은 죄의 구렁 속에서 완전한 존재가 되시는 하나님에게 다시 회개하여 새롭게 거듭나게 됩니다.(155)

이와 같이 요섭의 생각은 하나님을 전지전능한 존재로 여기는 전통적 기독교 사상과 다르다. 요섭이 생각하는 하나님은 '내적 갈등을 지니고 계신' 불완전한 존재이다. 그리고 인간은 '사람의 결단에 의해서만 완전한 존재'로 인식되는 하나님에게 다시 회개함으로써 거듭나게 된다. 이렇듯 주체는 실존적 성찰을 통해 대타자의 완전성에 대한 환상에서 벗어나, 대타자의 결핍을 채워 넣음으로써, 비로소 진정한 역사적 주체에 도달하게 된다.

이러한 시각은 요섭에게 역사에 대한 반성적 태도를 보여주는 소메삼촌의 진술을 통해서도 확인된다.

> 그때 우리는 양쪽이 모두 어렸다고 생각한다. 더 자라서 사람 사는 일은 좀더 복잡하고 서로 이해할 일이 많다는 걸 깨닫게 되어야만 했다. 지상의 일은 역시 물질에 근거하여 땀 흘려 근로하고 그것을 베풀고 남과 나누어 누리는 일이며, 그것이 정의로워야 하늘에 떳떳한 신앙을 돌릴 수 있는 법이다. 야소교나 사회주의를 신학문이라고 받아 배운 지 한 세대도 못 되어 서로가 열심당만 되어 있었지 예전부터 살아오던 사람살이의 일은 잊어버리고 만 것이다.(176)

소메삼촌이 전하는 역사의 진실은 해방 후 남북은 모두 '어려서' 세계사적 변화를 정확히 파악하지 못했다는 사실이다. 소메삼촌의 반성적 관점은 해방공간의 계급갈등이 내부적으로는 토지제도의 모순과 토지의 분배를 둘러싼 계급의 이해관계에서, 외부적으로는 그 해결방식을 두고 각 계급이 선택한 이데올로기로부터 비롯되었음을 보여준다. 전통적인 '사람살이의 일'을 잊고, 근대의 신학문을 최고선으로 받아들여 '열심당'이 되었지만, 민족은 결국 이데올로기적 외상만 입고 분단되었다. 작가가 기독교와 맑스주의를 '손님'으로 규정한 이유도 여기에 있을 것이다.

5. 분석가 담론 혹은 확연무성(廓然無聖)의 세계

분석가 담론은 전도된 주인담론의 형태를 취한다. 이 담론에서는 행위자의 위치는 잉여향유 혹은 욕망의 원인(a)이, 타자의 위치는 분열된 주체($)가, 생산의 위치는 주인기표(S1)가, 그리고 진실의 위치는 다른 기표 혹은 지식(S2)이 각각 놓여진다.

분석자 담론

a → $

− − − − −

S2 ← S1

분석가 담론의 윗부분은 전도된 환상, 즉 도착증(a → $)의 공식이다. 그리하여 분석자는 행위자의 위치에서 분열된 주체($)와 대면하게 된다. 이때 분석자는 잉여향유 혹은 욕망의 원인(a)의 역할을 수행하며 히스테리 주체가 진실한 지식을 발견할 수 있도록 돕는다. 여기서 잉여향유 혹은 욕망의 원인(a)과 주체($)는 언어의 매개없이 서로를 보완할 수 있는가? 이것은 불가능하다. 분열된 주체는 기표들 간의 차이에서 생성되고, 욕망의 원인은 환상적으로 채워져야 할 '구멍'이기 때문이다.

그리고 분열된 주체($)는 주인기표(S1)를 산출한다. "주인기표는 무의식적인 중환, 주체가 자신도 모르게 종속되어 있었던 잉여의 향유다."15) 하지만 주인기표는 다른 기표 혹은 지식(S2)에 대해 무능력하다. 그렇기 때문에 곧바로 제기되는 질문은 "지식은 참인가"라는 것이다. 그러나 진실은 언어로 표현이 불가능한, 도달될 수 없는 그 무엇으로 단지 은유적으로만 드러날 수 있다. 이를 두고 라캉은 "진실은 단지 반만 말해질 수 있다.(La verité ne se laisse que mi dire)"고 말한다. 따라서 진실은 논리적으로 '불가능'하다.

---

15) 슬라보예 지젝, 『이라크』, 185쪽.

고향에 도착한 요섭은, '어려운 세월'을 살도록 만든 아버지(요한)를 '천추에 용서받지 못할 반동'으로 말하는 단열과 '죄책감' 때문에 믿음을 붙잡지 못했다고 말하는 형수에게, 가슴에 품고 온 '요한의 뼈조각'(a)을 보여준다. 이 장면은 행위자의 위치를 잉여향유 혹은 욕망의 원인(a)이 차지하고 있다는 것을 의미하는데, 이는 분석가가 피분석자의 욕망의 원인이 되어야 함을 가리킨다.

이때 이것은 그들에게 대립적 이데올로기의 낡은 현실에 대한 역사적 반성의 숭고한 대상이 된다. 왜냐하면 그것은 단열과 형수에게 이데올로기적 외상을 각인시킨 그 자리에서 이데올로기의 덧없음을 보여주기 때문이다. 이처럼 분석가 담론에서는 "그것(욕망의 원인 혹은 잉여향유 a)이 있던 곳(행위자의 위치)에 내(분석가)가 도착해야 한다.(Wo es war, soll ich ankommen)"

단열과 형수에게 숭고한 대상이 '요한의 뼈조각'이라면, 요섭과 소메삼촌에게 그것은 '유령'들이다. '유령'들은 남북한 이데올로기의 대립 속에서 배제되고 잊혀진 과거의 혁명적 시도를 보여주면서, 그 기획들을 이전과 다른 방식으로 만회하려 한다는 점에서 요섭과 소메삼촌의 내면을 드러낸다. 사실 '유령'들이 지향하는 담론의 세계가 바로 요섭과 소메삼촌이 도달하려는 역사적 지점이다. '유령'들은 요섭과 소메삼촌 속에 있는 더 요섭답고, 더 소메삼촌다운 반성적 존재이다.

이처럼 우리가 이데올로기를 극복할 수 있는 방법은 그것 너머에 아무것도 없다는 사실을 깨닫는 데 있다. '너이 아버지와 같은 사람들의 죄'를 씻으러 왔다는 요섭. '세상이 죄루 가득 차두 사람이 없애가멘 살아'야 한다는 형수. '저이 태 묻언 땅얼 깨끗하게 정화해야' 한다는 소메삼촌. 세 사람의 이야기는 그러한 사실을 인식한 주체들이 보여주는 가능한 의식의 최대치라고 할 수 있다. 여기서 요섭과 소메 삼촌, 그리고 형수는 서로에게 역사적 질곡에 대한 분석자와 피분석자의 역할을 떠맡는다.

소메삼촌과의 만남을 끝으로 고향방문의 일정을 마친 요섭은 평양으로 돌아가는 도중 찬샘골에 들러 단열을 받아냈던 '요한의 속옷'을 태우고, '요한의 뼈조각'을 고향의 흙속에 묻는다. 우리는 여기서 '해꾸지 헌 사람이나 당헌 사람덜 모두 시험으 고난얼 받'았다는 형수와 '가해자 아닌 것덜'이 없다는 소메삼촌의 이야기를 통해, 모든 전쟁범죄를 역사의 법정에서 기소하고 사면하는 작가의 의도를 생각해보게 된다.

이렇게 볼 때 통일될 미래에 대해 '새루 태어난 이들에겐 새 세상'이라고 전하는 반성적 주체로서의 요한의 '유령'과 이제는 '갸덜 세상'이라고 말하는 형수, 그리고 '갈 사람덜언 가구 이제 산 사람덜언 새루 살아야' 한다는 소메삼촌의 이야기 속에 담긴 작가의 메시지는 너무나 확연하게 우리에게 다가온다.

그러나 환상과 증상은 계속해서 다시 만들어지기 때문에, 분석 대상은 항상 새롭게 나타난다. 분석자가 피분석자와 분리될 때, 정신분석은 사실상 종결된다. 이 지점은 애도가 시작되는 매우 중요한 순간이다. 작가의 의도를 충실히 따른다면, '요한의 속옷'을 태우고 '요한의 뼈조각'을 묻는 요섭의 행위는 냉전의 유령에 대한 애도이면서 동시에, 우리가 다시는 반복하면 안 될 이데올로기에 대한 애도이다. 그렇게 하여 분석자와 피분석자는 환상과 증상의 기원에 대해 다시 한번 반성할 수 있게 된다.

6. 이념의 역사에서 포월의 자유로

지금까지 라캉의 정신분석 담론에 입각하여 황석영의 『손님』을 분석하였다. 분석과정에서 주인담론은 이데올로기적 광기의 역사가 어떻게 형성되었는가를, 대학 담론은 지식인의 기회주의적 속성과 함께 새로운 사회에 대한 가능성을, 히스테리 담론은 고난의 삶과 질곡의 역사에 대한 의문을, 분석가 담론은 이데올로기의 낡은 현실에 대한 역사적 반성의 숭고한 애도를 잘 보여주고 있음을 확인하였다.

제2차 세계대전이 끝나고 독립을 성취한 우리나라와 같은 제3세계에서, 가장 시급한 과제는 무엇보다 새로운 국가건설을 위한 민족적 구심점에 대한 자기이해일 것이다. 이때 정말 필요했던 것은 아직 질서가 잡히지 않은 해방정국을 아우르는 위대한 국부(國父)의 출현이었다. 그러나 위대한 국부는 해방이 되자마자 분열된 채로 나타났다. 이러한 역사적 현실은 해방공간에서부터 1990년대까지 줄기차게 창작되어온 역사적 이념에 대한 문학적 성과를 낼 수 있었던 계기였을지 모른다.

황석영의 『손님』은 그러한 문학적 성과의 대표적 작품이다. 프로이드가 『토템과 터부』에서 신화적 수사로 이야기하였듯이 "기표와 기의의 차원을 한편으로는 서로 매개하고, 또 다른 한편으로는 분리하기 위해서, 죽은 아버지(이데올로기:필자)의 기능은 절대적으로 필수불가결하다."16) 죽은 아버지는 늘 우리에게 불안의 근원으로 다가온다. 그리고 우리는 이 불안을 통해서 실재와 대면하게 된다. 프로이드와 라캉이 말한 것처럼, "불안은 실재적 대상의 상실이 아니라 대상의 과도한 근접성을 증명한다. 그렇다면 우리는 우리가 가진 대상 중 어떤 것이 합리적 총체의 수립과 너무 근접하는지 물어야 한다."17) 왜냐하면 이 문제는 사회를 좀더 자유롭고 민주적으로 만드는데 고통스럽고 무기력한 현실만을 노정할 뿐이기 때문이다.

---

16) 페터 비트머, 앞의 책, 1998, 181쪽
17) 슬라보예 지젝, 『그들은 자기가 하는 일을 알지 못하나이다』, 315쪽.

사실 "인간의 삶은 결코 '적절한 삶'은 아니며, 그것은 현상적으로는 우리를 '죽지 않게' 만들어주는, 즉 우리가 죽는 것을 막아주는 역설적인 상처로서의 삶의 잉여에 의해 항시 지속된다."[18] 게다가 우리는 이데올로기를 벗어날 수 없다는 점에서 다음과 같은 논리에 대해 심사숙고해 보아야 한다. "'민주주의'는 주인－기표인가? 틀림없이 그렇다. 그것은 그 어떤 주인－기표도 없다고 말하는, 혹은 적어도 홀로 서 있을 주인－기표는 없다고 말하는, 모든 주인－기표는 다른 기표들 가운데 스스로를 현명하게 삽입해야 한다고 말하는 주인－기표다."[19]

그러나 인간주체는 언어 속에서 말해지지만, 그 속에서 말할 수는 없다는 점에서 언어의 벽에 필연적으로 부딪히게 된다. 이 언어의 벽을 넘어서기 위해서, 우리는 이상과 현실 사이에서 발생하는 역사적 한계를 이해하고 수용해야 한다.

---

18) 슬라보예 지젝, 최생열 옮김, 『믿음에 대하여』, 동문선, 2003, 112쪽.
19) 슬라보예 지젝, 『이라크』, 144쪽.

이데올로기의 유령을 넘어서

- 황석영의 『손님』(2001)론 -

1. 통일문학의 이정표

90년대 이후, 분단소설은 역사적 사실에 입각한 이데올로기의 대결 구도에서 일상적 화해의 차원으로 변모한다. 이러한 변화는 역사적 현실에 대한 새로운 인식의 지평을 불러왔다. 그 결과 90년대 중반부터 분단소설은 남북한 이데올로기의 모순을 극복하기 위한 적극적 방법을 탐색한다. 이청준의 『흰옷』(1994), 윤흥길의 『낫』(1995), 황석영의 『손님』(2001), 김원일의 『손풍금』(2002) 등이 대표적이다. 네 작품은 우리의 일상적 삶 속에 아직도 이데올로기의 <유령>이 살아있음을 보여준다.

사회역사적 차원에서 <유령>은 <억압된 것의 회귀>이다. 사회 내부로부터의 지지가 없다면 어떠한 억압도 불가능하므로, <억압된 것의 회귀>로서의 <유령>은 사회 내부의 지지를 받고 있다고 볼 수 있다. 그렇다면 분단 이후 지금까지 사회적 현실의 수면 위로 계속해서 솟아오르는 이 <유령>의 정체는 무엇일까? 그것은 냉전의 세계사적 충돌의 소용돌이에서 추방된 우리 <아닌> 것들로, 신원(伸冤)되지 못 한 형제살해의 원혼들이다.

황석영의『손님』(2001)은 사회적 의식과 정치적 무의식 사이에서 발생하는 이데올로기의 <유령>을 총체적 시각으로 보여준다.『손님』의 독자는 누구나 가슴 저 밑바닥을 훑고 지나가는, 원혼들의 처절한 절규를 듣게 된다. 이들의 절규는 어느 한쪽의 일방적인 자기이해만으로는 해소될 수 없다. 적의의 해소는 남북이 서로 타자의 거울을 통해 자신을 들여다볼 때 비로소 가능하다. 이 반성의 거울을 통해 원한의 과거는 화해의 순간에 이를 수 있다. 우리에게 남북의 화해와 통일은 가슴속을 어슬렁거리는 이데올로기의 <유령>을 넘어서지 않고서는 불가능하다.

『손님』이 우리에게 제시하는 미학적 본질은 소설 속에 제시되어 있는 다양한 담론들을 통해서 생성되는 변증적 울림에 있다.『손님』은 남북을 두 개의 실체로 파악하면서, 민족이라는 하나의 질서 속에 통합시킨다. 이것은 독자의 가슴을 뒤흔들고 형제살해의 역사에 대한 남북의 화해 가능성을 열어주는 반성적 내면공간과 닿아 있다. 모든 반성적 주체의 목표는 역사적 존재의 자기정립이라는 의미에서,『손님』은 분단 모순의 상상적 해결을 넘어서는 통일문학의 이정표라 할 수 있다.

2. <유령>의 출현과 해방의 전사(前史)

『손님』은 요섭의 고향방문기로, 광기의 역사에 희생된 망자의 원혼을 저승으로 천도하는 진혼제이다. 요섭은 떠나온 지 사십여년 만에, 죽은 형 <요한의 뼈조각>을 가슴에 품은 채 <손님>의 자격으로 북한의 고향을 방문한다. 요한과 이데올로기를 같이한 동료들은 '저희 태가 묻힌 땅을 피로 물들이고 꿈에도 다시는 돌아갈 수 없는 곳'으로 만들었다. <요한의 뼈조각>은 요섭의 나침반 구실을 한다. 고향방문의 여정은 주로 요섭과 유령들·형수·소메삼촌의 대화로 구성되어 있다. 이들의 대화는 6·25전쟁의 악몽 때문에 생긴 남북의 이데올로기적 틈새를 드러내는 역사에 대한 반성이다.

요섭은 고향방문 내내 요한과 순남의 <유령>에 시달린다. 두 <유령>은 어린 시절 형성된 요섭의 이데올로기적 외상을 드러낸다. <유령>은 왜 출현하는가? 누군가 그들의 장례식을 망쳐버려 제대로 매장되지 않았기 때문이다. 이런 이유로 요섭의 고향방문은 <유령>들에게 제대로 된 장례식을 치러주는 제의의 과정이라 할 수 있다.

두 <유령>은 역사에 대한 요섭의 반성적 내면의식을 보여주면서, 분단된 사회 속에 갇혀 있는 그의 역사적 죄의식을 드러낸다. 이러한 사실은 평양에 도착한 요섭이 '북한에 남아 있는 가족들이 있느냐'는 북한 안내원의 질문에 단호하게 고개를 젓는 데서, 그리고 북한 안내원이 류요한의 이름과 함께 황해도 신천에 대해 말하기까지 고향방문의 목적을 숨기는 데서도 잘 나타난다.

요섭의 태도는 고향방문에 대한 현실적 희망 속에서 욕망의 실재와 대면하는 것을 두려워하는 주체의 모습이다. 이점에서 <유령>들은 요섭의 내면을 통해 드러나는, 남북한 사회가 함께 청산해야 할 역사적 부채이다. 두 <유령>이 요섭의 이데올로기적 외상의 영역을 넘어서, 분단의 역사적 기원에 대해서 이야기하는 것도 그 때문이다.

요섭은 고향방문의 출발지인 LA로 가는 비행기 안에 출현한 요한의 <유령>에게서 증조할아버지 때부터 아버지에 이르기까지 삼대에 걸친 집안의 내력과 기독교를 믿게 된 경위에 대해 듣는다.

> 할아버지는 증조할아버지에게서 물려받은 땅을 잘 관리하여 두 배나 늘려놓았고, 아버지도 척식회사 과수원 자리를 잘해서 해방 전 무렵에는 동네에서 몇째 가는 포실한 중농 집안을 이루었다. 그리고 두 분은 인근 동리의 기독교인 유지들과 함께 찬샘

골에 교회를 세웠다. 면에 있는 교회보다 찬샘골의 광명교회가
훨씬 크고 교인도 더 많게 되었다. 증조할머니는 해방 전에 돌아
가시고.(43)

요섭의 할아버지는 '물려받은 땅을 잘 관리'하였고, 아버지는 '동척'
의 마름 노릇을 하여 해방 무렵에는 '중농 집안'을 이루었다. 그리고 찬
샘골에 광명교회를 세워 조선 최초의 개신교회인 장연의 <솔내교
회>(1894)보다 더 부흥시켰다. 조선의 기독교는 주로 전통시대의 계급
적 유산이 남도에 비해 희박했던 평안도와 황해도 지역의 상인들에 의
해 전파되었다.

기독교는 개화기에 서구 제국주의가 식민지 개척의 교두보를 확보하
기 위한 문화적 첨병의 역할을 해왔다. 약소민족에 대한 해방의 횃불로
떠올랐던 맑스주의도 역사의 결과로 보면 별반 다르지 않다. 이러한 해
방의 전사에 대해, 작가는 서사의 추동력으로 두 <유령>을 맞세워 이
야기한다. 그러나 기독교와 공산주의의 대립은 두 사상 속에 깊이 뿌리
박혀 있는 이데올로기에 있다기보다 토지분배를 둘러싼 현실적인 문제
에서 비롯되었다. 두 사상을 축으로 전개되는 『손님』의 서사는 이러한
역사적 사실에 부합한다.

다른 한편 평양의 '교예극장'에서 공연을 관람하는 요섭 앞에 출현한
순남의 <유령>은, 요섭을 자기고향으로 데려가 '동척'에 땅을 빼앗기
고 소작농으로 전락한 자기 아버지에 대해 이야기한다. 그곳에서 그는
요섭의 아버지가 부를 축적한 과정을 비판한다.

너이 아부지두 땅마지기나 장만했넌데 원래가 동척 마름이댔
지. 마름이 어떤 소행얼 저질렀너냐 하문 작료럴 올리구 저이 작
료까지 물게 하군 듣지 않으문 계약을 해지하구 다른 농사꾼에

게 소작권 이작 증명얼 해주는 거여. 동척회사나 금융조합이나 땅쥔들도 수완좋은 서기와 마름덜얼 좋아해서 서루 바꿔가멘 일얼 시키니라구 마름놈이 새로 오문 지난해 작권언 일체 인정하디 않구 새루 작전료럴 올레서 받거나 미리 수확할 량얼 멋대루 정해선 예채럴 받구 보증전두 받구 하댔다. 우리두 수테 갖다바쳐서(77)

요섭의 아버지처럼 일제 때 '동척'의 마름이 되어 동족을 착취하면서 부를 축적한 이야기는 새삼스런 것이 아니다. 토지는 해방공간의 사회계급을 가르는 현실적 척도였다. 토지가 사회적 승인에 대한 정당성을 잃고 <기의 없는 기표>, 즉 사회적 대타자가 될 때 민중들에게 이데올로기로 작동한다. 해방공간에서 토지는 사회계급들을 이데올로기적 주체로 불러내는 대상이었다.

두 <유령>의 이야기는 개화기부터 해방공간까지 남북 이데올로기의 역사적 형성과정을 보여준다. 두 <유령>은, 좌절된 욕망이 그 좌절 속에 내포된 이데올로기의 특정한 내용을 담고 있듯이, 역사의 억압된 내용을 드러낸다. 『손님』의 표층적 서사가 요한·상호·봉수로 대표되는 기독청년단에 의해 신천 일대에서 자행되었던 형제살해에 대한 속죄와 화해를 보여준다면, 심층적 서사는 한국전쟁의 이데올로기적 기원을 역사적 원근법으로 조망함으로써 분단에 대한 인식의 역사적 전환을 모색한다.

3. 광기의 역사와 원한의 짝패

해방공간의 남북은 이데올로기의 차이로 인해 새로운 국가건설을 위한 사회적 역동성을 상실한 채, 민중들에게 오로지 이데올로기적 동일성만을 강요한다. 요섭의 고향인 황해도 신천 찬샘골의 비극도 이로부터 비롯되었다. 해방 전 순남은 요한네 머슴이었고, 일랑은 동네머슴이었다. 해방 후 일랑은 인민보안대원이 된 순남의 추천으로 신천군의 토지개혁위원장이 되고 마을의 토지몰수에 앞장선다. 이전의 노예가 주인의 자리에 올라선 것이다.

그러나 어떠한 인간도 노예가 되고 싶어하지는 않는다. 인천상륙작전의 성공으로, 지하활동을 하던 요한·상호·봉수는 재령과 신천에서 봉기를 일으켜, 그동안 공산당에 가담했던 사람들과 그 가족들을 체포과정에서 잔혹하게 학살한다. 특히 요한은 순남을 전봇대에 목매달고, 일랑을 코뚜레에 꿴 채로 체포된 공산당원의 가족들과 함께 방공호에 처넣고 번제(燔祭)를 즐긴다. 이 때문에 요섭에게 고향은 한편으로 '향내나는 산열매 같은 맛'을 내는 그리움의 공간으로, 다른 한편으로 '발효시킨 생선의 썩은 냄새'를 풍기는 죽음의 공간으로 각인되어 있다.

이러한 학살은 전쟁 초기부터 남북한에 의해 동시에 시작되었다. 학살의 실상은 인민군의 종군작가였던 김사량의『종군기』와 구상 시인의 목격담을 전하는 서정주의『자서전』, 그리고 KAPF 창립회원이었던 팔봉 김기진의 <인민재판>에 대한 자신의 증언을 통해 확인할 수 있다. 공격과 후퇴 속에서 발생한 남북한의 학살은 서로를 원한의 짝패로 만들었다. 대쌍관계동학으로 설명될 수 있는 이 원한의 짝패의 가면 뒤에는 무엇이 있었을까?

전쟁 초기 일랑에게 잡혀온 상호를 탈출시켜 준 대가로, 학살의 현장에서 살아남은 소메삼촌의 증언을 통해 알아보자.

관사으 판자 담장 너메가 청사 뒷마당이라 돌 하나 옮게다놓
고 내다보던 장소가 있어서 거기로 올라섰다. 진작에 땅거미가

칼리구 주위가 어둑신했넌데 사람덜이 둘러섰넌 게 보이두만.
그 안에 허엽스럼한 물건 둘이 보여서. 자세 보니 빨개럴 벗긴 남
자 두 사람이여. 봉수가 탄띠럴 풀어 쥐구 후려치구 있대서.
　너 이새끼, 오년 동안 밀린 소작료 내노라. 도적놈으 새끼.
　하구 나서 다른 사람얼 또 패는 거야.
　네 새낀 오갈 데 없넌 것덜얼 살레주갔다구 모타 기술 가르쳤
더니, 공장얼 내노라구 했디. 가이넌 기래두 너이보담 낫디. 주인
은혜럴 아니깨.(222)

토지개혁에 앞장섰던 공산당원을 상대로 펼치는 봉수의 이야기에는
오로지 '오년 동안 밀린 소작료'를 내라는 지주의 모습과 오갈 데 없는
것들에게 '모타 기술'을 가르쳐준 은혜를 배반한 머슴에 대한 주인의 도
덕적 분노만 보여줄 뿐이다. 이처럼 한국전쟁의 기원적 이면에는 토지
의 생산물을 놓고 벌이는 계급갈등이 놓여 있다.

일랑을 체포한 후, 요한이 보여주는 모습도 봉수와 다를 바 없다.

　너 이새끼 우리 땅 뺏구 천년만년 리당위원당 해먹을 줄 알았
네?
　요한이 말이 들레오구 곁에서 말리넌 소리두 들리두만.
　이새끼 군 토지개혁위원장 지냈디. 펜하게 쥑여선 안되가서.
　이걸 기다리던 사람덜이 한둘이 아니야. 읍내루 끌구 가자
우.(214)

요한의 이야기는 '우리 땅 뺏구 천년만년 리당위원장 해먹을 줄' 알았
던, 주인의 땅을 빼앗은 머슴에 대한 원한의 복수만을 보여준다. 봉수와
요한의 매카시즘적 행동에는 당시 지주들의 경제적 소유권에 대한 정치
적 자기이해의 입장만 있을 뿐, 공산주의 사회의 억압성을 행동으로 드
러내는 『카인의 후예』(황순원)의 '용제영감' 같은 진정한 주인의 모습은

보이지 않는다. 그러나 우리는 그들이 토지모순에 대한 역사철학적 이해를 보여주지 않는다고 해서 탓할 수는 없다. 이데올로기는 종종 역사의 참여자들을 맹목적으로 만들기 때문이다.

중공군의 개입으로 고향을 떠나게 되는 12월 초순까지, 요한과 그의 동료들은 통일을 향한 사회적 통합의 이상적 열정보다는 외설적 광기만을 보여준다. 그러나 이들이 행하는 외설적 광기는 욕망을 탐닉하는 잉여향유의 다른 모습일 뿐이다. 신천 읍내를 장악한 지 한 달이 지나면서부터, 청년단장 봉수와 상호는 저녁마다 술자리를 벌인다. 거기서 그들은 잡혀온 여맹원과 적의 딸들을 대상으로 '애국정신의 타락' 속에 빠져든다.

술자리에 요한이 끼게 된 날, 인민궐기대회에서 연설문을 낭독한 죄로 붙잡혀온 윤선생을 윤간하는 상호와 봉수의 모습에 분노한 요한은, 권총을 꺼내 그녀를 죽이고 만다. 상호는 그 앙갚음으로 요한의 누이 둘을 해치우고 월남한다. 요한도 똑같이 상호의 애인이었던 명선을 제외한, 그녀의 가족을 모두 죽이고 월남한다.

4. 원한의 지속과 이데올로기의 반복

월남 후, 요한은 시대의 변화에도 불구하고 죽기 직전까지 동료들과 함께 자행한 고향의 학살사건에 대해 어떠한 반성도 하지 않는다. 요섭은 고향으로 출발하기 전에 요한의 북한아들 다니엘(단열)의 호적이름을 알기 위해 그에게 전화를 걸어, 고향에서의 학살에 대해 하나님께 용서를 빌라고 말한다. 그러나 요한은 이데올로기적 경직성만을 보여줄 뿐이다.

"내가 왜 용서를 빌어? 우린 십자군이댔다. 빨갱이들은 루시
　퍼의 새끼들이야. 사탄의 무리들이다. 나는 미가엘 천사와 한편
　이구 놈들은 계시록의 짐승들이다. 지금이라두 우리 주께서 명
　하시면 나는 마귀들과 싸운다."(22)

　요한은 '우리'를 '자유의 십자군', '미가엘 천사'로, '빨갱이'는 '루시
퍼의 새끼들', '사탄의 무리들', '계시록의 짐승들'로 규정한다. 이러한
요한의 시각은 종교적 신념의 맹목성을 떨쳐버리지 못한 자신의 실존적
한계와 더불어, 전쟁체험 세대의 변하지 않는 이데올로기적 속성을 그
대로 보여준다. 요한이 자신 앞에 나타나는 <유령>들에게 용서와 화
해를 구하지 못하는 까닭도, 하나님과의 상징적 동일시를 통해 삶의 영
원성에 도달할 수 있다는 맹신적 신앙 때문이다. 우리는 요한의 모습 속
에서 종교와 이데올로기의 도착적 결합을 볼 수 있다.

　요섭은 고향에 도착하여 북한의 친척들을 만나기 전에 북한 안내원을
따라서 <신천박물관>을 관람하게 된다. 여기서 그는 <신천학살사
건>에 대한 북한의 공식입장도 요한의 신앙적 왜곡과는 다르지만, 역
사적 사실을 은폐하고 있음을 발견한다.

　　"지난 조국전쟁해방 시기 미제침략자들은 조선에서 인류역
　사상 일찍이 그 류례를 찾아볼 수 없는 전대미문의 대규모적인
　인간살륙 만행을 감행함으로써 ―중략― 오십이일 동안에 신천
　군 주민의 사분지 일에 해당하는 삼만오천삼백팔십삼명의 무고
　한 인민들을 가장 잔인하고 야수적인 방법으로 학살하는 천추에
　용납 못할 귀축같은 만행을 감행하였습니다.(99)

　북한의 해설원은 <신천학살사건>의 주범으로 미제침략자들을 들
고 있다. 그러나 '군대가 오기 직전과 뒤의 45일동안 후방병력의 대부분

은 치안대와 청년단'이었고, 미군은 '10월 17일 두 시간 동안' 신천에 체류했을 뿐이다. 북한의 반미주의가 전후 사회적 결속을 다지기 위한 이데올로기적 장치였다는 사실은 이제 공공연한 상식이다. 작가는 북한의 이데올로기적 왜곡에 대해 <신천박물관>을 참관하는 북한인민들의 얼굴을 순남과 일랑의 <유령>으로 전이시킴으로써, 북한의 이데올로기가 숨기고 있는 그 허상을 폭로한다.

요한의 반공주의나 북한의 반미주의는 지금까지 남북이 청산하지 못한 원한의 짝패를 만들어낸 원인이다. 요한이 『구약』의 동태복수의 고리를 사랑의 실천으로 단절시킨 예수의 역사적 행적을 깨달았다면, 그는 시대의 변화만큼 반성적 사유를 할 수 있었을지도 모른다. 북한 역시 <주체사상>에 입각한 반미주의의 한계를 극복하고 개방과 개혁의 현실주의 노선을 선택했더라면, 지금과 같은 내부의 위기는 오지 않았을지 모른다.

역사적 행위에 대한 요한의 자기정당성이나, 북한당국의 이데올로기적 왜곡은 지금까지 분단의 역사를 지탱하는 동력이었다. 요섭은 <신천박물관>을 참관하면서 역사적 사실에 대한 남북한의 이데올로기적 왜곡에 대해 반성하게 된다.

> 류요섭 목사는 박물관 건물 앞 시멘트로 포장된 앞마당에 하얗게 내려쪼이는 햇볕의 열기가 그의 뇌수와 심장의 물기를 다 말려버린 것 같은 느낌이었다. 그와 요한 형이 생각하던 고향이며 당시의 참경까지도 자신들은 얼마나 다른 색깔로 그림을 그려놓았던 것일까. 저들도 다르게 구성을 해놓았지만 이것은 우리가 함께 저질렀던 악몽의 즉흥적인 잔재들이라고 생각했다.(103)

요섭은 요한과 북한당국이 왜곡시켜 놓은 역사적 사실에 대해 '우리가 함께 저질렀던 악몽'으로 생각한다. 이것은 요한과 요한의 <유령>, 순남과 순남의 <유령>을 통해 드러나는 이데올로기적 거리의 서사적 진실과 맞닿아 있다. 우리는 여기서 <자유(신)의 이름>과 <인민(당)의 이름>을 내걸고 투쟁했던 역사적 주체들의 허구성을 깨닫게 된다. 이러한 주체는 타자의 희생으로 삶의 향유를 누리려는 광신적 독단주의의 환상을 보여주는 이데올로기적 주체일 뿐이다.

5. 살아남은 자와 역사의 개방

고향에 도착한 요섭은, '어려운 세월'을 살도록 만든 아버지(요한)를 '천추에 용서받지 못할 반동'으로 말하는 단열과 '죄책감' 때문에 믿음을 붙잡지 못했다고 말하는 형수에게, 가슴에 품고 온 <요한의 뼈조각>을 보여준다. 이때 이것은 그들에게 대립적 이데올로기의 낡은 현실에 대한 역사적 반성의 숭고한 대상이 된다. 왜냐하면 그것은 단열과 형수에게 이데올로기적 외상을 각인시킨 그 자리에서 이데올로기의 덧없음을 보여주기 때문이다.

단열과 형수에게 숭고한 대상이 <요한의 뼈조각>이라면, 요섭과 소메삼촌에게 그것은 <유령>들이다. <유령>들은 남북한 이데올로기의 대립 속에서 배제되고 잊혀진 과거의 혁명적 시도를 보여주면서, 그 기획들을 이전과 다른 방식으로 만회하려 한다는 점에서 요섭과 소메삼촌의 내면을 드러낸다. 사실 <유령>들이 지향하는 담론의 세계가 바로 요섭과 소메삼촌이 도달하려는 역사적 지점이다. <유령>들은 요섭과 소메삼촌 속에 있는 더 요섭답고, 더 소메삼촌다운 반성적 존재이다.

이처럼 우리가 이데올로기를 극복할 수 있는 방법은 그것 너머에 아무엇도 없다는 사실을 깨닫는 데 있다. '너이 아버지와 같은 사람들의 죄'를 씻으러 왔다는 요섭. '세상이 죄루 가득 차두 사람이 없애가멘 살아'야 한다는 형수. '저이 태 묻언 땅얼 깨끗하게 정화해야' 한다는 소메 삼촌. 세 사람의 이야기는 그러한 사실을 인식한 주체들이 보여주는 가능한 의식의 최대치라고 할 수 있다.

이처럼 <요한의 뼈조각>과 <유령>은 이데올로기적 외상의 내면적 진실을 넘어 대타자의 결핍을 보여주는 기표이다. 형수에게 하나님에 대해 이야기하는 요섭의 진술이 그것을 드러낸다.

하나님은 사람과 적대가 되는 다른 신적인 존재를 측근에 가지고 있다는 것이 여기서 증거로 나옵니다. 그리고 그에게서 사람의 적과 내기를 걸고 도박을 하자는 유혹을 받지요. 이것은 우리가 그렇듯이 전지전능하신 하나님도 내적 갈등을 지니고 계신 존재임을 나타냅니다. 이것은 신성모독이 아니라 사람의 결단에 의해서만 하나님은 완전한 존재가 되시는 것입니다. 사람은 죄의 구렁 속에서 완전한 존재가 되시는 하나님에게 다시 회개하여 새롭게 거듭나게 됩니다.(155)

요섭의 생각은 하나님을 전지전능한 존재로 여기는 전통적 기독교 사상과 다르다. 요섭이 생각하는 하나님은 '내적 갈등을 지니고 계신' 결핍의 존재이다. 그리고 인간은 '사람의 결단에 의해서만 완전한 존재'로 인식되는 하나님에게 다시 회개함으로써 거듭나게 된다. 이렇듯 주체는 실존적 성찰을 통해 대타자의 완전성에 대한 환상에서 벗어나, 대타자의 결핍을 채워 넣음으로써, 비로소 진정한 역사적 주체에 도달하게 된다. 역사적 주체는 현실과 이상과의 거리를 총체적 시각으로 볼 수 있을 때 바로 설 수 있다.

이러한 시각은 요섭에게 역사에 대한 반성적 태도를 보여주는 소메삼촌의 진술을 통해서도 확인된다.

> 그때 우리는 양쪽이 모두 어렸다고 생각한다. 더 자라서 사람 사는 일은 좀더 복잡하고 서로 이해할 일이 많다는 걸 깨닫게 되어야만 했다. 지상의 일은 역시 물질에 근거하여 땀 흘려 근로하고 그것을 베풀고 남과 나누어 누리는 일이며, 그것이 정의로워야 하늘에 떳떳한 신앙을 돌릴 수 있는 법이다. 야소교나 사회주의를 신학문이라고 받아 배운 지 한 세대도 못 되어 서로가 열심당만 되어 있었지 예전부터 살아오던 사람살이의 일은 잊어버리고 만 것이다.(176)

소메삼촌이 전하는 역사의 진실은 해방 후 남북은 모두 '어려서' 세계사적 변화를 정확히 파악하지 못했다는 사실이다. 소메삼촌의 반성적 관점은 해방공간의 계급갈등이 내부적으로는 토지제도의 모순과 토지의 분배를 둘러싼 계급의 이해관계에서, 외부적으로는 그 해결방식을 두고 각 계급이 선택한 이데올로기로부터 비롯되었음을 보여준다. 전통적인 '사람살이의 일'을 잊고, 근대의 신학문을 최고선으로 받아들여 '열심당'이 되었지만, 민족은 결국 이데올로기적 외상만 입고 분단되었다. 작가가 기독교와 맑스주의를 <손님>으로 규정한 이유도 여기에 있을 것이다.

소메삼촌과의 만남을 끝으로 고향방문의 일정을 마친 요섭은 평양으로 돌아가는 도중 찬샘골에 들러 단열을 받아냈다던 '요한의 속옷'을 태우고, <요한의 뼈조각>을 고향의 흙속에 묻는다. 우리는 여기서 '해꾸지헌 사람이나 당헌 사람덜 모두 시험으 고난얼 받았다는 형수와 '가해자 아닌 것덜'이 없다는 소메삼촌의 이야기를 통해, 모든 전쟁범죄를 역사의 법정에서 기소하고 사면하는 작가의 의도를 생각해보게 된다.

작가의 의도를 충실히 따른다면, <요한의 뼈조각>을 묻는 요섭의 행위는 냉전의 유령에 대한 애도이면서 동시에, 우리가 다시는 반복하면 안 될 이데올로기에 대한 애도이다. 이렇게 볼 때 통일될 미래에 대해 '새루 태어난 이들에겐 새 세상'이라고 전하는 반성적 주체로서의 요한의 <유령>과 이제는 '갸덜 세상'이라고 말하는 형수, 그리고 '갈 사람덜언 가구 이제 산 사람덜언 새루 살아야' 한다는 소메삼촌의 이야기 속에 담긴 작가의 메시지는 너무나 확연하게 우리에게 다가온다.

『손님』은 이데올로기를 가로지르며 분단의 역사를 넘어서는 민족통일을 향한 시대적 요청이다.

6. 새로운 시대정신을 위하여

『손님』은 분단의 기원과 과정 그리고 그 결과로 생겨난 남북한의 원한(怨恨)의 이면을 보여준다. 작가는 형제살해로 얼룩진 <신천학살사건>의 역사적 진실을 파헤쳐 남북한 이데올로기의 본질과 그 한계를 명확히 지적하고 있다. 스페인의 화가 파블로 피카소(Pablo Picasso)는 미군의 <신천학살사건> 소식을 접하고 『한국전의 대학살』(1951)이라는 그림을 그렸다. 그러나 『손님』의 내용처럼 학살의 주범이 미군이 아니라고 해도 그림의 가치가 훼손되는 것은 아니다. 신천이 아닌 다른 곳에서 전쟁의 학살은 자행되었기 때문이다.

『손님』은 분단의 경계를 넘어 남북이 함께 성찰해야 할 역사적 과제를 던져주고 있다. 그동안 남·북한의 보수주의자들은 역사적 현실의 내부 모순을 은폐하거나, 서로에 대한 상상의 복수를 사회 속에 내면화시킴으로써, 자신들의 목적을 달성해 왔다. 이제 우리는 통일을 방해하는 남·북한의 반대자들 모두에게 비판의 목소리를 높여야 한다. 이를 위해 작가는, 한편으로는 사회적 현상들의 이면에서 작동하는 이데올로기의 허상을 파헤치고, 다른 한편으로는 사회적 현실 속에서 역사를 움직이는 리얼리티의 본질을 포착한다.

그러나 『손님』의 창작의도는 남북한 사회의 지배적 이데올로기인 반공주의와 반미주의를 비판하는 데 있지 않다. 비판적 시선만으로는 작품 속 <유령>들이 원한을 넘어서 역사적 화해의 전령자로 나타날 수 없다. 지금까지 남북한 사회는 <반동과 빨갱이>의 이름으로 처형된 역사의 희생자들에 대해서 어떠한 속죄도 하지 않았다. 오히려 그 희생자들을 사회로부터 추방하여 이데올로기적 망상의 반면교사로 삼아왔다. 이제 우리는 한국현대사의 최악의 역사적 선택이었던 대립과 투쟁의 좌우 이데올로기를 넘어서 상생과 화해의 길로 나서야 한다.

그렇게 될 때 우리는 미래를 향해 자신을 열고 지난 역사를 성찰하는 역사와 현실의 변증법을 구성할 수 있다. 『손님』은 우리에게 자신과 대립하는 타자를 자신의 이타성 속에서 찾도록 요구한다. 그런 의미에서 『손님』의 서사적 진리는 단순히 은폐되어 있던 역사적 사실을 밝히는 데 있는 것이 아니라, 더 나아가 남북한 모두 진정한 우리 자신으로 회귀하는 데 있다.

역사 관찰자로서의 작가

- 윤흥길의 분단소설론 -

1. 상호텍스트성과 이중의 서사

한 작가의 작품이 시대적 변화에도 불구하고 독자를 유혹하는 마력적인 힘을 유지하는 데는 그만의 개성적 특질이 없다면 불가능하다. 대개의 한국현대작가들의 문학적 수명이 극히 짧다는 사실을 염두에 둘 때, 윤흥길은 장수하는 작가 가운데 한 사람이다. 그가 장수하는 작가가 될 수 있었던 비결에는 작가의 부단한 노력을 꼽지 않을 수 없겠지만, 다 아는 바처럼 노력만으로 작품을 계속해서 생산하기는 힘들다.

윤흥길은 1968년 한국일보 신춘문예에 「회색 면류관의 계절」로 등단하였다. 그는 「황혼의 집」(70), 「집」(72), 「장마」(73), 「타임 레코더」(74), 「제식훈련변천약사」(75), 「내일의 경이」(76) 등 초기에 좋은 단편들을 발표하고도 평론가들로부터 관심을 끌지 못하였다. 그러나 첫 창작집 『황혼의 집』(76)을 출간하고 나서부터 주목을 받기 시작하여, 두 번째 창작집 『아홉 켤레의 구두로 남은 사내』(77)로 '1977년은 윤흥길의 해'(이문구)라고 찬사를 들으며 현재까지 지속적인 조명을 받아왔다.

'정직의 추구'(염무웅), '엄격하게 절제된 관조자의 그것'(천이두), '이데올로기의 민족적 해체'(홍기삼), '전근대적인 것과 근대적인 것의 공존 혹은 어우러짐'(성민엽), '타자 속의 참여'(정과리) 등 다양하게 평가받고 있는 윤흥길 소설의 풍만한 문학적 육체성은 초기의 문제의식들이 중·후기로 갈수록 다양하게 확산되면서도 몇 가닥 주제로 수렴되어 가는 상호텍스트적 계보를 통해서만 그 모습을 드러낸다. 그의 소설들이 같은 주제를 반복하면서도 시대적 경계선을 따라 미묘한 차이를 만들어내는 것은 작가의 능력이 남다른 데서 비롯된다. 이러한 반복과 차이는 독자로 하여금 작품을 상호텍스트적 계보에 따라 이중의 서사로 읽도록 요구한다.

이중의 서사는 재현불가능한 사회적 총체성에 대한 다양한 주체들의 내면적 시선을 보여주면서, 그 자체로 주체들의 대립적 특성을 자신의 타자성으로 받아들이도록 만든다. 이렇게 하여 그의 소설은 상호주체성의 사후적 효과를 통해 독자들에게 영향을 미친다. 우리는 이를 통해 그의 소설이 창조해 가는 삶의 심오한 혼란(사실 삶 자체가 혼란의 연속 아닌가!)을 느낄 수 있다. 이러한 혼란은 전후(戰後) 분단으로 인한 정신적 외상이 드러나는 방식과 근대화를 거치면서 발생한 사회의 계급적 갈등 그리고 전통적 가치의 해체과정이 교차하는 지점에서 생겨난다.

이점에서 소설은 우리정신의 내면풍경을 현실 속에 구체적으로 드러내 보여주는 문화적 장치이며, 개인과 사회를 연결하는 교량이다. 그러니까 소설의 매력은 거꾸로 외부로부터 개인과 사회의 내면풍경을 들여다보는 이중의 서사에 있다. 분단의 역사는 이미 우리의 내면 속에 외상적 사건으로 자리잡고 있다. 그렇기 때문에 분단을 둘러싼 역사적 모순의 해결은 역사적 현실과 주체들의 내면을 꿰뚫는 이중의 서사로 나아가야 한다.

분단 이후 우리는 이데올로기에 경도된 의식의 고착성에 물들어 있으며, 근대화의 과정 속에서 자본의 시선에 유혹 당해 삶에 대한 성찰의 시간을 빼앗겨 왔다. 이 고착성을 무너뜨리고 성찰의 시간을 회복하기 위해서는 우리의 이타성을 찾는 작업부터 시작해야 한다. 그리고 그것은 이데올로기적 권력의 체계 내부의 틈 속으로 끼어들 때 가능하다. 윤흥길의 소설의 전개과정은 우리사회 내부의 대립적 계기들을 비판적으로 극복하기 위해, 리얼리즘적 서사의 지평 속에서 민족의 상상적 공동체를 새롭게 다듬어낸다.

2. 이데올로기의 해체와 타자의 발견

「장마」는 윤흥길 문학의 가장 큰 흐름인 분단소설의 출발점이다. 「장마」(73)―「무제」(78)―「무지개는 언제 뜨는가」(78)―『낫』(89)―『쌀』(93)은 윤흥길 문학에서 분단소설의 계보를 이루고 있다. 이들 작품들은 「장마」의 후속작품이거나 동일한 주제의 시대적 변주곡으로, 우리사회의 내부에 존재하는 분단모순의 역사적 해소과정과 궤적을 같이한다. 「무지개는 언제 뜨는가」는 「장마」의 후속편이고, 나머지는 주제의 심화와 확산을 통해 서로를 상호텍스트의 거울로 비춘다.

분단소설사에서 「장마」 이전의 분단소설들이 반공이데올로기의 정치적 압력에 밀려 <빨갱이와 반동>의 이데올로기적 구도의 한계를 벗어날 수 없었다면, 「장마」는 유소년 시점과 샤머니즘적 세계관에 기대어 6·25전쟁을 이데올로기적 편견없이 볼 수 있었다. 분단소설과 관련하여 유소년 시점의 도입은 윤흥길보다 김원일이 조금 앞선다.(「어둠의 혼」은 1973년 1월 『월간문학』에, 「장마」는 1973년 『문학과 지성』 봄 호에 실렸다) 「어둠의 혼」은 갑해를 내세워 남로당 아버지의 역사적 실체를, 「장마」는 동만을 내세워 이데올로기의 실체를 사회의 수면 위로

부상시켰다. 이러한 유소년시점은 개인의 성장비밀과 이데올로기의 극복이라는 문제를 동시에 함의하고 있지만, 바로 그 시점 때문에 분단현실의 모순을 형상화하는데 문학사적 한계를 드러낸다.

7·4공동성명(1972)의 발표로 남북한의 해빙 분위기 속에서 발표된 「장마」를 읽고 작가 이문구가 '여기 왔구나!' 하고 감탄했을 때, '여기'는 '여기까지'로 분단소설이 도달한 문학사적 지평을 염두에 두고 한 말이다. 「장마」의 문학사적 지평은 이데올로기를 다루는 솜씨가 이전 작품과는 확연히 다른 데서 찾아진다. 작가가 이데올로기를 사실적 관점에서 접근할 수 없는 역사적 상황 속에 놓여 있다면, 그 문제를 푸는 방식은 사회구성원들이 누구나 공유하고 있는 정서에 있을 것이다. 「장마」는 여기에 근거하여 창작되었다.

「장마」의 주인공은 친할머니와 외할머니다. 관찰자-화자는 나(동만), 어린 소년이다. 친할머니의 아들은 빨치산으로, 외할머니의 아들은 국군장교로 가 있다. 이들의 싸움은 외삼촌의 전사통지서를 받은 외할머니가 빨치산을 향해 저주를 퍼부었을 때 시작된다. 친할머니는 그 저주의 소리를 듣고 분노한다. 그것은 삼촌을 죽으라고 하는 말과 같기 때문이다. 빨치산이 대부분 토벌되고 가족들은 삼촌이 죽었을 것이라고 믿지만, 할머니는 점쟁이의 점괘에 따라 <아무날 아무시>에 삼촌이 살아서 돌아오리라고 믿고 있다.

그러나 <아무날 아무시>에 아무 일도 일어나지 않았고, 집을 향해 오던 구렁이 한 마리가 동네아이들의 돌팔매에 맞아 허리가 동강날 지경이다. 이를 본 친할머니는 졸도하고, 외할머니는 구렁이를 죽은 아들(삼촌)의 현신으로 여기는 사돈의 믿음에 따라, 그 구렁이를 죽음의 문턱에서 구해내어 극진하게 보살펴 대밭 속으로 살려보냄으로써, 죽은 자기 아들(외삼촌)의 타자성을 구현해낸다. 이 사건을 계기로 두 할머니는 화해에 이른다.

　삼촌과 외삼촌의 이데올로기의 대립을 역지사지의 시각으로 해소하는 두 할머니는 이후의 윤흥길 소설에서 여성상의 원형을 이룬다. 『묵시의 바다』(77)의 '금순네와 박선생', 「무지개는 언제 뜨는가」(78)의 '당숙모', 『에미』(82)의 '어머니', 『밝아도 아리랑』(88)의 '이연실', 『낫』(89)의 '어머니'로 발전하는 「장마」의 모성상은 윤흥길 문학의 탯줄을 형성하고 있다.

　「장마」는 실상 전쟁의 이데올로기적 본질에 대해서는 아무것도 설명해주지 않는다. 전쟁의 당사자인 삼촌은 아예 모습을 드러내지 않고, 외삼촌은 한번 등장할 뿐이다. 만약 전쟁의 당사자인 삼촌과 외삼촌을 동일한 시공간 속에 배치했더라면, 작가는 좌우 이데올로기로부터 자유로울 수 없었을 뿐만 아니라 70년대 사회의 밑바닥에 형성되어 있던 분단의식의 정치적 지층을 가로지르지 못했을 것이다. 그렇기 때문에 우리는 두 할머니가 보여준 샤머니즘적 태도가 결코 실현시킬 수 없는 현실적 한계를 보여줌에도 불구하고, 이데올로기의 타자성을 간접적으로 발견한 데 대해 이의를 제기할 수 없다. 그 이유는 좌익과 우익이 뭔지도 모르는 소년 동만과 자식에게 맹목적으로 헌신하는 할머니의 샤머니즘적 정서를 통해 6·25전쟁의 이데올로기적 대립구도를 성공적으로 해체하고 있기 때문이다.

　이처럼 「장마」는 전쟁에 어울리지 않는 샤머니즘의 낯선 세계를 도입하여 이데올로기의 대립을 넘어설 수 있는 역사적 전망을 밀도 있게 보여주는 반면, 70년대 초반의 실존적 현실에서 분단모순을 해소하는 문학적 해법의 역사적 한계 또한 극명하게 드러낸다.

3. 소시민적 일상성과 타자에 대한 각성

「장마」의 나(동만)는 「무지개는 언제 뜨는가」에 이르면 어른이 되어 독자 앞에 등장한다. 「황혼의 집」(70), 「장마」(73), 「양」(74) 등 초기소설의 주인공들은 유소년 관찰자시점으로 6·25전쟁을 사실적으로 바라보고 있다면, 「무지개는 언제 뜨는가」의 나(동만)는 성인관찰자의 시점으로 6·25전쟁의 비극을 회상한다. 이러한 시점의 변화는 분단현실에 대한 역사적 반성과 함께 작품의 주제를 심화시킨다. 유소년관찰자 시점으로는 6·25전쟁을 객관적으로 이해하거나 재현하는 것은 불가능하다. 그러나 성인관찰자 시점은 전시와 전후의 역사적 거리에서 발생하는 이데올로기의 역사적 의미를 묻는 데 적절하다.

윤흥길 소설에서 관찰자시점은 관찰자─화자의 시선과 피관찰자─주인공의 시선을 맞세워 이중의 서사를 가능하게 한다. 이때 작가는 어떠한 시선에도 삶의 정당성을 부여하지 않는다. 왜냐하면 그는 자신의 경험을 독자들의 경험으로 전환시켜, 작품 속의 등장인물들을 통해서만 자신과 만나는 작품 밖의 총체적 인물이기 때문이다. 따라서 작품의 서사적 진실은 작가의 비평가적 시선이 위치하고 있는 제3의 중간지대에서 발생하는 공명적 울림에 의해 생겨난다.

「무지개는 언제 뜨는가」는 '빨갱이(차서방)가 낳은 자식(동만)을 그 빨갱이들한테 불행을 당한 여자(당숙모)'와 수양아들 동근에 얽혀 있는 전쟁당시의 비극적 이야기에 대해, 나와 동우 그리고 아내 세 사람의 대화 속에서 분단의 현재적 의미를 묻는 작품이다. 대화란 무엇인가? 대화는 이야기하는 사람과 그 이야기에 등장하는 제3의 인물과의 솔직한 만남이 아닌가! 그러니까 대화는 상대방을 통해 자신의 욕망을 확인하는 과정이다. 욕망은 타자의 욕망을 욕망한다. 세 사람의 대화 속에 등장하는 동근은 그들이 욕망하는 타자이다.

나(동만)는 집안의 종손인 자기를 대신해서 종중의 시제(時祭)에 참석하고 돌아온 동생 동우에게서 놀라운 소식을 전해 듣는다. 그 소식은 동근이 사법고시에 합격하여 금의환향했다는 것이다. 나는 소식을 듣고 동우에게 동근이 '뻐기지 않더냐!', '뭐라고 부르더냐!'라는 아주 사소한 질문을 한다. 이러한 태도를 통해 독자가 발견하는 것은 당숙모에 의해서 김씨 집안의 일원이 된 과거의 동근이 아니라, 미래의 판검사가 될 현재의 동근과의 비교에서 위축되는 나의 모습이다.

사법고시에 합격한 동근의 갑작스런 출현은 일상성에 침윤되어 있는 소시민인 나에게 엄청난 충격으로 다가온다. 동우가 전하는 더욱 놀라운 사실은 동근이 스스로를 좌익과 우익의 합작품이라고 부르며, 자기에게 "형님, 비가 그치고 나면 하늘은 어떤 빛깔이 되는지 아십니까? 그리고 그 하늘에 뭐가 뜨는지 아십니까?"라고 말하더라는 것이다. 이러한 동근의 말은 일상성의 세계 속에 빠져들고 있는 소시민들에게 분단 현실을 일깨우려는 작가의 의도에서 비롯되었다. 이것은 동근이 나를 찾아와 동우에게 했던 똑같은 말로 나에게 육박해 왔을 때, 작가가 나로 하여금 아무런 대답도 하지 못하게 한 채 작품을 끝낸 사실에서 확인할 수 있다.

우리는 동근의 말을 작가가 독자에게 던지는 메시지로 이해해야 한다. 왜냐하면 작가는 동근의 말을 나의 질문에 대한 대답으로 설정하고 있기 때문이다. 그리고 우리는 동근의 말에서 당숙모에 의해 구제된 타자(동근 : 빨갱이 자식)의 근원적 타자성을 이해할 수 있어야 한다. 여기서 비가 그치면 푸른 하늘에는 '무지개'가 뜬다. '무지개'는 분단담론의 이데올로기적 대립을 극복할 수 있는 열린 사회를 향한 우리 자신의 타자성인 것이다. 이러한 타자성은 「무제」에서 더욱더 현실성을 띠고 나타난다.

「무제」의 나(한가)는 「무지개는 언제 뜨는가」의 나(동만)보다 분단현실을 적극적으로 이해하려고 노력한다. 나에게 여생을 의탁하려는 고모부로부터 편지를 받은 날, 편집부장은 나에게 직접 인쇄소에 가서 오케이 교정을 보고오라고 업무지시를 한다. 나는 인쇄소로 가면서 고모부를 만나러 가는 중이라는 착각에 빠진다. 어째서 그런 착각을 하게 되었을까. 그 이유는 봉무제씨와 고모부 모두 북에 처자식을 두고 월남한 비슷한 처지의 사람들이라는 데 있다.

월남 후, 삼십년을 인쇄소 문선공으로 살아가는 봉무제씨의 본명은 조현봉이다. 봉무제는 교정지의 제일 중요한 단어를 <무제>로 바꾸고 <봉>자 싸인을 하는 그의 버릇에서 붙여진 이름이다. 그는 남들이 자신을 봉무제로 부르는 것을 싫어하면서도, 무제에 대한 집념은 교정지에서 무제를 제거하라고 하면 직장을 포기할 만큼 집요하다. 무제(霧堤)란 무엇인가? 그것은 <배 위에서 보면 마치 육지처럼 보이는 먼바다의 안개>를 뜻한다. 이렇듯 무제는 항해에 지친 뱃사람들에게 육지로 착각하게 만드는 신기루이다. 봉무제 씨에게 무제는 절망 혹은 희망에 대한 상징이다. 그러나 무제의 상징성은 봉무제 씨의 자살로 결정되었다.

봉무제 씨의 죽음은 나에게 고모부의 고통을 깨닫게 하는 계기를 제공한다. 고모부는 사변 직후 간첩으로 삼팔선을 넘어와서 자수한 후 고모와 재혼한다. 그러나 고모부는 둘 사이에서 난 아들 승필을 자기자식이 아니라고 억지를 쓰면서 생활의 중심을 잃기 시작한다. 그 사이에 고모는 다른 남자와 눈맞아 도망가 버린다. 이후 승필은 고모부가 오늘날 자기신세를 요 모양 요 꼴로 조져 놓았다며 이 새끼 저 새끼 하며 아비의 뺨을 때리는 망나니로 자란다.

한때 고모와 살았다는 인연밖에 없는, 남남이나 다름없는 고모부가 유독 나에게 여생을 의탁하려는 까닭은 내가 북에 있는 고모부의 막내

아들 승곤이와 동갑네기라는 사실에 있다. 고모부를 위하여 승곤이의 대역을 맡고 싶은 생각이 추호도 없는 나는, 궁리 끝에 고모부를 화신백화점 앞에 버리고 행려병자로 위장시켜 끝내 시립갱생원으로 보내려는 현대판 고려장 계획을 세운다. 그렇게 했을 경우 혹시 벌을 받아 7개월 된 뱃속의 태아가 잘못되지 않을까, 아내는 죄의식에 사로잡힌다. 뱃속에서 자라고 있는 생명으로부터 비롯된 아내의 죄의식은 나로 하여금 통일이 되는 그날까지 고모부의 기억 속에 '생각이 안 나…'는 승곤이의 대역을 충실히 하도록 마음먹게 한다.

우리는 「무제」의 나의 모습 속에서 자신의 이타성을 몰각한 채 살아가는 소시민의 내면풍경을 볼 수 있다. 그러나 70년대 사회가 봉무제 씨와 고모부 같이 분단사회에서 소외된 타자들을 개인의 도덕적 결단에만 떠맡기는 데 대해, 작가는 나의 입을 빌려 '책임의 반은 역사가 져야 한다'고 말하면서, 타자에 대한 민족적 정체성에 의문을 제기한다.

윤흥길 소설에서 타자는 「타임레코더」(74)의 기계(타임레코더), 「어른을 위한 동화2」(75)의 욕망(새), 「내일의 경이」(76)의 펀치 드렁크(문명남), 「어른을 위한 동화3」(77)의 제도(버스), 「빙청과 심홍」(77)의 군인(우하사), 「날개 또는 수갑」(77)의 회사원(권기용), 「창백한 중년」(77)의 여공원(안순덕), 「꿈꾸는 자의 羅城」(82)의 이상택의 고향(서울) 등 다양하게 나타난다.

타자는 주체가 자신의 정체성을 찾도록 도와주는 대상이다. 이때 주체와 타자는 상호주체적 관계 속에서 서로에게 자유의 공간을 마련해주는 계기들이다. 그러나 앞에서 예시한 타자들에 대한 관찰자적 주체들은 타자를 회복하기 위한 적극적인 노력을 전개하지 않는다. 이에 비해 「무제」와 「무지개는 언제 뜨는가」는 시대적 타자와의 일체감을 이루려는 노력을 적극적으로 모색한다. 그러나 '나'(동만/한가)는 그들을 내 속에 있는 진정한 타자로 받아들이지 못한다. 다만, 그들은 죄의식에 휩싸여 그렇게 행동할 뿐이다. 우리가 윤흥길 소설에서 이타적 타자의 정체성을 확인하려면 『낫』을 읽어야 한다.

4. 주체 속의 타자와 타자 속의 주체

윤흥길의 연작소설은 「장마」(73)와 「무지개는 언제 뜨는가」(77), 77년에 발표된 「아홉 켤레의 구두로 남은 사내」의 4부작(「직선과 곡선」, 「창백한 중년」, 「날개 또는 수갑」), 『완장』(82)과 『빛 가운데를 걸어가면』(93), 『밝아도 아리랑』(88)과 『낫』(89) 그리고 최근의 「때와 곳」 시리즈 등 초기부터 현재까지 지속적으로 창작되었다. 실로 윤흥길 작가는 연작소설가라 부를 만하다.

연작소설이란 무엇인가? 그것은 그 자체로 독립성과 자립성을 지닌 개별작품들을 일관된 내적 연관 하에서 쓴 소설을 말한다. 한 작품의 주인공이 다른 작품에서는 주변적 인물로 등장하고, 그 역도 가능한 연작소설은 삶의 다양한 관계양상을 다각적으로 조명할 수 있는 특성이 있다. 윤흥길은 두 형식의 연작소설을 썼다. 하나는 「아홉 컬레의 구두로 남은 사내」 4부작과 「때와 곳」 시리즈처럼 지금 — 여기의 시공간 속에서 주체의 위치를 바꾸면서 삶의 사회적 총체성을 보여주는 형식이고, 다른 하나는 사회적 현실의 변화 속에서 개인의 정신적 변모에 따른 삶의 역사적 총체성을 보여주는 형식이다. 분단소설의 계보는 후자의 형식을 취하고 있다.

『낫』은 『밝아도 아리랑』의 후속편으로, 윤흥길 분단문학의 정점이다. 엄귀수는 죽음을 눈앞에 둔 어머니에게서 자신의 성이 엄씨가 아니라 배씨라는 사실을 듣게 된다. 그는 어머니의 유언에 따라 생부의 산소를 확인하고, 모자(母子)를 살려준 서원생을 찾아 그 은혜에 보답하기 위해 고향을 찾아간다. 고향 산서에 도착한 그는 낫을 구하기 위해 철물점에 들른다. 철물점 주인 황대장은 그의 얼굴에서 전쟁 당시 마을을 피로 물들였던 배낫질의 모습을 발견하고 혹시 배낫질의 후손이 아닐까 의심한다. 순간 황대장은 배낫질이 살아 돌아왔다고 소리친다. 그는 그 소리를 듣고 몰려든 마을사람들에게 쫓겨 산 속의 큰 기와집(최씨 중종 재실)으로 숨는다.

엄귀수는 그곳에 갇혀 마을사람들과 극한의 대결을 벌인다. 이 과정에서 사건을 수습하기 위해 나타난, 마을전체를 실질적으로 이끌어 나가는 산서 중학교장 최부용(엄귀수의 이종사촌형)에게서 아버지 배낫질의 과거행적과 전쟁 전후 산서의 비극적 역사에 대해 자세한 이야기를 듣게 된다.

산서의 천석꾼 최명배는 일제의 군국 파도 앞에서 집안의 재산을 지켜줄 보호막으로 큰 아들 부용을 출세시키려 한다. 그러나 부용은 심성이 나약하고 그릇이 작았다. 큰아들에게 실망한 최명배는 둘째 아들 귀용에게 희망을 걸고 어려서부터 신동으로 소문난 외조카 배낙철을 귀용의 보호자 겸 독선생으로 삼아 둘을 경성으로 유학보낸다.

그러나 경성의 최귀용은 배낙철이 이끄는 경성콤그룹 계열의 독서회에 가담하여 그의 지시에 따라 근로보국대 강제동원을 거부하고 동맹휴교를 선동하는 삐라 뭉치를 품고 있다가 고등계 형사의 불심검문에 검거된다. 귀용이 고문에 견디지 못하고 조직의 계보를 자백하는 바람에 1939년 독서회 전원은 체포된다.(『밝아도 아리랑』은 두 사람이 석방되기 전까지 최씨 집안의 이야기다.) 혹독한 고문으로 광인이 되다시피 하여 1942년 정신질환에 의한 형 집행정지로 석방된 배낙철은 고등계의 눈을 피하기 위해 벼포기를 낫으로 자르고, 누렇게 익은 가을논에 불을 지르는 등 정신병자 흉내로 일관한다.

해방 후 배낙철은 부용의 권유로 입석리 차씨 문중의 규수와 결혼하지만, 모스크바 3상회의의 신탁통치 결정에 따른 찬탁과 반탁의 물결이 한반도를 휩쓸 무렵, 산서면 인민위원회 조직사업을 벌이고 귀용을 끌어들인다. 최명배는 나날이 불안해지는 상황에 위험을 느껴 자신을 보호해줄 사람으로 한때 배낙철의 처를 짝사랑했던 서원생을 찾아 인민위원회에 맞설 청년단을 조직케 하고 거액의 뒷돈을 대준다.

그즈음 배낙철은 면소재지 장터에서 대장간을 하는 황기팔에게 산서면 인민위원장직을 맡긴다. 이때부터 청년단과 인공자위대 간의 싸움은 갈수록 치열해진다. 그러나 이 싸움은 사실상 최명배와 배낙철의 대리전쟁이었다. 대구 10월항쟁 이후, 배낙철은 경찰의 토벌병력과 청년단에 밀리기 시작하면서 손에 '낫'을 들고 설치다가 입산하여 빨치산이 되었다. 이때부터 산서 마을사람들의 가슴속에 '배낙철'은 '낫'이고, '낫'은 '배낙철'로 각인되어 <배낫질>로 불리게 된다.

입산한 배낫질이 산서땅에 다시 모습을 드러낸 것은 6·25 직후였다. 산서를 다시 장악한 배낫질은 최명배와 최귀용 부자를 체포한 후 귀용에게 낫을 주며 악질반동지주 아버지를 처단할 것을 명령한다. 불행한 현실에 절망한 귀용의 어머니 관촌댁은 그 낫으로 자결하고, 이에 분노한 셋째아들 덕용은 황기팔의 소총의 개머리판에 맞아죽는다. 이때 배낫질은 부용의 전재산 헌납약속에 최명배의 처단을 무기연기한다. 다음날 귀용은 최씨네 재실 뒤편 늙은 소나무에 목을 매달아 죽는다.

최부용은 산서의 불행했던 과거사를 엄귀수에게 들려주면서 낫의 얼굴을 하고 있는 아버지의 실체를 받아들일 것을 주문한다. 그렇게 하여 원한의 역사를 종결짓고 화해와 상생의 열린 사회를 만들자는 것이다. 최부용의 충언에 따라 엄귀수는 그와 함께 '배낫질'(엄귀수)의 출현을 해결하기 위해, 마을사람들이 모여 있는 마을회관으로 내려간다. 거기서 최부용은 마을사람들에게 6·25를 전후한 혼란기 때 우리 모두는 <한 자루 낫>이었음을 천명한다. 최부용의 말에 서원생도 한바탕 고함으로 동의한다.

"오냐, 교장선생 말이 백번 맞다. 나 역시 두 번짜가라면 스러워헐 소문난 낫이었니라. 용처가 달러서 배낙철이허고는 정반대쪽으로 놀아난 낫이기는 허다만, 좌우단간 낫은 낫이었다. 그때 당시는 좌든 우든 어느 쪽에 붙든지 간에 사람이 낫 노릇을 허지 않고는 목심을 부지허기가 험악무쌍한 시상이었으니께 니나내나 댕연허니 그럴 수배끼!"(340)

두 사람의 말은 이데올로기적 타자의 균열된 모습으로 대립하고 있는 엄귀수와 마을사람들에 대한 비판이다. <낫>의 폭력성이 좌익 뿐만 아니라 우익에도 있었음을 인정함으로써, 윤흥길 분단소설의 주체와 타자는 서로 <이타적 타자>의 수준에서 분단의 역사적 지평을 새로운 차원으로 이끌어올린다. 이처럼 『낫』은 우리 자신과 대립하는 타자를 자신의 이타성 속에서 찾았다는 사실에서 당대 분단소설의 한계를 넘어선다. 그러나 최명배로 대표되는 산서지방의 봉건토지귀족의 역사적 도덕성에 대한 어떠한 평가도 없이 배낫질의 행적만을 문제삼는 데서 한계를 드러낸다.

이점과 관련하여 작가는 독자에게 빚지고 있는 대목이 있다. 그것은 『낫』의 배낫질이 어떻게 죽었는지에 대한 역사적 사실이다. 서원생은 그토록 산서 마을사람들에게 원한의 대상이었던 배낫질에게 무덤까지

만들어 주었다. 무덤은 산 자가 죽은 자에게 베푸는 최고의 애도가 아닌가! 당시 청년단장이었던 서원생의 행위는 이미 그가 이데올로기의 한계를 넘어서 있었다는 증거가 아닌가? 배낫질의 죽음에 대한 사실규명은 <좌우 어느 쪽에 붙든지 간에> 전쟁 당시 이데올로기를 선택한 모든 사람은 <한 자루 낫>이었다고 말하는 두 사람의 말을 구체적으로 보여줄 수 있을 것이다.

광풍의 시대를 살아간 한 인간의 영혼에 악마의 형상을 한 역사의 얼룩이 새겨져 있다면, 그것은 개인이 아니라 사회의 환경과 그 환경의 정신 속에서이다. 이러한 사실을 잘 보여주는 『낫』과는 달리, 90년대 현실을 다룬 「쌀」에서는 분단이데올로기가 우리사회 속에 아직도 얼마나 강력하게 자리잡고 있는지를 보여준다. 이러한 차이는 작가의 문학적 성취와 객관적 현실 사이에 건널 수 없는 틈이 존재하고 있음을 의미한다.

5. 새로운 서사를 주문하며

「쌀」(93)에서 작가는 90년대 초반 한국정치의 최대 이슈였던 우루과이 라운드의 강압적 경제보편주의와 거기에 맞서기 위해 제기된 신토불이의 역사적 함수관계 속에서 분단현실을 조망한다. 그러나 우루과이 라운드와 신토불이 중 신토불이 쪽으로 서사가 집중되면서 분단문제에 대한 세계적 시각을 확보하는 데 실패한다.

이러한 이유로 양심수 이인모에 대한 '미전향 장기복역수'와 '불굴의 혁명영웅'이라는 남·북한의 대립적 평가, 민주항쟁·재야운동·노동쟁의 심지어 합법적인 야당활동까지 공산주의 동조세력의 파괴공작으로 매도하는 보수세력(장인)과 장인을 '분단조국의 통일을 원천적으로 봉쇄하는 최대의 장애세력'이라고 말하는 진보세력(나) 사이에 가로놓여 있는 이데올로기의 대립적 구도를 돌파하지 못한다.

상징권력의 마술적 효과에 휩싸여 스스로 이데올로기에 복속되어 있으면서도 그러한 사실을 모른 채 타자화된 자기를 이해하지 못하는 장인과 분단현실의 민족적 내부모순을 세계사의 차원에서 바라보지 못하는 나의 입장 차이에서 발생하는 이데올로기적 갈등을 비록 <잠밥>이라는 샤머니즘적 방법으로 해소하고 있지만, 이러한 방법은 「장마」에서처럼 독자의 마음을 휘어잡을 만큼 감동의 파장을 일으키지 않는다. 이점에서 「쌀」은 이데올로기적 대립들 사이에 위치하면서 동시에 그 대립들을 가로지르며 주체와 타자를 동일한 차원에서 다루고 있는 『낫』을 못 넘어서고 있다.

99년부터 최근(2002)까지 연작의 형식으로 발표하고 있는 「때와 곳」 시리즈 8편에서 작가는 「쌀」보다 더욱 더 후퇴하고 있다. 이 연작들은 졸업 40주년 기념 홈커밍 행사로 중년의 재경졸업생들이 모교운동장에 모여 차례대로 이야기하는 유년시절의 전쟁경험담을 담고 있다. 이들의 이야기에는 흑백사진처럼 돌아가는 유년시절의 비극적 경험으로 가득 차 있다. 작가는 여기서 전쟁을 '아무거나 닥치는 대로 때려부수고 잡어 죽이고 빙신 맨드는' 것이라고 반복강조하며 반전사상의 싹을 보여주고 있다. 그러나 전쟁경험담 소설로는 분단현실에 새로운 시각을 제공하는 데는 한계가 있다.

통일은 분단의 기원으로 돌아가 현재 남·북한의 이질성을, 그 이질성 속에서 통합해낼 줄 아는 예리한 세계사적 촉수를 가질 때 가능하다. 분단소설과 관련하여 필자는 작가에게 과거를 회상하는 방식보다는 『낫』에서 보여준 것처럼 이데올로기 문제를 변화하는 현실에 맞게 보다 적극적으로 그려낼 것을 주문하고 싶다. 왜냐하면 우리사회는 아직도 「쌀」의 장인처럼 자기 속에 살아 숨쉬는, 자기보다 더 자기다운 타자성을 깨닫지 못하고 있는 사람들이 많기 때문이다.

　우리는 작가에게 왜 이런 식으로 작품을 쓰지 않았느냐고 물을 수는 없다. 만약 누가 작가에게 그렇게 질문한다면, 그는 아마 환원론자일 것이다. 그러나 우리는 역사적 상황에 대한 작가의 정체성에 내재하는 환원할 수 없는 개성적 특성을 인정하는 선에서 작품의 시대적 한계를 논할 수는 있다.

분단문학에 나타난 형제살해와
아비부재 현상에 대하여

한국근대문학사에서 아비에 대한 모든 서사는 일제로부터의 독립과 해방 이후 새로운 국가건설의 문제와 관계를 맺고 있다. 그렇기 때문에 아비부재의 문제는 아비가 부재하게 된 원인에 대한 탐색을 하지 않고는 어떠한 진단도 불가능하다. 분단문학사에서 아비부재의 문제는 아비의 역사적 행방을 묻는 일이다. 누가 묻는가? 말할 것도 없이 그 아들들이다. 그런데 아비의 부재가 왜 문제되는가? 여기서부터 질문을 시작해야 할 것 같다.

아버지의 문제는 어느 사회에나 중요한 보편적인 문제이다. 프랑스혁명을 예로 들어보자! 프랑스 국민들은 1789년 혁명이 시작된 지 4년이 지난 1793년 그들의 국왕이었던 루이 16세(루이 카페)를 단두대 위에 세웠다. 프랑스 국민들은 당시까지만 해도 국왕을 그들의 아버지로 여겼다. 로베스피에르의 몰락 이후, 프랑스 국민들은 프랑스 혁명의 슬로건 가운데 형제애를 버렸다. 당시 형제애는 공동체 내부의 사회정치적 경계선을 가르는 기준으로, 많은 사람들을 단두대의 이슬로 사라지게 했던 공포의 이념이었다.

그러면 우리는 어떠한가. 조선의 국왕은 우리의 손에 의해서가 아니라 일제의 음모에 의해 역사 속으로 사라졌다. 그러니까 해방 이후 좌우 이데올로기 투쟁은, 아비살해를 통해 자유에 도달하고자 했던 프랑스의 경우와는 달리, 사라진 아비를 사회 속에 새롭게 세우는 나라만들기의 과정이었다. 이것에 대한 물리적 충돌이 바로 한국전쟁이다. 프랑스 혁명과 한국전쟁이 동떨어진 사건처럼 보일지 모른다. 그러나 두 사건 모두 이데올로기를 배경으로 전자가 봉건제를 타파했다는 점에서, 후자가 동서냉전 최초의 세계사적 충돌이었다는 점에서 비교가능하다.

해방에서부터 한국전쟁 초기까지의 아비(형제)는 이데올로기적 원한에 비교적 사로잡혀 있지 않았다. 그들 앞에는 나라만들기라는 커다란 목적이 있었기 때문이다. 나라만들기에서 제일 먼저 할 일은 민족의 상징적 아버지를 세우는 일이다. 민족의 상징적 아버지를 만들기 위한 이데올로기적 싸움에 직접 가담했던 자들의 이야기는 분단문학의 한 계보를 이룬다. 박영준의 「용초도근해」(54), 최인훈의 『광장』(60), 윤흥길의 「장마」(73), 이문열의 『영웅시대』(84), 조정래의 『태백산맥』(86), 황석영의 『손님』(2001). 전후부터 지금까지 계속 생산되고 있는 이러한 작품들은 시대적 변화에 서사적 내용을 조금씩 달리하고 있지만, 그 속에 흐르는 일관된 의미는 이데올로기의 역사적 본질을 파헤치는 데 있다.

분단문학의 또 하나의 계보는 아비의 이데올로기적 함의를 보여주는 작품들이다. 김원일의 「어둠의 혼」(71), 전상국의 「아베의 가족」(79), 임철우의 「아버지의 땅」(84), 최윤의 「아버지 감시」(91), 김소진의 「개흘레꾼」(94), 이청준의 『흰옷』(94), 윤흥길의 『낫』(95). 한국전쟁의 휴전과 함께 상징적 아버지는 남한의 반공주의나 북한의 반미주의로 축소된다. 이때 상징적 아버지는 민족전체의 표상에서 남한만의, 북한만의 반쪽 아버지가 되고 만다.

'빨갱이'에 대한 남한의 반공주의적 단죄는 분단문학에서의 아비의 문제가 등장하게 되는 계기이다. 우리는 여기서 남로당 아비를 사회 속에 호출한 최초의 소설이 「어둠의 혼」이라는 사실을 생각해볼 필요가 있다. 휴전 후 18년이 지나서야 겨우 남한사회는 이 문제를 제기할 수 있었다.

전후 분단문학은 위에서 보는 것처럼 이데올로기의 본질을 묻는 한 축과 살해자/피해자 아버지(형제)에 대한 용서와 해원의 살풀이를 통해 화해의 길로 나아가고자 하는 또다른 축으로 전개되어 왔다. 그러나 이제 더 이상 이데올로기를 선택했던 과거의 아버지는 문제되지 않는다. 전쟁을 겪었던 아버지는 죽었고, 죽어가고 있다. 문제는 민족통일을 위한 남북한 형제애를 다시 한번 생각해 보는 일이다. 프랑스 혁명의 이념 가운데 하나인 형제애는 프랑스 국민들에게 죽음의 공포를 일으키는 역할을 하면서 사라졌다. 그러나 형제살해로 얼룩진 한국전쟁은 남북한 모두에게 이데올로기적 원한을 초래했던 근원임에는 틀림없지만, 우리는 통일을 위해서 공포의 기원으로써가 아니라 화해와 상생의 원리로써 형제애를 생각해 보아야 한다.

전후 세대의 아버지들은 어떤 이데올로기를 선택했던 간에 손에 피를 묻힌 '폭력적 아버지'다. 그러나 남한의 반공주의는 공산주의를 선택했던 사라진 아버지에 대해서조차 '빨갱이'의 이름으로 역사적 단죄를 해왔다. 이제 전후세대는 성장하여 아버지의 지위에 이르렀다. 그들은 자신들의 아비로 인해 정신적 고통을 받고 자랐지만, 아비가 좌우 이데올로기의 어느 편에 섰던 간에 민족의 상징적 아버지를 세우려 했던 그들의 열정적 모습 속에서 역사적 아름다움의 흔적을 발견할 수 있어야 한다.

우리의 가슴속에 아비가 종·남로당·군바리·악덕자본가·개흘레꾼 등 어떤 이름으로 자리잡고 있다고 해도, 이러한 이데올로기적 호명으로는 분단을 넘어설 수 있는 어떤 조건도 창출하지 못한다. 왜냐하면 '나'의 삶은 아버지의 직업적 신분에 따라 결정되기도 하지만, 그보다는 '나'의 주체적 결단에 의해 새롭게 열릴 것이라고 믿는 창조적 개방성만이 급격히 변화하는 역사적 현실에 보다 적극적으로 대응할 수 있기 때문이다.

지금까지 창작된 분단문학은 이데올로기를 넘어서 통일에 이르기 위한 희생제의의 과정일지 모른다. 르네 지라르는 희생제의를 '공동체의 폭력에 대한 공동체 자체의 공포를 숨기고 위장하는 방법'이라고 했다. 남북한이 서로에게 그토록 심한 혐오감을 보여온 이유도 사실 우리 자신 속에 도사리고 있는 잔혹한 폭력성의 역사적 반복을 두려워하고 있기 때문일지도 모른다. 이점에서 '앞에총'도 모르고 전쟁에 참가했다고 이야기하는 「개흘레꾼」의 '아버지'보다, 자신의 이데올로기적 선택에 대해 당당하게 역사적 반성을 제기하는 「아버지 감시」의 '아버지'가 역사의 함정으로부터 우리를 벗어날 수 있게 해주지 않을까?

아버지는 사회적 질서의 표상으로, 아버지의 부재는 사회적 무질서를 의미한다. 아버지의 진정한 사회적 기능은 욕망과 법을 대립시키는 것이 아니라 그 둘을 통합시키는 데 있다. 이제 우리에게 민족의 욕망과 법을 통합시킬 수 있는 통일의 상징적 아버지가 필요하다. 우리가 통일을 위한 새로운 이데올로기를 강력히 바라는 것도 이제 낡은 이데올로기로는 더 이상 사회발전과 민족통일이 불가능하다는 사실을 알고 있기 때문이다.

앞으로 분단문학 혹은 통일문학의 전개가 형제애를 나누는 축제의 장으로 나아가야지, 아버지(이데올로기)의 정통성을 확인하는 쪽으로 나아가면 시대의 변화에 역행하게 된다. 왜냐하면 후자는 이데올로기의 폭력성을 은폐하면서 민족의 정신적 외상을 반복할 확률이 높기 때문이다.

분단문학사에서 형제살해·아비부재의 문제와 관련하여 필자는, 아비가 있었던 그곳에… 혹은 형제가 있었던 그곳에… 도달해 있어야 하는 것이 작가(비평가)의 임무라고 생각한다. 이를 위해 우리는 통일이 될 때까지 이데올로기와 현실 사이를 지그재그 행보로 가야 한다.

강박신경증적 욕망과 사랑의 서사

─ 김승옥의 「무진기행」(1964)론 ─

1. 감수성의 혁명과 그 이면

돌연 사라진, 이 탁월한 문학적 재능에 대해 어떤 설명을 할 수 있을까? 많은 사람들은 김승옥의 문학을 두고 현대소설의 신화라고 이야기한다. 신화는 자신이 발생한 그 자리에서 말한다. 그 자리는 작가의 경우 소설의 창작을 가능케 한 정신의 공간 속에 자리잡은 시간이고, 독자의 경우 텍스트를 읽는 자기시대가 된다. 이러한 신화의 본질은 현실의 상반된 모순을 결합하여 그 양극을 돌파하려는 일종의 논리적 도구로 나타날 때 드러난다. 작가와 독자의 거리에서 보면, 신화는 불모의 현실을 극복하려는 다양한 시대정신의 총체이다. 이러한 정신의 다층적인 모습은 대립하면서 화해하는 텍스트가 보여주는 변증의 울림 속에 있다.

김승옥 소설은 「생명연습」(1962)에서 「무진기행」(1964)을 거쳐 「다산성」과 「염소는 힘이 세다」(1966)에 이르기까지 아이러니와 은유의 문채(figure)로 인간내면의 비밀을 묘사한다. 그러나 이후 그의 소설에서 아이러니와 은유의 수사학은 사라지고 만다. 한 위대한 작가가 갑자기 문학적 재능을 상실하고 만 사실은 참으로 이해할 수 없는 일이다. 다만 등장인물들의 다양한 변모과정과 문장의 구조를 통해 유추해볼 수는 있다. 우리는 「빛의 무덤 속」(66)의 '공군', 「야행」(69)의 '현주', 「보통여자」(69)의 '명훈', 「서울의 달빛 0장」(77)의 '나', 「강변부인」(77)의 '민희'의 모습 속에서 강박신경증적 징후를 읽을 수 있다. 성적 욕망 속에 갇혀 있는 장편소설의 주인공들은 단편소설의 주인공들이 보여주었던 정신적 특성을 그대로 드러낸다. 이것은 강박신경증이 지닌 반복충동의 흔적이라 할 수 있다. 김승옥은 서사작가라기보다 주인공들의 자의식을 강하게 표현하는 내면성의 작가이다. 그 이유로, 주인공과 작가의 자의식은 동일성 안에 놓여진다. 단편은 자아의 특성을 배분하는 조작을 통해서도 가능하지만, 장편은 그러한 인위적 조작으로는 불가능하기 때문이다.

'감수성의 혁명'[1]과 '소멸의 미학'[2] 사이, 그 정점에 「무진기행」이 놓여 있다. 김승옥 소설의 비밀은 아직 강박신경증적 증세를 드러내지 않으면서 강박신경증의 여러 특징적 요소들을 보여주는 이 텍스트를 경계로 알아낼 수 있다. 훌륭한 텍스트는 시대를 초월해서 삶의 아우라를 내뿜는다. 우리는 그 현재성을 파악해야 한다. 그럴 때 텍스트의 진리가 밝혀진다. 그리고 그것은 텍스트 자신이 펼쳐보이는 사유의 길을 따를 때 가능하다. 이제 「무진기행」의 텍스트가 어떤 방식으로 우리에게 이해를 요청하는지, 우리는 또 어떤 방식으로 텍스트의 해석을 구성하는 내적 변증법을 생산할 수 있는지 살펴보자.

---

1) 유종호, 「감수성의 혁명 ─ 김승옥」, 『비순수의 선언 유종호전집1』(민음사, 1995), 424쪽.
2) 유양선, 「김승옥의 소설세계 또는 '서울, 1964년 겨울'에 유폐된 영혼」, 『작가연구』(새미, 1998), 31쪽.

2. 무진 : '두려운 낯설음'의 공간

「무진기행」은 표면적으로 서울생활에 지친 윤희중이 휴식을 위해 고향인 무진에 들렀다가 하인숙과 사랑을 나누고 서울로 돌아가는 <귀향-회귀> 구조로 되어 있다. 네 번째 무진행을 하고 있는 '나'(윤희중)는 어제 저녁 서울역을 출발하여 오늘 아침 광주에 내려 역구내를 빠져나올 때 한 '미친 여자'를 보고 무진에서의 어두운 기억 속으로 들어간다. 아내 '영'이 회사일에 지친 나의 건강을 염려하여 어머니의 산소에 다녀오라는 핑계로 무진행을 권유했을 때, 나는 '무진에서는 항상 자신을 상실하지 않을 수 없었던 과거의 경험에 의한 조건반사'로 마음속 불평을 하였다. 그 이유는 무진은 나를 청년시절에 겪은 정신적 외상의 공간으로 밀어넣기 때문이다. 그러나 서울에서의 지친 생활은 나를 무진의 다른 이름인 휴식의 공간으로 이끈다.

물론 그것들만 연상되었던 것은 아니다. 서울의 어느 거리에 서고 나의 청각이 문득 외부로 향하면 무자비하게 쏟아져들어오는 소음에 비틀거릴 때거나, 밤 늦게 신당동(新堂洞) 집 앞의 포장된 골목을 자동차로 올라갈 때, 나는 물이 가득한 강물이 흐르고 잔디로 덮인 방죽이 시오리 밖의 바닷가까지 뻗어나가 있고 작은 숲이 있고 다리가 많고 골목이 많고 흙담이 많고 높은 포플러가 에워싼 운동장을 가진 학교들이 있고 바닷가에서 주어온 까만 자갈이 깔린 뜰을 가진 사무소들이 있고 대로 만든 와상(臥床)이 밤거리에 나앉아 있는 시골을 생각했고 그것은 무진이었다. 문득 한적이 그리울 때도 나는 무진을 생각했었다. 그러나 그럴 때의 무진은 내가 관념 속에서 그리고 있는 어느 아늑한 장소일 뿐이지 거기엔 사람들이 살고 있지 않았다. 무진이라고 하면 그것에의 연상은 아무래도 어둡던 나의 청년이었다.

나에게 있어 무진은 '골방 안에서의 수음'과 '우편배달부를 기다리던 초조함' 그리고 '나를 돌봐주던 노인들에 대한 신경질'에 대한 연상이라는 어둡던 나의 청년시절의 기억과 서울생활에 지쳤을 때 휴식할 수 있는, 사람이 살지 않는 아늑한 장소라는 야누스적 공간으로 나타난다. 그래서 나에게 무진은 '내가 긴장을 풀어버릴 수 없는, 아니 풀어버릴 수밖에 없는' 모순된 공간이다. 무진이라는 공간 속에 나타나는 두 대립적인 의식은 '두려운 낯설음'(Das Unheimliche)의 세계이다. Unheimliche의 접두사 un은 이 경우 억압의 표시이다. '두려운 낯설음'은 '극도의 불안과 공황상태를 불러일으키는 감정'3)이며, 거세 콤플렉스에 기원을 두고 있다. 실제로 나는 전쟁중에 어머니로부터 골방에 유폐되어 떳떳하지 못하게 목숨을 부지한 사실에 대해 미치도록 괴로워 한다. 이러한 행위는 윤희중이 사회적 이데올로기로부터 거세된 것을 강하게 암시한다. 윤희중이 어머니 산소에서 자신을 전무로 만들기 위해 동분서주하는 장인영감의 모습을 상상했을 때 '묘 속으로 들어가고 싶었다'는 수치심을 유발한 것은, 일자리를 잃었다는 이유만으로 떠나간 '희'로부터 '빽 좋고 돈많은 과부'에게로 편승(便乘)한 자신의 모습 속에서 순결성의 상실을 보았기 때문이다. 이러한 정신적 외상의 출현으로 윤희중은 휴식을 위해 무진을 찾았지만, 무진의 입구에서 휴식의 공간으로서의 무진은 억압되고 만다. 그러니까 무진은 나에게 있어 낯설면서도 친근한 '두려운 낯설음'의 공간이다. 이 공간은 '온갖 종류의 무의식적 분출과 연관되는 것이 아니라, 경계가 무너짐으로써 환상이 해체되고 환상이 다른 주체의 이미지와 새로이 결합할 때 환상 속에서 발생하는 불균형과 연관된다.'4) 내가 무진에 당도하여 후배 '박군'과 중학동창 '조', 그리고

---

3) 프로이트, 정장진 옮김, 「두려운 낯설음」, 『창조적인 작가와 몽상』(열린책들, 1996), 100쪽.

‘하인숙’을 만나고 나서부터 억압된 것은 풀려나고, 반대로 그때까지 자신을 억압하던 것들이 억압된다.

> 방바닥에는 비단방석이 놓여 있고 그 위에는 화투짝이 흩어져 있었다. 무진(霧津)이다. 곧 입술을 태울 듯이 타들어가는 담배꽁초를 입에 물고 눈으로 들어오는 그 담배연기 때문에 눈물을 찔끔거리며 눈을 가늘게 뜨고, 이미 정오가 가까운 시각에야 잠자리에서 일어나서 그날의 허황한 운수를 점쳐보던 그 화투짝이었다. 또는, 자신을 팽개치듯이 끼어들던 언젠가의 노름판, 그 노름판에서 나의 뜨거워져가는 머리와 손가락만을 제외하곤 내 몸을 전연 느끼지 못하게 만들던 그 화투짝이었다. ‘화투가 있군, 화투가.’ 나는 한 장을 집어서 딱 소리가 나게 내려치고 다시 그것을 집어서 내려치고 또 집어서 내려치고 하며 중얼거렸다.

억압에서 풀려난 욕망은 현실 속에서 화투짝으로 나타난다. 정오 가까운 시각에 자리에서 일어나 한가한 소일거리로 하루의 운수를 점치던 화투짝. 노름판에서 아무것도 느끼지 못하게 만들고 오직 그것에만 집중하게 하던 화투짝. 그런데 이 화투짝이 무진이다. 노름(화투)은 ‘청년시절에 자위할 때 두 손의 격정적인 움직임을 통한 성적 쾌감의 재현’이다. ‘실제로도 노름벽은 옛날에 자위행위를 지배했던 강박과 등가관계를 맺고 있다.’5) 이렇게 본다면 무진은 ‘성욕’의 다른 이름에 불과하다.

김승옥의 가족사적 배경을 보면, 그의 아버지는 48년 여순반란사건을 전후하여 죽었다.6) 그리하여 한국전쟁이 발발했을 때 그의 어머니가

---

4) 자크 라캉, 권택영 엮음, 『욕망이론』(문예출판사, 1994), 149쪽.

5) 프로이트, 앞의 책, 178쪽.

6) 한 기, 「김승옥 소설의 문학사적 성격」, 『전환기의 사회와 문학』(문학과 지성사, 1991), 219쪽.

아들마저 전쟁에 희생시킬 수 없다는 신념으로 그를 골방에 몰아넣고 일체의 외부와 단절시켰을 것이라는 추측에 우리는 쉽게 동의할 수 있다. 작품에서 '나'는 전쟁이 발발하고 서울에서의 마지막 피난 열차를 놓쳐 서울에서 천리길 무진을 발가락이 불어 터지도록 걸어서 갔다. 거기서 '나'는 어머니에 의해 이데올로기의 싸움(전쟁)에서 격리되어 자의반타의반으로 징집을 기피하며 골방 속에 갇혀 수음과 이웃집 젊은이의 전사통지를 보면서, 성과 죽음이 뒤범벅이 된 세계 속에서 '미친다면'의 가정법으로 존재할 수밖에 없었다. 김승옥 소설에서 유난히 성적 표현 옆에 항상 죽음의 그림자와 죄의식이 놓여 있는 이유는 가족사적 경험이 무의식 깊숙이 억압되어 있다가 반복적으로 나타나기 때문이 아닐까?

노이로제 환자의 죄의식은 대개의 경우 손으로 만지는 것으로 대체되는데, 노름빚이 바로 그것이다. '다시는 하지 않겠다는, 그러나 언제나 거짓으로 끝나 버리고 마는 비장한 각오, 혹은 멍멍한 쾌감과 뒤에 남는 견딜 수 없는 죄책감은 판이 바뀌어도 변하지 않은 채'[7] 남게 된다. 김승옥 소설의 죄의식은 거의 성적인 것과 관련을 맺고 있으며, 성과 죽음은 어느 것이 먼저랄 것도 없이 짝패의 세계를 이룬다. 일반적으로도 성적 욕망의 끝은 죽음의 욕망에 맞닿아 있다는 것을 우리는 알고 있다. 광주에서 본 '미친 여자'를 통해 청년시절의 정신적 외상의 세계에 빠져들고, 어머니 산소를 다녀오는 길에 자살한 술집작부를 보고 정욕을 느끼고 '내 몸의 일부'처럼 느끼는 것에서 윤희중에게 성은 죽음의 세계와 한치도 다르지 않음을 보여준다. 우리는 이제 이즈음에서 무진에서의 윤희중과 하인숙의 사랑을 이야기할 수 있다.

---

7) 프로이트, 앞의 책, 175 – 6쪽.

3. 강박신경증과 욕망의 구조

사랑하는 행위는 한 편의 시다. 시는 사물에 대한 미메시스적 재현을 잘 보여준다. 비유적으로 보면 사랑하는 사람이 서로의 형상을 가장 잘 재현해준다는 의미에서, '나'는 무진에서 한 편의 시를 썼다. 무진이 '화투'로 바뀌면서 무진은 '무의식(성욕)의 세계'로 변한다. 그러니까 무진기행은 무의식으로의 여행이다. 내(윤희중)가 무진에 도착하기 전에 이미 사랑의 편지는 쓰여져 있었다. 단지 그 편지는 주인을 만나지 못하고 있었다. 나는 그 편지의 이동경로를 중학동창이자 무진의 세무서장인 '조'의 입을 통해 듣게 된다. 어머니의 산소에서 집으로 돌아왔을 때, 할일 없으면 세무서에 들러 달라는 조의 쪽지를 보고 나는 조를 찾아갔다. 거기서 내가 하선생이 네 색시감이냐고 물었을 때, 조는 내 색시감이 그 정도로밖에 안 보이냐며 하인숙을 성기 하나를 밑천으로 시집가 보겠다는 대표적인 여자라고 비아냥거린다. 조의 말을 듣고 윤희중은 하인숙이 자기처럼 거세되었다고 생각하고 그녀를 빨리 만나고 싶어한다. 조로부터 편지이야기를 듣고 그녀를 만나고 싶은 생각이 사라졌지만, 잠시후 다시 되살아난다.

> 나는 그 여자를 어서 만나보고 싶었다. 나는 그 여자가 지금 어디서 죽어가고 있는 것처럼 생각되었다. 어서 가서 만나보고 싶었다. "속도 모르는 박군은 그 여자를 좋아한대." 그가 말하면서 빙긋 웃었다. "박군이?" 나는 놀란 체했다. "그 여자에게 편지를 보내어 호소를 하는데 그 여자가 모두 내게 보여주거든. 박군은 내게 연애편지를 쓰는 셈이지." 나는 그 여자를 만나보고 싶은 생각이 싹 가셨다. 그러나 잠시 후엔 그 여자를 어서 만나보고 싶다는 생각이 되살아났다. "지난 봄엔 그 여잘 데리고 절엘 한번 갔었지. 어떻게 해보려고 했는데 요 영리한 게 결혼하기 전까

지는 절대로 안 된다는 거야." "그래서?" "무안만 당하고 말았
지." 나는 그 여자에게 감사했다.

조는 나에게 사랑의 편지가 어떻게 자기에게 전달되었는지 말한다.
편지는 나의 중학후배인 순수한 '박군'이 '하인숙'에게 보냈고, 하인숙
이 그것을 자기에게 보여주었다고. 그리고 박군은 자기에게 연애편지를
쓴 셈이라고 덧붙였다. 그러나 세속적 욕망의 소유자인 조가 윤희중에
게 편지 이야기를 함으로써 편지의 최종도착지는 결정되었다. 하인숙이
박군의 편지를 조에게 보여줌으로써 자기는 박군을 사랑하지 않는다는
것을 조에게 알리는 순간, 그 사랑의 편지는 하인숙이 조에게 쓴 것으로
바뀐다. 그리고 조 또한 하인숙의 편지를 윤희중에게 보여줌으로써 자
기는 하인숙을 사랑의 대상으로 생각하고 있지 않음을 드러낸다. 어떤
경우에도 사랑은 사랑하는 두 사람만의 비밀임을 생각해보면, 이제 편
지는 무효화될 운명에 처해 있다. 그러나 아직 마지막 수신자가 남아 있
다. 결국 박군이 쓰고 하인숙과 조가 덧쓴 편지는 윤희중에게 전달되었
다. 실제로 하인숙은 윤희중을 처음 본 순간 매혹되었음을 이미 말하지
않았던가?

　　"처음 뵈었을 때, 뭐랄까요, 서울 냄새가 난다고 할까요, 퍽 오
　래 전부터 알던 사람처럼 느껴졌어요. 참 이상하죠?"

이쯤되면 하인숙과 윤희중의 욕망은 짝패가 아닐까? 하인숙이 윤희
중을 본 순간 매혹되었던 것은 박군의 순수성과 조의 세속적 욕망의 통
일체인 윤희중의 욕망구조와 자신의 욕망구조가 유사하기 때문은 아니
었을까? 그리고 이미 두 사람은 서로에게 매혹되어 있음을 보여주지 않
았던가? 윤희중이 조와의 대화에서 하인숙을 빨리 만나고 싶어한 것이

나, 하인숙이 윤희중을 처음 본 순간 매혹되었던 것은 라깡이 말하는 '거울단계'의 상상적 동일시라고 볼 수 있다. 어느 한쪽의 일방적 유혹이 아니라 서로가 동시에 유혹당하는 것은 강박신경증 환자의 특징이다. '강박증 환자는 정확히 한 성도 아니고 또 다른 성도 아니다. 우리는 그가 동시에 양쪽 모두라고 할 수 있다.'[8] 아래 인용문은 그것을 분명히 보여준다.

> "박군이 하선생님을 사랑하고 있다고 생각을 해본 적은 없었던가요?" "아이, '하선생님 하선생님' 하지 마세요. 오빠라고 해도 제 큰오빠 뻘이나 되실 텐데요." "그럼 무어라고 부릅니까?" "그냥 제 이름을 불러주세요. 인숙이라고요." "인숙이 인숙이." 나는 낮은 소리로 중얼거려보았다. "그게 좋군요." 나는 말했다. "인숙인 왜 내 질문을 피하지요?" "무슨 질문을 하셨던가요?" 여자는 웃으면서 말했다.

윤희중이 하인숙을 처음 만난 날, 하인숙을 집까지 바래다 주면서 이미 두 사람은 욕망의 구조적 일치를 확인하였다. 위의 대화를 분석해보자. "박군이 하선생님을 사랑하고 있다고 생각을 해본 적은 없었던가요?"의 윤희중의 물음에, 하인숙은 "아이, '하선생님 하선생님' 하지 마세요."라고 하며, "그냥 제 이름을 불러주세요. 인숙이라고요."라고 말한다. 이때 첫문장의 '하선생님'의 자리에 '하인숙'이 놓여지면서, '선생님'의 탈락과 함께 사랑의 주체자리에 있는 '박군'('박군'은 무진중학 국어선생이다) 또한 탈락한다. 그렇게 되면 하인숙을 사랑하는 주체는 박군이 아니라 말하고 있는 윤희중이 되어버린다. 그리하여 윤희중의 첫 질문은 하인숙에 대한 윤희중의 사랑고백으로 바뀐다. 분석을 토대

---

8) 에반 딜런스, 김종주 외 옮김, 『라깡 정신분석사전』(인간사랑, 1998), 38쪽.

로 첫 문장을 다시 쓰면 이렇다. '윤희중이 하인숙을 사랑하고 있다고 생각을 해본 적은 없었던가요?' 이렇게 하여 하인숙의 욕망에 대한 윤희중의 확인 ─ "인숙인 왜 내 질문을 피하지요?" ─ 은 하인숙이 처음 질문을 외면 ─ "무슨 질문을 하셨던가요?" ─ 한 의도가 어디에 있는지를 알게 된다. 결국 대화의 주체를 대명사로 바꾸어 문장에 대입하면 '내가 당신을 사랑하고 있다고 생각을 해본 적은 없었던가요?'가 된다. 이러한 의미작용은 '주체의 의도나 진리에 의존하기는커녕 오히려 언어체계 내에서 주체의 위치를 지정해주는 역할을 한다.'9)

이를 통해 우리는 소설 속의 등장인물들이 모두 윤희중의 분신임을 알 수 있다. 29세 박군의 하인숙에 대한 사랑의 고뇌는 동거하던 '희'와 헤어진 29세 때 실의에 찬 윤희중의 모습으로, 33세의 세무서장 '조'는 서울에서의 윤희중의 모습으로, 24세의 하인숙은 어렴풋이 사랑하고 있는 옛날의 윤희중의 모습으로. 자아의 다양한 내면풍경이 바로 무진기행의 맨얼굴이다. 그리고 이 맨얼굴의 정체는 분열적인 모습으로 나타날 수밖에 없는 순수성과 욕망의 역사적 얼굴이다.

우리는 윤희중의 욕망의 구조를 통해 순수성과 욕망의 통일이라는 강박신경증적 증상과 만나게 된다. 이러한 증상은 60년대 자본주의의 기본축이다. 60년대 들어 한국사회에서 자본주의의 본격적인 등장이라는 역사적 사실을 고려해볼 때, 윤희중의 욕망구조는 당시 상승하는 4·19 혁명 세대의 순수성과 결코 순수할 수 없는 정치적 혁명의식의 한계를 동시에 보여준다.

---

9) 자크 라캉, 권택영 엮음, 앞의 책, 65쪽.

4. 무의식적 주체와 자아의 거리

무진기행에서 보여주는 '무진 – 서울'의 대립구조는 '바다 – 도시'의 대립구조이기도 하다. 하인숙이 윤희중에게 서울로 가고 싶어 죽겠다고 말하자 윤희중은 서울은 '책임'뿐이며, 무진은 '책임도 무책임도 없는 곳'이라고 말한다. 문명의 세계에서 욕망의 즉각적인 실현은 불가능하다. 인간이 사는 세상 어디에도 욕망을 즉각적으로 실현할 수 있는 그러한 공간은 없다. 이 세계에서 인간은 현실과 합리적 관계를 맺고 있는 자아를 통해 욕망을 실현해야 한다. 금지된 욕망을 실현하기 위해서, 자아는 그것이 허용될 때까지 지연해야 한다. 이렇게 보면 서울은 자아의 공간이고, 무진은 무의식의 공간을 상징하게 된다. 윤희중은 하인숙을 집까지 바래다 주고 돌아와 대화의 내용을 곰곰이 생각하면서 '그 여자는 서울에 가고 싶다고 했다.'는 말밖에 떠올리지 못한다. 그때 그는 욕망의 충동에 사로잡힌다.

> 나는 문득 그 여자를 껴안고 싶은 충동에 사로잡혔다. 그리고…… 아니, 내 심장에 남을 수 있는 것은 그것뿐이었다. 그러나 그것도 일단 무진을 떠나기만 하면 내 심장 위에서 지워져버리리라.

'욕망의 집결지'인 서울에 가고 싶어 하는 욕망과 그 욕망을 감지하는 욕망은 사랑(섹스)하고 싶은 욕망이다. 그러나 그 욕망은 '일단 무진(무의식의 세계)을 떠나기만 하면' '지워지'(억압되는)는 법칙의 세계에 속해 있다. '무진'은 지도상에는 존재하지 않는 상상의 공간이지만 작가는 그곳이 '전남 순천과 순천만에 연한 대대포(大垈浦) 앞바다와 그 갯벌'[10]이라고 말한다. 이는 무진을 무의식의 공간과 비유할 수 있는 좋은 보기라 할 수 있다. 작가가 이 가상의 도시를 통하여 보여주고자 하는 것은 무엇일까? 이 의문의 해답은 '바다 — 도시'의 대립구조 속에 있다.

　　바다는 상상도 되지 않는 먼지 낀 도시에서, 바쁜 일과 중에, 무표정한 우편배달부가 던져주고 간 나의 편지 속에서 '쓸쓸하다'라는 말을 보았을 때 그 편지를 받은 사람이 과연 무엇을 느끼거나 상상할 수 있었을까? 그 바닷가에서 그 편지를 내가 띄우고 도시에서 내가 그 편지를 받았다고 가정할 경우에도 내가 그 바닷가에서 그 단어에 걸어보던 모든 것에 만족할 만큼 도시의 내가 바닷가의 나의 심경에 공명할 수 있었을 것인가? 아니 그것이 필요하기나 했었을까?

　　김승옥의 소설에서 바다는 무의식의 세계를 나타낸다.[11] 폐병이라는 죽음과 맞서 있었던 순수한 인간이 바다(무의식의 세계)에서 도시(자아의 세계)로 편지(욕망)를 쓴다. '나의 편지'가 도시의 어떤 사람에게 전달되었을 때, '편지를 받은 사람'이 편지를 쓴 나의 마음속에 각인되어 있었던 심리적 상황을 느끼지 못할 것임은 자명하다. 그리고 그 편지를 자신이 직접 받는다고 해도 '도시의 내'가 '바닷가의 나'의 심경에 공명하지 못한다는 것 또한 자명하다. 자아가 무의식의 충동을 억압하기 때문에 편지(욕망)의 내용은 '편지를 받는 사람'이나 '도시의 나'에게 전달되지 않는다. 무의식과 자아는 너무나 먼 거리에 놓여 있기 때문이다. 내가 때때로 '쓸쓸하다'의 내용을 가진 편지를 썼을 때, 바다는 '암청색으로 서투르게 그려진 엽서'를 사방으로 띄운다. 그러나 그 편지들은 누구에게도 전달되지 않는다.

---

10) 김훈·박래부, 『문학기행1』(한국문원, 1997), 21쪽.

11) 김승옥 소설에서 바다는 무의식(이드)의 세계를 드러낸다. 바다가 무의식(이드)의 세계임을 잘 드러내 보여주는 소설은 「내가 훔친 여름」(1967)이다.

"세상에서 제일 먼저 편지를 쓴 사람은 어떤 사람이었을까요?" 내가 말했다. "아이, 편지. 정말 편지를 받는 것처럼 기쁜 일은 없어요. 정말 누구였을까요? 아마 선생님처럼 외로운 사람이었겠죠?" 여자의 손이 내 손 안에서 꼼지락거렸다. 나는 그 손이 그렇게 말하고 있는 듯한 느낌이 들었다. "그리고 인숙이처럼." 내가 말했다. "네." 우리는 서로 고개를 마주보며 웃음지었다.

　　욕망의 편지를 받는 것은 기쁘다. 편지를 쓰는 사람은 '외로운 사람'이다. 윤희중과 하인숙에게 '외로운 사람'은 서로에게 짝패이다. 하인숙은 윤희중에게 '바보라는 이름의 혈액형'이라는 사랑의 편지를 보냈고, 윤희중은 하인숙에게 '손'이라는 사랑의 편지를 답장으로 썼다. 그리고 둘은 최종적으로 '웃음'의 편지를 주고받았다. 그러나 이 편지는 무진(무의식의 세계)에서만 유효하다. 자아의 세계에서 그 편지는 효력을 상실한다. 둘이 순수한 욕망의 세계(섹스)를 빠져나온 뒤 하인숙의 "자기 자신이 싫어지는 것을 경험한 적이 있으세요?"라는 질문에 윤희중이 '코를 골면서 자는' 몰랐던 자기의 결점을 알았을 때라고 답하자, 하인숙은 서울행을 포기한다. 이는 하인숙의 성적 순결성에 대한 사회적 두려움에 대한 반응이다. 결국 하인숙의 편지는 윤희중이 무진에 머무르는 '일주일 동안만 멋있는 연애를 할 계획'의 의미로 축소되고 만다. 서울은 유혹의 기표가 작동하는 곳이고, 무진은 매혹된 자아가 행위하는 장소이다. 이 결과가 우리에게 보여주는 메시지는 무의식과 자아의 현실적 거리가 좁아져야 하며, '그것(무의식)이 있었던 곳에 내(자아)가 있어야 한다'12)는 라캉의 명제를 떠올리게 한다.

---

12) 원래 이 말은 프로이트가 『새로운 정신분석강의』에서 한 말이다. 프로이트의 원문은 '이드가 있었던 곳에 자아가 있어야 한다.'(Wo Es war, soll Ich werden)이다. 그런데 라캉은 프로이트가 Es와 Ich를 id와 ego로 쓸 때는 항상 정관사 das를 붙여 썼다는 것을 상기하면서, 「프로이트적인 것 혹은 정신분석에서의 프로이트에로

5. 신경증적 불안과 죄의식

윤희중은 하인숙과 바닷가의 사랑을 마치고 헤어진 후, 집으로 돌아와 아무도 만나고 싶지 않다고 하며 술에 취해 잠이 든다. 새벽녘에 잠깐 잠이 깬 후 가슴이 두근거리는 '불안'을 느낀다. 그는 '인숙이'라고 중얼거리다 곧 잠이 든다. 이러한 윤희중의 불안은 사랑의 대상을 상실할지도 모른다는 예기의 불안이다. 윤희중이 하인숙과 함께 바닷가 옛집에 갔을 때, 방에서 '상대방을 찌르고 말 듯한 절망을 느끼는 사람으로부터 칼을 빼앗듯이 여자의 조바심'을 빼앗은 행위는 하인숙의 조바심이 아니라 사실은 바로 윤희중 자신의 조바심이다. 강박신경증의 세계에서 중요한 것은 '진실이 아니라 진실이 나타나는 시간이다. 이 진실이 나타나는 시간 속에서 대상은 항상 빠르거나 느리거나, 혹은 이르거나 늦는다.'[13] 윤희중이 사랑(섹스)을 나눈 후 '세상에 착한 사람이 있을까?'라고 하인숙에게 질문을 하자, 하인숙은 '절 나무라시는 거죠? 착하게 보아주려는 마음이 없으면 아무도 착하지 않을 거예요?' '선생님은 착한 분이세요? 인숙이 믿어주는 한.'이라고 답한다. 그러나 하인숙이 서울행을 포기할 때, 이미 두 사람의 상상계적 관계 속에 놓여 있던 무의식적 주체는 자유를 상실한다. 윤희중은 다음날 서울에 있는 아내 '영'으로부터 급상경하라는 '전보'를 받고 마음의 안정을 잃는다.

> 나는 숨을 거칠게 쉬고 있었다. 나는 내 호흡을 진정시키려고 했다. 아내의 전보가 무진에 와서 내가 한 모든 행동과 사고를 내게 점점 명료하게 드러내 보여주었다. 모든 것이 선입관 때문이었다. 결국 아내의 전보는 그렇게 얘기하고 있었다. 나는 아니라

의 회귀」라는 글에서 '그것이 있었던 곳에 내가 있어야 한다.'(La ou etait ca, le je doit etre)로 번역하였다.

13) 자크 라캉, 권택영 엮음, 앞의 책, 142쪽.

고 고개를 저었다. 모든 것이, 흔히 여행자에게 주어지는 그 자유 때문이라고 아내의 전보는 말하고 있었다. 나는 아니라고 고개를 저었다. 모든 것이 세월에 의하여 내 마음속에서 잊혀질 수 있다고 전보는 말하고 있었다. 그러나 상처가 남는다고, 나는 고개를 저었다. 오랫동안 우리는 다투었다. 그래서 전보와 나는 타협안을 만들었다. 한 번만, 마지막으로 한 번만 이 무진을, 안개를, 외롭게 미쳐가는 것을, 유행가를, 술집 여자의 자살을, 배반을, 무책임을 긍정하기로 하자. 마지막으로 한 번만이다. 꼭 한 번만. 그리고 나는 내게 주어진 한정된 책임 속에서만 살기로 약속한다. 전보여, 새끼손가락을 내밀어라. 나는 거기에 내 새끼손가락을 걸어서 약속한다. 우리는 약속했다.

'전보'는 윤희중을 무의식적 주체에서 의식적 주체로 바꾼다. 그는 불안에 휩싸이고, 현실과 갈등하지 않을 수 없다. 상징계로부터 온 '전보'는 상상계에 있던 나를 실재계로 데리고 간다. 윤희중은 실재계와 두 번 만난다. 첫 번째는 상징계의 세계(서울)에서 상상계의 세계(무진)로 진입할 때 '골방'이고, 두 번째는 상상계의 세계에서 상징계의 세계로 진입할 때 '전보'이다. 실재계는 항상 제자리에 있고, 불가능한 것이고, 내부적이면서 외부적이다. '골방'이 상상계의 이상적 자아의 외상이라면, '전보'는 상징계의 자아이상의 외상이다. 무진이 실패/새출발의 짝패로 이루어진 원인과 결과의 원환구조 속에 놓여지는 이유도 여기에 있다. 윤희중이 아내의 '전보'와 타협하는 과정에서 무의식의 세계를 마지막으로 꼭 한번만 긍정하기로 한 것은 거짓이다. 강박신경증 환자는 외상(trauma)의 최초의 원인을 항상 되풀이하기 때문이다. 무진이 반복충동을 불러오는 정신적 외상의 근원인 이상, 무진은 계속해서 '나'를 찾아오기 때문이다. '한정된 책임 속에서만 살기로 약속'하는 주체는 현실과 타협하는 자아에 불과하다. 강박신경증을 앓는 자아는 상징계 속에서 신경증의 대상을 만나기를 두려워 한다. 그는 항상 독백적이다. 윤희중이 '전보' 앞에서 하는 독백이나, 하인숙에게 보내는 '편지'라는 사랑의 독백 모두 그것을 반증한다. '편지'는 처음부터 쓰여지지 않았다. 그래서 그는 다음과 같이 말할 수밖에 없다.

> 덜컹거리며 달리는 버스 속에 앉아서 나는 어디쯤에선가 길가에 세워진 하얀 팻말을 보았다. 거기에는 선명한 검은 글씨로 '당신은 무진읍을 떠나고 있습니다. 안녕히 가십시오'라고 쓰여 있었다. 나는 심한 부끄러움을 느꼈다.

무진(무의식의 세계)을 떠나면서 상상계와 상징계의 경계를 이루는 '하얀 팻말'을 내려다보는 자아는 진실의 세계를 배반하는 것에 대한 심한 부끄러움에 사로잡힌다. 그것은 아내로 대표되는 상징계의 문화적 법칙을 벗어나지 못하는 나약한 자아의 자기고백 이상의 의미를 갖지 못한다. 무의식적 주체는 욕망의 자유를 갈망하지만 자아의 억압을 벗어날 수 없고, 자아는 무의식적 욕망을 억압할 때에만 권력의 자유를 누릴 수 있다.

6. 시대를 넘어서는 변증의 문학

우리의 분석은 이제 목적지에 도달했다. 우리는 지금까지 텍스트의 구조와 그 내적 관계들을 드러내는 방식으로 「무진기행」을 분석하였다. 텍스트의 구조 속에 놓여 있는 서사의 전환점을 마디마디 짚어보면서 텍스트가 더 이상 대답하지 않을 때까지 변증법적 구조에 상응하는 읽기를 시도하였다. 이러한 독법은 텍스트의 구조적 분석을 통해 텍스트가 우리에게 전달하고자 하는 담론의 지향적 통일성을 밝히는 작업이다.

「무진기행」의 텍스트는 시대의 변화에도 불구하고 아직 현재적 의미를 잃지 않고 있다. 그 이유는 시대를 넘어서려는 작가의 '반시대적 사유'에 있다. 실제로 김승옥의 문체는 소설적 전통을 벗어나는 전위적인 것이다. 모든 전위문학은 그 시대와 싸우는 과정에서 신경증을 앓거나, 정신분열증으로 치닫는다. 30년대 이상이 정신분열증의 경우라면, 김승옥은 강박신경증의 경우이다. 이들이 생산한 작품은 다의적인 의미망을 형성하고 있다. 지금까지 우리는 하나의 텍스트를 '현상텍스트와 생성텍스트'[14]로 나누어 분석하였다. 현상텍스트는 일상적 의사소통의 언어활동으로 작품의 표층에서, 생성텍스트는 언어활동의 심층에 자리잡고 있는 기반으로 작품의 이면에서 작동한다. 도가도비상도(道可道非常道)는 현상텍스트이다. 그러나 여기서 도(道)라고 지칭되는 그 무엇은 표면으로 드러나지 않는다. 다만, 드러난 도(道)의 의미를 지연하고 부정함으로써 도(道)의 의미가 고정되는 것을 방지하는 역할을 할 뿐이다. 이렇게 그 모습을 보여주지 않으면서 존재하는 그 무엇을 생성텍스트라 부른다.

그러나 어떤 사물의 의미를 이해하려면 현상텍스트를 통해서만 가능하다. 의미는 의미작용의 과정 속에서만 나타난다. 의미작용은 구체적 상황을 전제하지 않고는 불가능하다. 모습을 보이지 않으면서도 하나의 경로를 통해서만 드러나는 생성텍스트는 그래서 항상 의미생성의 과정 속에 있다. 그렇기 때문에 현상텍스트는 항상 수평적·수직적 구조의 형태를, 생성텍스트는 나선적 운동의 과정을 취한다. 현상텍스트의 구조는 생성텍스트의 과정 속에서 의미를 부여받고, 생성텍스트의 과정은

---

14) 줄리아 크리스테바, 김인환 옮김, 『시적 언어의 혁명』(동문선, 2000), 97 - 101쪽.

현상텍스트의 구조 속에서만 의미를 만들어낼 수 있다.

　「무진기행」은 두 텍스트의 충돌 속에서 시대를 넘어서는 인간욕망의 아우라를 간직한 채 우리 앞에 있다. 우리는 강박신경증에 근거한 분석이 「무진기행」이라는 텍스트의 잠재적 의미지평을 새롭게 열어줄 수 있으리라 믿는다. 텍스트의 의미는 독자가 그것을 해석하는 그 속에서 완성된다. 그때 독자는 텍스트를 잘 이해하게 되거나, 비로소 이해하게 된다. 작가는 세상을 통해 텍스트를 생산하고, 독자는 텍스트를 통해 다시 세상을 해석한다. 시대를 넘어 변증의 자장력을 가진 김승옥의 문학은 60년대 최인훈, 이청준과 함께 오정희, 윤대녕, 신경숙, 하성란으로 이어지는 전후 한국현대 '내면성' 소설의 기원이다.

강요된 선택, 반여성주의

― 이문열의 『선택』(1997)론 ―

1.

오늘날 페미니즘의 활발한 논의와 그 영향력의 확대는 그야말로 괄목할 만하다. 페미니즘은 자유, 평등, 성, 환경 등 여러 문제에 많은 영감을 제공해주고 있는 영역이다. 이 영역은 오랜 역사와 전통을 가진 가부장적 사회 체제 속에서 지배와 해방의 투쟁 사이에 가로놓여 있다. 가부장제 성립 이후, 그 이데올로기라고 할 수 있는 가부장적 인식론은 항상 주체의 자리에 '남성'을 위치시켰으며, 여성을 여전히 '객체'로 남겨두고 있다. 이러한 여성의 지위 문제는 문화와 정치의 복잡한 다양성 속에서 궁극적인 '자유' 획득과 관련되어 있다. 사회 곳곳에 뿌리박고 있는 가부장적 위계질서의 한계를 극복하고, 보다 창조적이고 자유로운 사회로 나아가기 위해서 페미니즘 논의는 필수적이다. 페미니즘 논의를 통하여 우리는 사회와 문화 속에 기생하며 연명하는 가부장적 담론의 권위주의와 폭력성을 제거하고, 과학적이고 합리적인 해방적 담론들을 생산해야 한다. 문화를 범주화하는 지배적 담론 속에는 아직도 남성과 여성이라는 이중의 기준이 숨어 있다. 오늘날의 페미니즘은 이에 대한 올바른 가치의 정립을 목표로 하지 않으면 안 된다.

90년대 이후, 한국문학은 여성작가들이 남성작가들을 제치고 문학의 정상을 차지한 듯이 보인다. 이 현상을 어떻게 보아야 하는가. 이런 현상을 거칠게 남성문학의 위기라고 불러도 될 것인가. 이야기의 모든 의미가 대화하고 있는 사람들의 입장에 따라 달라지듯이, 작품의 의미는 그 작품을 읽고 받아들이는 독자의 입장에 따라 그 문학적 의미가 달라진다. 여성작가의 작품들이 많이 팔리고 잘 읽히는 현상은 여성작가들의 어떤 특정한 의식이 독자들의 미적 차원에 가 닿아 있다는 것을 의미한다고 볼 수 있다.

작품이 세계에 대한 작가의 근원적 기획이라 할 때, 이 기획 속에 사용된 언어는 항상 타자의 언어다. 타자들의 생활공간인 현실 속에서 활동하는 타자의 담론이 언어이므로, 작가의 언어는 필연적으로 현실 속의 누군가를 겨냥하고 있다. 작가는 이 누군가를 위해 글을 쓴다. 문학을 이렇게 이해하면, 우리는 글쓰기의 주체를 작가가 아니라 역사, 사회, 문화, 세계 등 성층화된 다양한 관계체계라고 말할 수 있다. 글쓰기는 작가의 세계관과 함께 그가 소속되어 있는 사회 집단의 이념을 드러내준다. 작품의 생산 차원은 사회와 문화의 복잡성 아래 놓여 있기 때문에, 작품은 독자들이 세계를 해석하는 주체의 소실점이 될 수 없다. 따라서 작가, 작품, 독자, 사회 등은 상호 텍스트의 관계 속에서 파악되어야 한다.

사회의 중요한 흐름중의 하나인 페미니즘은 우리의 심리적 밑바탕에 각인되어 있는 사물에 대한 편견을 깨뜨렸다. 그 결과 의도적이든 그렇지 않든, 누구든지 이전에 자신이 소유하고 있던 사물에 대한 '의미'를 재해석하지 않을 수 없게 되었다. 페미니즘과 관련하여 기존의 '의미'의 전복을 통해 우리에게 영향을 미치는 가장 중요한 담론은 성 담론이다.

"성은 사회적으로 구성된다"는 표현은 사회의 억업에 대한 페미니스트들의 목소리로 저항의 완곡어법이다. 이제 여성들은 심지어 신체자본의 표현의 자유를 통해 가부장적 담론의 문화적 이분법을 공격한다. 이것은 가부장적 세계관이 여성에게 부여한 '모성'과 '위대한 어머니' 신화에 대한 비판이다. 육체에 대한 사회의 지배적 담론은 성적 충동이 본래의 목표를 회복하려는 쪽으로 나아가는 것을 가장 두려워한다. 그 이유는 성적 충동이 인간의 육체에 대한 부르주아들의 지배를 무력화시킬 수 있기 때문이다. 공공연히 금기시되어 왔던 이 예민한 부분은 종종 사회의 지배구조와 이데올로기적 질서를 위협한다.

여성작가들이 이러한 문제들에 대한 글쓰기를 보여주었을 때, 우리시대의 이야기꾼인 이문열 작가는 96년 계간지 <세계의 문학> 가을호에 『선택』을 연재하기 시작하였다. 그후 『선택』을 놓고 페미니즘 논의가 일천한 우리 문단에 본격적인 페미니즘 논쟁이 시작되었다. 그러나 이 논쟁은 페미니즘을 문화 위기의 징후로 읽어내는 데 실패하였고, 논쟁 당사자들의 입장을 '의미있는 대립'으로 생산하지도 못함으로써, 논객들의 대립적 감정만을 드러내는 것으로 끝이 났다. 이 글에서는 한때 세간의 관심을 모았던 『선택』을 분석하여 이 작품의 의도와 파장 및 그 주변문제를 살펴보고 동시대의 페미니즘 논의를 점검해 보고자 한다.

2.

한 인간이, 어떻게 살 것인지, 자신의 삶을 결정하는 것은 중요하다. 한 인간의 옆에서 그의 삶을 바라보며 평가하는 일 또한 매우 신중해야 한다. 왜냐하면 그것은 한 인간의 삶의 과정 속에 숨겨진 사실들을 올바로 이해하지 못할 수도 있기 때문이다. 만약 이해하고 평가해야 할 삶이 역사적 인물이라면 오류를 범할 소지는 그만큼 커진다. 따라서 우리는 역사적 인물을 이해하고 평가하려면 스스로 역사 속으로 들어가지 않을 수 없다. 모든 인간의 삶은 역사적 문화적 조건을 뛰어넘을 수 없는 그 '시대성의 한계' 안에 있기 때문이다.

여기서 분석하려는 『선택』의 주인공 '정부인 장씨'는 선조 31년 (1598)에 태어나 숙종 7년(1681)까지 살았던 안동의 사대부 집안의 여성이다. 이 여성은 이제 페미니즘과 관련된 문제적 인물이 되었다. 작가가 된 후손 덕택이다. 이문열은 '정부인 장씨'의 넷째 아들 항재(恒齋) 숭일(嵩逸)의 12대손이다. 작가는 역사의 시선에서 사라진, 17세기에 죽은 조상의 혼령을 깨워 20세기 말 우리 앞에 세웠다. 그 이유에는 두 가지가 있다. 첫째는 현대 페미니즘 운동이 여성들로 하여금 가족을 위해 희생하는 '전통적 여성상'을 파괴하려는 것에 대한 불만에 있고, 둘째는 후기자본주의의 문화적 위기 속에서 '현모양처'라는 봉건적 이데올로기의 재생산을 통해 약화되고 거부되고 있는 가부장적 부권의 회복에 있다.

때론 삶이 시대를 앞서 나아갈 수는 있다. 그러나 그것은 한 시대의 문화적 한계 내에서 가능하다. 그러므로 우리는 한 시대의 역사적 현실성을 무시할 수 없다. 그리고 이 역사적 현실성은 이전 시대의 문화적 한계 내에서 형성된 것이므로, 당시의 '지금'을 중심으로 그 이전의 현실을 파악해야 한다. 『선택』의 주인공 장씨를 올바로 파악하기 위해서는 조선 전기 여성들의 삶에 대한 이해가 필요하다. 왜냐하면 작가의 말대로 정부인 장씨가 자신의 삶을 진실로 스스로 '선택' 했는지를 알아야 하기 때문이다.

문헌을 보면 조선전기의 여성들은 고려시대의 여성보다는 못 하지만 중기 이후의 여성보다는 자유로웠다. 고려시대 여성들을 성의 관점에서 보면 근친혼과 재혼의 자유, 그리고 남녀경합이리(男女經合易離)의 성적 쾌락을 상대적으로 자유롭게 누렸다는 사실은 <고려속요>의 주제가 남녀의 사랑에 많이 기울어져 있었던 사실만 보아도 쉽게 짐작할 수 있다. 재산상속의 문제에서도 아들·딸에 대한 성차별이 없었고, 조상의 봉제사 문제에 있어서도 '윤회봉사'라 하여 남녀 형제들이 돌아가면서 하였다. 아들이 없으면 '외손봉사'라 하여 외손자가 대신 지내주었다. 고려시대의 이러한 풍습은 문화적 습성이 쉽게 변하지 않는다는 것을 생각해볼 때, 조선전기까지 이어졌으리라. 역사학자들은 조선의 사대부들이 권력을 잡고 지배 이념인 유교적 이데올로기를 사회 곳곳에 관철시키는 시기를 17세기로 잡고 있다. 이러한 사실은 '자연'에 기초한 성적 불평등의 사고방식이 가부장적 이데올로기의 허구임을 알게 해준다.

이 시대 문화에 있어 성의 변증법은 임진왜란, 병자호란 이후 지배질서의 재편과정을 통해 상대적 남녀평등 사회에서 강력한 가부장적 사회에로의 전환의 과정에 놓여 있었다. 『선택』의 '정부인 장씨'는 이 역사적 전환의 고정에 놓여 있었던 인물이다. 『선택』에서 '정부인 장씨'는 열 여덟 살 되던 해, 어머니가 윤감(장질부사)으로 자리에 눕자 부엌살림을 하게 되면서 안주인으로서 여성의 역할을 각성하게 된다.

시를 짓고 글씨 쓰는 일은 여자로서 반드시 해야 할 일은 아닌 듯 합니다.
이제부터는 안채와 부엌을 떠나지 않고 여자의 본업을 배우겠습니다.(61쪽)

여기서 '정부인 장씨'는 여성으로서 최초의 길을 '선택'하였다. '여자의 본업'을 각성하고 그토록 열망했던 학문의 세계를 미련없이 포기하고 '세월의 낭비'로 인식된 암담한 공간이라고 생각하던 부엌을 발견한다. 그러나 인간의 욕망이 열망으로 가득찼던 학문의 세계를 단 한 번의 경험으로 쉽게 포기할 수 있을까? 아마 그것은 불가능할 것이다. 왜냐하면 욕망의 세계를 포기하기 위해서는 오랜 갈등을 겪어야 하는 것이 심리적 진실이기 때문이다. 그러나 작품 속에는 학문적 욕망을 포기하고 '여자의 본업'을 선택하는 데 대한 주인공의 갈등이 없어 그 진실성이 의심스럽다. '정부인 장씨'는 '여자의 본업'을 선택하고 사행(四行:婦德, 婦言, 婦容, 婦功)을 제외한 모든 서책은 불살라 없앤다. 이 행동은 무엇을 의미할까? 아마 봉건제 속에 놓여 있는 여성이 처한 현실에 대한 체념적 수용이 아닐까! '여자가 시사(詩詞)에 찬란함은 창기의 본색'인 사회에서 여성이 창기가 되지 않고서 욕망의 실현을 향한 학문의 길을 걸어갈 수 있겠는가? 진실은 명확하다. '시를 짓고 글씨 쓰는 일'은 '여자로서 반드시 해야 할 일은 아닌 듯'한 것이 아니라, 그 사회에서는 '반드시 하지 않아야 할 일'이었던 것이다. 그래서 주인공은 스스로 '여자의 본업'을 선택한 것이 아니라 올라가지 못할 나무를 일찍 포기한 것이다.

그러나 조선 사회의 억압적 현실 속에서 여성의 한계를 인식하고 재빠르게 변신한 주인공의 이러한 모습 속에는 역사적 진실이 내포되어 있다. 당시 사회의 '상승하는 계급'이었던 사대부의 이념과 지배 속에 편입되면서, 양반 여성은 고유한 공간을 창조한다. 위로는 사대부 계급을 떠받치고, 아래로는 식솔들을 다스리는 '변증의 고리', 즉 세상과 현실을 연결하는 매개자가 된다. 이때 여성은 단지 남성을 통해서만 세계와 관계를 맺는다. 그리하여 가족은 교환의 형식 속에 놓여진다. 여성은 집안일을 돌보고, 남성은 가족 전체를 보호한다.

주인공 '정부인 장씨'는 어릴 적 유생들의 어깨너머로 배운 학문에 의

지해 '치우침 없는 안목으로 세상을 보고 비틀림 없는 이로(理路)'를 따라 세상을 해석한다고 하면서 표나게 자신의 해석이 객관적임을 강조한다.

먼저 세상이 이렇게 만들어졌을 때는 이렇게 되어야 할 까닭이 있었으리라는 것, 그 까닭을 모른다 해서 까닭이 없다거나 그릇되었다는 근거는 아니라는 것이 세상에 대한 무턱댄 반발을 가라앉혀 주었다. 이어 남녀의 위치를 바꾸어 봄으로써 어느 쪽도 거부할 수 없는 그 까닭을 나는 더 강하게 추측할 수 있었다. 어떤 일은 신체의 구조나 기능 때문에 대체가 불가능하고 어떤 일은 대체가 가능해도 현저하게 효율이 떨어진다.(58쪽)

이미 주인공은 '상승하는 계급'의 구성원이 되어 유교적 이념의 세계를 자신이 살아가야 할 진정한 세계로 받아들이고 있다. 그리고 이 세계를 받아들이는 것이 조선중기 사회발전에 있어 여성적 차원의 문제이다. 세계를 남성과 여성의 두 차원으로 나누는 이 문화적 이분법은 봉건사회의 여성들에게 세계를 해석하는 지식의 습득을 포기하고 아내로서의 부덕, 즉 순종과 공손만을 강요하게 되었다.

따라서 내 선택은 선택이라기보다는 환경의 소산으로 여겨질 수도 있다. 그러나 세상에 어떤 선택이 그 처한 환경이나 주어진 여건과 온전히 무관할 수 있는가. 거기다가 내가 감히 선택이라고 주장할 수 있는 근거로는 내가 그 선택에 바친 주의와 집중력에 있었다.(41쪽)

이쯤되면 선택의 의미는 분명해진다. 주인공 '정부인 장씨'의 선택은 이미 사회적으로 좌절된 개인적 욕망의 또 다른 이름이다. 그리고 이 좌절된 욕망의 탈출구로써 '현모양처'의 신화가 탄생한다. 작가는 이 작품을 구상한 의도를 "우리의 삶에 한 본보기가 될 만한 여인상을 역사 속에서 발굴해 내는 데 있었다."고 밝혔다. 조선시대를 통틀어 여성이 사회적으로 명성을 떨친 적은 별로 없었다. '정부인 장씨'와 비슷한 시대에 살았던 몇몇 천재적 여성들 중에는 우리가 잘 알고 있는 황진이, 허난설헌, 신사임당이 있다. 이 세 여성은 동시대를 살면서 각각 전혀 다른 삶을 산 대표적인 여성들이다. 황진이의 경우는 창기였기 때문에 예술적 재능을 마음껏 발휘하며 자유롭게 살았고, 허난설헌의 경우는 창기도 현모양처도 되지 못하고 가정 속에 갇혀 비극적인 생을 보냈다. 그리고 신사임당의 경우는 지배적 질서 체계에 편입되어 그 사회가 요구하는 여성이 됨으로써 자신의 욕망을 실현하였다.

이러한 역사적 사실로 보아 위의 인용문에 나오는 주인공의 선택이 '주의와 집중력'에 있었다는 것은 개인적 진실은 될 수 있을지 몰라도 조선 중기 사회의 역사적 진실은 아니라고 말할 수 있다. 주인공의 '선택'은 신사임당의 경우와 같이 사회적으로 좌절된 개인의 욕망을 실현하는 방법으로 현모양처의 길을 택했던 것이다. 이 길은 당시의 '상승계급'으로서 사대부 집안의 여성들이 취해야 했던 역사적 운명이었다.

3.

『선택』에서 보이는 여성의 역할은 가부장적 가족주의 안에서 자식의 생산과 양육을 통한 사회의 생산력 증대와 평화적 발전에 놓여진다. 그러나 이러한 인식은 역사에 대한 올바른 통찰력의 부족으로 인해 작가와 주인공과의 비판적 거리가 확보되지 못하게 됨으로써 주인공을 현대 여성과 역사적 비판없이 동일시하게 되었다. 작품 속에서 주인공은 시대의 한계 안에서 자신의 위치를 창조적으로 생산해낸 조선조의 참으로 위대한 여성임에는 틀림없다. 그러나 작가가 봉건적 사회 속에서 희생된 가련한 여성들의 고통을 조금이라도 생각해본 적이 있었는지 의심스럽다. 조선사회에서 어느 정도 특권이 보장된 사대부 여성을 현대사회의 여성들과 역사적 문맥의 고려없이 일치시켜 논한다는 것은 모종의 책략이 없다면 역사적 시대착오에 지나지 않으며, 『선택』이 '지금은 페미니즘 문학의 선봉처럼 오해되고'있다는 작가의 논리에도 닿지 않는다.

'정부인 장씨'는 조선 중기의 여성이기 이전에 작가 이문열이 아닌가? 그러나 『선택』을 읽고 주인공 장씨와 같이 살고 싶어도 그렇게 하지 못하고 절망하는 여성들이 있는 것은 아닐까? 이제 여기에서 작가의 페미니즘에 대한 비판적인 입장을 살펴볼 필요가 있다. 독자의 입장에서 보면, 작가가 80년대 이후 여성의 사회적 지위를 향상시키기 위해 활동하고 있는 페미니즘의 양상을 겨냥하고 작품을 창조한 것은 분명하다. 그러나 작가는 이러한 양상들이 왜 발생하고 있는지에 대한 진지한 고민은 하지 않은 듯하다.

> 이혼은 <절반의 성공>쯤으로 정의되고 간음은 <황홀한 반란>으로 미화된다. 그리고 자못 비장하게 <무소의 뿔처럼 혼자서 가라>고 외친다. 어쨌거나 굳세고 용기있는 여인들이지만 그들을 시대의 선구자로 인정하기에는 왠지 망설여진다.(9쪽)

작가는 <작가의 말>에서 "내가 보기엔 진지하고 성실하게 추구되고 있는 페미니즘에 저항할 논리는 이 세상에 없다.", "페미니즘을 비판할 수 있는 것은 다만 그것이 지나쳤을 때뿐이다."라고 쓰고 있다. 그렇다면 위 인용에 나오는 두 여성작가는 '지나친 페미니스트'인가? 페미니즘을 놓고 '진지하고 성실하게' 또는 '지나쳤을'이라고 구분하는 주체는 누구이며, 판단의 근거는 어디에 있는 것인가? 여기서는 분명 구분하는 주체는 작가 자신이며, 판단의 근거는 작가의 의식 속에 있는 가부장적 이데올로기로 읽힌다. 작가의 말대로 그들이 '지나친 페미니스트'라고 해도, 우리는 여전히 작가의 비판에 반(反)해서 여성 문제를 생각할 수 있게 해주는 그들의 '작품' 안에 들어 있는 성숙하지 못한(?) 실천들에 대해서도 이해할 필요가 있다. '지나친 페미니즘'은 이제 막 우리에게 필요한 간교한 역사의 책략일지 모르기 때문이다.

『선택』에서 보여주는 작가의 '현모양처론'은 명백히 대다수 결혼한 여성들에게는 '억압'으로 작용한다. 대다수 결혼한 여성들은 경제적 제약으로 인해 삶의 이상을 좌절당한 채, 자신의 이상을 자식을 통해 성취하려는 모습을 보여준다. 그러나 열망에도 불구하고 경제적 불평등이 그들의 욕망을 또 다시 좌절시킨다. '정부인 장씨'가 키운 일곱 명의 자식들(아들)은 요절한 막내아들과 딸들을 제외하고(딸들은 아예 이름조차 거명되지 않는다) 거의 다 관직에 올랐거나, 오를 수 있었는데 스스로 거부하고 시골에 묻혀 후학을 양성하는데 주력하였다. 오늘날 어머니들이 모두 정부인 장씨같이 자식들을 출세시키기 위해 행동한다면, 그 과정에서 어떤 사회적 문제가 일어날 것인지는 보지 않아도 너무나 분명하다.

작가는 피도 눈물도 없는 자본으로부터 여성들을 가정으로 복귀하게 함으로써 가부장적 이데올로기를 현대사회에 재생산하여 천박한 한국 현대 자본주의의 잔혹한 모습을 은폐하면서 여성들을 '위대한 어머니'라는 모성신화의 환상으로 몰아 넣고 있다. 작가의 이러한 태도는 페미니즘을 정면으로 부정하는 것으로 후기자본주의의 위기를, 성장 우선주의 경제정책이 어느 정도 성공하고 있을 때 거리로 불러낸 여성들을 다시 집안으로 몰아넣음으로써, 해결하려는 지배적 담론의 입장을 대변한다.

> 그런데 참으로 알 수 없는 일은 어떤 뜻으로 말하든 여성의 자기성취에서는 가정에서의 성취가 제외된다는 점이다. 남편을 내조하고 아이들을 기르는 일은 여성이 가장 오랫동안 해왔고 또 효율성이 높은 분야인데도 대중적으로 자기성취를 논의하는 자리에서는 어김없이 뒷전으로 밀려버리고 만다. 지금껏 훌륭하게 가지 일을 해온 중년의 자랑스런 주부를 갑작스런 허망감과 무력감 속으로 밀어넣는 해괴한 논의이다.(16쪽)

작가가 역사의 침묵을 깨고 있는 현대 여성들의 억압된 이미지의 전복을 통해 의도하는 것은 무엇인가. 이 물음의 답은 『선택』이라는 작품의 생산조건을 이해하는 것에서부터 찾아질 수 있다. 한국 사회는 근대화 과정에서 여성을 철저히 주변화하면서 지금까지 여성의 가사노동을 '무임금 자본화'하였다. 인용문에 나오는 여성의 '가정에서의 성취'를 한국 사회는 사회적 노동으로 인정하지 않았다. 거기에 맞서 여성들은 자본의 문화적 위기 속에서 강화되고 있는 사회의 지배적 권력에 대항해 왔다.

이에 대해 후기자본주의의 지배적 담론은, 보이지 않는 가부장적 질서체계를 교란하는 페미니즘이 비판하는 성차별의 모순을 은폐시키기위해 대다수 기혼 여성들의 희생을 옹호할 필요가 생겨났다. 그래서 지배적 담론은 어떻게 하든지 여성들의 희생을 '진심에서 우러난 내(여성) 행동원리'로 만듦으로써 '허망감과 무력감 속으로' 빠져들어 가부장적 질서체계의 약화를 가져오는 중년여성들의 삶의 공백을 어떻게 해서든지 막아야만 하는 입장에 놓여지게 되었다. 이 길이 성차별로 인해 발생하는 정치, 경제, 문화적 갈등을 은폐할 수 있는 방법이다. 이렇게 하여 작품의 논리는 여성들이 자기정의, 자기결정의 의도를 포기하고 현실에 굴복하게 함으로써 역사적 해방의 문제를 사적인 문제로 축소하게 된다.

여기서 현대여성들이 가정 속에서보다 왜(?) 밖에서 삶의 이상을 실현하려고 하든지 하는 문제에 대해, 작가는 왜 황진이나 허난설헌 같은 비극적 인물을 선택하지 않고 굳이 '정부인 장씨'라는 여성을 택했을까 하는 의문점이 풀린다. 여성문제에 대해 작가는 정치, 경제, 문화적 권력의 불평등을 해소하는 쪽으로 나아가지 않고, 오히려 '위대한 어머니'라는 모성 신화를 재생산함으로써, 성차별로 인해 발생한 갈등을 계속 연기 또는 은폐하면서 자신의 보수적 세계관을 합리화하고 있다. 그러나 봉건주의 지배 아래 놓여 있는 가족제도는 단지 봉건적 사회에 한해서 고유할 뿐이다.

4.

오늘날 가부장적 권위는 사회의 보편적 정신이 되어 있다. 사회 곳곳에 뿌리 깊이 박혀 우리를 지배하고 있는 그 권위와 싸워 이기기 위해서는, 그것이 작동하는 문화적 과정에 대한 이해와 그 문화에 감염되어 있는 우리의 정신에 대한 비판이 이루어져야 한다. 작가는 현대 가족 제도의 폐해를 현대인들의 '가족에 대한 애착'을 이용하여 봉건적 신분제도의 최고의 가치인 '가문'을 통하여 해결하려 한다. 작가는 '가문을 통한 자아의 확대 논리'를 위해 다음과 같은 두 가지 조건을 전제하고 있다. 하나는 영혼불멸 혹은 존재의 영속성에 대한 믿음이고, 다른 하나는 존재의 개별성 부인이다. 전자는 인간존재의 생물학적 한계를 승화시키는 방법으로 자식을 통해 '자기 존재의 연장'을 시도하려는 것이고, 후자는 인간존재의 세계적 고립을 '집단을 통해서만' 해결할 수 있다는 생각이다. 이러한 두 전제조건은 가부장적 세계관이라는 한 뿌리에서 발생했기 때문에 각각 따로 떨어뜨려 생각할 수 없다.

그러나 개인이 현실 속에서 세계와 대결하는 것은 '자아'이지 '자식'이 아니다. 개인이 사회화되는 길은 최초로 가족(부모)을 통해서이지 거대한 사회집단 속에서 이루어지는 것은 아니다. 작가는 '전통적 여인상'을 거부하는 현대여성에 대해 "가치관의 전도(顚倒)와 천박하게만 이해된 개인주의 혹은 편리주의, 그리고 오해된 여권과 벌거숭이 이기뿐"이라고 비판한다. 작가가 그리려는 여성의 모습은 가문을 이을 자식을 낳고 훌륭하게 양육하는 것이 인생의 전부인 여성이지, 자신의 욕망을 스스로 통제하고 실현하는 주체적 여성은 아니다. 그러나 현대여성들은 자식을 낳는 것과 자기 욕망의 실현을 놓고 항상 생활의 조화보다는 현실의 불균형 속에서 갈등을 겪고 있다.

문명의 사회적 동기가 항상 경제적 동기임을 생각해 볼 때, 사회는 구성원들로 하여금 자신의 성적 충동을 억제하고 대신 그 에너지를 노동으로 향하게 한다. 이것은 어떠한 경우에도 현실원칙이 쾌락원칙을 지배함을 의미한다. 역사 이래 지배적 담론은 인간의 욕망을 '종족보존을 위한 것'과 '그 자체의 쾌락'을 위한 것으로 엄격히 구분하여 후자를 억압해 왔다. 그리하여 쾌락원칙에 따르는 성본능의 목적은 현실원칙 아래 놓여 있는 종족 보존의 법칙에 굴복한다. 작가는 여성의 사회적 존재 이유가 종족보존에 있다고 보고 '어머니 되기 – 양육 – 위대한 어머니 되기'라는 현모양처의 길을 제시하며, 욕망 그 자체의 쾌락을 배제한다. 여성들에게 욕망을 철저히 '현모양처'로 승화시킬 것을 강요하는 것이다.

현실원칙이 적나라한 모습으로 현실을 지배하게 될 때, 쾌락원칙은 육체 속에서 활동하면 안 되는 무서운 공포의 대상이 된다. 이렇게 되면 욕망은 도착되거나 사회의 공적 공간에서 활동하지 못하고 은밀한 장소를 찾게 된다. 문명의 기원이 된 욕망은 활기차고 창조적인 건전한 사회에 불필요한 반사회적인 것으로 전락한다. 욕망이 '목적을 위한 수단'으로 전락된 사회에서, 도착(욕망의 즐김)은 '욕망을 그 차제의 목적'으로 옹호한다. 작가는 여성의 욕망 중 종족보존의 차원만을 강조함으로써, 현대 여성들이 왜 도착적(욕망 그 자체를 즐기는) 상황에 빠져드는지 이해하지 못하고 욕망에 대한 논리적 파탄을 드러낸다.

작품에서 이 파탄이 드러나는 부분은 '순절'과 '출산'에 관한 부분이다. 작가는 '순절(殉節)'을 '극단으로 이념화된 정조 의무가 빚어낸 인간 특유의 형태', '시차가 있는 정사(情死)', '순교열'로 표현한다. 그러나 조선시대의 개개의 '순절'은 '시집의 방조 또는 은근한 협력' 아래 이루어졌다. 조선시대의 여성에 대한 남성들의 강압적인 '순절'의 사실을 청산해야 할 악습으로 비판하지 않고 옹호하는 작가의 의도는 무엇일까? 그것은 작가가 알고 있는 가족의 기원에 대한 역사적 무지 아니면 가족에 대한 낭만적 태도 때문이 아닐까?

과거의 가족은 생존을 위한 노동과 관련되어 있었지만, 오늘날은 개인들끼리의 사랑으로 형성된다. 가문과 가문의 중세 결혼에서 양반은 부인과의 관계에서 '의'(義)만 지키면 되었지 '사랑'은 별로 중요하지 않았다. 그래서 욕망을 채우기 위한 남성들의 축첩은 허용되었고, 여성들의 음란(淫亂)은 칠거지악(七去之惡)으로 단죄되었다. '의'의 세계에서 여성은 사대부의 이념을 떠받치는 존재가 됨으로써, 간접적으로 '가정의 한계'를 넘을 수 있었다. 그러나 '사랑'의 세계는 상호간 인격의 교환을 전제로 하기 때문에 '가정의 한계'를 쉽게 넘을 수 없다. 이것이 현대의 가족이 '사적인 영역' 속에 남아 있는 원인이 되었다. '순절과 정조'의 강요는 '처녀성 신화'의 연장에 불과하다.

현대 여성들의 출산 기피증에는 사회의 제도적 측면이 깊이 연관되어 있다. 출산 후 모든 문제는 자식의 문제가 아니라 부모의 문제, 즉 부모들의 수입정도에 따라 자식들의 문화수준이 결정되는 맥락에 놓여진다. 작가가 비판하는 여성의 출산기피의 원인은 가족임금제에도 미치지 못하는 남성들의 저임금, 여성의 자아실현의 욕망, 그리고 교육의 확대와 아동기의 중요성으로 인한 아이들의 재생산 비용의 증가에 있다. 이러한 재생산 비용의 증가를 해결하기 위해서는 남편이 충분한 돈을 벌거나, 아니면 부부의 맞벌이로 모자라는 돈을 보충하는 길밖에 다른 도리가 없다.

지금처럼 사회적 노동력의 재생산이 국가나 사회의 책임 아래 놓여지지 않고 순전히 가족이라는 사적 공간 속에 놓여 있는 상황에서는 여성들의 출산기피증은 당연하다고 볼 수밖에 없다. 대개의 사람들은 가족의 행복은 풍요로운 물질을 얼마나 획득할 수 있느냐에 달려 있다고 본다. 자본주의 아래에서 가족은 점점 사생활의 보장이라는 미명 아래 '사적이고 고립적'으로 되어가고 있다. 이러한 상황 속에서도 지배적 담론은 계속해서 '가족의 신성함'을 강조하고 있지만, 경제적, 사회적, 심리적 긴장으로 인해 가족은 오늘날 해체의 위기에 봉착해 있다. 가부장적 가족질서에서 자유, 권리 그리고 자연은 모두 '유산'과 관계가 있다. 작품에서 나타나는 유산은 기득권적 '가문'이다.

> 거기다가 가문의 대표성에는 거의 참여할 수 없는 여성 구성원으로서의 저항감도 있었다. 이미 말했듯 여성은 그렇게 불확실한 전제 위에 세워진 가문의 이념에마저 직접적으로 자신을 투영시킬 수 없었다. 부부일신(夫婦一身)이라는 또 한번의 동일

시, 혹은 개별성의 부인을 겪고서야 가문의 일원에 겨우 끼어든다. 두 번의 자기 부인을 거쳐야만 이룰 수 있는 가문의 이념이란 것이 진정 내가 껴안을 만한 가치일 수 있는가.(106쪽)

이렇게 두 번의 자기부정의 과정을 통해서만 가문의 일원이 되는 여성에게는 진정한 자아가 없다. 여성이 봉건사회 아래에서 자기의 존재를 세상에 알리는 길은 지아비와 자식의 공명(公明)을 통해서만 가능하다. 지아비가 움직이는 방향으로 여성은 따라야 하며, 그렇지 않을 때에는 중대한 결과를 맞게 된다. 그리고 세계에 대한 자신의 의도와는 상관없이 개별성의 부인을 겪고 가문의 일원이 되었다 해도, 남성들만의 정신세계로 엮여져 있는 가부장적 가족제도 하에서 여성의 존재란 오로지 지아비와 자식을 위한 희생밖에는 없다. 작가가 '작고 무력한 개별성'보다 '피로 확대된 존재'의 큰 틀 속에서 자기 존재를 세상에 알리는 기대를 갖고 싶다고 독자에게 완곡하게 호소하는 목소리는 여성의 고통을 기만하는 남성의 간계의 다른 이름에 불과하다. 만약 작가의 의도대로 여성들이 가정 속에서 자신의 꿈을 자식을 통하여 우회적으로 성취하거나 포기함으로써 실현한다면, 여성들이 자신의 고통을 딸들에게 반복시키지 않게 하기 위해 남아를 선호하는 것은 너무나 당연하다.

이런 의미에서 『선택』은 여성해방의 가부장적 신화이다. 작가는 '현대판' 정부인 장씨들에게 편승하면서, 가부장적 권위의 남성 이기주의에 야유를 보내는 대다수 여성들을 억압한다. 여성들은 가정과 사회에서 이중적 불평등을 겪고 있는 것이 현실이다. 여성의 문제는 가정에서의 역할과 사회에서의 자기 계발 사이에 가로놓여 있는 높은 장벽을 극복해야 하는 데 있다. 작가가 아무리 어머니의 희생 뒤에 오는 자식의 영광을 '현모양처'로 위안한다 해도 가정과 사회에서 도구화되어 가는 현대 여성들의 삶의 고통과 허망함을 달랠 수 없다. 가부장적 질서를 여성의 심리에 내면화시켜 놓은 봉건적 이데올로기에 불과한 사 백년 정도의 역사를 가진 '현모양처'의 논리는 확실히 여성적 존재의 남성적 표현이다. 작가가 여성들에게 요구하는 '선택'은 역사적으로 반복되어온 여성들의 삶의 되풀이이다.

작가는 『선택』을 통해 현재 산적해 있는 중요한 여성문제들을 조선 중기의 역사 속에 묻혀 있었던 한 여성을 통해 은폐하고 있다. 우리는 후기자본주의의 문화적 위기 속에서 가부장적 세계관에 물들어 있는 남성들의 지배적 주체성을 재생산하려는 음모를 『선택』에서 읽을 수 있다. 이렇게 하여 조선 중기의 한 훌륭한 여성, '정부인 장씨'는 가부장적 신화 속에서 살아있는 남성들의 유령이 되었다.

5.

조선시대 유교적 금기로부터 출발한 가부장적 질서는 지금까지 강제적 형태가 아닌 보편적 특성을 가진 것처럼 인식되어 왔다. 그리고 이후 역사에서 여성에 대한 남성의 통제방식에 있어서 세계를 이해하고 해석하는 논리 중 가장 많이 사용한 배제의 방법은 지식 범위의 축소이다. 그렇게 하여 여성들이 익혀야 하는 세계에 대한 지식의 범위를 한정하여 여성의 자립적 주체성을 약화시켜 왔다. 이로 인해 여성은 세계에 대한 '직접적 주체'에서 남성을 통한 '간접적 주체'로 바뀌었다. 작가는 우리 시대가 안고 있는 병든 사회의 환부를 치유하기 위해 자아의 정체성을 찾으려는 여성작가와 여성해방의 방법론, 그리고 문학실천운동들을 비판하면서 가부장적 담론에 대한 '교묘한 옹호'로 보수적인 부르주아 인식론을 대변하고 있다.

이에 대해 여성들이 자신도 모르게 가부장적 이데올로기의 재생산 구조에 빠져드는 것을 막기 위해서나, 억압된 문화 속에서 억압없는 문화의 역사적 가능성에 대해 논의하기 위해서라도, 우리는 모든 여성들이 삶에 대한 '선택'의 역사적 상황을 벗어나려고 하든지 안주하려고 하든지 간에, 작가가 보여주고자 했던 보수적 세계에 반하는 사유들을 진지하게 되새겨볼 필요가 있다. 여성들은 역사적 함정에 빠져들지 않기 위해서는 고통스럽지만 여성 특유의 인내와 포용성을 지속적으로 유지해야 한다. 작가가 『선택』에서 보여주는 모습은 분명히 문화권력을 두고 벌이는 투쟁의 모습이다. 그 투쟁의 대상은 페미니즘과 사회에 비판적인 집단들이다.

법률상 표현의 자유에 대한 무한한 자유를 인정하자! 그리고 지식의 분배의 영역에서 또는 이데올로기의 영역에서 작품은 자신의 특권을 유지하는 정치적인 권력수단으로 작동할 수 있다는 것도 또한 인정하자! 위대한 예술의 정신적 자웅동체를 생각해 볼 때, 『선택』은 남성의 육체만을 가진 작품이다. 『선택』의 논리 속에는 자연과 인간의 지배를 위한 가부장적 자본주의 이데올로기의 음흉한 모습이 숨어 있다. 그리고 성차별주의를 '보편적' 인간의 문제로 환원하는 작가의 논리는 그것 자체로 지배적 담론의 반복이다. 이것은 실제 현실 속에 놓여 있는 성차별의 모순을 은폐시켜 모순의 본질을 흐리게 한다. 이러한 시각으로 인해 작가는, 페미니즘이 지금까지의 가부장적 사회제도에 대한 반성 또는 공격과 관련을 맺고 있는데, 거꾸로 페미니즘이 오히려 여성의 본질을 파괴하고 있다고 보는 것이다. 그러나 페미니즘은 가부장적 사회질서가 야기한 모든 이분법을 넘어설 수 있는 새로운 문화적 균형을 창조하는 데 중요한 역할을 할 수 있을 것이다.

욕망의 늪을 건너는 방식

- 권지예 소설에 대한 단상 -

　권지예는 데뷔한 지 육 년 동안 결코 녹록치 않은 작품을 발표해왔다. 1997년 『라쁠륨』 봄호와 여름호에 각각 「꿈꾸는 마리오네뜨」와 「상자 속의 푸른 칼」로 추천을 완료하고 작가가 된 후 오 년 만에 첫 창작집 『꿈꾸는 마리오네뜨』(2002)를 출간하고, 같은 해에 「뱀장어 스튜」로 제 26회 이상문학상을 수상하였다. 그리고 올해 두 번째 창작집 『폭소』 (2003)를 상재하였다. 그녀의 작가적 경력은 그리 길지 않지만 두 권의 창작집을 통해 보여주는 문학적 순도는 대단히 높다고 할 수 있다.

　권지예의 소설을 이야기할 때 우리는 '불륜'으로부터 시작해야 할 것 같다. '불륜' 모티브는 권지예 소설의 중요한 모멘트를 구성하고 있다. 90년대 이후, 많은 작가들 — 특히 여성 작가들 — 은 '불륜'을 다양한 방식의 소설주제로 다루어 왔다. 사실 일부일처제의 제도적 관점에서 보면 '불륜'은 '비상구도 없는 사랑'(「섬」)이다. '불륜'(不倫)이라는 말은 <윤리가 아니다>는 뜻으로, 일부일처제의 성립과 함께 개인의 성적 욕망을 억압하는 차원에서 역사적으로 도덕적 정당성을 획득해 왔다.

이점에서 그녀의 소설은 성적 욕망의 심리적 폐곡선을 넘어서려는 문학적 저항의 모습을 보여준다.

우리는 때때로 허술하게 빗장을 잠근 욕망의 문을 열고 찾아오는 가슴 저리면서도 친근한 욕망의 시선에 유혹된다. 욕망의 시선은 우리를 유혹하여 성적 금기의 위반이라는 아슬아슬한 상황 속에 위치시킨다. 금기는 위반될 때 비로소 그것이 금기라는 사실을 알려준다. 금기의 위반은 인간을 정신적 절해고도 속에 갇히게 한다. 거기에는 반드시 쾌락과 죄의식이 함께 공존한다.

그곳을 탈출하려면 어떻게 해야 할까? 방법은 지리멸렬한 일상생활을 파기하고 새로운 삶을 선택하거나, 자유를 누린 만큼 실존적 고통을 짊어지는 것이다. 권지예의 소설에서 성적 욕망의 배후에 항상 죽음의 그림자가 드리워져 있는 까닭도 그 때문일 것이다. 아이지우기(「꿈꾸는 마리오네뜨」, 「누군가 베어먹은 사과 한 알」, 「설탕」), 에이즈 보균자와의 사랑(「상자 속의 푸른 칼」), 운명의 덫에 걸린 복수의 드라마(「내 가슴에 찍힌 새의 발자국」), 유년시절 익사한 가족들의 이야기(「나무물고기」), 냉동고에서 시체로 발견된 라라(「정육점 여자」), 기차를 향해 몸을 던진 첫사랑(「설탕」) 등등.

생의 푸른 심연 속에 갇혀 있던 '해독하기 힘든 난수표'(「상자 속의 푸른 칼」)같은 성적 욕망이 고개를 내밀 때 우리는 어떻게 해결할까? 사랑스런 남편 또는 아내가 어느 날 정부를 둔 위선자로 나타난다면 우리는 어떻게 받아들여야 할까? 단도직입적으로 말하면 그 방법은 욕망과 육체가 갈라진 지점, 즉 하늘과 땅의 경계가 만나는 지평선의 위치에서 육체를 바라보는 것이다. 태초에 인간의 욕망과 육체는 하나였고, 문명이 욕망을 죄의식 속에 가둔 이래로 욕망과 육체는 분열되었다는 사실을 깨닫는 데 있다.

프로이드는 「불륜을 꿈꾸는 심리」라는 글에서 사랑을 '신성한 사랑과 세속적 사랑'으로 구분하면서 현대인들의 신경증이 이로부터 비롯된다고 하였다. 신성한 사랑의 애정적 성향과 세속적 사랑의 육체적 성향이 하나로 결합되지 못할 때 남성은 '심인성 발기부전증'에 빠진다. 남성과는 달리 여성은 오랫동안 성적 욕망을 해소하지 못하고 억제하게 되면 '불감증'에 걸리기 쉽다.

우리는 두 가지 사랑법을 조화롭게 추구할 때 불륜을 꿈꾸는 성적 욕망으로부터 자유로울 수 있다. 그러나 우리의 성적 자유를 옭아매는 것은 사랑의 이름으로 가장된 타자에 대한 소유욕이다. 우리가 불륜을 꿈꾸는 이유 중의 하나도 이 소유욕으로부터 벗어나 자유에 도달하려는 몸짓에 지나지 않는다. 권지예의 소설에서 그 몸짓은 분명 소유욕을 넘어서려는 남성과 여성 모두의 것으로, '서로의 사생활을 침범하지 않으면서 공동의 선을 추구'(「꿈꾸는 마리오네뜨」)하거나 '너무 빠르지도 너무 늦지도 않는'(「설탕」) 삶의 길을 향해 있다.

그러나 일탈을 꿈꾸는 성적 욕망이 항상 불륜을 향하고 있는 것만은 아니다. 「폭소」의 경우, 자폐증을 앓고 있는 아이로 인해 성행위에 대한 '아내'의 냉소적 태도가 폭소로 터져나오는가 하면, 학생들에게 사물을 삐딱하게 보기를 가르치는 「설탕」의 '김민정' 교수처럼 예술적 힘으로 승화되기도 하고, 「풋고추」에서는 교활한 현실에 절망한 '나'의 공격적 수단으로 나타나기도 한다. 그리고 「누군가 베어먹은 사과 한 알」의 '란'의 '외삼촌'과 「스토커」의 치매를 앓는 '언니의 시아버지'처럼 근친상간을 향해 있기도 하다.

또한 이러한 성적 욕망은 개인의 차원에서뿐만 아니라 사회적 차원에서도 상징적으로 그려진다. 작가가 사회적 차원에서 우리시대를 읽어내는 방식은 청소년 시절의 성적 욕망으로 인해 생겨난 죄의식에서부터 양공주의 아이들, 80년 5월의 광주, 크메르 루주의 학살, 베트남 난민, 외국입양아들의 정체성, 세계인종주의에 이르기까지 실로 다양하다. 소설 속에 파편처럼 박혀 주제를 화려하게 꾸미는 장식처럼 보이는 이런 토막이야기는 소설의 라이트모티브를 구성하지는 않는다.

하지만 일상현실 속에 얽혀 있는 개인들의 삶과 결합하여 우리시대 욕망의 알레고리를 다채롭게 펼쳐내는 역할을 한다. 이 욕망의 알레고리는 이미지와 소리를 의미의 충동이나 대립 그 자체에 중첩시키는 콜라주나, 개인과 사회의 균열된 모습을 가슴 깊숙한 심연 속에서 하나의 통일된 울림으로 만들어내는 몽타주 같은 초현실주의 기법으로 나타난다. 이러한 기법은 현실 속에 숨어 있는 '봉인된 과거'(「풋고추」)의 반시대적 윤리를 전복시키는 문학적 연출을 가능하게 한다. 권지예 소설을 읽을 때 생겨나는 묘한 감동은 독자들의 의중을 거스르며 반전을 거듭하는 플롯의 구성에 있다.

「내 가슴에 찍힌 새의 발자국」과 「스토커」가 그러한 사실을 잘 보여준다. 대학시절 소연과 은애 그리고 영서의 운명적 만남은 세 사람의 삶의 질서를 뒤죽박죽으로 만든다. 소연이 어느 대학의 문예현상공모에 「비상」이라는 소설로 당선된 후, 그 대학의 문학회 회장인 영서로부터 만나자는 편지를 받는다. 어렸을 때 앓은 소아마비로 의족(義足)을 한 소연은 은애를 대신 내보내고 자신은 은애로 남는다. '은애가 된 소연'과 '소연이 된 은애' 사이에서 영서는 사랑의 곡예를 한다. 소연이 영서를 차지하기 위해 꾸민 사기극을 알게 된 은애는 청춘의 덫으로 위장한 소연에게 잔인한 사심(蛇心)의 드라마를 펼친다. 소연에게는 9시에 자기의 자취방으로 오게 하여, 8시에 오게 한 영서와 자기의 적나라한 섹스의 광경을 보여줌으로써 소연에게 복수한 것이다. 그러나 두 사람의 결혼 후에도 소연과 영서의 관계는 은애 몰래 지속되었고, 과거의 소연에 대한 복수극은 '내(은애) 가슴에 찍힌 새의 발자국'으로 되돌아왔다.

「내 가슴에 찍힌 새의 발자국」과는 달리 「스토커」에서는 생존의 함정에 빠져드는 현대인의 내면을 잘 보여준다. 백화점 남성복 매장의 판매원인 '여자'는 자신이 기르던 '아르고스'라는 개를 잃어버린다. 그날 저녁 8시 뉴스 시간 전화벨이 세 번 울리고 끊어진 후 다시 울렸다. 이 방법은 언니와 여자만의 전화받는 비밀이다. 그러나 전화 속에서 들려오는 목소리는 언니의 그것이 아니라 한 남자의 날숨 소리와 함께 '아르고스'의 깽깽거리는 소리다. 이미 언니와 여자의 일상생활의 사소한 비밀조차 세상에 노출된 것이다. 며칠 후 '난도질한 개의 목줄'이 여자에게 보내진다. 공포를 느낀 여자는 언니네 아파트에 잠시 피신한다. 나흘 만에 집에 돌아온 여자는 스토커로부터 '최선을 위해 자신을 방어'하라는 편지를 받는다. 그후 여자는 생명보험에 가입한다. 그러나 이러한 일련의 행위는 생명보험에 들게 하기 위해 특정한 사람에게 제도적 폭력을 휘두르는 보험설계사 부부의 흉계이다. 여자는 이 사실을 모르지만 보험설계사는 스스로의 행위로 인해 무의식의 심층에서 길러지는 죄의식에 사로잡힌다.

「스토커」는 스토킹을 하는 사람이나 당하는 사람이나 모두 더 큰 스토커, 즉 교활한 현실로부터 스토킹 당하고 있다는 사실을, 「내 가슴에 찍힌 새의 발자국」은 우리가 아무리 잔인한 사랑의 복수극에서 승리한다고 해도 결국 그것은 자신에게 부메랑 효과로 되돌아와 우리의 가슴속을 헤집고 다니며 죽을 때까지 울어대는 정신적 외상으로 남게 된다는 사실이다. 사람은 누구나 '가장 아름다운 웨딩케이크'를 만들고 싶어하지만, 일상생활은 그에게 '고양이 발톱 같은 적의'(「설탕」)를 길러내게 한다.

이처럼 권지예 소설이 타자에 대한 기억을 불러내는 방식은 개인과 사회의 정신적 외상을 교직시키는 서사적 장치에 있다. 그리고 이 서사적 장치는 다른 작가들과 구별되는 어떤 메시지를 독자들에게 주기에 충분하다. 그 이유는 등장인물들이 겪은 젊은 시절의 정신적 외상이 성인이 되어서까지 그들의 삶에 깊은 영향을 미친다는 사실을 잘 보여주기 때문이다.

지금까지 쓰여진 권지예의 소설은 세계관의 입장에서 두 가지로 요약될 수 있을 것 같다. 하나는 '화려하지도 않고, 더군다나 장엄하지도 않으며 다만 뱀장어의 몸부림과 같은 격정을 조용히 끓여 내'면서 '살의나 열정보다는 평화로움에 길들여지는 일'(「뱀장어 스튜」)로 욕망을 다독이는 지혜와 관련되어 있고, 또 하나는 자신이 선택한 삶의 열정(불륜)에 대해 일상의 현실로 되돌아가지 않고 끝내 혼자 감당하려는 당찬 여성의 모습(「누군가 베어먹은 사과 한 알」)으로 우뚝 서 있다.

두 입장은 어느 한쪽으로 쉽게 구부러지지 않는다. 앞으로 작가는 두 시각을 하나의 세계관 속으로 녹여내는 방법을 모색해야 할 것 같다. 그러기 위해서는 가볍고 경쾌한 지금의 언어보다 더 예리한 언어가 필요할지 모른다. 권지예의 소설은 개인과 역사의 외상 그리고 성적 욕망이 비빔밥처럼 뒤섞여 있는 우리의 현실을 잘 보여준다. 그녀의 소설은 시대의 눈물샘을 자극하는 일상과 역사의 '풋고추'처럼 삶을 뒤돌아보게 하는 묘약 같다. 필자는, 우리시대의 문학적 책무에 대해 재능 있는 작가가, '예술의 이름으로 이 세상의 모든 유혹과 또 고통과⋯⋯ 그리고 자기자신과'(「투우」) 맞서 21세기에 걸맞는 새로운 윤리감각으로 무장된 작품을 쓰리라고 기대한다.

낭만적 열정과 합리적 냉정 사이

- 우리시대 두 가지 심리적 경향 -

우리시대에는 두 가지 심리적 경향이 있는 것 같다. 낭만적 열정과 합리적 냉정. 두 정염 사이에는 모든 사회적 관계가 거미줄처럼 얽혀 욕망의 변곡점들을 만들어낸다. '낭만적 열정과 합리적 냉정'이라는 구절을 읽을 때, 독자라면 누구나 정염의 내면풍경을 쉽게 떠올릴 수 있다. 그런데 기묘하게도 2004년 문학상을 수상한 세 편의 단편소설들은 두 정염이 펼치는 욕망의 드라마를 연출한다.

1.

정이현의 「타인의 고독」(2004, 제5회 이효석문학상 수상작)은 타인을 위해 아무 것도 희생하지 않으려는 젊은 세대들의 욕망과 '자기 속의 타인'이라는 낯선 존재를 맞닥뜨려 고독의 시대적 의미를 생산한다. 작가는 <수상소감>에서 '소비자본주의 사회의 일상을 살아가는 젊은 작가로서 당대를 어떤 방식으로 바라볼 것인지 나름대로의 내적 태도'를 정립하고 싶었다고 담담하게 적고 있다.

그렇다면 작가가 당대를 바라보는 '방식'과 '나름대로의 내적 태도'는 무엇일까? 이것은 작품을 분석하고 해석하는 과정에서 자연스럽게 밝혀질 것이다.

'종우'와 '주희'는 스물한 살에 만나 스물여덟 살에 결혼하고 스물아홉 살에 헤어졌다. 두 사람은 이혼 후에도 생일이나 연말에 전화로 안부를 물으며 친구처럼 지내지만, 자신들의 욕망과 관련해서는 서로에게 위장과 기만으로 대응한다.

종우는 주희로부터 애완견 '몽'을 데려가 달라는 두 통의 전화를 받는다. 그는 그때마다 예약된 '중요한 전화'와 '개'를 싫어한다는 거짓 핑계로 모두 거절한다. 전화로는 '몽'을 맡기는 것이 불가능하자, 그녀는 '몽'을 그가 살고 있는 아파트 경비실에 맡긴다. 재혼전문 결혼정보회사로부터 두 번째 여자를 소개받고 돌아온 밤, 그는 아파트 경비실 기둥에 묶여 있는 '몽'을 발견하고, 화가 머리끝까지 치밀어올라 '몽'을 차에 태우고 그녀를 찾아간다.

두 사람이 문을 경계로 대치하는 가운데, "왓 해픈 투 유?"하며 그녀의 서양인 새 남자친구 '에릭'이 모습을 나타낸다. 그렇게 하여 아이러니컬한 상황이 전개된다. 그녀는 에릭에게 그를 '전남편'이 아니라 '친구'라고 말함으로써, 즉 위장과 기만의 이중전술로 위기를 넘긴다. 우리는 그녀의 태도만을 부정하다고 할 수 없다. 왜냐하면 그 또한 그녀에게 재혼전문 결혼정보회사로부터 여자들을 소개받은 사실을 끝까지 말하지 않기 때문이다.

에릭의 허락으로 그와 그녀, 그리고 몽은 한 공간에 실려 밤의 도로를 질주한다. 자동차 안에서는 '한번 정색을 하고 빡빡 우기기 시작하면 당해낼 재간'이 없는 그녀와 '삶에 절정이 없다는 것쯤은 진작에 눈치' 챈 그 사이에 대화가 펼쳐진다. 여기서부터 독자들은 작가가 제시하는 반어(反語)의 미학 속으로 빨려 들어간다.

그녀가 에릭에 대한 사랑의 욕망을 '걔는 달라'라고 말하자, 그는 '결국은 다 똑같아'라고 되받아친다. 소설적 진실의 측면에서 보면, 사랑에 대한 두 사람의 차이는 한 인간의 내면심리에 대한 반어적 표현에 불과하다. 이점에서 「타인의 고독」의 '타인'은 '자기 속의 타인'이다. 다른 사람과의 관계에서 '자기 속의 타인'은 근본적으로 나르시시즘적 존재다. 드라이브를 끝내고, 그는 그녀에 대한 배려로 '몽'을 데리고 집으로 돌아온다. 하지만 그녀에 대한 배려는 곧 '몽'에 대한 살의로 돌변한다.

일요일 오후, 그는 급격한 환경 변화로 우울증에 걸린 '몽'을 안고 베란다로 나간다. 거기서 그는 머리 위로 '몽'을 높이 쳐들고, 손으로 전해오는 가쁜 맥박을 느끼며, 아스팔트 아래로 내던지고 싶은 충동을 느낀다. '몽'에 대한 그의 살의는 '그 속의 그녀' 혹은 '그녀 속의 그', 즉 '자신'과 '그녀'에 대한 일종의 위장 혹은 기만의 복수다. 「타인의 고독」은 '그', '그녀', '그 속의 그녀', '그녀 속의 그'가 각각 낭만적 열정과 합리적 냉정 사이의 심리적 거리를 연출하는 반어적 텍스트다.

2.

김훈의 「화장」(2004, 제28회 이상문학상 수상작)은 50대 회사중역의 비망록이다. 그 기록의 흐름은 화장(化粧)과 화장(火葬)의 상징적 두 영역을 접고, 펼치고, 다시 접는 다양한 시선들의 변증적 만남과 헤어짐의 과정 속에서 대위법적 반어의 수사학을 형성한다.

아내가 죽은 날 아침, 사장은 아내의 빈소를 지키고 있는 '나'에게 전화를 걸어 여름화장품 광고전략을 부탁한다. 그날 저녁, 광고기획 1과

장과 2과장은 조문을 마치고 나를 빈소 옆 부속실로 데리고 가 광고문안에 대한 의사결정을 요구한다. 광고문안은 '여름에서 가을까지 – 여자의 내면여행'과 '여름에 여자는 가벼워진다'는 두 가지다.

작가는 아내의 죽음과 추은주의 생명력을 두 광고문안의 세계 위에 포갬으로써 서사를 다채롭게 펼쳐나간다. 내면은 고통 속에서 만들어진다. 나에게, 아내의 고통은 '아내의 고통을 바라보는 나 자신의 고통'일 뿐이다. 이것은 역으로 자신의 기억 속에 살아 있는 추은주의 형상을 상상하면서 느끼는 나의 고뇌와 다르지 않다. 사실 추은주는 '뇌종양'으로 죽어가는 아내의 모습을 고통스럽게 바라보는 내 영혼의 주름이자, 생명의 자기 확인이다.

> 당신의 이름은 추은주. 제가 당신의 이름으로 당신을 부를 때, 당신은 당신의 이름으로 불린 그 사람이지요. 당신에게 들리지 않는 당신의 이름이, 추은주, 당신의 이름이지요.

여기서 추은주는 생명에 대한 호출이다. 말과 사물이 분리된 세계에서, 생명은 생명 그 자체로 드러나지 않는다. 문명은 존재의 기호놀이 위에 성립되었으므로, 당신의 이름으로 당신을 불러도 당신에게 들리지 않는다. 우리가 생명과 만나기 위해서는 그것의 구체적 세계를 보아야 한다. 그러한 까닭으로 나의 마음은 당신 '몸속의 깊은 오지'에서 '그 살들이 빚어내는 풋것의 시간들'을, '당신과 닮은 아기를 잉태하는 당신의 자궁과 그 아기를 세상으로 밀어내는 당신의 산도(産道)'를 향한다.

이름(存在)과 부름(呼名)은 둘의 관계가 시작된 최초의 기원에서만 일치한다. 이에 대해 작가는 추은주(秋殷周)라는 상징적 이름으로 문명과 생명의 존재론적 통일을 시도하고 있는 것이다. 그러나 그것은 문명의 전환을 이룩하지 않고서는 불가능하다. 당신을 부르는 나의 말이 '말로 환생하기를 갈구하는 기갈이나 허기' 아니면, '눈보라나 저녁놀처럼, 손으로 잡을 수 없는 말의 환영'일 수밖에 없는 것도 그 때문이다.

작가는 <수상소감>에서 이 상황을 '언어가 시대의 8부능선 위로 기어 올라가 참호를 구축하고 있는 풍경'으로, '한 시대의 언어가 소통이 아니라 단절을 완성해 가는 이 풍경'에 대해 '저주받은 역질(疫疾)이거나, 거족적 규모의 치매'라고 하였다.

이 언어의 역질과 치매는 화장터 소각로의 문자판에 새겨진 "소각 중…… 완료 예정시간 오후 두 시"라는 기호처럼, 대기실의 대형 TV 화면 속에서 유프라테스 강을 건너 바그다드로 진격하는 미군처럼, 문명의 질병에서 생겨난 것이다. 그 세계에서 삶과 사랑의 가치를 건설하는 것은 불가능하다. 작가는 내가 아내의 유골함을 받는 순간, 추은주를 워싱턴으로 발령받은 외무공무원 남편을 따라 내 곁에서 떠나게 함으로써, 그 불가능함을 역설적으로 보여준다.

3.

김영하의 「보물선」(2004, 제4회 황순원문학상 수상작)은 우리시대 욕망의 정치경제학에 대한 보고서이다. 독자들은 이 작품을 주의깊게 읽어야 한다. 그 이유는 서사의 추진력으로 작동하는 역사적 사실과 소설적 허구의 경계가 불분명해 독자를 혼란에 빠뜨리기 때문이다.

역사적 사실은 러시아 수송기에서 떨어진 황소, '애국선열조상건립위원회' 총재(김종필)와 그 첫 번째 헌납자가 만주군관출신의 타까기 마사오(박정희 전대통령)라는 것, 일제가 우리민족의 정기를 누르기 위해 많은 명산의 정상에 박았다는 쇠말뚝, 태평양 전쟁 당시 군산 앞바다 말도와 비안도 근처에 수장된 일제의 화물선과 군용병원선, 보물선 사건

등이다. 여기서 화물선과 군용병원선은 1945년 당시 독자임무를 수행하다 군산 앞바다에 침몰한 일제의 '초잔마루호'에 대한 변용이고, '보물선 사건'은 2001년 당시 권력의 실세가 개입되었된 동아건설 보물선 사건에 대한 패러디이다. 반면, 소설적 허구는 광화문 앞에 서 있는 충무공 이순신 장군이 오른손으로 칼을 잡고 있는 데서 유추된 '토요또미 히데요시＝왼손잡이' 설과 충무공 동상 폭파사건이다.

이러한 다양한 소재를 절묘하게 버무려 서사를 장악해 나가는 작가의 능력은 타의 추종을 불허한다. 그러나 서사의 핵심적 동력은 '보물선 사건'과 '충무공동상 폭파테러사건'이다. 작가는 두 사건을 '보물선과 충무공, 그 기이한 커넥션'이라는 독특한 반어적 상상력으로 엮어낸다. 그 독특한 반어적 상상력은 소설의 서두에서 충무공 동상을 묘사하는 대목 속에 잘 나타난다.

> 그가 지키고 있는 건물에는 정부종합청사, 세종문화회관, 교보생명, 한국통신, 미국문화원과 미대사관이 포함되어 있다. 그가 노려보고 있는 건물로는 조선일보사, 서울신문사, 감리회관, 시청 등이 있다. 이순신 장군상을 사이에 두고 종로와 세종로가 교차하여 지나는데 우리나라에서 통행량이 많기로는 몇째 가라면 서러운 지점이다. 뭘 지키겠다면, 또 그럴 능력이 있다면, 그는 정말로 절묘한 지점에 서 있는 것이다.

위 인용문에서 '절묘한 지점'에 서 있는 충무공 동상이 '지키고 있는' 건물과 '노려보고 있는' 건물의 상징성은 누가 보아도 확연하게 구별된다. '지키고 있는', '노려보고 있는' 두 술어 사이에는 첨예하게 대립하고 있는 우리사회의 이념적 상황이 자리잡고 있다. 작가는 '지키고 있는' 시선과 '노려보고 있는' 시선 가운데 그 어느 것에도 기울어지지 않고, 두 시선을 거듭 반전시킨다. 그 반전을 통해, 두 시선은 다양하게 변주된다.

첫 번째 변주는 역사적 사실(쇠말뚝)에 대한 형식의 민족주의적 열정과 재만의 탈이념적 성향으로 나타난다. 두 번째 변주는 '보물섬 작전'의 '폭탄돌리기'로 투자액의 수백 배를 챙긴 재만 일당들의 기만성과, 그 사실도 모르고 자신의 목표는 보물선이 아니라 충무공 동상과 조선 총독부를 둘러싼 일본의 재침략 음모를 폭로하는 것이라고 말하는 형식의 이념적 맹목성으로 전이된다. 세 번째 변주는 형식의 '충무공동상 폭파테러사건'으로 '보물선 사건'의 전모가 밝혀진 후, 영장실질심사 과정에서 판사에게 항변하는 '캡틴'의 말 속에 드러난다. "선의의 투자자라구요? 그런 사람이 어뒀습니까? 오직 정보에 어두운 투자자가 있을 뿐입니다."

두 시선의 변주는 민족주의와 탈민족주의, 자본과 이념의 폭력성과 기만성, 욕망의 전근대적·근대적 형태가 복잡하게 착종되어 서로 다른 방향으로 접혀 있지만 꼭 그만큼 같은 방향으로 펼쳐져 있음을 알려준다. 독자는 이러한 「보물선」의 세계를 특별히 주목할 만한 당대의 정신적 징후로 읽어야 한다. 이 작품을 읽다보면, 이제 서사적 주제는 더 이상 시대 자체가 아니라 작가의 창조적 역량과 연결된 지점에서만 솟아오른다는 것을 떠올리게 된다. 충무공동상 폭파테러사건를 뉴욕의 월드트레이드쎈터 테러로, 보물선 소동을 다음해에 치러질 대통령 선거로 옮겨가는 작가의 상상력이 그것을 말해준다.

지금까지 세 편의 소설을 '낭만적 열정'과 '합리적 냉정'이라는 분석 틀로 살펴보았다. 정이현의 「타인의 고독」은 '종우'와 '주희'의 심리적 거리로, 김훈의 「화장」은 '나'의 존재론적 고뇌로, 김영하의 「보물선」

은 '형식'과 '재만'의 이념적 층위로 두 정염의 서로 다른 시대적 특징을 보여준다. 그러나 분명한 것은 우리시대가 반어(反語)의 미학을 만들어 내고 있다는 사실이다. 반어는 사회 모순의 깊이를 폭로하는 수사학적 장치이다. 그렇다면 우리사회는 점점 더 모순이 심화되어 가고 있는가!

작가가 독자에게 말하는 그것, 독자가 또한 생각하는 그것은 오직 제3의 시각만이 우리에게 대답과 사례를 제공해줄 것이다. 그렇기에, 세 편의 소설은 다음과 같은 진실을 깨닫게 해준다. <의식화하는 것이 소설이 아니라, 의식화되는 그 무엇이 소설 속에서 발생함으로써, 소설 그 자체가 현실적인 힘이 된다는 것을.>

일상과 죽음, 그 드라마의 서사

─ 김영하론 ─

1. '영원한 불면'의 시대

문명의 역사는, 사물과 언어가 별과 별빛처럼 분리되지 않았던 신화의 시대를 거쳐, 죄의식을 내면 속에 각인하며 영원성의 감옥에 갇힌 원죄의 시간을 지나, 이성이 목적의 도구로 타락하는 계몽의 극점에서 집단적 광기의 모습을 보여왔다. 이런 까닭에 문명의 위기는 항상 내부로부터 발생하는 위험이다. 그러나 인간은 위기 때마다 새로운 문명을 건설해 왔다. 새로운 문명은 항상 새로운 인간의 탄생을 동반한다.

우리는 이성의 '시대'를 넘어선 어딘가에 위치해 있다. 무의식의 발견 이후, 인간은 의식과 무의식 사이의 심각한 균열이 낳은 분열된 존재로서 인식되지 않았는가? 이 두 양극 사이에서 인간의 존재론적 의미를 파악하게 하는 수단은 언어이다. 인간은 언어로 자신의 욕망을 표현한다. 언어는 존재의 비밀을 밝혀주는 열쇠이다. 문학은 언어를 통해 생의 비밀을 드러낸다.

90년대에 접어들어 한국은 소비중심의 후기자본주의 사회로 진입한다. 불면증적 욕망은 후기 자본주의 사회의 도시적 삶의 한 특징이다.

분열의 시대에 새로운 삶을 시도하려는 모든 노력은 욕망을 자극하는 유혹적 문화에 질식당하고 있다. 도시적 삶은 고통스런 기억의 흔적들을 차단하기 위해 현재의 시간을 정지시킨다. 이때 욕망의 존재방식은 지칠줄 모르고 진행되는 상품의 소비방식과 다르지 않다. 인간의 욕망은 '영원한 불면증'에 빠져 있고, 잠못 이루는 불면의 끝자리에는 존재의 심연만이 자리하고 있다.

김영하는 섬세한 감각적 촉수로 현대인의 불면증적 욕망을 다양한 모습으로 깊이 천착하고 있다. 글쓰기는 세상을 읽는 방식이다. 세상을 정확히 읽을 때, 글쓰기는 사회의 다채로운 문양을 그려낼 수 있다. 세상이라는 텍스트의 독자인, 작가는 인간의 본질을 욕망의 언어로 드러낸다. 김영하 소설 속에 등장하는 주체들은 사유하는 '의식적 주체'라기보다 욕망의 언어를 드러내는 '무의식적 주체'들이 대부분이다. 우리는 존재하려는 욕망과 소유하려는 욕망 사이에서 고통스런 표정을 짓는 '찢겨진 존재'이다. 문학이 이러한 우리에게 어떤 희망의 메시지를 던져주는 것이라면, 김영하는 90년대 인간들의 무의식적 욕망들을 승화 혹은 탈승화시키는 전위에 서 있다.

이 글에서는 전통적 글쓰기와는 다른 방식의 글쓰기를 추구하는 김영하의 소설들을 통해, 병든 우리 사회의 환부가 어떻게 드러나고 있는지, 그리고 진정 '지금 – 여기'에 살고 있는 우리의 자유를 확보하는 중좌의 역할을 할 수 있는지 짚어보고자 한다.

2. 나르시시즘의 그물망에 걸린 욕망

김영하의 소설에서 욕망에 대한 묘사는 첫 번째 창작집 『호출』(97)에서 두 번째 창작집 『엘리베이터에 낀 그 남자는 어떻게 되었나』(99, 이후 『엘리베이터』로 표기)에 이르기까지 지속적으로 나타난다. 차이가 있다면, 『호출』에서는 욕망의 기원에 관한 문제보다 사랑의 드라마가 펼치는 배신과 복수의 세태적인 모습에 초점이 맞추어져 있고, 『엘리베이터』에서는 일상 속에 배어 있는 다양한 삶의 스펙트럼을 환상적인 아우라로 내뿜고 있다는 점이다. 이런 변화의 원인은 욕망의 문제를 개인의 존재론적 특성으로 파악하지 않고, 역사 속의 특정한 사회적 현상으로 보는 데서 찾을 수 있다. 88년 서울올림픽과 서구 사회주의 몰락 이후, 80년대를 지배했던 '진지한 엄숙주의'는 사회적 구심점으로서의 의의를 상실하였다. 그 이유는 공동체의 이상을 꿈꾸던 집단적 연대의 고리가 끊어졌기 때문이다. 이 결과로 개인의 내면 속에 또아리를 틀고 숨어 있던 무의식적 욕망들이 분출하기 시작한다. 김영하는 이러한 사회적 변화를 날카롭게 포착하여 나르시시즘적 자의식을 지닌 인물들을 창조한다.

나르시시즘은 욕망의 상상적 차원이다. 『호출』에 나타나는 나르시시즘은 주인공들의 내면 속에 구조화되어 있다. 「거울에 대한 명상」의 주인공 '나'가 이것을 극명하게 보여준다. '육체의 순결성'과 '욕망의 배출구'라는 여성에 대한 '나'의 이중적 자의식은 그 자체가 하나의 덫으로 작동하며 성에 있어 일방적인 '거울은 없다'는 사실을 보여준다. 이 나르시시즘적 자아의 특성은 대학시절에 고착되어 있는 「도드리」의 '당신', 순결성의 함정에 빠진 채 '발'에 대한 물신적 욕망을 드러내고 있는 「베를 가르다」의 '나', 전혜린과 로자 룩셈부르그 사이에서 사랑을 저울질 한 「전태일과 쇼걸」의 '그' 속에 반복해서 출현한다. 이들이 보여주는 일방적 소유욕망은 사회로부터 소외된 '미성숙한 주체'로서 외부 세계에 맞서기보다는 자기 속에 갇혀 있는 '객관화되기 이전의 주체'라 할 수 있다. 이 자아는 현실세계를 타자들로 구성된 상호주체성의 토대로 파악하지 못한다. 나르시시즘적 자아는 세계를 일방적으로 다루기 때문에, 자아가 파악하는 세계에 대한 지식은 항상 '전도된 객관적 지식'일 수밖에 없다.

이러한 나르시시즘적 자아의 욕망은 가족적 차원에서든 사회적 차원에서든 가부장적 이데올로기에 그 뿌리를 두고 있다. '나'의 정신적 외상은 '개척교회의 목사'였던 아버지의 폭력적인 가부장적 권위의식(「도마뱀」)과 어머니의 가학성(「내 사랑 십자드라이버」)으로부터 유래한다. 여기서 우리는 타인에게 의미없는 사물일지라도 '나'에게는 삶의 도피처(「도마뱀」의 '도마뱀', 「내 사랑 십자 도라이버」의 '장난감·중고차')나, 무의식 속에 각인된 유년시절의 불행한 기억들(「도마뱀」의 '십자가', 「내 사랑 십자드라이버」의 '어머니의 가학행위')로 구성되고 있음을 알 수 있다. '나'에게 절대적인 세계는 오래전에 붕괴되었다. '나'에게 세계는 욕망이 펼치는 상대적 공간이며, 그 속에 놓여 있는 과거를 모르고서 '나'는 이해되지 않는다.

이렇듯 『호출』에 등장하는 인물들은 자기 속에 갇혀 있다. 자신의 세계를 포기하지 않으면서 자신의 욕망대로 세계를 재배치하려는 자아의 나르시시즘은 '주위의 모든 것, 모든 텍스트로 자신을 포장하는 절묘한 재주'를 가진 편집증적 욕망이다. 욕망은 항상 의식의 무대 뒤에 숨어 있는 복병처럼 의식의 그물망을 넘나들며 우리를 괴롭히는 충동적인 모습을 취하고 있다.

그러나 이러한 욕망은 『엘리베이터』에 오면 생활의 압박 속에서 각자의 꿈을 접고 살아가는 일상인들의 욕망으로 변주된다. 사실 이 문제는 『호출』의 「총」, 「나는 아름답다」에서 그 단초를 찾을 수 있다. 이는 해방의 담론이 뿜어내던 여진의 흔적조차 사라진 세상의 중심에 일상적 삶이 자리잡았음을 의미한다. 집단의 꿈을 뒤로 하고 뿔뿔이 흩어진 개인들은 이제 역사적 진실보다는 일상, 집단보다는 개인의 생활에 매료된다. 모든 개인의 욕망은 일상탈출의 몸부림으로 변모한다. 이러한 일상탈출의 욕구는 이미 '북극'에 가고 싶다는 『나는 나를 파괴할 권리가 있다』(96)의 '세연'을 통해 제시된 바 있다.

김영하는 소비사회 속에 건설된 일상성의 제국에 포위된 모든 욕망을 닮은꼴로 제시한다. 「사진관 살인사건」에서 묘사된 '어떤 남자가 자기를 위해 남편을 죽여주기를' 바라는 사진관집 여주인의 욕망과, 수사 도중 '그녀와 나 사이에 가로놓인 가상의 카메라를 통해 그녀의 나체'에 욕정을 품는 형사(나)의 욕망은 동일하다. 모든 욕망들은 일상의 삶 속에 갇혀 있다. 일상성의 제국에서 탈출을 시도하는 인간은 '투명인간'이 된다. '투명인간'은 90년대 일상성에 갇힌 인간의 전형이다. 젊은 작가 하성란도 '알몸인간'(「깃발」)으로 표현한 바 있다. '투명인간'은 더 이상 제국의 시민이 아니다. 그는 제국으로부터 추방된 인간이다. 추방되지 않기 위해서는 제국에 안주하거나 스스로 제국을 떠나는 길밖에 없다.

'한번 떠나면 돌아오고 싶어도 돌아올 수 없는' 세계일주여행을 떠나고 싶어하는 「바람이 분다」의 '진영'과 그녀에 동조하는 '나'같은 인물은 그래도 소박하다. '되는 게 없는 좆같은 세상'에서 '뻑치기'로 탈출을 시도하는 「비상구」의 '우현과 종식', 생애 처음으로 사랑하는 여자를 만나 불륜 속에 빠져들어 '투명인간'이 되고 만 「고압선」의 '그'는 현대세계가 얼마나 견고한 그물로 개인을 옭아매는지 잘 보여준다. 이러한 일상의 세계를 극복하기 위해 작가가 던진 화두는 바로 '죽음의 상징성'을 통한 자유와 욕망의 주체적 생산이다.

3. 무의식적 주체가 펼치는 '압축의 미학'

　김영하 소설에서 죽음의 문제를 가장 극명하게 보여주는 작품은 「나는 아름답다」와 『나는 나를 파괴할 권리가 있다』이다. 후기자본주의 사회의 주체들은 생과의 대결을 회피하고 평온한 일상 속에 안주한다. 작가는 '죽음'의 상징적 회로를 통해 역설적으로 생의 의미를 드러낸다.

　「나는 아름답다」의 두 주인공이 보여주는 죽음에 대한 상징적 태도는 현대사회가 어떻게 우리의 본능을 볼모로 일상의 제국을 건설하고 있는지를 말해준다. 작품의 내용은 '나'와 '20대 후반의 여자'를 병치시켜 현대사회의 일상 속에서 발생하는 죽음의 의미를 화두로 삼고 있다. 이혼 후 나는 종말을 향해 타고 갈 '방주'를 완성하기 위해서 A시로 여행을 떠난다. 여행의 목적은 '나를 둘러싸고 있는 이 사막', '쇠락하는 항구도시' 같은 현실을 벗어날 수 있는 '방주를 채울 마지막 한 가지'를 찾는 것이다. 버스 안에서 '나'는 20대 후반의 여자를 만난다. 내가 가지고 있던 '거꾸로 매달린 채 렌즈를 노려보고 있는' 아내의 흑백사진을 매개로 한 대화 속에서 두 사람의 비밀은 하나하나 벗겨진다. 한 사람은 현실 속에서 죽음의 의미를 확인하기 위해서, 다른 사람은 남편을 죽인 후 그 죄과를 자신의 죽음으로 대속(代贖)하려 한다.

　두 사람은 A시를 향해 간다. A는 불어로 대타자(Autre)의 이니셜이다. 이것은 두 사람이 한 곳을 향해 가고 있다는 것을 암시한다. A의 두 선의 가운데 줄표는 두 사람을 연결시켜 주는 매개, 곧 죽음이라 할 수 있다. 두 사람은 죽음의 문제를 매개로 하여 진짜 죽음을 실현하기 위한 장소, 하나의 소실점(섬)을 향해 가고 있다. 섬에 도착하여 죽음 직전의 그녀가 '무릎을 꿇은 채로 비스듬히 엎어져 있는' 모습 속에서, 우리는 무의식적 주체 S를 볼 수 있다. 이러한 무의식적 주체는 '나'의 꿈속에 S자로 굴신하면서 벽을 타고 내려오는 '도마뱀'(「도마뱀」)의 형상으로도 나타난다. 이때 죽음은 자신 속에 숨어 있는 생의 모습을 확인해주는 주체의 다른 모습이다. 죽음은 마지막 순간까지 나를 통해 확인될 수 없으며, 타자를 통해서만 그 비밀을 우리에게 전달한다.

김영하 소설에서 죽음의 의미는 '속도'를 통해서도 드러난다. 속도는 무료한 일상성의 탈출 수단이며, 인간의 무한욕망을 나타내는 현대성의 한 지표이다. '캐리'(「내 사랑 십자드라이버」), '오토바이'(「총」), '총알택시'(『나는 나를 파괴할 권리가 있다』)의 무한질주는 무의식적 주체가 지루한 일상 속에서 생과의 대결을 보여주는 자유의 증좌이다.

『나는 나를 파괴할 권리가 있다』에서의 죽음의 의미는 또 어떤가? 이 작품에는 죽음과 관련하여 세 개의 그림이 나온다.(다비드의 「마라의 죽음」, 클림트의 「유디트」, 들라크루아의 「사르다나팔의 죽음」) 작가는 세 그림을 「마라의 죽음」과 「유디트」와 「에비앙」의 이야기 속, 그리고 「사르다나팔의 죽음」에 각각 배치시켜 놓았다. 이것은 최종적으로 삶이 획득해야 하는 그 무엇을 암시하기 위한 것이다. 이 그림들은 죽음의 충동을 보여주는 '세연', 삶의 충동을 보여주는 '유미미', 관조하는 자의 시선을 보여주는 '화자'(작가)와 정확히 대응하고 있다.

> 이 시대에 신이 되고자 하는 인간에게는 단 두 가지의 길이 있을 뿐이다. 창작을 하거나 살인을 하는 길.

'화자'(작가)는 처음부터 전지전능한 신이 되는 두 가지 길을 제시하며, 스스로 이 시대의 신이 되려고 한다. 창작을 통해 자신이 살고 싶은 세계 속에서 살거나, 살인을 통해 지루한 이 세상에서의 삶을 끝장내는 일. 작품 속에서 '화자'는 실제 자살보조업자인 동시에 직업을 통해 얻은 의뢰인들에 관한 자료들을 이야기로 엮어내는 작가이다. '화자'(작가)의 '작품 속의 작품'은 「유디트」와 「미미」이다. 「유디트」와 「미미」
에는 '유디트'라는 별병을 가진 세연, C, K, 미미 네 사람이 등장한다.
「유디트」에서 세연과 K는 처음부터 사회의 가치체계에는 아랑곳하지
않고 행동한다. 그들은 광기의 소유자들이다.

　이성적 합리성의 세계에서 광기는 배제와 추방의 대상이다. 따라서
두 사람은 곧 '무의식적 주체'를 상징한다. K는 어머니의 장례식날 아
파트에서 세연과 섹스를 즐기며, 세연은 장례식 다음날 K의 형, C와도
섹스한다. 추파춥스 사탕을 좋아하는 세연의 사랑놀이에는 진지함이라
고는 없다. C와 섹스하기 전 그녀는 스스로 내기를 한다. '내가 사탕을
다 먹기 전에 네가 넘어오면 너랑 살고, 그 다음 단계에서 넘어오면 K랑
살기로.' 그녀에게 섹스란 지루한 일상을 견디기 위한 하나의 놀이에 불
과하다. K 또한 삶의 태도에 있어 세연과 비슷하다. 총알택시 기사인 그
는 지긋지긋한 생활을 탈출하기 위해 광속질주하며, '세곳쯤 되는 별볼
일 없는' 인생을 견디기 위해 섯다를 하며 '일상의 권태와 나른함'을 망
각하며 살아간다. 세연과 K는 죽음의 충동을 공유하고 있다. 그러면 작
가는 왜 이토록 '죽음'의 문제를 탐구하는 것일까?

　「마라의 죽음」을 통해서 작가가 말하고자 하는 것은, '샬롯 코데이'
라는 지롱드 당원에게 욕조 속에서 피살당한 자코뱅 혁명가 '장 폴 마
라'의 '억울함도, 세상번뇌에서 벗어난 자의 후련함도' 아닌, '편안하면
서 고통스럽고 증오하면서도 이해'하는 인간 내면의 대립적인 감정들
이다. 이 그림에는 살인자는 없고, 피살된 마라만이 그려져 있다. 여기
서 성과 죽음은 서로 반대의 극을 표현하면서도 순환 속에서 서로에게
작용한다. 그러나 이 그림을 통해 '화자'(작가)가 말하고 싶은 내용은
'건조하고 냉정할 것'을 바라는 예술가의 지상덕목이다. 여기서 우리는
죽음에 대한 역사적 의미부여를 거부하고, 본능적 의미만을 파악하겠다

는 작가의 미학적 태도를 엿볼 수 있다.

둘째 그림은 아시리아의 장군 홀로페르네스를 유혹하여 목을 자른 고대 이스라엘의 여걸 '유디트'를 그린 클림트의 「유디트」이다. 클림트는 「유디트」에게서 민족주의와 영웅주의를 거세하고 세기말적 관능만을 남겨두었다. 80년대 한국 사회를 지배하고 있던 이념의 거대한 불꽃을 생각해 본다면, 작가가 「유디트」에서 세기말적 관능미만 남겨 놓은 클림트의 「유디트」를 선택한 이유를 알 수 있다. 이념의 불꽃이 지배하던 자리에 서서히 일상의 그림자가 드리어지는 지점에서, 작가는 생의 의미를 욕망의 순수한 형태로 드러내고자 했던 것이다.

셋째 그림은 '들라크루아'의 「사르다나팔의 죽음」이다. 이 그림에서도 작가의 의도대로 역사적 의미를 제거하면 '죽음을 주재하는 자의 내면'의 시선만이 남는다. 그림에서 죽음의 향연이 벌어지고 그곳을 관조하고 있는 자는 바빌로니아의 왕 '사르다나팔'이지만, 작품에서는 '화자'(작가)이다. 가장 빠르게 돌면서도 멈춰 있는 것처럼 느껴지는 북극에 가고 싶어한 세연의 죽음. 행위를 통해서만 예술의 진정한 의미를 찾으려 했던 유미미의 죽음. 작가는 두 죽음을 통해서 세계 혹은 사물에 대한 무의식적 주체가 연기하는 '압축의 미학'을 보여준다. '압축의 미학'은 너저분한 인생을 하릴없이 연장해가지 않는 삶의 압축, 곧 '죽음의 미학'이다.

4. 메타적 글쓰기의 현재적 의미

메타적 글쓰기는 문화의 정치성 속에서 자유를 발굴하는 상징적 주체의 생산이다. 글쓰기를 통해 '죽음'의 상징적 의미를 묻는 사람은 결국 현실의 작가 자신이다. 작가는 현실을 초월해 있는 인간이 아니므로, 현실과 역사 속에서 그 죽음의 의의를 파악해야 한다. 죽음의 상징적 가역성. 상징적 죽음은 삶과 죽음의 순환을 보여주는 삶의 우회로이다. 이때 죽음은 진정한 삶의 가능성을 드러낸다. 김영하는 다른 젊은 작가보다 발빠르게 '글쓰기'의 문제에 천착하고 있다.

김영하의 소설에서 글쓰기의 의미를 묻는 작품은 「호출」, 『나는 나를 파괴할 권리가 있다』, 「흡혈귀」 세 편이다. 「호출」에서 '나'는 경제적으로 무능력한 작가 지망생이다. 이 년을 사귀어온 '수지'라는 애인으로부터 버림받은 '나'는 그녀가 '다른 남자랑 결혼해서 유학간다'는 말을 했을 때, 기껏 '공부 열심히 해.'하며 무관심한 척한다. 현실에서 '나'가 할 수 있는 일은 상상밖에 없다. '상상, 그것만이 내가 할 수 있는 그럴듯한 복수였고 오락이었다.' 복수가 오락과 등가를 이루고 사랑의 분노가 오락의 유희로 전락하는 시대에 이 불행한 의식이 할 수 있는 일이란, 이제 현실 속에서 상상하는 세계를 실현하는 길밖에 없다. 그래서 그는 상상을 통해서 스타들의 '전라장면만 대신 치러주는' 대역배우 '송화'라는 여자를 창조한다.

그녀는 정확히 실제 현실 속의 '나'의 상상적 반영물이다. 현실 속에서 '나'가 생활해 나가는 방식과 상상 속에서 그녀가 생활하는 방식은 흡사하다. 그리고 그녀도 상상 속에서 애인으로부터 버림받는데, 그 이유는 그녀가 '정사장면만 대신해주는 대역배우'이기 때문이다. 이제는 상상 속의 그녀가 상상한다. 그녀는 상상 속에서 자기를 버린 애인과는 다른 남자, 소설가를 창조한다. 소설가는 '상상의 상상'이 만들어낸 인물이다. 이 인물은 실제 현실 속의 인물, 작가지망생이다. 결국 '나'는 '상상 속의 그녀'를 만들고, '상상 속의 그녀'는 상상 속에서 '상상 속의 나'를 만든다.

이 작품은 후기자본주의 소비사회에서 삶과의 대결능력을 상실하고 일상성에 함몰된 나르시시즘적 자아에 대한 날카로운 비판을 보여준다. 그러나 무엇보다 중요한 것은, 이 세계가 상상의 구성물이라는 것을 극명하게 암시하고 있다는 점이다. 세계가 '허구적 상상'에 기초하고 있다는 관점은 김영하의 소설적 지층을 가르는 사유이다. 『엘리베이터』의 작품 대부분이 여기에 근거하여 창작되고 있음을 생각하면 쉽게 이해된다. 상상력을 극단으로 밀고 나가면, 그 끝에는 상상적 인간의 허구적 세계가 실현된다. 왜냐하면 세계는 상상하는 인간들의 보이지 않는 시선들에 의해 구축되어 있기 때문이다. 이 문제는 작품 『나는 나를 파괴할 권리가 있다』의 「미미」 편에 잘 드러나 있다. 전시회 총기획을 맡고 있는 G 화랑의 큐레이터가 주선한 비디오 아티스트 'C'와 행위예술가 '미미'의 만남은 비디오 속에 행위예술을 담는 전시회를 둘러싸고 일어난 우연한 사건처럼 보이지만, 작품의 결말은 '나'(화자)의 계획에 의해 이루어졌다는 것을 알 수 있다. 두 사람이 만난 것은 실제지만, 실제는 '나'(화자)의 조종에 의해 이루어진 허구이다. 그러므로 현실은 '허구로 가득한 세상'이다. 이를 통해 작가는 '실제는 허구'라는 것을 명확히 보여주고 있다.

글쓰기에 대한 또 하나의 관점은 『나는 나를 파괴할 권리가 있다』와 「흡혈귀」의 작품 속에 등장하는 작가를 통해 나타난다. 이제 소설가는 세계를 해석하고 새롭게 창조하는 근대적 의미에서의 작가가 아니라 일상인과 다를 바 없는 시민이다. 독자들은 작가를 고귀한 문화의 생산자로 보지 않고, 자신들과 별반 다를 바 없는 사람들로 인식한다. 『나는 나를 파괴할 권리가 있다』에서 작가는 독자들에게 삶의 위안과 방향을 제공하고, 독자들의 삶을 주재하며, 또 생산하고 있다. 그러나 작가와 독자의 등가는 작가=생산자/독자=소비자라는 근대문학의 미학적 특수성을 위협한다. 이러한 구분은 작가와 독자가 상호주체성의 토대 위에서 세계에 대한 근본적 유대감을 공유할 때 가능하다. 즉, 생산자(창조자)로서의 작가적 의미가 성립되려면, 독자들이 작가를 그 사회의 '쓰디쓴 자부심'으로 인정할 때이다. 왜냐하면 자본주의 사회에서 소설의 운명은 상품이면서 상품이 아니라는 특수한 구조 속에 놓여 있다.

「흡혈귀」에서 보여주는 작가와 독자의 싸움은 그 한 예라 할 수 있다. 작가는 어느날 『나는 나를 파괴할 권리가 있다』를 읽고 남편과 자신의 해결하기 어려운 문제를 의뢰하는 '김희연'이라는 독자의 편지를 받는다. 편지 속의 남편은 '시나리오 작가, 시인, 평론가, 소설가'라는 다양한 이력의 소유자다. 그러니까 '김희연'은 예술가의 아내이자 작가 '김영하'의 독자이다. 편지 속의 두 인물은 서로 상반된 담론을 구성하고 있다. '김희연'(아내)은 '아이를 낳고 남편과 함께 팝콘을 먹으며 할리우드 영화를 보고 주말이면 놀이동산에 가는 삶', 즉 소비사회의 일상적 욕망을 행복으로 추구하며, '남편'(예술가)을 흡혈귀라 부른다. 그러나 '주인공'(작가)은 작품을 끝내면서 '내 생각엔 아무래도 바로 그녀가 흡혈귀인 것만' 같다는 극적 반전을 통해 독자를 배반한다. 작가는 '생존의 굴욕'을 받아들인 일상의 소시민적 인간이야말로 창조적 흡혈력을 상실한 '흡혈귀'라고 선언한다. 이제 '흡혈귀-예술가'에서 '흡혈귀-독자'로의 의미의 전복을 통해, 작가는 세상에 기생하는 예술가의 삶 속에 스며 있는 죽음의 독침을 독자에게로 되돌린다. 그러나 이러한 태도가 우리에게 음산하고 비릿한 해풍을 불러올 지, 아니면 부드럽고 따뜻한 서풍을 불러올 지 모른다. 분열된 세계를 하나로 통합할 언어가 없다는 비극적 현실에 대한 메타적 글쓰기에서 작가가 내린 결론은 일상에 안주하지 않고 자신의 창조력을 회복하는 삶의 길찾기이다.

5. 성좌적 인식을 향하여

김영하의 소설은 새롭게 변화·생성하고 있는 인간관계의 질서에 대한 반영과 그 반영의 의도적 생산이다. 개인의 욕망은 나를 넘어서, 타자와의 관계 속에서, 타자의 욕망을 인정할 때 진리를 획득할 수 있다. 『호출』에서 역사의 변화를 감지한 그의 글쓰기는 가부장적 이데올로기에 기생하는 나르시시즘적 편집증에 대한 비판으로 시작된다. 그리고 『나는 나를 파괴할 권리가 있다』를 중심으로, 일련의 단편에서는 후기자본주의의 일상성에 갇힌 인간들의 문제점을 극단으로 밀고 나가 '죽음'의 차원에서 역설적으로 삶의 의미를 '압축의 미학'으로 제시한다. 그러나 『엘리베이터』에 이르면 벤야민의 '성좌적 인식론'으로 전환하면서, 후기자본주의 사회에서 살고 있는 일상인들의 정신적 특성이 되어 가고 있는 나르시시즘을 다시 저항의 무기로 삼는다. 저마다 빛을 강하게 내뿜으면서, 하늘을 조화롭게 수놓는 별들처럼. 각자가 자신의 길을 가면서, 연대의 가능성을 모색하기. 이는 나르시시즘이 역사의 한 단계로 나타났다가 사라지는 것이 아니라 정신을 구성하고 있는 인간의 특성임을 깨달은 작가의 발빠른 대응이다.

그러나 '서로를 서서히 깨뜨리면서, 서로를 지탱하면서' 연대성의 회복을 표현하고 있는 『엘리베이터』의 소설들은 '여행'이라는 낭만적 동경과 '안주'라는 현실적 생활 사이에 근본적으로 해결하기 힘든 아포리아를 야기한다. 이 아포리아는 앞으로 김영하 소설이 어떻게 변화해 나갈 것인지를 예정하는 지렛대 역할을 할 것이다. 그러나 90년대 소설을 두루 독자라면, 이것이 비단 김영하 작가만이 처한 상황이 아니라는 것을, 금방 눈치챌 수 있다.

후기자본주의 사회에서 무엇이 우리에게 자유를 가져다 줄 수 있는지 그 전망은 모호해졌다. 모든 것이 이미지의 그물망에 걸려 파닥거린다.

그의 소설은 뿌리째 흔들리고 있는 개인들의 일상에 대한 묘사를 통해 훨씬 더 순수한 형태로 드러나는 후기자본주의 사회의 음영을 잘 다듬어진 언어로 제시하고 있다. 작가는 후기자본주의 사회의 본질을 극복하기 위해 사회의 지배력은 생산자에도 소비자에도 있지 않다는 이중의 부정 속에서 연대를 향한 대화의 공간을 마련하고 있다. 이 점에서 그의 소설은 '최종심급에서의 경제결정'이라는 사회적 토대에 대한 묘사는 없지만, 이데올로기로 환원되지 않으면서 이데올로기적 효과를 발휘한다.

후기자본주의 사회 속에서 역사에 대한 전망은 불투명하다. 그러나, 우리는 이제 깨진 마음의 창을 넘어 나르시시즘적 욕망을 가진 자아를 뛰어넘는 경지에 이를 때까지, '고통스럽고 무료하더라도 그대들 갈 길'을 가야 한다.

서사의 개방과 하이퍼텍스트적 글쓰기

― 김영하의 『아랑은 왜』(2001)론 ―

1. 디지털 시대, 서사의 모험

근대 사회가 과학과 서사의 양립 속에서 문화를 생성하였다면, 디지털사회는 하이퍼텍스트 속에서 과학과 서사를 통합한다. 하이퍼텍스트는 근대 사회가 생성해온 것들을 그 내부에서 전복한다. 다수의 입구와 출구를 가지고 있는 하이퍼텍스트는 관찰과 해석을 통일시키고, 글쓰기 공간의 리좀과 관련된 새로운 문학적 주체들을 만들어낸다. 이 주체들은 디지털 시대의 문화에 맞는 문학 패러다임의 전환을 실험한다. 예술 형식의 새로움 없이 새로운 예술은 불가능하다.

90년대 중반 이후, 젊은 작가들을 중심으로 시작된 하이퍼텍스트 소설에 대한 형식 실험은 우리의 문화가 디지털 문화로 이행되는 과정에서 일어난 문화적 대응방식이다. 시뮬라크르의 세계를 보여주는 송경아의 『책』(1996), 현실과 환상의 경계를 무너뜨리는 은희경의 『그것은 꿈이었을까』(1999), 디지털 사회의 판옵티콘적 통제를 경계하는 엄창석의 『황금색 발톱』(2000), 구술문화의 전통을 회복하려는 성석제의 『순정』(2000), 기억이식으로 인한 정체성의 혼란을 드러내는 윤대녕의 『사슴벌레 여자』(2001)와 같은 작품들은 디지털 시대의 문학적 징후를 보여준다. 그러나 이들 작품들은 소재적 차원의 소설적 실험을 넘어서지 못하고 있다.

이와는 달리 디지털 세계의 사이버펑크적 특징을 그려낸 장태일의 『겨울 숲으로의 귀환』(1994)과 현실과 허구의 교묘한 통합을 시도한 박상우의 『카시오페아』(1997), 그리고 비선형적 미로 게임을 보여주는 김설의 『게임오버』(1997) 같은 작품들은 하이퍼텍스트적 형식 실험에 어느 정도 성공하고는 있지만, 내용과 형식의 부조화라는 한계를 드러낸다. 이들 실험소설들의 한계는 사이버 공간에서의 하이버텍스트적 글쓰기에 대한 정확한 이해가 선행될 때 극복될 수 있을 것이다. 이러한 한계를 극복하고 하이퍼텍스트의 특성을 보여주는 소설로 김영하의 『아랑은 왜』(2001)가 있다.

김영하는 지금까지 상상적인 감각의 세계를 능란하게 그려내 왔으며, 새롭게 변화·생성하는 현실의 질서를 반영해왔다. 그는 첫 장편 『나는 나를 파괴할 권리가 있다』(1996)에서 일상에 갇힌 현대인들의 지루한 삶을 '죽음의 미학'이라는 역설적인 방법으로 드러냈었고, 첫 창작집 『호출』(1997)에서는 지난 80년대 진보적 운동의 이면에 감추어진 '나르시시즘적 욕망의 편집증'을 신랄하게 비판하면서 반성의 길을 열어 보였다. 그리고 『엘리베이터에 낀 그 남자는 어떻게 되었나』(1999)에서는 각자가 자신의 길을 가면서 연대의 가능성을 모색하는 '성좌적 인식론'으로 변모하면서, 일상에 배어 있는 다양한 삶의 스펙트럼을 환상과 현실의 결합을 통해 보여주었다.

이처럼 그의 문학은 시대의 변화에 대한 전위의 감수성으로 대응하여 왔다. 여기서 분석할 『아랑은 왜』도 메타픽션, 전통서사의 해체, 경계의 소멸 등 포스트모더니즘의 기법을 도입하여, 전자문화의 핵으로 새롭게 떠오르는 하이퍼텍스트 형식을 취하고 있다.

2. 이야기 화자와 경계의 붕괴

『아랑은 왜』는 중세의 살인사건을 배경으로 하고 있는 '아랑전설'을 토대로 창작된 근대적 탐정추리소설 <아랑이야기>와 그 현대적 버전인 <영주이야기>, 그리고 작품 결말에서 <영주이야기>의 주인공 '박'이 쓰는 새로운 『아랑은 왜』라는 세 개의 이야기가 유기적인 의미망을 형성하면서 전개되는 복잡한 구조의 하이퍼텍스트 소설이다.

작가는 전근대적 '아랑소설'을 근대소설의 <아랑이야기>로 재구성하기 전에 소설의 창작과정을 상세하게 서술함으로써, 『아랑은 왜』가 전통서사와 다르게 전개될 것임을 암시한다. 이를 위해 작가는 허구적 세계에 대한 그 어떠한 사유도 허구일 수밖에 없다는 '가짜 사실주의'를 도입한다. 가짜 소설 『정옥낭자전』과 가짜 역사자료, '아랑전설'과 가짜 역사자료와의 우연적 일치는 현실의 세계가 견고한 기반 위에 서 있지 않음을 보여준다.

근대소설은 이야기의 핍진성을 1인칭이나 3인칭의 관점에 국한된 방식으로 독자에게 강요하는 경향이 있다. 그러나 세계가 무수한 관점들로 구성된 가상의 공간이라면, 1인칭이나 3인칭처럼 하나의 일관된 관점이 아닌 여러 관점을 포괄하는 제3의 관점이 필요하다. 만약 『아랑은 왜』가 중세의 '아랑전설'을 토대로 한 근대적 탐정추리소설 <아랑이야기>로만 되어 있다면, 소설의 화자는 1인칭 혹은 3인칭으로 충분할 것이다. 그러나 『아랑은 왜』는 세 개의 이야기가 복잡하게 얽혀 있는 다층적 구조로 되어 있다. 작가는 이러한 복잡한 구조의 문제를 해결하고, '아랑'을 통해 시대를 넘어서는 공통된 의미망을 구축하기 위해 다음과 같은 소설적 장치를 마련한다.

> 예를 들어 작가는 역사소설의 서두에 현대의 이야기를 배치함으로써 이 소설의 화자가 역사 '바깥'에 있음을 보여주고 그의 시선으로 역사적 사건을 보게 하겠노라고 선언할 수 있다. 또는 영화 <은행나무침대>처럼 과거와 현재를 넘나들게 할 수도 있다.
> 이전에 내가 그런 방식으로 구상했던 아랑 이야기의 서두는 이랬다.

한 작품에서 중세·근대·현대의 이야기를 하나의 구조로 묶는다는 것은 쉬운 일이 아니다. 형식 위험도 따르겠지만, 무엇보다도 화자의 문제가 중요하게 대두된다. 작가는 '역사소설의 서두에 현대의 이야기를 배치'하여 화자를 '과거와 현재를 넘나들게' 함으로써, 중세·근대·현대의 이야기를 하나의 구조로 엮어낸다. 그러나 시공을 초월하여 전개되는 소설은 예기치 않은 장소에 불쑥불쑥 나타나는 귀신 이야기 아니면 판타지가 될 수밖에 없다.

그렇기 때문에 소설이 소설다움을 유지하면서 전개되려면, 독자와의 합의를 이끌어낼 수 있어야 한다. 이를 위해 작가가 선택한 방법은 작품 전체를 지배하는 '우리'라는 복수화자의 설정이다. '우리'라는 복수화자의 도입은 근대소설의 등장인물들이 보여주는 분열양상을 넘어서려는 개성적 주체들의 창조적 충동을 보여주고자 하는 작가의 전략이라 할 수 있다.

각 장(章)의 종결어미를 나타내는 '…하여야만 한다.', '…로 하자.', '…게 좋겠다.', '…고, 적는다.', '…니까 말이다.', '…어떨까?', '…법이 없지요.', '…것이 좋겠습니다.' 같은 표현들은 독자를 작품 속에 끌어들임으로써 작품을 열린 텍스트로 만드는 효과를 가져온다. 이것은,

고소설의 '각설하고'라는 장면전환의 장치처럼, 시간을 압축하면서 독자의 상상력을 자극한다. 이러한 수사적 특징은 서술적으로는 해방적이지만, 형식적으로는 억압적인 근대소설이 가지고 있는 내적 한계를 넘어선다. '우리'라는 복수화자는 독자의 목소리를 집약한 것으로, 근대소설이 자신의 기법적 한계 때문에 도달할 수 없었던 새로운 세계를 열어 보인다. 이 화자는 정체를 밝히지 않은 수많은 목소리들이 텍스트에 참여할 수 있는 가능성을 열어주면서 등장인물, 작가, 독자를 동일선 상에 놓아 각각의 경계를 허물어뜨린다.

경계의 붕괴는 소설과 현실의 구분을 지워버린다. 이렇게 하여 작가는 세상의 무대를 관람하는 관객이 되고, 독자는 세상의 이야기를 쓰는 저자가 된다. 여기서 이질적인 다양성의 세계를 지향하는 개성적인 목소리의 대화자들은 사이버스페이스 극장에서 놀이하는 카니발의 참여자이며, '하이퍼텍스트를 쓰는 독자(wreader)'라고 할 수 있다.

작품의 결말에서 이야기를 어떻게 끝낼 것인가에 대해, 화자와 등장인물들 간에 보여주는 다양한 대화의 시도는 소설의 총체적 진실을 둘러싼 지적 조난의 함정과 그것을 벗어나려는 심미적 모험 사이에서 분열되기 쉬운 근대소설의 한계를 넘어선다. 그동안 근대작가들은, 몇몇 작가들 제외하고는, 전설이나 민담의 특징인 이야기꾼과 그 청자들의 대화를 소설 속에서 추방했다.

『아랑은 왜』에서 보여주는 다양한 대화적 시도야말로 하이퍼텍스트 소설의 특징을 보여준다. 이러한 특징은 작가가 중세적 유산인 '아랑전설'을 근대소설로 재생산하고, 다시 그 위에 포스트모더니즘의 기법들을 덧씌움으로써, 자신이 생산한 바로 '그 지식'을 비판하는 대목에서도 나타난다. 이것은 작품의 결말에서 '아랑의 유령'으로 나타나는 '16세 소녀'와 '박'과의 대화를 통해 드러난다. '아랑의 유령'은 '박'에게 '소설책을 읽고 있는 그 여자'는 예감으로 전달되는 '여우의 울음소리'를 들을 수 없다고 말함으로써, '지금－여기'의 시공간에 함몰되어 있는 근대소설을 비판한다. '우리'라는 복수화자는 이처럼 근대소설의 내부에서 저자가 지니고 있는 중앙집권적인 특성들을 현실과 환상을 가로지르는 정신의 위상학적 시공간 속에서 해체한다.

3. 두 개의 텍스트와 유령의 시간

『아랑은 왜』에서 <아랑이야기>와 <영주이야기>는 Ａ－Ｂ－Ａ－Ｂ－Ａ－Ｂ 식의 병렬적 대위법으로 전개되며 '서사적 화음'을 구축한다. 시대를 달리하는 두 이야기는 거울처럼 서로를 반사시키고 융합하면서 역동적인 사회적 콘텍스트를 만들어낸다. 두 이야기의 시간은 정반대로 진행된다. <아랑이야기>의 서사는 근대소설의 선형적 시간 속에서, <영주이야기>의 서사는 메타픽션의 비선형적 시간 속에서 전개된다. 한쪽은 원인에서 결과로, 다른 쪽은 결과에서 원인으로 흐른다. 이러한 시간개념은 서로의 대극에서 반대쪽을 향해 수렴된다.

두 서사적 시간은 '박'의 꿈속에 '아랑의 유령'으로 나타난, 선운사에서 큰줄흰나비를 팔던 '16세 소녀'를 통해 만난다. 각각 다르게 흐르던 두 개의 시간은 현대 소녀의 모습을 한 '아랑의 유령' 속에서 환상적으로 만난다. 이렇게 하여 '아랑'과 '영주', 그리고 '16세 소녀'는 하나의 인물이 된다. 이 모자이크된 인물은 산 사람도 못 되고 죽은 사람도 되지 못하는 환상 속의 유령이자, 무의식적 욕망을 상연하는 환상 속의 연기자이다. 유령은 우리의 무의식 속에 감금돼 있던 피억압자의 회귀 혹은 내면적 공포의 출현이다. 추체 내부에 감추어진 두려운 낯설음의 세계 속에 나타나는 이러한 문학적 유령은 언제나 이중적 메타포로 나타난다. 이것은 부재를 현존 속에 불러들여, 메타포적 존재와 부재를 동시에 보여준다.

> "사람이 아니로구나."
> "아무려면 어떠려구요. 대(竹)는 속에다 바람을 채우고 바람을 불어요. 자기 속에다 바람을 채우지 못하는 나무들은 바람과 싸워야 하지만 대나무는 그렇지 않아요. 대는 안이 곧 밖이고 밖이 곧 안이어서 바람이 불어도 맞서지 않지요. 그저 흔들리면서 노래를 불러요. 속이 다 비거든 내 얘기를 써봐요. 장어가 되어버린 여자는 잊어요. 쓰는 사람은 써야지요."
> "이름이 뭐니?"
> "아주 오래전에 밀양 살던 아랑이지요."
> "나는 너를 모르는데."
> "당신은 나를 알아요. 아니, 알게 되는 건데, 아는 것과 마찬가지예요. 나는 두 번 묻혔지요. 대숲에 한 번. 그리고 양지바른 산마루에 한 번. 아, 대숲이 더 좋았는데, 하기야 그런 게 무슨 소용이겠어요."

'박'의 꿈속에서, '아랑의 유령'으로 등장하는 '16세 소녀'와 '박'의 이 대화는 <아랑이야기>와 <영주이야기>를 하나의 텍스트로 통합한다. 꿈이란 무엇인가? 꿈은 주체가 자신의 욕망을 계속 유지할 수 있게 해주는 환상의 영역으로, 꿈꾸는 자가 그렇게 되기를 바라는 무의식적 욕망의 분출이 아닌가! 여기서 '아랑'은 무의식적 욕망의 상징적 기표이다. '이상사'의 꿈에 나타난 '중세의 아랑'은 그에게 자신의 억울한 죽음에 대한 해원(解冤)을 요구하지만, '박'의 꿈에 나타난 '현대의 아랑'은 그에게 해탈(解脫)을 유혹하며 자기 이야기를 써 줄 것을 요구한다. 이처럼 '아랑의 유령'은 우리가 이미 알고 있는 익숙하면서도 진부한 일상적 세계를 낯선 타자의 세계로 변모시킨다.

꿈꾸는 자의 입장에서 본다면, 해원과 해탈은 각각 '이상사'와 '박'의 소원이다. '이상사'의 무의식은 '중세의 아랑'을 '우리 모두의 가슴속에 숨어 있는 은밀한 욕망, 그리고 죄의식'으로 치환하여, 우리 모두가 아랑살해의 공범자임을 폭로한다. 이와는 달리 '박'의 무의식은 '양지바른 산마루'보다 '대숲'이 더 좋았다고 말하는 '현대의 아랑'을 통해서, 거세되지 않은 인간 본능의 원시성, 야생성을 드러낸다. 그러니까 두 사람의 꿈은 무의식적 욕망의 얼굴에 드리워져 있는 죄의식과 의식의 가면 속에 숨겨져 있는 성적 욕망의 본질 사이의 거리를 나타낸다. 이 거리는 『아랑은 왜』에서 '아랑'과 '관노'의 사랑을 참을 수 없었던 '윤관'의 태도와 '영주'의 성적 자유로움을 견디지 못하는 '박'의 강박신경증 속에서 각각의 시대적 특징을 드러낸다. 그러나 이것은 시대적 기표의 거리라기보다는 무의식적 욕망의 거리이다.

여기서 '이상사'와 '박'의 꿈이 보여주는 두 개의 관점을 어떻게 이해해야 할까? 이러한 관점의 차이를 통해, 우리는 '중세의 아랑'과 '현대의 아랑'을 서로의 알레고리로 설정하여 그 현재적 의미를 밝혀보려는 작가의 의도를 읽을 수 있다. '아랑의 유령'은 이성적 인식의 본질과 한계를 드러낼 뿐만 아니라, 세계의 통제 가능성에 대한 근대적 이성의 오류를 비판할 수 있도록 해준다. 이 유령의 미학적 효과는 공포와 전율을 통해 죄의식과 성적 자유의 문제를 환기시킨다.

삶이 『장자』의 「호접몽」에 나오는 '나비의 꿈'같은 것이라면, 이러한 문제는 그로테스크하고 기묘한 모습으로 보일 것이다. 작가는 '아랑의 유령'을 통해 드러나는 해원과 해탈의 이율배반적인 모습 속에서 현대 여성들에게 원한을 넘어 자유의 상징으로 거듭날 것을 주문하고 있는 것은 아닐까? 그리고 공동체의 영원한 아이러니의 역설 속에서 '아랑'을 통해 인간의 부활을 꿈꾸는 것은 아닐까? 작가가 '두 개의 이야기'

를 통해 우리에게 전달하려는 작품의 이면적 메시지는 바로 이것일 것이다.

성적 욕망의 흔적인 '죄의식과 자유'는 <아랑이야기>와 <영주이야기>를 가로지른다. '아랑의 유령'은 시간의 한계를 초월함으로써, 모든 시간을 '지금 - 여기'의 현실적 시간뿐만 아니라 '이미 - 거기'의 현실적 시간뿐만 아니라 '이미 - 거기'라는 무의식적 시간 속에 위치지운다. 이를 통해 알 수 있는 것은 모든 역사적 진실은 '일어났던 사건'이 아니라 '일어났다고 판단하는' 우리의 생각에서 비롯된다는 점이다. 유령의 시간 속에서 모든 사물은 그들이 있어야 할 곳에 존재해 있는 시간적인 것이다.

이러한 시간 속에서 진보적, 선형적 사유에 기초하고 있는 근대소설의 토대는 붕괴되고, 새로운 서사의 흔적들이 그 얼굴을 내민다. 이것은 세계가 확실한 무엇에 근거를 두지 못한 상상의 산물이라는 것을 보여준다. 세계가 허구적 상상에 기초하고 있다는 관점은 김영하 소설의 지층을 흐르는 사유로 상상력의 복원을 추구한다. 하나의 차원으로 통합된 <아랑이야기>와 <영주이야기>의 교차서사는, 아랑전설을 통해 당시의 부패상과 함께 현대사회의 풍습과 정신 속에 내재해 있는 사회병리적 현상을 드러내면서, 성적 욕망에 대한 우리의 인식을 반성의 차원으로 인도한다.

4. 하이퍼텍스트와 새로운 서사

『아랑은 왜』는 내용적으로는 인간의 성적 욕망을 드러내는 하나의 은유이지만, 형식적으로는 하이퍼텍스트라는 새로운 예술형식을 취하고 있다. 중세·근대·현대의 공명적 울림을 만들어내기 위해 <아랑

이야기>와 <영주이야기>는 대위법적 교차서사로 전개된다. 이를 가능하게 하는 소설적 장치는 '서두' 편에 들어 있는 두 액자소설을 연결시키는 '박'이 쓴 <아랑이야기>이다. 이 '박'이 쓴 텍스트는 작품에서 <영주이야기>와 같은 것인지 아닌지 모호하게 처리되어 있다.

　이러한 작품의 구조는 현실세계와 소설적 허구 사이의 인과적 관계를 무너뜨리고, 독자를 혼란에 빠뜨린다. 그러나 혼란은 이미 <아랑이야기>를 시작할 때부터 예고된 것이다. 가짜소설 <정옥낭자전>과 <아랑이야기>에 합리성을 부여하기 위한 가짜 역사자료, 그리고 등장인물들에 대한 정보를 자세히 설명하지 않는 생략기법은 일반적인 소설 독자들을 당혹스럽게 하기에 충분하다. 실재의 기호를 실재 자체로 대치하는 하이퍼리얼리티의 세계를 보여주는 이 '가짜 사실주의'의 마술적 인관성은 언어의 논리적 구조에 균열을 일으키면서도 오히려 현실 인식을 심화시키는 교란의 수사학을 만들어낸다.

　『아랑은 왜』가 하이퍼텍스트로 씌어지지 않았다면, 단순한 탐정추리소설에 불과했을 것이다. 그러나 이야기의 전환점마다 렉시아(lexica)의 다양한 서사경로를 열어보임으로써『아랑은 왜』는 탐정추리소설의 한계를 넘어선다. 렉시아와 링크(link)의 관계는 마치 뉴런과 시냅스의 관계와 비슷하다. 여기서 무엇보다 중요한 사실은 보르헤스의 「허버트 쾌인의 작품에 대한 연구」에서처럼 이야기의 병치구조를 통해 다음 이야기로 나가고, 다음 이야기의 병치 구조에서 그 다음 이야기로, 이야기가 끝없이 진행된다는 점이다. 이러한 서사구조는 지하철을 탔을 때와 못 탔을 때 주인공의 인생이 다르게 전개되는 서사구조를 보여주는 영화 『슬라이딩 도어즈』나, 세 개의 결말구조로 주인공의 다양한 선택을 보여주는 존 파울즈의 메타픽션『프랑스 중위의 여자』를 무수히 연결해 놓은 것과 같다.

사실 책을 통해서 복잡한 하이퍼텍스트를 구성하기란 거의 불가능하다. 그러나 하이퍼텍스트의 가능한 모델은 보여줄 수 있다. 작품 전체의 렉시아와 링크의 관계를 서술하기에는 지면의 제약 때문에 불가능하지만 <아랑이야기>만을 살펴보면 다음과 같다. 작가는 이야기를 진행하기 전에 시점의 문제를 제기하면서 '이상사(사또) ─ 조유(어사) ─ 김억관(의금부의 낭관)'의 렉시아를 제시한다. 작가는 이 세 개의 렉시아 가운데 '김억관'을 선택하고 탐정의 임무를 부여한다. 다음은 아랑의 살인자로 '통인 ─ 관노 ─ 제3의 인물'의 렉시아가 제시되고, '관노'가 선택된다. 시체유기 장소로는 '북 ─ 고목 ─ 대밭'의 렉시아가 제시되고, '대밭'이 선택된다.

　이야기가 절정에 이르자 '어사'가 수사를 방해한다. 여기서 다시 '김억관'에게 '정의의 길 ─ 타협의 길 ─ 무미건조한 길'의 렉시아가 부여되고, '정의의 길'이 선택된다. 이후의 렉시아는 없다. 여기까지 작가가 링크한 렉시아는 '김억관 ─ 관노 ─ 대밭 ─ 정의의 길'이다. <아랑이야기>가 하이퍼텍스트적 구조로만 전개된 것은 아니지만, 이 같은 구도로 짜여진 것은 분명하다. 그러나 이러한 과정은 <아랑이야기>를 전개하기 전에 이미 모두 검토되었다. 작가는 이러한 문제점에 대해 다음과 같이 적고 있다.

　　이쯤에서 짚고 넘어갈 것이 있는데, 그것은 우리가 아랑의 전설을 토대로 어떤 이야기를 새롭게 쓸 수 있을까를, 단지 탐색하고 있을 뿐이라는 것이다. 우리는 이 책의 끝까지 여러 자료들을 검토하고 그것을 통해 이야기를 구성하는, 일종의 퍼즐 게임을 계속하게 될 것이다. 누군가는 우리의 책을 바탕으로 새로운 아랑의 이야기를 쓰게 되겠지만 적어도 우리의 책 안에서 이야기의 종결은 없다.

여기서 알 수 있는 것은 『아랑은 왜』가 '아랑의 전설을 토대로 어떤 이야기를 쓸 수 있을까를 단지 탐색'하는 소설에 대한 소설쓰기를 보여주는 작품이라는 사실이다. 이 진술은 『아랑은 왜』가 순환적 구조의 메타픽션적 하이퍼텍스트임을 의미한다. 하이퍼텍스트는 개별적인 렉시아를 링크로 연결하여 개방시킨다. 모든 링크들은 렉시아를 분리함과 동시에 연결한다. 이러한 이중효과는 하이퍼텍스트가 병렬과 연쇄, 그리고 조합을 생산하는 방식 속에서 나타난다.

하이퍼텍스트 구조를 이해하고 있지 못하면, 사실 독자들은 『아랑은 왜』를 읽을 때 어리둥절해질지도 모른다. 하이퍼텍스트는 독자가 선택하는 렉시아에 따라서 시간의 표면 아래서 모험을 기다리는 숨겨진 이야기들을 현재화시킨다. 그렇기 때문에 하이퍼텍스트 독자는 언제 어디서나 렉시아를 발견하고, 그 후 이야기가 어떤 렉시아로 전개되는지, 그리고 링크들을 통해 새로운 렉시아에 도착했을 때, 왜 그곳에 이르렀는지를 이해할 수 있어야 한다.

『아랑은 왜』의 하이퍼텍스트적 특징은 아이러니와 역설을 만들어낸다. <아랑이야기>와 <영주이야기의>의 교차서사는 아이러니를 생산하고, 여러 렉시아들에 의해 전개되는 서사구조는 역설을 드러낸다. 아이러니 쪽에 초점을 맞추면 '아랑'의 의미가 부각되고, 역설에 초점을 맞추면 하이퍼텍스트의 구조가 드러난다. 아이러니가 깊이를 옹호하고 그 이면에서 의미를 만들어낸다면, 반대로 역설은 깊이를 추방하고 사물의 표면에서 고정된 의미를 뒤흔드는 언어의 전개로써 나타난다. 그러니까 『아랑은 왜』에서 발생하는 아이러니는 깊이와 높이의 거리에 대한 근대적 원근법을, 역설은 홀로그램의 다차원적 소성(塑性)을 보여주는 '압축－재현'의 현대적 원근법을 보여준다. 이러한 역설의 구조는 작품의 결말에서 분명히 드러난다.

토끼에게 상추를 다 먹인 후, 그는 책상 앞으로 돌아가 컴퓨터를 켜고 자판을 두드리기 시작한다. 우리는 그가 이제야 비로소 쓰기 시작하는 소설의 첫머리를 알고 있다. 그 글은 아마도(우리가 익히 예상하고 있는 바와 같이) 이렇게 시작될 것이다.

'박'이 '이제야 비로소 쓰기 시작하는 소설의 첫머리'에는 『아랑은 왜』의 최초의 문장이 놓여지고, 새로운 『아랑은 왜』가 다시 씌어진다. 여기서 『아랑은 왜』는 시작과 종말, 입구와 출구, 안과 밖이 없는 뫼비우스의 역설을 만들어내고, 독자는 이미 2차 독서를 시작한다. 이것은 마치 돈키호테가 『돈키호테』의 독자가 되고, 햄릿이 『햄릿』의 관객이 되는 것과 같다. 이러한 관계는 새로운 다중적 서사와 교차서사를 준비한다. 이 순환적 고리를 통해 '박'에 의해 다시 씌어질 『아랑은 왜』의 다른 버전은, 모든 서사의 가능성을 열어보이는 하이퍼텍스트의 구조 속에서, 수많은 이야기 가운데 하나의 경로를 따라, 지금까지와는 전혀 다른 이야기를 만들어 낼 것이다. 이러한 형식적 구조는 하이퍼텍스트의 되먹임 구조와 탈종말적인 세계관을 잘 보여준다.

작가는 분명 없는 것을 만들어내는 창조자가 아니다. 제임스 조이스가 『피네건의 경야』에서 '나의 소비자들이 나의 생산자들'이라고 진술하였듯이, 작가는 보이지 않게 어떤 것을 향해 있는 독자(시대)의 욕망에 따라 자신의 텍스트를 생산할 뿐이다.

5. 새로운 서사를 위하여

많은 사람들이 종이책의 위기를 이야기한다. 그러나 종이책은 사라지지 않을 것이다. 문화의 발전사를 보면 새로운 형식의 출현에도 불구하고, 모든 매체는 자신의 고유한 기능과 영역을 특화하여 발전을 거듭해 왔다. 사진이 탄생했을 때 전통적인 회화가, 영화가 등장했을 때 사진이, TV가 생산되었을 때 영화가 그랬던 것처럼. 오늘날 하이퍼텍스트의 출현과 더불어 '소설의 위기'를 이야기하는 논자들이 늘고 있지만, 이것은 새로운 문화형식에 걸맞은 작품을 생산하지 못하는 문학적 현실에 대한 염려의 목소리일 뿐이다.

현대소설사에서 『아랑은 왜』는 매우 낯선 작품이다. 지금까지 한국현대소설은 이렇게 정교하고 복잡하게 짜여진 하이퍼텍스트 작품을 가져보지 못했다. 『엘리베이터에 낀 그 남자는 어떻게 되었나』 이후 2년 만에 출간된 김영하의 소설은 '비상구'를 찾은 듯하다. 하이퍼텍스트의 관점에서 본다면, 이 '비상구'는 비단 작가만의 것이 아니라 한국현대소설의 '비상구'라고 할 수 있다. 작품에 나타나는 텍스트의 '분산성', 등장인물들의 '다성성과 대화성', 작품구조의 '비선형적 순환성'은 분명 하이퍼텍스트의 특징을 보여준다.

'미디어가 메시지'이듯, 우리는 형식과 내용이 결코 분리될 수 없는, 형식 자체가 곧바로 메시지가 되는 시대에 살고 있다. 이렇게 이해하고 나면, 작가가 『아랑은 왜』를 '열린 텍스트로의 닫힌 종결'로 끝내지 않고, 끝없이 새롭게 전개되는 '열린 텍스트의 열린 종결'로 끝낸 의도를 읽을 수 있다. 이것은 사회·역사에 대한 작가의 정치적 무의식, 즉 열린 사회의 개방적 인식지평을 넓히기 위한 작가의 욕망을 드러낸다. 그러나 이 작품은 독자에 따라 문화의 연속선 아래에서 독자의 기대지평에 부응하는 '읽기 텍스트'로 읽을 수도, 모든 규범적인 것을 전복시켜 문화와 역사로부터 독자를 혼란에 빠뜨리는 '쓰기 텍스트'로 읽을 수도 있다.

언어는 역사적이고 변형가능한 것이지만, 그 사유의 힘을 복수화하고 다양화하는 데는 새로운 예술형식에 어울리는 새로운 언어의 생산이 필요하다. 종이책에서 전자책으로 변화하는 문학적 현실에 대한 새로운 소설적 실험과 지적 모험을 보여주는 『아랑은 왜』는 하이퍼텍스트 소설에 맞는 새로운 언어가 무엇인지 잘 보여준다. 앞으로 당분간 『아랑은 왜』는 전자문화의 언어를 생산하는 데 알맞은 하이퍼텍스트의 소설 형식을 알리는 횃불의 징표로 그 전위적 역할을 하게 될 것이다. 작가는 지금 하이퍼텍스트 문화의 문학적 첨병 역할을 하고 있다.

일상성, 내면성, 테러리즘

－김인숙의 「양수리 가는 길」(1992), 오정희의 「파로호」(1989), 윤후명의
「원숭이는 없다」(1988)를 중심으로 －

1. 일상성의 시대

도시의 한적한 공원 숲 속에서, 대학교정의 구석진 장소에서, 어두운 한강의 둔치에서 욕망은 자신을 드러낸다. 후기자본주의 사회 속에서 인간의 욕망은 개인주의적 모습을 보인다. 사회로부터 억압당한 욕망은 항상 사회의 뒤안길에서 표현된다. 그러나 이런 장소에서의 욕망은 비도덕적 혹은 반문화적 가능성 때문에 사회적 감시의 대상이 된다. 주인이 나가기만을 기다리는 도둑처럼, 욕망은 일상성 속에 숨어 있다. 억압된 욕망은 도시공간의 어디에서나 불길한 시선을 타인들에게 보낸다. 스스로 타인들에게 그런 식으로 말을 걸면서도 사람들은 이러한 시선을 받으면 불쾌한 감정을 숨기지 않는다. 사회에 만연된 욕망에 대해서, 지배적 담론은 욕망을 개인의 도덕적 자율성의 문제라고 본다. 욕망을 제어하지 못 하는 사람은 병약한 자아의 소유자이거나 정신분열증 환자로 치부된다. 이리하여 욕망은 개인의 문제로 축소, 은폐된다. 문화의 권력자들은 욕망의 해소를 위한 다양한 통로를 가지고 있는 반면, 그렇지 않

은 사람들은 극소수의 출구만을 가지고 있다.

우리는 일상성이 시대정신이 된 현실 속에서 살고 있다. 일상인들은 자아와 세계의 간극 사이에서 끊임없이 희망을 미래의 유토피아로 연기시켜 왔다. 그러나 일상인들의 이러한 태도는 개인의 무능력에 있다기보다는 사회의 정치적 한계에서 기인한다. 일상인들은 사회 곳곳에 잠재해 있는 문화적 상징폭력을 벗어날 수 없다. 이 폭력의 무의식적 각인은 일상인에게 폭력의 공포를 주입시키기에 충분하다. 누적된 억압으로 인해 왜곡된 욕망은 해소의 방향성을 잃고 사회의 주변을 배회한다. 현대사회의 지배체제는 '일상성의 조직'을 자신의 토대로 혹은 목적으로 삼는다. '일상성의 조직'은 문화적 상징폭력을 통해 사회에 공포심리를 퍼뜨려 나간다. 이렇게 하여 사회는 일상성의 규칙위반자들을 지배한다.

일상인은 자아와 세계의 간극이 점점 넓고 깊어지는 현실적 아이러니에 직면하고 있다. 우리는 일상의 문화적 특성들이 갖고 있는 문화적 한계들을 이해해야 한다. 또한 그 속에 숨어 있는 지역성, 편협성, 특수성들을 세계성, 조화성, 보편성의 차원으로 끌어올리려는 문화적 노력을 추구해야 한다. 만약 우리가 이러한 노력을 중단하고 억압된 욕망을 직접적 외화를 통해 탈승화한다면, 인간의 의식뿐만 아니라 감수성까지도 재생산되어 상품화되는 후기자본주의적 모순을 극복하기 어려울 것이다. 일상세계의 모순 앞에서 소외된 주체들이 생산해야 할 언어는 이전의 어떠한 언어와도 다른 새로운 언어이다. 이 언어야말로 일상적 존재의 희망을 보증해준다. 우리는 억압된 욕망을 승화시켜야 하며, 그 뿌리는 '직접적 탈승화'의 한계를 넘어설 수 있고 감수성의 힘을 획득할 수 있는 문학에서 찾고자 한다.

김인숙의 「양수리 가는 길」, 오정희의 「파로호」, 윤후명의 「원숭이는 없다」의 작품에서 우리는 지배세력이 대중들에 대한 물리적 폭력의 지배형태를 문화적 상징폭력의 지배형태로 대체, 은폐하는 모습을 성찰해 볼 수 있다. 이 글은 같은 주제에 대해 세 작가의 작품들을 비교 분석함으로써 후기자본주의 사회가 보여주는 일상성과 문화적 상징폭력에 대한 징후적 읽기의 한 시도이다.

2. 일상성에 매몰된 주체의 위기 : 김인숙의 「양수리 가는 길」

변화하는 역사적 현실 앞에서 변화에 맞는 성숙성을 보이지 못 하는 사람들과 일상 속에 묻힌 채 물질적 욕망의 추구와 획득이 행복이라고 믿는 사람들은 일종의 '거짓 주체'이다. 이들은 사회가 '지배 − 저항'의 구조 속에 놓여 있음에도 불구하고, 이것을 '물질 − 행복'의 구조로 인식함으로써 물질적 행복을 유일한 희망으로 삼으려 한다. 김인숙의 「양수리 가는 길」은 일상성에 매몰된 주체의 위기를 삶의 반성을 통해 보여주는 작품이다.

평범한 일상적 삶을 살아가는 '오대리'는 돌아오면 과장자리가 보장되는 동남아 오지로의 3년간 파견근무에 대한 꿈을 갖고 있다. 파견근무는 회사 내의 치열한 경쟁에서 언제 밀려날 지 모르는 불안한 자리를 지켜줄 승진의 확실한 보증수표이다. 삼십대 중반을 넘긴 오대리의 파견근무에 대한 욕망의 근원에는 대학생 때 꿈꾸었던 아름다운 영혼의 이상을 상실하고 소시민으로 전락한 일상에 찌든 추한 자신의 모습이 자리잡고 있다. 그는 대학시절 가두시위로 연행되어 보름간 구류를 살면서 '삶은 적당한 수준에서의 타협만으로도 안락하고 쾌적할 수 있다는 것'을 배운다. 여기에 삶의 환멸을 느껴 새벽버스를 타고 속초로 가는 도중에 온몸을 전율시키는 '양수리의 물안개'를 보게 된다. '양수리의 물안개'는 그후 자유의지의 선택을 빼앗긴 상실의 세월과 일상성의 탈출을 뜻하는 희망의 기표가 되었다. 오대리가 물안개의 기억을 떠올리는 근원에는 현실의 참담한 상황이 놓여 있다.

> 삼십의 절반이 넘어버린 나이에 이르러 그는 불현듯 자신이 출구를 찾을 수 없는 궁지로 몰려가고 있는 것 같은 느낌에 빠졌다. 이렇듯 속절없이 살아간다는 것이 결국엔 죄악이 될지도 모른다는 절박한 생각 때문이었다.

자신도 모르게 이상의 가능성을 잃어버린 의식이 보여주는 태도는 일상에 자신을 송두리째 빼앗긴 절망적 모습이라 할 수 있다. 오대리의 동남아 오지에 대한 환상은 순전히 현실에서 실현할 길 없는 잃어버린 과거의 희망에 대한 것들이다. '출구를 찾을 수 없는 궁지'에 몰린 일상의 의식이 상상하는 일상의 탈출은 상실에 대한 보상심리, 즉 풍요에 대한 거짓주체의 환상이다. 중산층 정도의 경제력으로 하인도 둘 수 있고, 골프도 즐길 수 있으며, 동남아의 풍물여행도 할 수 있다는 소외된 주체의 반대급부. 즉 해외파견근무를 통해서 지배문화는 개인의 문화적 생활에 대한 부당한 대우를 다른 문화권에서 보상해줌으로써 개인들이 가지고 있는 그들에 대한 적의를 감쇄시킨다. 여기서 일상의 개인들은 지배문화에 적의를 품으면서도, 그것을 자신의 이상으로 삼는 거짓주체의 모습을 보인다.

오대리의 아내는 어떠한가? 파견근무를 놓고 고민하는 남편의 숨은 의도를 모른 채, 운전면허를 따면 남편의 차를 소유하려는 그녀는 일상에 빠져 있는 허위의식이다. 이러한 허위의식은 그녀가 경영하는 '이미테이션 액세서리점'에서 물건을 훔친 도둑여대생을 대하는 태도에서 잘 나타난다.

아내는 자기 가게에서 좀도둑질을 하던 여대생 하나를 붙잡
은 사건이 있었다. 아내는 자신의 모교이기도 한 서울의 여자대
학교 앞에서 이미테이션 액세서리점을 하고 있었는데 워낙 손님
들이 빈번히 들고 나니까 심심찮게 물건을 도둑맞곤 하는 모양
이었다. …… 아내는 도둑이 일류여대의 여대생이란 사실 때문
에, 그 여대생이 자신의 후배라는 것 때문에, 그리고 그 여대생이
너무나 말짱하게 생긴 것 때문에, 그 여대생이 자신으로서는 이
제 억만 금을 주어도 실수가 없는 가능성투성이의 나이라는 것
때문에, 하여튼 미친 듯이 흥분을 했다.

오대리 아내는 여대생의 범죄에 대한 죄의 유무는 묻지 않는다. 도둑
여대생에 대한 그녀의 태도는 꿈많았던 젊은 시절의 가능성들을 현실에
빼앗긴 자의 한풀이로 드러난다. 여대생이 액세서리를 훔치는 행위는
유행의 의사추종이다. 그녀는 유행을 따를 수 없다. 유행은 상류층 인사
들의 일상이다. 그렇기 때문에 가난한 자들은 이미 유행이 아닌 유행,
즉 의사유행의 모방자로 머물 수밖에 없다. 유행은 자기부정의 능력에
의해 생명력을 유지하며, 일상을 배제하면서 일상을 지배한다.

도둑질에 대한 도덕적 판단과는 상관없이 여대생과 팔찌가 너무나 잘
어울린다고 생각하는 오대리의 미적 판단이나, 젊은 순경들이 도둑 여
대생과 눈을 맞추며 짓는 묘한 표정 속의 내밀한 욕망은 자본에 대한 하
나의 냉소적 표현이다. 여대생과 자신을 단순히 비교하면서 '난 어쩌다
이런 아줌마가 됐지?'라는 오대리 아내의 표현은 중년 여인의 삶에 대
한 넋두리 이상의 의미가 없다. 인간은 변모하는 생의 현실에 맞게 정신
의 성숙성을 길러 나가야 하는데, 오대리 아내의 의식은 지나간 가능성
의 시간에 고착되어 있다. 이러한 현실의식은 후기자본주의의 일상성
이데올로기에 갇혀 있다. 이데올로기는 스스로를 이데올로기라고 말하
지 않는다. 말하지 않는 것은 허위의식을 숨기기 위해서가 아니라 자신

을 이데올로기로서 인식하지 않기 때문이다. 현실의 비극성은 그 현실이 끊임없이 반복되고, 반복되는 일상성의 세계 속에서 우리가 살고 있다는 데 있다. 그리하여 비극은 일상이 되고 자연스럽게 사람들의 무의식을 지배하게 된다.

오대리에게 '양수리 가는 길'은 일상을 넘어 참된 삶으로 가는 희망의 길이지만 결국 일상 속에서는 도달할 수 없는 상징이 되었고, '동남아 오지로의 파견근무'는 일상의 한계를 넘어설 수 없는 거짓주체의 욕망을 드러낸다. 반면 오대리 아내는 도둑여대생을 통해 자신의 잃어버린 청춘에 대한 돌아갈 수 없는 환상을 본다. 그러나 도둑여대생은 자본의 지배 앞에 놓여 있는 추상적 가능성의 시간일 뿐이다. 그러므로 추상적 가능성의 시간을 동경하는 오대리 아내의 의식은 불가능성의 시간으로밖에 볼 수 없는 허위의식이다.

「양수리 가는 길」의 비극은 더 이상 비극이 아니다. 그것은 일상성 자체이다. 우리는 이 작품에서 후기자본주의의 초입에 들어선 현실의 한 단면을 읽을 수 있다. 이 작품은 삶의 합목적성을 상실한 일상인의 심리학적 텍스트이다.

3. 글쓰기와 주체로 거듭나기 : 오정희의 「파로호」

글쓰기란 무엇인가? 글쓰기는 문자행위에 한정되지 않는다. 글쓰기를 문자행위에 한정하는 것은 글쓰기의 근본 목적에 대한 오해이다. 글쓰기는 인간이 생존하기 위한 혹은 삶을 향상시키기 위한 모든 행동적 기호이다. 최초의 글쓰기는 생존의 좌표였던 별들과 그 밑에 있는 특정 지역의 언덕, 나뭇가지 꺾어놓기, 조약돌 쌓기 등을 기억하는 행위였다. 최초의 글쓰기는 문명과 역사의 출발점이며 생존을 위한 자연의 강제에 대한 수용과 기억이었다. 글쓰기는 사회의 조직과 문명을 가능하게 하는 힘이고, 주체가 세계에 대한 자립을 성취하기 위한 조건이다. 글쓰기는 현실과 욕망을 끊임없이 분리시키고 재통합한다. 오늘날 글쓰기의 목적은 욕망의 기록을 통한 자기증명에 있다.

소설을 쓰고 싶은 욕망 때문에 4년여의 미국생활을 마치고 한국에 돌아온 '혜순'은 파로호로 여행을 떠난다. 여행의 목적은 자신의 사유와 세계가 '말의 질서 위에 세워져' 있다는 것을 깨닫고, 머리 속에서 잊혀지고 굳어가는 것은 '말이 아니라 말로써 표상되는 그 모든 것, 꿈 혹은 열망'이라는 억압된 것을 복원하기 위해서이다.

> 집 밖으로 나서는 것은 확실히 약속되어진 길, 미래의 세상으로 나아가는 길이었다. 지금 그녀는 지난날 그토록 기다렸던 숱한 내일에 도달해 있다. 다만 새로이 맞는 아침을, 문밖의 세상을 더 이상 미래라고 서슴없이 말할 수 없을 뿐이다.

미래의 세상으로 인식되던 '문밖의 세상'을 지금은 미래가 아니라고 말하는 모습에서 드러나는 차이는 무엇인가. 미래/미래아님으로 나뉘는 근원이 집밖으로 나서는 것이라는 의문을 풀어봄으로써 작품의 의미를 해석해 볼 수 있다. '혜순'이 미국생활에서 돌아와 처음으로 한 일은 지하철 역구내에서 즉석사진을 찍는 행위였다. 그리고 버스와 지하철을 바꿔타며 돌아 다닌 후, 신문을 사고, 올림픽 복권을 사는 소시민적 행동이었다. 이것은 더 이상 떠돌이가 아니라는 자기증명의 행위이다.

이 행위를 통해 우리는 혜순이 미국생활에 뿌리를 내리지 못하고 귀국하였음을 짐작할 수 있다. '이곳이 아닌 저곳, 보이는 곳보다 보이지 않는 곳'에서 세상을 보고자 하는, 새로운 삶에 대한 욕구 때문에 남편 '병언'을 따라 미국행을 결심했던 혜순의 미국생활은 거칠고 무미건조한 난장판이었다. 혜순이 겪은 일상은 커다란 고통이었다. 그때마다 혜순은 소설을 쓰고 싶은 충동을 느꼈고, 병언은 '묘한 웃음'으로 '자신의 내면을 드러내고 표현하고자 하는 혜순의 정직성'을 비웃는다. 병언의 비웃음에 대한 혜순의 반응은 전주인이 길렀던 고양이를 죽이는 행위와 파로호 여정에서 돌아온 후 4개월된 아이를 낙태시키는 행위로 표출된다.

일을 하러가지 않는 날이면 혜순은 숲으로 갔다. 주머니 속의 것은 점점 작아지고 청회색 피크닉 주머니는 빛이 바래 남루하게 늘어졌다. 더 이상 붉을 수도 푸를 수도 없이 퉁퉁하다거나 길다거나 형체를 말할 수 없이 해체되어 자루 속에서 악취가 풍기고 썩어가는 것은 고양이가 아니었다. 바로 자신의 내면에서 붕괴되고 부패해가는 그 무엇이었다.

그러나 파로호에서 돌아온 직후 혜순은 4개월 된 아이를 지웠다. 아이를 새로운 희망으로 삼기에는 현실의 나날들이 너무도 어둡고 불확실했던 것이다.

고양이를 죽이는 행위와 아이를 지우는 행위는 분명 광기와 범죄의 행위라 할 수 있다. 전자의 행위는 남편을 향한 '혜순'의 복수를 의미한다. 후자의 행위는 글쓰기의 욕망을 실현시킬 수 없는 상황 속에서 행하는 자기파괴의 흔적이다. 우리는 여기서 욕망의 실현을 위해서는 낯설고, 내면성에 대해서는 적대적인 현실 속에서 자신의 무능력밖에 드러낼 수 없는 절망하는 한 인간을 볼 수 있다. 사회적 생산력과 관련하여 지배 이데올로기는 성욕과 다산성이라는 도구를 통해 산아제한과 인구증가의 방법으로 개인들을 억압하고 통제한다. 전자의 경우에는 독신과 인공유산을 통해서, 후자의 경우에는 쾌락과 성욕의 분리를 통해 성과 다산성을 결합시켜 관리한다. 파로호를 다녀온 후 혜순이 행한 인공유산의 모습 속에서 전자의 희미한 그림자를 읽을 수 있다. 루카치는 소설 속의 범죄를 '아무 것도 아니거나 아니면 하나의 상징'이며, 또한 '영혼이 자기에게 도달하기 위해 거쳐야 하는 하나의 좁은 문'이라고 했다.

작가는 상징을 통해 생산적 여성성을 제거한다. 그래서 주체로 우뚝 서기만을 바라는 인간이 흉측한 몰골로 자기의 자아를 바라보게 한다. 우리는 이 '흉측한 몰골'의 모습을 일상인의 내면성이라고 부른다. 내면성은 자아와 세계 사이에 만들어진 건널 수 없는 강이며 불모의 한계성이기도 하지만, 생의 반성을 통해 주체적 존재로서의 열망을 실현할 수 있는 현실적 기반이기도 하다. 혜순을 통해 우리는 다음과 같이 문답할 수 있다. 지금까지 있어 왔던 가치는 정말 '가치있는' 가치인가? 그 답은 부정적일 수밖에 없다. 이제 가치의 전복만으로는 부족하다. 가치의 가치에 대한 의미의 전복만이 일상을 활력있게 할 수 있다.

> 회백색의 텅빈 거대한 골짜기와 물 마른 호수 바닥을 원혼처럼 할퀴며 떠도는 바람, 그리고 밑동을 헐어낸 채 황량하게 서 있는 산들은 낯설고 기이한 풍경이었다. 그러나 낯선 집의 문을 밀고 들어섰을 때의 그 낯설지 않음에 오히려 놀라듯, 물이 차 있을 때에는 물밑이 이러하리라곤 결코 상상할 수 없었음에도 불구하고 이 이상한 친숙감은 무엇일까. 호수 안쪽 깊숙이 들어갈수록 혜순은 카메라 렌즈를 조작할 때처럼 뭔가 불투명하고 불분명한 것들이 분명해지는 느낌이었다. 이러한 황폐함과 황량함을 글로 쓸 수 있으리라.

파로호에 도착하여 낯설고 기이한 호수의 풍경 속에서 느낀 '이상한 친숙감' 때문에 혜순은 자기배려와 자기인식의 고통을 끝내고 자기정체성의 길을 찾게 된다. 혜순은 파로호에서 나온 차돌에 새겨진 여인의 얼굴을 통해 '수만 년의 세월 뒤 흙을 털고 일어난 여인의 눈'으로 자기 실존을 증명하려는 글쓰기를 확신하게 된다. 이 글을 통해서 혜순의 글쓰기는 이미 완성되었다고 볼 수 있다. 「파로호」는 대화가 단절된 세계를 살아가는 한 인간의 존재이유를 묻는 작품이다.

4. **일상을 통한 역사적 좌표읽기** : 윤후명의 「원숭이는 없다」

일상적 개인들은 아무도 꿈을 꾸지 않는다. 현실에 충실할 뿐이다. 지배문화는 문화적 상징폭력으로 현실을 휘황한 일상성의 제국으로 만들어 사람들을 그 안에 가두고 길들인다. 여기에 길들여진 욕망은 삶에 대한 진지한 대결능력을 상실하고 일상성에 함몰되어 살아간다. 개인은 이제 삶 자체가 하나의 간극임을 경험한다. 우리는 이것을 <테러리즘>이라고 부른다. 파시즘 사회가 폭력을 노골적인 형태로 드러내 보인다면, 테러리즘 사회는 생활의 공포를 비가시적으로 드러내며 만연시킨다.

연출가 김형과 배우 김형, 그리고 나. 세 사람은 변두리 아파트의 정기 소독날 작은 공원에 모였다. 새로운 동네에 이사와 만나게 된 이들은 서로의 마음이 잘 통해 생활의 사소한 부분까지 대화하며 살아가는 사이이다. 그러나 어떻게 해서 살아가는지 경제적 사항을 묻는 질문만은 서로 금기시한다.

> 도대체 어떻게 해서 생활을 꾸려가나 하는 의문만은 무슨 금기처럼 서로 건드리려고 하지 않았다. 보릿고개가 없어지고 절대빈곤이 없어진 지 오래인 사회라고는 떠들어대도 그것과 상관없이 먹고 산다는 문제처럼 심각한 것이 어디 있단 말인가.

세 사람이 암묵적으로 외면하는 것은 가족을 부양해야 하는 가장의 의무에 대한 희미한 그림자, 그 무엇이다. 사회는 항상 사회적 의무를 개인의 자유보다 앞세운다. 세 사람은 가족에 대한 의무와 개인의 자유 사이에서 발생하는 갈등이 자신들의 무능력에서 기인한다고 생각하며, 그 치부를 드러내지 않으려 한다. 대화가 시들해지자 나는 두 사람에게 지난 가을 우연히 가본 '거모리 도일장'으로 원숭이 구경을 가자고 제안한다. 진짜 원숭이를 보고 우리가 진화해 온 역사에 대해 곰곰이 생각해 보자는 것이다. 연출가 김씨는 아내를 핑계로 '원숭이찾기'를 포기하고, 현실의 질서 속으로 돌아가고, 배우 김씨와 나는 '원숭이찾기'를 통해 일상의 탈출을 시도한다.

그러나 '거머리 도일장'에 원숭이는 없었다. 두 사람은 원숭이를 데리고 있는 약장수가 갔다는 '서해안의 황량한 개펄이 내려다 보이는 언덕'을 향해 간다. 언덕을 넘어 돌산 밑에 염전 마을에 이르자 괴괴한 정적만 흐른다. 그때 '낡은 작업복을 걸친, 키가 작은 사내'가 나타나서 원숭이는 없다며 '경고문' 이야기를 한다. 일몰 후 해안에서 '원숭이 암호'를 대고 돌아다니다간 간첩으로 몰려 총맞기 십상이라는 말을 듣고 '이 강산에 보다 깊게 침투돼 있는 흉측한 불신의 괴저'를 탓하며 그곳을 재빨리 떠난다. 돌아오는 길에 서로가 원숭이로 변해 있음을 확인하고 소스라치게 놀란다.

이러한 억압된 사회에 살고 있는 사람들은 두 부류로 나누어볼 수 있다. 한 부류는 사회의 억압을 통해 언어와 표상 사이의 괴리를 의식의 수면 아래로 내리누르고, 이 괴리를 현실의 행복감으로 대체하면서 살아간다. 다른 부류는 철저한 자기억압을 통해 자유로운 억압을 수행해 나가며, 사회적 억압이 제기능을 발휘하지 못하거나 그 억압이 약화되었을 때 자유를 위해 억압의 빈틈을 찾으려는 사람들이다. 그러나 두 부류는 전혀 다른 인간들이라 할 수 없다. 전자의 경우 사회의 억압은 주체적 욕망의 권력을 박탈하고, 진정한 주체를 자신의 적으로 만든다. 진정한 주체는 현실의 행복감이 거짓으로 판명날 때마다 억압하는 대상에 대해 반역의 눈을 뜨기 때문이다. 그러나 후자는 전자가 현실 속에서 누리는 자신의 삶이 거짓임을 깨닫기 전에 이미 그러한 삶을 살고 있었기 때문에, 전자의 삶이 왜곡된 현실의 내면화된 특성임을 다시 한번 확인할 뿐이다.

그렇다면 '원숭이'의 의미는 무엇인가? 원숭이는 '애초에 막걸리 한 잔에 달랠 수 있는 갈증에 해당하는 흥미'임에 틀림없지만, 세 사람에게 일상성의 지배 아래 놓여 있을 것인가, 탈출할 것인가에 대한 선택의 기표이다. 원숭이를 찾으러 가는 장소가 왜 동물원이 아니고 도시에서 떨어진 변두리 장터였을까? 동물원에는 그들이 찾고자 하는 원숭이가 없다. 동물원의 공간은 그들의 일상탈출을 도와줄 아무런 것도 제공하지 않는다. 그곳은 단지 억압된 욕망의 일시적 해방을 도와줄 수 있는, 화려하나 의미 없는 인위적 공간일 뿐이다.

그렇다. 그것도 아니었다. 만약에 우리가 원숭이가 되어야 했던 까닭을 알 수 있는 자가 있다면 그것은 저, 해를 타고 앉아 광활한 우주공간을 응시하는 거대한 원숭이뿐일 것이라고 여겨졌다. 그토록 우리는 어떤 힘에 의해 봉쇄되고 무력하게 되었으며 진실로부터 버림받았다……는 생각에 내 원숭이의 몰골은 더욱 볼썽사납게 보이리라 싶었다.

아무 말도 없이 우리는 앞을 향해 걸었다. 그가 몸을 앞으로 구부린 것처럼 나도 덩달아 몸이 앞으로 구부러졌다. 잘 보이지 않는 길을 더듬어 될수록 발걸음을 빨리하자니 자연 몸이 뒤뚱거릴 수밖에 없었다. 우리 둘은 극도의 공포에 쪼그라진 원숭이 얼굴을 하고 어둠 속을 허둥거리며, 그토록 우리가 벗어나고자 몸부림쳤던 일상을 향하여 거의 사력을 다해 달려가고 있었다.

두 사람은 원숭이를 찾아 처음 길을 떠날 때와 달리 해안에 도착하여 생활과 이념의 경계 아래에서 서로의 얼굴에 나타나 있는 일상에 길들여진 원숭이, 지배의 시선에 갇혀 있는 원숭이로 변모하고 만다. 두 사람은 서로의 모습 속에서 이념의 힘에 의해 봉쇄되고 무력하게 된 내면성을 읽자마자 공포의 기표 속으로 미끄러지면서 일상을 향해 전력을 다해 질주하게 된다. 결국 이들이 깨달은 것은 원숭이와 사람의 차이이다. 원숭이는 사람의 외면성이고, 사람은 원숭이의 내면성이다. 그 차이의 기의 속에 원숭이는 '없다 혹은 있다'를 판별할 수 있는 언어게임의 진실이 있다.

문화적 상징폭력에 의해 공포를 느낀 두 사람은 일상의 이면에 숨어 있는 자유를 포기한다. 가족에 대한 의무의 포기 혹은 포기되어진 자의 암울한 명랑성은 일상의 이면에 묻혀 있는 자유의 그림자를 상징한다. 그들을 둘러싸고 있는 일상의 모습은 인간에게 내적 필연성 없는 행동을 유발시키는 공허한 세계이며, 그 속에서의 삶은 의미 없다는 것을 역설적으로 보여준다. 일상으로 돌아간 그들은 다시 갯벌 저 너머의 세상에 있는 원숭이를 찾아 나설까? 아니면 '강요된 화해'의 일상 속에서 살아갈까? 답은 현실 속에서 찾을 수 있을 것이다. 이 소설은 '무의식적 식민지'인 일상의 현실 속에 잠재해 있는 문화적 상징폭력을 형상화하여, 이러한 일상의 지배방식에 대해 '지금 – 여기'에 살고 있는 사람들의 역사적 좌표를 성찰하는 작품이다.

5. 일상성의 극복을 위하여

일상성의 조직은 일상을 일탈하는 자에게, 사회의 지배적 이념을 거역하는 자에게 지배적 이념의 은폐된 목적성을 통해 직접적으로 말하지 않고 보이지 않는 시선의 힘으로써 억압한다. 일상성의 조직 속에 살고 있는 인간들은 아무도 거기에서 빠져나올 수 없다. 일상성의 사회는 사람들에게 관료적 의식을 주입함으로써 사람들을 일상성의 조직 속으로 끌어들이고 통합한다. 그렇게 하여 개인들은 일상화된 자기방식으로 사고하고 생활한다. 이제는 일상화된 개인들이 자기도 모르게 자기가 꿈꾸던 사회에 대한 희망을 포기하고, 자신의 현실적 의식을 보편적 사회 의식으로 인식한다.

후기자본주의는 일상성, 내면성, 테러리즘이라는 도구로 우리를 지배한다. 일상성의 평온은 행복으로, 내면성은 정신적 성숙의 지표로, 테러리즘은 개인의 자유를 보장하는 수단이 되어 눈에 보이지 않게 우리를 지배한다.

위에서 분석한 세 작품은 보편적 세계가 붕괴되었음을 잘 보여준다. 세계는 상대화되었으며, 상대화된 세계 속의 나는 이해되지 않는다. 이로써 타자와 연대를 이루는 삶의 공동체적 특성들은 분해되어 버린다. 그리하여 현실은 작은 집단의 이해만을 생각하는 컬트의 공간으로 바뀐다. 진실은 상실된 대상 자체를 회복하는 것이 아니라 상실된 대상에 대해 말하는 것이 된다. 현실 세계와 작품에서 생산되는 미학적 세계가 절대적 거리로 나타날 때, 그 세계는 아이러니의 시대라 할 수 있다. 작품이 사회에 대한 일상의 아이러니적 모습을 보일 때, 우리는 일상 속의 비극성을 읽을 수 있다.

현실이란 우리가 세계에 대해 품고 있는 사고의 일종이다. 우리는 일상성을 극복하기 위해 현실과 주체 사이의 모순 속에 있는 아이러니를 발견해야 한다. 아이러니스트는 자아와 세계 사이의 간극과 벽을 부수는 열쇠를 가진 사람이며, 우리를 새로운 세계로 인도하는 안내자다. 각자 문제 푸는 방식은 다르더라도 그것이 큰 문제가 안 되듯이 문화의 레코드판을 틀어 보면 음의 높낮이는 서로 다를지언정 거기서 울려 퍼지는 음색의 분위기는 서로 비슷하다. 우리가 절망적인 현실에서 그래도 일상성의 제국을 벗어나는 길은 스스로 아이러니스트가 되어 일상의 벽을 두드리는 것이다.

욕망을 넘어, 해탈로

― 김예나의 『유실물센터』(2005)론 ―

1. 삶 혹은 '그를 위하여'

사람들은 누구든지 자기만의 삶의 묘법을 터득하고 있을 터이다. 슬플 때나 기쁠 때나 사람들은 그 묘법에 의지해 살아간다. 김예나의 두 번째 소설집 『유실물센터』는 독자들에게 그 묘법의 세계를 대위법적 시선으로 열어 보인다. 그 이유는 주인공들의 삶과 죽음, 그리고 욕망의 형태를 다층적으로 보여주기 위해서이다.

첫 번째 작품집 『어둠아 바람아』(1998)에서도 그러한 징후를 읽을 수 있지만, 독자는 『유실물센터』에서 이전의 다른 작품보다 더 정교한 서사적 형상과 만난다. 작가는 항상 작품과 함께 새롭게 태어나며, 작품을 통해 전혀 다른 차원에서 자신이 지향하는 세계에 도달한다. 그렇기 때문에 한편으로는 작가가 작품의 근원이며, 다른 한편으로는 작품이 작가의 근원이다. 이 두 관계의 본질적인 규명은 작가와 작품에 대한 근본적인 대화 속에서 가능하다.

작가와 작품의 대화는 글쓰기의 본질을 구성한다. 그리고 글쓰기의 본질은 삶의 체험 속에 드러나는 일상적 대화의 의미를 밝히는 일이다.

이점에서 삶의 일상적 대화는 결코 개인적 차원에 놓여 있지 않고, 타자와 열린 대화가 가능한 공간에서만 소통된다. 그러나 김예나의 소설에서 삶의 일상적 대화는 단절되고, 소외되고, 배제된 형태로 나타난다. 소설의 주인공들이 삶의 자기정체성을 찾기 위해 몸부림치는 것도 그 때문이다.

> "하향 에스컬레이터에 몸을 싣고 여자는 문득 생각한다. 나는 지금 어디로 가고 있는 거지? 저기 에스컬레이터 손잡이 위 거울에 비쳐진 나는 실재하는 걸까, 아니면 깨어나지 못한 긴 꿈의 한 자락에 매달려 있는 걸까. 그러면서 여자는 자꾸만 발뒤꿈치를 물어뜯는 그 기억까지도 실재하지 않았던 악몽이었다고 우기고 싶다."(「그 여자의 한 주일」)

생활의 정신적 좌표를 잃어버린 <나>(여자)는 지금 자신이 어디로 가고 있는지 모른다. 거울에 비친 자신의 모습이 실상인지 허상인지, 삶의 호접몽(胡蝶夢)의 경계에서 혼란스러워 한다. 그렇다면 '자꾸만 발뒤꿈치를 물어뜯는 그 기억까지도 실재하지 않았던 악몽이었다고 우기고 싶'은 나의 욕망은 어디에서 비롯되었을까. 그 이유를 알려면 나를 추적하는 길밖에 없다. 나는 자기방식으로 짜여진 한 주일의 마지막 날(월요일)에 사진 전시회가 열리는 인사동의 한 갤러리를 찾아간다. 나는 그곳에서 그의 작품 '사람이 있는 풍경'을 관람하던 중 사진틀 유리에 비친, 나를 향해 팔을 내미는 <그>를 만난다.

> "뒤에 선 사람이 여자를 향해 팔을 내미는 것이 앞에 걸린 사진틀 유리에 비친다. 아니, 그가 언제 왔을까. 월요일 아침을 굳이 택한 것은 그가 이 시간이면 학교에 있을 거라는 확신 때문이었는데. ―중략―. 먼 훗날 나, 그대를 만나면 나 어떻게 인사하

리. 그냥 말없이 눈물로 맞이할까. ㅡ중략ㅡ. 그리고 아주 자연스러워 보이려고 애를 쓰면서 뒤를 돌아본다. 여전히 조용한 실내. 홀 가운데 석 줄로 늘어선 화분들이 그제야 여자의 시야로 들어온다. 꽃들밖에는 아무 것도 없다."(「그 여자의 한 주일」)

<그>는 <나>가 대학시절 사랑했던 사람으로, 현재 대학에서 학생을 가르친다. 그러나 내가 본 그는 현실의 인물이 아니라, 나의 환상 속에 출현한 그이다. 나는 '아주 자연스러워 보이려고 애를 쓰면서 뒤를 돌아'보지만, 갤러리 안에는 아무도 없다. 사실 나는 그를 만나기를 꺼려한다. 그래서 그가 학교에 있을 거라고 확신이 든 '월요일 아침' 일찍 갤러리를 찾았다. 이렇게 보면, 나의 환상은 신경증적 환상인데, 이것은 대타자가 나에게 무엇을 요구하는지에 대한 질문에 대답하는 방식이다. 나는 갤러리를 나서면서 집어온 리플릿 안에 들어 있는 그의 얼굴을 보면서, 그가 '살아있어 줘서' '그것도 아주 잘, 그리고 열심히 살고 있는 것'에 기뻐한다. 이 독백은 대타자의 요구에 대한 나의 대답에 해당한다.

그를 찾아가는 길은, 대타자의 수수께끼 같은 욕망에 대한 주체의 반응으로, 내가 삶의 의미를 획득하는 과정이다. 사랑했지만 이러저러한 사정으로 떠나보낼 수밖에 없었던, 나의 마음속에 살아있는 그는 결국 나의 아름다운 영혼의 어떤 시기의 모습이라 할 것이다. 그러나 아름다운 영혼은 자신의 장애를 세계에 투사한 자아에 대한 은유에 불과하다. 작가가 다른 작품에서 이것을 넘어 또 다른 세계로 나아가려 하는 이유가 여기에 있다.

"퇴근 시간이 한창인 지하철역은 사람들로 붐볐다.
땀과 비가 뒤섞인 역한 비릿한 냄새가 폭발할 것처럼 그들먹하게 들어찬 지하로 내려가면서 나는 빗물이 흐르는 우산을 접

었다. 그가 내 시야에 들어선 것은 바로 그 때이다. 십사 년이란
세월이 흘러갔음에도 나는 한 눈에 그를 알아보았다. 내게 있어
서 그는 아버지처럼 과거가 아니었다. 늘 내 영혼과 더불어 살고
있는 현재였다."(「세상 밖으로」)

<나>는 지하철역에서, 십사 년 전에 헤어졌던, 아버지가 아니었더
라면 내 아기의 아버지가 되었을 <그>를 만난다. 그는 지하철역 벽 포
스터 속에 그려져 있다. 나는 '유산된 아기의 핏덩이를 두 손에 움켜쥐
고 흐느껴 울던' 그를 생각하면서, 이렇게 '당당하게' 살아준 것에 감사
한다. 그는 "늘 내 영혼과 더불어 살고 있는 현재였다." 그러나 지하철
역에서 그의 포스터가 사라졌을 때, 나는 그가 더 이상 '현재'가 아니라
고 말한다. 우리는 이것을 어떻게 이해해야 할까. 라캉이 말하듯이, 말
은 주체 속에서 기원하는 것이 아니라 대타자 속에서 기원한다. 내가 그
를 마음속에서 지웠다면, 그것은 대타자의 욕망에 따라서이다. 그렇다
면 대타자의 욕망은 나에게 무엇을 주문했을까.

"나는 지금껏 이 방안의 일밖에는 아무 것도 모른 채 살아왔
다. 바깥세상을 궁금해본 적이 내겐 없다. 그런데 이 밤 불쑥 십
우도의 열 번째 그림 속의 사내가 어두운 방문 너머에서 서성이
는 걸 알겠다. 가슴을 풀어헤치고 먼지 묻은 얼굴엔 웃음이 가득
한 사내. 신선의 비결조차 쓸 필요 없이 그냥 저절로 고목에 꽃이
피게 한 사내의 얼굴이 창문 너머서 내게 연신 손을 흔들고 있는
거다."(「세상 밖으로」)

<나> 지금껏 바깥세상에 아랑곳없이 자신 속에 갇힌 채 살아왔다.
그런데 오늘밤 창문 너머에서 불쑥 생선장수 술장수 모든 사람들이 성
불할 수 있도록 도와주었다는 '십우도의 열 번째 그림 속의 사내'가 나

를 유혹한다. 대타자의 욕망은 나에게 <나의 그>를 잊어버리고, <만인의 그>를 위해 세상 밖으로 나갈 것을 요구하고 있다. 이렇게 하여 나는 '더듬더듬 어둠 속, 세상 밖으로' 화엄의 발길을 찾아나선다.

2. 욕망 혹은 '지우고 싶은 그러나 지워지지 않는'

모든 인간의 욕망은 대타자의 욕망이다. 그것은 타자의 욕망의 대상이 되려는 욕망이고, 타자에게 인정받으려는 욕망이다. 욕망은 요구가 욕구로부터 분리되는 경계에서 모습을 드러내기 시작한다. 김예나의 소설에서 욕망의 형태는 다양하다. 작가는 욕망 그 자체의 문제를 추구하기보다 가족의 관계 속에서 변형되고 굴절되는 욕망의 과정을 리얼하게 보여준다.

> "남편도 그가 드나드는 사회 안에서 이 낡은 틀니 같은 존재일까. 아내의 자리에서 능력을 인정받지 못한 남편의 분노와 좌절을 지켜보는 일은 고문이다. 결출하지는 않았지만 성실한 젊은이였던 남편의 의식이 나날이 조금씩 부식되어 가는 과정을 지켜보아야 한다는 건 죽음보다 더 처절한 고문이고 그 터널을 한 번씩 지날 때마다 내 의욕도 한 귀퉁이씩 무너져 내려앉곤 한다."(「유실물센터」)

사회적 인정투쟁에서 패배한 남편은 분노와 좌절로 가득 차 있다. 그러한 남편을 바라보는 <나>는 무기력하기만 하다. 남편의 욕망이 '나날이 조금씩 부식되어 가는 과정을 지켜'볼 때마다, 나의 욕망도 그것에 비례하여 '한 귀퉁이씩 무너져' 내려앉는다. 욕망은 충족을 위한 식욕도 아니고, 사랑을 위한 도구도 아니며, 요구로부터 욕구를 뺀 차이이다.

남편은 그 차이의 본질을 망각해 버렸다. 남편이 그것을 잊는 방법은, 엄마가 보는 앞에서, 나에게 자신의 성적 욕망을 해소하는 것이다. 결국 두 사람은 서로로부터 소외되고, 나는 나만의 세계에서 세상과의 소통을 모색한다.

> "하루 온종일 머리 위에서 엇갈리며 오가는 수많은 지하철처럼 살아 있음과 제 역할이 정지된 죽음, 감금과 자유, 잊혀짐과 그리움의 차이를 분별할 수 없는 이곳이야말로 어쩌면, 바로 내 삶 속의 무화과나무 아래인지도 모르겠다. 물론 하느님을 묵상해 본 기억이라곤 도무지 없지만 흘깃 스친 이 생각은 상당히 그럴 듯해서 나는 키 작은 자캐오가 그랬던 것같이 무화과나무를 기어올라 가지에 걸터앉았다. 그럴 것이라는 선입관 때문일까. 아주 조금 기분이 좋아진다."(「유실물센터」)

<나>의 직업은 지하철 유실물센터에서 사람들이 놓고 내린 물건들의 연락처를 찾고, 번호표를 달고, 그것들의 내역을 PC 안에 등재하는 일이다. 나는 바깥세상과 단절된 채 지하 2층 유실물센터를 꽉 채우고 있는 '유실물' 가운데 하나가 된 지 오래다. 그러나 역설적이게도 나는 이곳에서 사람들이 잃어버린 가방, 지갑, 핸드폰, 안경, 틀니 등 유실물을 통해 세상과 대화한다. '키 작은 자캐오'가 예수를 만나기 위해 비장한 각오로 '무화과나무'에 올라갔듯이, 나 또한 유실물센터를 '무화과나무'로 여기고 그 가지에 올라가 다시 세상 속으로 들어가려는 것이다. 고분 속의 부장품이 그 시대의 문화와 생활을 상징하는 얼굴인 것처럼, '유실물센터'의 모든 습득물들은 우리시대의 그것을 알려주는 또 다른 얼굴이다.

욕망의 실현은 채워지는 것이 아니라, 욕망을 재생하는 데 있다. 나에

게 '살아 있음과 제 역할이 정지된 죽음, 감금과 자유, 잊혀짐과 그리움의 차이를 분별할 수 없는 이곳'은 욕망을 실현할 수 있는 대타자(무화과나무)의 자리이다. 그러나 그 대타자의 자리는 '육신을 떠난 영혼들만' 살고 있는 네크로폴리스(죽음의 도시)가 존재하는 곳이다. 세상으로부터 버림받았다고 해서 욕망은 결코 사라지지 않는다. 욕망은 언제나 다른 것을 향한다. 그런 까닭으로 욕망의 대상은 끊임없이 변형되고 지연된다. 「유실물센터」의 나와는 전혀 다른 상황에 놓여 있는 「새가 되는 일」의 주인공을 살펴보자.

<영서>는 세상과 타협한 남편 덕택으로 물질적인 풍요를 누리지만, 늘 혼자 고독한 시간을 보낸다. 그 고독은 그녀에게 방화의 충동을 일으킨다. 그녀가 반 년 동안 이웃 사람들 몰래 일으킨 방화만 해도 현관 앞에 놓아둔 쓰레기봉투, 수도계량기, 엘리베이터, 주차장 장 쓰레기통 등 스물 한 차례나 된다. 어느 날 그녀는 또 다시 주차장 옆 쓰레기통에 방화한 후, 멀리서 치솟는 불기둥을 보는 순간 성적 흥분에 휩싸인다.

> "챙이 내려앉은 모자 속에서 얼굴의 표정은 쉽게 알아볼 수가 없다. 그 대신 갑자기 찍어 누르는 것처럼 달려드는 피로감을 이기지 못해 영서는 거울에 이마를 대고 눈을 감았다. 감은 망막 안으로 뻘건 불기둥이 다시 치솟았다. 뜻밖에도 그녀의 몸속에서 다시 여진이 스쳐지나갔다. 아아 – 영서는 아무도 없는 엘리베이터 안에서 혼자 진저리를 치며 신음했다."(「새가 되는 일」)

엘리베이터 안에서 감은 눈의 망막 안으로 '뻘건 불기둥'이 다시 치솟자, 그녀는 '아아 –' 신음소리를 내며 재차 관능의 쾌락에 빠진다. 여기서 '뻘건 불기둥'은 남근의 은유로 기능한다. 그녀의 방화충동은 남근에 대한 불안에서 비롯되었다고 볼 수 있다. 모든 욕망은 결여로부터 야기되는데, 이러한 결여 자체가 결여될 때 불안이 일어난다. 그러니까 그녀의 불안은 남근의 부재가 아니라, 싸서 감춰져 있는(남편을 일에 빼앗긴) 남근의 현존 때문에 발생한다.

결국 욕망(방화)의 이면은 죽음(재)이다. 죽음은 주인과 노예의 변증법에서 결정적 역할을 한다. 주인은 오로지 죽음에 대한 욕망에 의해 타자로부터 자신을 확인하기 때문에, 여기서 죽음은 욕망과 긴밀한 관계를 맺는다. 이처럼 김예나의 소설에서 죽음과 욕망은 하나의 짝패이다.

> "고추잠자리는 여전히 남편의 꽃상여차 주변에서 부닐고 있다.
> 내게 기대앉은 아들아이의 어깨에서도, 딸아이의 머리에서도 향냄새가 넘어 온다. 남편이 우리에게 남겨주고 간 죽음의 냄새다. 남편이 죽었노라는 소식이 우리 집 안으로 던져지던 그 아침에 나는 죽음의 냄새가 아닌 남편이 돌아온다는 기대감으로 한껏 부풀어 일찍 잠에서 깨어났다. 그날 저녁 여섯 시 이십 분 남편은 돌아올 예정이었다. - 중략 - .
> 집안은 어제부터 서두른 대청소로 말끔히 정돈되어 있었고 보름 동안이나 적조했던 나의 여성은 남편의 두 팔 안으로 농밀하게 녹아 흐르고 싶은 욕망으로 팔딱대었다."(「오늘 부는 높새바람」)

여기서 '고추잠자리'는 남근의 기표이면서, 동시에 남근에 대한 충동의 기표이다. 왜냐하면 '고추잠자리'는 '고추'(남근)와 '잠자리'(침대)로 분할되기 때문이다. '고추'는 남근의 상징이고, '잠자리'는 남근에 대한 충동이 발생하는 장소이다. 충동은 타대상(objet a)을 얻으려고 하기보다는 오히려 그것의 주위를 맴돈다. '고추잠자리'가 남편의 꽃상여차 주변을 부니는 모습은 바로 내 욕망의 충동이 죽음과 다르지 않음을 말해준다. 작품의 서사가 남편이 자살 했는가 타살 되었는가, 남편의 아버지가 월북 했는가 납북 되었는가 하는 이중기표의 강박신경증적 놀이로 진행된 것도 그러한 이유에서이다. 남편의 죽음에 대한 애도가 끝난 자리에 "이제 고추잠자리는 아예 보이지 않는다." 삶과 죽음은 늘 그렇듯이 살아남은 자의 몫이다.

3. 죽음 혹은 '해탈을 위하여'

김예나의 소설에서 죽음의 문제는 『어둠아 바람아』(1998)에서 『흰 소가 강을 건널 때』(2004)에 이르기까지 서사의 뼈대를 떠받치고 있는 주제이다. 『유실물센터』는 이 둘 사이에 놓여 있다. 그럼에도 불구하고 이번 작품집이 돋보이는 이유는 『흰 소가 강을 건널 때』가, 화가 이중섭(李仲燮)과 야마모토 마사코(山本方子)의 사선(死線)을 넘어서는 숭고한 사랑을 묘사하고는 있지만, 장편소설의 특성상 다채로운 주제를 보여주지 못하는 한계 때문이다.

『유실물센터』의 거의 모든 작품에는 죽음이 욕망의 춤을 추고 있다. 죽음은 주체 안에 존재하는 욕망의 다른 이름이다. 모든 욕망은 쾌락원칙을 넘어 사물과 과도한 향락을 꿈꾼다. 그래서 향락(jouissance)은 죽음으로 가는 통로이다. 그 충동들이 향락을 추구하여 쾌락원칙을 넘어서려 할 때, 모든 충동은 죽음의 충동이 된다. 정신분석의 관점에서 볼 때, 삶과 죽음은 결코 다른 이름이 아니다.

> "중풍으로 십삼 년을 고생하다 돌아간 친정어머니를 보면서 내가 가슴을 치도록 절실하게 느낀 것은 '어떻게 죽느냐' 하는 명제였다. 그러나 남편은 그렇게 말하지 않았다. '어떻게 살았느냐'가 곧 '어떻게 죽느냐'를 결정해 주는 척도라고 했다."(「산행

기(山行記)」)

인용문에서 보듯이, 사느냐 죽느냐? 하는 질문은 작가의 등단작인 「산행기」(1984)에서부터 추구되었던, 아주 오랜 문학적 숙제였다.

> "바람이 호수 위에 물비늘을 일으키며 지나가면서 드문드문 내려앉은 별들을 흔들어 깨웠다. 이따금씩 흰구름이 슬몃슬몃 흘러가기도 했다. 검은 앞산을 바라보며 그는 소리없이 외친다. 무엇을 낚을 것인가. 이 나이에."(「전별시(餞別詩)」)

이 문학적 숙제는, 「전별시」(1992)에서처럼, "무엇을 낚을 것인가. 이 나이에." 하는 질문으로 발전한다. 작가가 세월의 강과 마주서서 '낚을' 수 있는 것은 삶과 죽음의 넘어서는 해탈의 물고기(작품) 이외에 달리 무엇이 있을까. 때로, "난 분명히 살아있어! 난 엄마처럼 신의 심심풀이의 제물로 영혼을 놓쳐버리지도 않았고 남편처럼 자진해서 제 영혼을 내던져버리지도 않았다구!"(「유실물센터」) 외칠 수도 있지만, 그 외침 또한 달을 가리키는 손가락이 아니겠는가. 결국,

> "죽음이란 얼마나 낯익은 존재인가. 철이 들기 그 이전부터 전염병처럼 온 마을을 휩쓸었던 죽음이건만 알 수 없기는 나이 칠십을 넘긴 지금도 여전하다. 다만 늘 타인의 몫으로만 여겼던 죽음이 언제부터인가 나를 향해 한 발짝씩 가까이 다가오고 있는 기척만은 점점 뚜렷하게 느낄 수 있다."(「찔레꽃이 지던 날」)

'늘 타인의 몫으로만 여겼던' 낯익은 존재였던 죽음은, 「찔레꽃이 지던 날」(2002)에 오면, '나를 향해 한 발짝씩 가까이 다가오고 있는 기척'에 의해 비로소 낯설게(뚜렷하게) 느껴진다. 여기서 죽음은 항상, 라캉

이 말하는, 실재계를 향해 있다. 실재계는 상징계의 '어떤 고통의 흔적도 상심의 찌꺼기도 보이지' 않는 '저 너머'에 존재한다. 그러나 '저 너머'는 상징계 속에 있는 '저 너머'이다. 그 속에서 실재계는 상징계의 촘촘한 그물코를 풀어헤친다.

김예나의 소설에서 실재계는 주로 삶과 죽음에 얽혀 있는 세속적 욕망의 고통을 모두 녹여내는 '하늘'로 나타난다. 그 '하늘'로 인해 작가가 추구하는 해탈의 의미가 더욱 분명해진다. 작가가 「찔레꽃이 지던 날」에서 천상병 시인의 <귀천>을, 분단의 질곡을 살다간 순임(마리아)의 죽음에 봉헌한 것도 그 때문이리라.

> 나 하늘로 돌아가리라
> 새벽빛 와 닿으면 슬어지는 이슬 더불어
> 손에 손을 잡고 나 하늘로 돌아가리라
> 노을빛과 함께 단 둘이서
> 기슭에서 놀다가 구름 손짓 하며는
> 나 하늘로 돌아가리라
> 아름다운 이 세상, 소풍 끝내는 날 가서
> 아름다웠더라고 말하리라.

게다가 그 해탈이 세속적 죽음을 벗어나려고 하는 그런 관념적인 것이 아니라, 오히려 그 속에서 '큰 고통을 건너온 사람만이 만들어 낼 수 있는 밝고 환한 그런 느낌'을 갖고 있다는 점에서 그렇다. 해탈은 '내 위의 별이 빛나는 하늘과 내 안의 도덕법칙'이 모든 사람들의 가슴속에 조화롭게 피어날 수 있도록 도와주는 살신성인(殺身成仁)의 과정일 뿐이다.

금지와 유혹의 기원에 대하여

-이성복론-

1.

이성복은 『호랑가시나무의 기억』(1993) 이후 11년만에 다섯 번째 시집 『아, 입이 없는 것들』(2003)을 세상에 내놓았다. 그는 「시인의 말」에서 "지난 세월 씌어진 것들을 하나의 플롯으로 엮어 읽으면서, 해묵은 강박관념들을 만날 수 있었다."고 적고 있다. 써 놓았던 시편들을 꺼내 '하나의 플롯'으로 엮는다는 것은 과거 속으로 들어가 그때의 삶의 모습들을 현재의 서사로 이끌어내는 작업이다. 그런데 시인은 왜 '해묵은 강박관념들'을 만났을까?

우리는 그의 한 산문에서 '해묵은 강박관념들'의 징후를 읽을 수 있다. "최근의 나의 시에는 구체적인 삶의 발견도, 고도의 긴장도 없는 것이 사실이다. 이 재난을 어찌 극복할 것인가. 내가 막연히 짐작하는 것은 그것들이 되찾아질 수 있는 것은 다시금 현실과의 뜨거운 대면에 의해서라는 사실이다."(「자성록·1993」, 『나는 왜 젖은 석류 꽃잎에 대해 아무 말도 못하는가』, 180쪽) 시집 『호랑가시나무』에 대한 시인 스스로의 평가이다. 이 진술을 보면, 그의 강박관념은 문학적 위기에서 비롯되었다.

강박관념은 강박증과 다르지 않다. 강박증은 존재의 우연성을 묻는 질문, 즉 "사느냐 죽느냐?" 혹은 "내가 왜 존재하는가?" 같은 의문 속에 죽음의 문제와 밀접한 관련을 맺고 있다. 정신분석이론의 관점에서 보면, 강박증은 오이디푸스 콤플렉스 과정에서 자식에게 가하는 아버지의 '거세' 행위와 깊은 상관성을 지닌다. 그러나 이성복의 시 세계에서 '거세' 공포는 아버지가 가하는 '거세' 행위로부터 오는 것이 아니라, 현실 세계의 상징적 대타자에게서 이미 '거세'된 아버지로부터 온다.

이러한 사실은 이성복 시인의 강박증의 언어가 단지 『호랑가시나무』 이후 문학의 위기에서 생겨난 것이 아니라, '뒹구는 돌'(『뒹구는 …』) 로, '가슴에 깊이 박힌 못'(『남해금산』)으로, '붉은 벽'(『그 여름의 끝』) 으로, '호랑가시나무'(『호랑가시나무』)로, '마라'(『아, 입이 없는 것들』) 로 계속해서 나타나는 데에서 확인할 수 있다. 강박증의 언어는 그의 시 세계를 이해하는 중요한 실마리를 제공해준다. 왜냐하면 그의 시는 '거세'를 완강하게 거부하기 위해 자아이상과 이상적 자아 사이를 왕복하는 가운데 만들어지기 때문이다.

『아, 입이 없는 것들』의 세계는 '현실과의 뜨거운 대면' 속에서 '고도의 긴장'을 통해 '구체적인 삶'을 획득하려는 강박증의 산물이다. 이 시집의 시적 화자는 '경련하는 짐승의 목덜미를 후벼'(81「경련하는 짐승의 목덜미를」, 『아 입이 없는 것들』, 92쪽/이후 번호로만 표기)파면서 '진흙천국'(103) 속으로 들어가 '속정 깊은 생'(121)의 세계에 이른다. 이 세계에 이르는 과정에서 '마라'의 역설적 언어는 한국시사의 유토피아 목록에 '동곡'이라는 아늑한 공간을 추가시키는 성과를 낳았다.

2.

첫시집『뒹구는 돌은 언제 잠 깨는가』(이후『뒹구는 …』으로 표기)
에서 아버지는 현실로부터 '거세'된 존재로 나타난다. '거세'된 아버지
는 '法도 모르는 놈'들이 사는 '法도 없는 동네'(「어떤 싸움의 기록」,
『뒹구는 …』, 55쪽)에서 산다. 그 세계에는 사이비 '倫理와 사이비 學
說'(「1959년」,『뒹구는 …』, 13쪽)이 판치고, 사람들은 '한 時代의 여
물인 苦痛과 한 時代의/신발인 絶望感'에 휩싸이고, '한 時代의 非行
과 한 時代의 不感症'(「蒙昧日記」,『뒹구는 …』, 75쪽)에 물들어 있다.
이에 대한 분노와 울분으로 가득찬 시적 화자는 "아버지, 아버지! 내가
네 아버지냐"(「그해 가을」,『뒹구는 …』, 67쪽)고 소리치며 분열증적
증상까지 보인다.

아버지는 법이고, 법의 현실원칙은 밥이다. 그렇기 때문에 시적 화자
는 무능력한 "아버지를 볼 수 없었고 믿을 수 없었다".(「자고나면 龜甲
같은 치욕이」,『남해금산』, 20쪽) 왜냐하면 아버지는 '치욕'의 근원이기
때문이다. 그 치욕은 '밥'으로부터 비롯되었다. "치욕이여/모락모락 김
나는/한 그릇 쌀밥이여".(「치욕의 끝」,『남해금산』, 23쪽) 그러나 어머니
는『뒹구는 …』에서부터 이미 가족의 밥을 생산하는 자였다. "오 밥이
여, 어머님 젊으실 적 얼굴이여".(「밥에 대하여」,『뒹구는 …』, 93쪽)

'거세'된 아버지를 대신하여, 어머니가 '치욕의 긴 긴 사슬 끄을며'
(「아득한 것이 빗방울로」,『남해금산』, 22쪽) 법을 몸소 실천하는 두 번
째 시집『남해금산』에서부터, 현실의 아버지 모습은 거의 자취를 감춘
다. 아버지는 세 번째 시집『그 여름의 끝』에서 '기쁨의 통로 저편, 나의
하나님'(「낮은 노래2」, 63쪽)으로 신격화된 존재로 잠깐 나타나고, 최근
의『아, 입이 없는 것들』에 와서는 '시동 꺼진 중고차처럼' '가쁜 숨 몰
아쉬는' 보잘것없는 곤충, 즉 '파리'(88)로 비춰질 뿐이다.

아버지의 몰락으로 인해『남해금산』이후, 어머니는 이중적 형상의 이미지를 갖게 된다. 한 형상은 아버지의 법을 계승한 가족의 정신적 지주로써, 다른 한 형상은 연인의 얼굴을 한 '당신'의 이름으로 나타난다. 시적 화자의 마음속에서 어머니가 삶과 죽음의 세계에 대한 기표로 작용하는 것도 그 때문이다. "어머니, 어찌하여 한 사람은 무덤 안에 있고 또 한 사람은 무덤 밖에 있습니까"(「어머니2」,『그 여름의 끝』, 54쪽) 이러한 어머니의 분열은 시적 화자의 '자아이상'(ego－ideal)과 '이상적 자아'(ideal－ego)의 특징들을 그대로 반영한다.

그 결과, 아버지의 얼굴을 닮은 어머니는 "가건물 신축 공사장 한편에 쌓인 각목 더미에서 자기 상체보다 긴 장도리로 못을 빼는 여인"(「어머니1」,『남해금산』, 45쪽)으로, 원초적 모성의 얼굴을 한 어머니는 "발밑 잡초가 키를 덮고 아카시아 뿌리가/입 속에 뻗어도 어머니, 뜨거운/어머니 입김 내게로 불어"(「또 비가 오면」,『남해금산』, 44쪽)주는 인고(忍苦)의 여성상으로 나타난다. 이러한 시적 화자의 두 모습은 '가족 로맨스'(오이디푸스 콤플렉스)의 드라마를 잘 보여준다.

한 몸 속에 구현된 두 자아의 분열과 통합의 양상은 이때부터 이성복의 시 세계를 특징짓는 중요한 과정을 이룬다. 그 양상은『아, 입이 없는 것들』에서 '마라'의 역설적 운동으로 통합되기까지 계속해서 다양하게 진행된다.(물론 이 시집에서도 시인의 '가족 로맨스'는 계속되고 있다. 그러나 여기서는 늙으신 아버지·어머니에 대한 애도와 연민으로 가득 차 있다. '가족 로맨스'가 사실상 끝난 것이다.)

어머니를 둘러싸고 시적 화자가 펼치는 욕망의 연극은, 신고(辛苦)의 삶 속에서 병든 "어미의 熱이 너의 이마에 오를 때까지, 기다려라, 뜨거운 어미의 熱이 너의 가슴을 태울 때까지"(「문을 열고 들어가」,『남해금산』, 43쪽) 자아이상의 상징적 내투사로 연출되거나, 혹은 "넉넉한 키

큰 마로니에나무여, 나 언젠가 너의 잎새를 열고 들어가 낌새도, 자취도 없이 수천 송이 너의 흰 꽃 속에 섞일 수 있을까"(「높은 나무 흰 꽃들은 燈을 세우고 12」) 소망하는 이상적 자아의 상상적 투사로 연출된다.

또한 이성복의 시 세계에서 '붉은/흰' 이미지로 표상되는 시적 화자의 색채감각을 비교해보면 두 자아의 모습은 선명히 구분된다. 그의 시에서 자아이상은 '붉은' 색으로, 이상적 자아는 '흰' 색으로 나타난다. 그리고 '붉은' 색은 아버지와의 관계양상을, '흰' 색은 어머니(누이)와의 관계양상을 보여준다. 인용된 시에서 자아이상과 이상적 자아는 '어미 熱'과 '흰 꽃'에 대응된다. 우리는 여기서 자아이상은 아버지와의 동일시로, 이상적 자아는 어머니와의 동일시로 인해 생겨난다는 사실을 다시 한번 확인할 수 있다.

3.

1)
누런 해 간다 누런 해 간다 불 끄고 누런 해 간다
저리로 내달음은 급한 마음이 위험에 빠질까 두려움이고
이리로 내달음은 한번 와서 다시 못 갈까 두려움이고
　　　　　　　　－「누런 해 간다」, 『남해금산』, 38쪽 －

2)
　담쟁이라도 타고 오르지 못하는 벽 앞에 서면 새어나오지 못하는 고통의 신음 소리 들린다 무너뜨릴 수 없고 불태울 수 없는 고통의 울부짖음 소리 들린다 담쟁이라도 타고 오르지 못하는 붉은 벽 앞에 서면 매달리고 싶다 타고 오르고 싶다 먼지 낀 침묵의, 함성의 붉은 벽 앞에 서면 알몸으로 불타오르고 싶다
　　　　　　　　－「벽」, 『그 여름의 끝』, 57쪽 －

3)
붉은 해가 산꼭대기에 찔려
피 흘려 하늘 적시고,
톱날 같은 암석 능선에
뱃바닥을 그으며 꿰맬 생각도 않고
─ 여기가 어디냐고?
─ 맨날 와서 피 흘려도 좋으냐고?
　　　　─「1 여기가 어디냐고」,『아, 입이없는 것들』, 11쪽 ─

　위의 시들에 나타나는 '해'와 '벽'은 아버지에 대한 은유이다. 1)에서 시적 화자는 '누런 해'가 가는 것을 관찰하고 있다. 그는 '누런 해'가 이리저리 왔다갔다하는 모습을 보며 '두려움'에 차 있다고 생각한다. 3)에서 시적 화자는, 1─4행까지는 '붉은 해'의 관찰자로 보이지만, 5─6행에서는 '붉은 해'와 동일시된다. 두 시의 차이는 시인의 성장과 관계가 있다. 1)의 '누런 해'는 무능력했던 아버지에 대한 시인의 부정적 의지가 반영된 반면, 3)의 '붉은 해'는 성장하여 아버지가 된 시인이 무엇을 위해 영원히 피 흘리며 희생하겠다는 당당한 의지가 드러나 있다.
　'누런 해'에서 '붉은 해'로의 색채변화는, 두려움을 불러일으키는 '금빛 거미'(「금빛 거미 앞에서」,『남해금산』, 53쪽)의 '금빛'에서 숲 속에서 홀로 거룩하게 빛나는 '황금 거미'(118)의 '황금'으로의 색채변화에 정확히 대응된다. '금빛'은 '金'은 '누런'의 뜻이므로, '금빛'은 '누런 빛'이다. 그리고 '황금'의 '황'과 '금'은 둘 다 '누런'의 뜻을 가지고 있다. '부정의 부정'의 변증법은 긍정이다. 그러므로 이성복의 시에서 '황금'은 '붉은 빛'이다. '누런 해'와 '붉은 해'・'금빛 거미'와 '황금 거미'의 짝패는 아버지에 대한 시적 화자의 자아이상의 모습들을 보여준다.
　2)의 시를 분석해보면 이 관계를 분명히 알 수 있다. '벽'은 담쟁이도

타고 오를 수 없을 만큼 허약하다. 무너뜨릴 수도 없고 불태울 수도 없는 '붉은 벽' 앞에 서면, 시적 화자는 '매달리고'·'타고 오르고'·'알몸으로 불타오르고' 싶다. 이와 같은 '벽'에 대한 시적 화자의 공격적 충동은 살부의식(殺父意識)의 발로이다. 살부의식은 죄의식의 앞면에 해당한다. 왜 그런가?「벽」에서 펼쳐지는 욕망의 심리극은 스스로 강력한 아버지가 되겠다는 의지의 표명이기 때문이다. 세 편의 시에서 시적 화자의 심리적 변화가 '두려움－살부의식－자기희생'으로 전개된 과정은 시인의 정신적 성숙의 단계를 보여준다.

어머니와 관련하여 '붉은 색'이 시적 화자의 자아이상을 극명하게 보여주는 다른 시를 한번 살펴보자!

> 그 여름 백일홍은 무사하였습니다 한차례 폭풍에도 그 다음 폭풍에도 쓰러지지 않아 쏟아지는 우박처럼 붉은 꽃들을 매달았습니다
>
> 그 여름 나는 폭풍의 한가운데 있었습니다 그 여름 나의 절망은 장난처럼 붉은 꽃들을 매달았지만 여러 차례 폭풍에도 쓰러지지 않았습니다
>
> 넘어지면 매달리고 타올라 불을 뿜는 나무 백일홍 억센 꽃들이 두어 평 좁은 마당을 피로 덮을 때, 장난처럼 나의 절망은 끝났습니다
>
> 　　　　　　　　－「그 여름의 끝」 전문, 『그 여름의 끝』, 117쪽－

1연에서 '그 여름 백일홍'은 몇 차례의 폭풍우에도 끄떡하지 않고 '붉은 꽃들'을 피운다. 백일홍은 어머니에 대한 은유이다. 이성복의 시에서 어머니는 주로 나무로 표상된다. '백일홍', '단풍나무', '키 큰 소나무',

'키 큰 마로니에나무', '호랑가시나무' 등등. 2연에서 시적 화자는 스스로를 '나'로 표명하면서 백일홍(어머니)과 자신을 동일시한다. 백일홍은 내가 '폭풍의 한가운데'서도 쓰러지지 않고 '붉은 꽃들'을 피워낼 수 있는 버팀목이다. 3연에서 나는 좌절하면(넘어지면) '타올라 불을 뿜는 나무 백일홍 억센 꽃들'로 매달려 있다. 그 '붉은 꽃들'이 '두어 평 좁은 마당'을 뒤덮을 때 현실 속의 <나의 절망>은 끝난다. 「그 여름의 끝」으로부터 시적 화자의 자아이상은 아버지의 영향에서 벗어난다.

다음 시들은 '흰 색'을 배경으로 시적 자아의 이상적 자아를 보여주는 작품들이다.

4.

1)
어머니,
촛불과 안개꽃 사이로 올라오는 온갖 하소연을 한쪽 귀로 흘리시면서, 오늘도 화장지 행상에 지친 아들의 손발에, 가슴에 깊이 박힌 못을 뽑으시는 어머니……

－「어머니1」,『남해금산』, 45쪽－

2)
잊혀진 밤 － 잊혀진 잔치 － 흰 밤 － 흰 벌집 － 몸풀 듯 죄 푸시고 － 흰 족두리 － 흰너울로 － 그날의 흰 향기 － 휘저으시는 － 우리 어머니 － 흰 근심 － 흰 날개 － 그 위로 섞이는 － 겁 많은 초록 － 길이 숨쉬어라 － 초록의 아들 － 흰 꽃의 － 그림자에 안겨

－「聖母聖月2」,『남해금산』, 51쪽－

3)

헐떡거리는 개처럼 목이 말라 나는 팔과 다리를 질질 끌며 아무도 없는 내 처소에 돌아왔다 그리고 조용히 문을 열고 높다란 나무를 쳐다보다가 거기 한 가지에 아슬아슬하게 앉은 흰 새의 궁둥이를 바라보며 동요를 부르기 시작한다 – 우리 엄마 말 타고 서울 가시고 – 우리 엄마 조랑말, 무덤 속의 초록 말 – 우리 엄마 말 타고 서울 가시고……

– 「높은 나무 흰 꽃들은 燈을 세우고 23」, 『호랑가시나무의
기억』, 33쪽 –

1)에서 '촛불과 안개꽃'은 어머니에 대한 시적 화자의 자아이상과 이상적 자아의 관련성을 잘 보여준다. '촛불'은 어둠을 밝히는 자아이상과 관계 있는 '붉은' 색 계통이고, 하얗게 피어나는 '안개꽃'은 이상적 자아와 관련 있는 '흰' 색 계통이다. 자아이상과 이상적 자아는 의식세계에서 동시에 표현될 수 없다. 한쪽이 우세하면 다른 한쪽은 위축된다. 1)에서는 자아이상이 활자화되어 있는 반면, 이상적 자아는 말줄임표 '……'로 억압당해 있다.

2)에는 두 개의 목소리가 공존한다. '잊혀진 밤 – …… – 우리 어머니'까지는 아들의 목소리이고, '우리 어머니 – …… – 그림자에 안겨'까지는 어머니의 목소리이다. 그러나 두 개의 목소리는 하나의 목소리가 토해내는 두 울림인데, '우리 어머니'가 두 개의 목소리를 연결하고 있다. 행과 행 사이의 '–'는 시적 화자의 무의식을 알리는 지표로, 양옆의 활자들은 무의식의 틈새를 뚫고 솟아올라온 내용들이다.

아들의 목소리를 통해 들려오는 이야기들은 정확히 그 내용을 알 수 없다. 다만, '잊혀진 밤 – 잊혀진 잔치 – 흰 밤 – 흰 벌집'에서 암시를 받을 수 있다. 먼저 '잊혀진'과 '흰'이 짝을 이루고, 다음은 '밤'과 '잔치/벌집'이 짝을 이룬다. 이것을 문장으로 만들면 '잊혀진' 그러나 '흰', '밤'

'잔치'/'밤' '벌집'이 된다. 그런데 이해가 잘 되지 않은 대목은 '밤' '벌집'이다. 이성복의 시에서 '벌집'은 '벌집같이 많은 눈'(「천사의 눈」, 『호랑가시나무의 기억』, 86쪽)에서 보는 것처럼 '많은 눈'에 대한 은유이다.

이 같은 비유는 우리에게 아들의 목소리에서 다음과 같은 내용을 짐작하게 한다. 아들은, 사람들이 많이 모인 과거의 어느 잔칫날 밤, 어머니 앞에서 잘못을 저질렀다. 어머니는 그 아들에게 아이를 낳을 때처럼, 결혼식 '그날의 흰 향기'가 은은하게 퍼져나가는 것처럼 큰사랑으로 용서하고 있다. 반면, 어머니의 목소리에는 어머니의 품(흰 꽃의 ─ 그림자)에 안겨 삶의 희노애락('흰 근심 ─ 흰 날개')을 영원히 함께 하고자 하는 '초록의 아들'의 깊은 소망이 담겨 있다.

이 시는 독자에게 시인의 색채감각에 대한 새로운 사실을 알려준다. 어머니와의 관계에서 아들은 '초록의 아들'로, 아버지와의 관계에서는 '가랑잎'(「꽃 피는 아버지」, 『뒹구는 …』, 51쪽), 즉 '누런 색'으로 나타난다. 이러한 사실은 시적 화자가 어머니를 생명의 근원으로 보고 있는 반면, 아버지는 죽음의 근원으로 인식하고 있음을 보여준다.

3)에서 시적 화자는 자기 처소에서 '높다란 나무' 위에서 '흰 새의 궁둥이'를 바라보며 동요 '오빠생각'을 부른다. '흰 새'는 유년시절의 '엄마'를 연상시켜 동요의 가사 가운데 '오빠'를 '엄마'로 바꾸는 역할을 한다. 노래가사 중간에 삽입된 '우리 엄마 조랑말, 무덤 속의 초록 말'에서 보듯이, 시적 화자는 우리 엄마가 타고 간 '조랑말'을 무덤 속에서조차 변하지 않는 '초록 말'로 상상한다. 노래의 주체가 남성이므로, 가사의 다음구절 '비단 구두 사가지고'에서 '구두'(여성의 성기)는 '모자'(남성의 성기)로 교체될 수 있다. 그리고 2절의 가사 중 '소식도 없고'에서 우리는 노래주체의 간절한 소망이 좌절되어 있음을 알 수 있다. 이렇게

보면 말줄임표 '……'은 어머니를 향한 원초적 욕망의 억압 표시로 읽을 수 있다.

이성복의 시에서 '흰 색'은 어머니와 함께 누이에게도 사용되는 메타포이다. "흰피톨이여,/내 죽음 곁에 누울,/흰 바둑돌 같은 누이들이여!" (「머잖아 이 욕망도」, 『남해금산』, 42쪽) 시적 화자는 누이를 자신의 죽음과 동일시한다. 누이는 나의 몸 속으로 들어오는 세균을 잡아먹는 '흰피톨'(백혈구)처럼 생명의 '흰 바둑돌'이다.

생명의 누이는 다시 대지모(大地母)/우주모(宇宙母)로 발전한다. "눈은 녹으면서/제 친정으로 간다/족두리도, 신발도 없이/길 없는 길을 돌아가는 것이다"(69) '눈'은 누이다. 그녀는 '족두리'와 '신발' 같은 문명의 족쇄를 버리고, 몸을 바꾸면서(녹으면서) 대지/우주(친정) 속(길 없는 길)을 순환한다(돌아간다).

5.

지금까지 살펴본 것처럼 '붉은 색'이 시적 화자의 자아이상과 관련을 맺을 때는 '두려움 – 살부의식 – 자기희생'으로 전개되었고, '흰 색'이 시적 화자의 이상적 자아와 관련을 맺을 때는 '생명 – 대지모/우주모'로 전개되었다. 자아이상과 이상적 자아의 최종지점은 '자기희생'의 세계와 '대지모/우주모'의 세계로 끝난다. 두 세계가 발전하는 와중에 이성복 시 세계는 그것들과 다른 한 세계를 준비하고 있었다. 그 새로운 제3의 시적 세계 속에서 자아이상과 이상적 자아는 하나의 공간에서 만나게 된다. 이 제3의 시적 세계는 시인이 불혹(不惑)을 넘어 스스로 자기 삶의 주재자로서 우뚝 서면서 나타난다.

흐린 봄날에 연둣빛 싹이 돋는다 애기 손 같은 죽음이 하나둘
싹을 내민다 아파트 입구에는 산나물과 찬거리를 벌려놓고 수건
쓴 할머니 엎드려 떨고 있다 호랑가시나무, 내 기억 속에 떠오르
는 그런 나무 이름, 오랫동안 너는 어디 가 있었던가
　　　　　　－「호랑가시나무의 기억」 5연, 『호랑가시나무의 기억』,
　　　　　　　　　　　　　　　　　　　　　　　　　75쪽－

　시적 화자는 아파트 입구에서 '산나물과 찬거리'를 팔기 위해 떨고 있
는 할머니를 보고 마음속으로 '호랑가시나무'를 떠올린다. 그 나무는 모
성과 부성을 한 몸에 구현한 어머니에 대한 은유이다. '호랑가시나무'는
발음될 때 이중적으로 울려 퍼진다. '호랑가시'까지 발음하면 '가'가 된
소리로 들려 호랑이의 날카로운 발톱을 연상시킨다. 반면, '호랑가시나
무'를 끝까지 발음하면 '가'가 예사소리로 약해지면서 뒤에 오는 '나무'
가 강해져 아름다운 호랑나비를 떠올리게 한다.
　이러한 '호랑가시나무'의 이중주는 봄날에 돋아나는 '싹'에 대해 삶
과 죽음의 의미를 동시에 부여하고 있는 데서 읽어낼 수 있다. 이처럼
'호랑가시나무'는 시적 화자의 욕망의 아우라를 그대로 드러낸다. 마지
막에 '오랫동안 너는 어디 가 있었던가' 하고 호명하는 목소리는 제3의
시적 세계를 발견한 시인의 목소리이다. 아래의 시는 그 세계가 어떤 곳
인지 분명하게 보여준다.

　한때 그는 벌집같이 많은 눈을 가졌네 이제 씨가 빠진 해바라
기 꽃대궁처럼 그의 눈은 텅텅 비었네 그의 고통은 말라버렸네
겨울에 그의 꽃대궁이 꺾여 눈밭에 묻힐 때 그의 생애는 완성되
네 그가 본 것은 환상이었네
　　　　　　－「천사의 눈」 2연, 『호랑가시나무의 기억』, 86쪽－

앞의 '호랑가시나무'는 여기서 '그'라는 3인칭 단수의 형태로 나타난다. '그'의 세계는 춘하추동(春夏秋冬)·생로병사(生老病死) 같은 현상계의 이면을 꿰뚫어볼 때, '그가 본 것'은 모든 게 '환상이었'다는 사실을 깨달을 때 터득된다. 시인은 이 세계에 도달하기 위해서 '내 눈썹 끝에 매달려 울고 계'(「높은 나무 흰 꽃들은 燈을 세우고 15」, 『호랑가시나무의 기억』, 25쪽)시는 어머니를, '세상의 검은 보지 구멍을 향해'(「높은 나무 흰 꽃들은 燈을 세우고 35」, 『호랑가시나무의 기억』, 45쪽) 버렸다. 이렇게 하여 '그 혹은 그것'의 세계는 『아, 입 없는 것들』의 '마라'의 역동적 미학을 만들어낸다.

> 마라, 네 눈 속에 내가 뛴다
> 내 다리를 묶어다오
> 내 부리가 네 눈 마구 파먹어도
> 난 그러고 싶지 않아, 마라
> 안간힘으로 벌려다오
> 갑각류의 연한 내장을 찢는
> 맹금류의 내 부리를
> 내 몸 전체가 독이라면,
> 내 몸 전체가 전갈류의 독주머니라면
> 넌 믿겠니, 나를 믿지 마라
> ―「28 내 몸 전체가 독이라면」, 『아, 입이 없는 거들』, 38쪽―

'마라'는 삶과 죽음의 경계를 따라 순환하는 생명의 언어이다. 내 '부리'는 '마라'의 눈 속에서 뛰고, 눈을 마구 파먹는다. 나는 그렇게 하고 싶지 않다. 왜냐하면 '마라'의 힘을 빌려 부리를 생명의 구멍으로 만들고 싶기 때문이다. 이성복의 시에서 모든 구멍은 생명의 통로이다. 작은 게들이 들락거리는 검은 갯벌의 '숨구멍'(「서해」)이, 하나님의 빛이 새어나오는 '동굴'(「낮은 노래2」)이, 생명을 길러내는 '세상의 검은 보지 구멍'(「높은 나무 흰 꽃들은 燈을 세우고」)이, 이상한 빛들이 솟아난 '푸른 구멍'(17)이 그렇다.

그래서 나는 '마라'를 유혹한다. 유혹은 '마라'를 삶과 죽음의 딜레마 속에 빠뜨린다. '마라'가 죽음을 벗어나려면 나의 요구대로 '부리'를 벌려야 하고, '부리'에 손을 대면 내 몸의 독 때문에 죽어야 한다. 이러한 '마라'는 유혹과 금지의 역설적인 언어다. 여기서 죽음에 유혹 당하는 '마라'는 이상적 자아의 흔적을, 유혹을 금지하는 '마라'는 자아이상의 흔적을 보여준다. 그러나 이러한 구분은 더 이상 이성복의 시 세계를 밝히는데 별 도움이 되지 않는다. 시인은 이미 그러한 영향으로부터 벗어나 있기 때문이다.

'마라'는 '마라' 위에 '마라'를 포개면서 전혀 새로운 '마라'로 거듭난다. '마라'는 아무 것도 결정하지 않으면서, 모든 것을 만들어내는 '우주의 알집'(106)이다. '마라'의 운동은 크리스테바의 윤리를 닮아 있다. "윤리는 진술될 수 없다. 윤리는 상실될 각오로 자신을 실천한다."(크리스테바, 『시적 언어의 혁명』) 이것은 텍스트의 실천이다. 텍스트의 실천은, 언어가 우리의 입을 열게 하여 그 속에서 무언가가 터져나오게 할 때 가능하다. 『아, 입이 없는 것들』에서 시인은 독자를 대신하여 시 속에 '오! 아!' 감탄사를 대신 써주고 있지 않은가?

지금까지 분석한 이성복의 시 세계는 나선형적 원환운동을 보여준다. 그 과정은 이렇다. 두 번째 시집 『남해금산』(1986)의 '치욕'의 세계는 첫 시집 『뒹구는 돌은 언제 잠 깨는가』(1980)의 마지막 시 「이제는 다만 때 아닌, 때 늦은 사랑에 관하여」의 '사랑'의 탐색이고, 세 번째 시집 『그 여름의 끝』(1990)의 '그대에게 가는 먼 길'의 세계는 『남해금산』의 마지막 시 「남해금산」의 '나'가 '당신'을 찾아가는 고독한 행보이고, 네 번째 시집 『호랑가시나무의 기억』(1993)의 '흰 꽃'의 세계는 세 번째 시집 『그 여름의 끝』의 마지막 시 「그 여름의 끝」의 '나의 절망'이 끝난 세계와 맞물려 있고, 다섯 번째 시집 『아, 입이 없는 것들』(2003)의 '마라'의 세계는 『호랑가시나무의 기억』의 마지막 시 「천사의 눈」의 '그'의 세계와 연속선상에 놓여 있다. 그럼 다음 시집의 세계는 어떤 모습을 하고 우리 앞에 나타날까? 『아, 입이 없는 것들』의 마지막 시가 「125 밤 오는 숲 속으로」이므로 그 속에 암시되어 있는 세계는 아닐는지 ······.

삼인행 : '배우기'와 '고치기'의 변증법

─ 김윤식의 『거리재기의 시학』(시학, 2003)에 대하여 ─

1. 삼인행과 거리재기

인간이 만들어낸 제도 가운데 문학이야말로 주인과 노예의 철두철미한 투쟁을 승자도 패자도 없는 아름다움으로 기록하는 양식이다. 특히 근대문학이 그렇다. 『거리재기의 시학』의 저자는 이 아름다움을 한국 근대 시문학의 정신사적 풍경으로 다양하게 펼쳐 보인다. 그러나 필자는 『거리재기의 시학』의 핵심적 주제를 선과 악이 모두 나의 스승이라는 삼인행의 관점에서 살펴보겠다. 그 이유는 근대문학에 대한 저자의 연구방법, 즉 변증법적 방법과 삼인행의 행보가 비슷하기 때문이다.

이성선 시인의 추모시집인 『별 아래 잠든 시인』(문학사상사, 2001)의 서문 「한 줌 재로 가버린 외우를 기리며」를 읽어보면, 삼인행에 대한 저자의 문학사적 감각이 어떻게 생겨났는지 쉽게 눈치챌 수 있다. 시집의 서문에는 삼인행이 명시되어 있다. "세 사람이 길을 감에 반드시 나의 스승이 있으니, 그 중에 선한 자를 가려서 따르고, 선하지 못한 자를 가려서 자신의 잘못을 고쳐야 한다."(三人行 必有我師焉 擇其善者而從之 其不善者而改之, 『논어(論語)』 「술이(述而)」편) 선한 자를 따르고

선하지 못한 자를 가려서 잘못을 개선해 나가는 삼인행이란 결국 문학적 완성을 향한 '배우기와 고치기의 변증법'적 거리재기일 터이다.

저자는 『거리재기의 시학』의 책머리말에서 "거리재기의 시학이란 그러니까 '근대'와의 거리재기"라고 못 박아 놓았다. 그렇다면 응당 '근대'를 재는 문학사적 정신사적 원점이 요망된다. 저자는 이에 대해 소월시를 근대시문학의 지표로 설정한다. "소월시란 무엇이뇨. 보다시피 그것은 이른바 '근대'를 재는 문학사적 정신사적 지표의 하나이다." 저자가 소월시를 근대시문학의 지표로 제시한 것은 자신의 문학적 세계관에 근거하겠지만, 어쨌든 '거리재기의 시학'의 삼인행은 소월시에 대한 해석으로부터 시작된다.

『거리재기의 시학』에는 「소월과의 거리재기」, 「청마론을 통해 본 문덕수의 세계」, 「'내용없는 아름다움'을 위한 넙치눈이의 만남과 헤어짐의 한 장면」, 「서정성의 삼인행 -『시와 시학』 제50호에 부쳐」라는 네 개의 삼인행이 제시되어 있다. 그렇다고 다른 글들이 삼인행과 무관한 것은 아니다. 다른 글들은 근대시사에 대한 저자의 탁월한 매개감각을 보여준다. 저자의 문학사적 관점에 서면, 이 문제는 단번에 풀린다. 다른 글들은 삼인행의 정신사적 틈을 메워주는 매개항이므로. 매개항이 없다면, '거리재기의 시학'은 불발이기 십상이다. 그러니까 각각의 삼인행이란 역사에 대한 논자들의 문학(사)적 입장을 표명하는 '거리재기의 시학'에 해당한다.

2. 케 보이(Che vuoi)

저자는 「소월과의 거리재기」에서 오장환·김동리·서정주의 소월론을 분석한다. 『시인부락』(1936) 동인이었던 세 사람이 소월론을 쓰지 않을 수 없었던 까닭은 무엇일까. 그 가운데 두 사람은 왜 해방공간의 소용돌이 속에서 쓰게 되었고, 한 사람은 어째서 오랜 시간이 지난 후에야 쓰게 되었을까. 독자는 이 의문을 푸는 순간 소월시의 문학사적 위치를 발견하게 된다.

『창조』 제5호(1920. 3)에는 상해 임시정부에 가 있던 주요한이 김동인에게 보낸 단곡 6편과 김소월의 시 5편(「낭인의 봄」, 「야의 우적」, 「오과의 읍」, 「그리워」, 「춘강」)이 함께 실려 있다. 김소월이 문단에 처음 얼굴을 드러내는 순간이다. 그런데 주요한의 단곡 6편은 「불놀이」(1919. 3)가 보여주었던 형식과 내재율에서 파탄을 드러낸 반면, 김소월은 5편의 시 가운데 「야(夜)의 우적(雨滴)」과 「오과(午過)의 읍(泣)」 두 편으로 7·5조의 정형적 운율을 이제 막 형성하고 있었다.

이렇게 생겨난 소월시의 서정성은 '혼의 울림'으로 설명할 수 있다. "혼의 울림이 인류공통의 재보라면 이를 일상어로 노래함은 지역적 민족적이 아닐 수 없다." 보편성과 지방성을 함께 지닌 '혼의 울림'의 정서가 근대문학의 형성을 알리는 동인지 『창조』로 스며든 사실은 문학사적 과제를 넘어선다. 소월시가 『창조』지에 발표된 것은 주요한의 문학적 변모가 있었기에 가능했다. 당시 상해 임시정부에서 『독립신문』을 편집하고 있던 주요한은 「불놀이」의 경지에서 벗어나 민요·민중을 지향하는 정치적 현실 쪽으로 발을 내딛고 있었다.

"정치운동은 그 방면 사람에게 맡기고 우리는 문학으로!" 이것이 『창조』의 모토였다. 이에 비추어볼 때, 주요한의 문학적 변모는 정치운동과 문학운동을 별개로 여겼던 『창조』 동인들의 초기 생각에 균열이 생겼음을 의미한다. 소월시는 바로 정치운동과 문학운동의 교차점에 놓여 있었던 것이다. 해방공간에서 전자로 나아간 것이 오장환의 김소월론(「자아의 형벌」, 『신천지』, 1948. 1)이라면, 후자로 나아간 것이 김동리의 김소월론(「청산과의 거리 – 김소월론」, 『야담』, 1948. 4)이다. 3개월의 간격으로 쓰여진 두 사람의 소월론은 정반대의 방향으로 치달았다.

우리는 여기서 라캉이 제기하고 지젝이 풍요로운 설명을 덧붙인 케 보이를 생각해볼 수 있다. 케 보이는 타자 속에서 구성되고 표출되는 주체의 특성을 고리모양의 의문부호로 보여준다. 이것은 영어로 What do you want?로 번역되고, 다시 What does the other want of me?로 바뀌질 수 있다. 여기서 you와 the other는 대타자를 의미한다. 해방공간에서 대타자는 이데올로기이다. 그렇다면 케 보이는 "이데올로기는 나에게 무엇을 요구하는가?"로 해석된다. 이때 '나'는 오장환과 김동리가 됨은 말할 것도 없다.

오장환의 소월론은 소월의 자살을 염두에 두고 전개되었다. 그는 소월의 시를 '몸부림'으로 규정하고, 몸부림이 아무리 사회악과 부정에 항거하는 몸짓이라 해도 '일호(一毫)의 공(功)'도 없는 것으로 보았다. 그는 일제가 물러간 자리에서 '몸부림으로서의 마지막 한 장의 패'(문학)를 버리고, '이데올로기로서의 마지막 한 장의 패'(정치)를 취했다. 그러나 그것은 스스로의 결단이 아니라 "이차대전으로 말미암아 승리한 위대한 민주주의"가 가져다준 선물이었다.

반면, 김동리의 소월론은 소월의 시「산유화」의 분석을 통해 전개되었다. 그는 시의 제2연 "산에/산에/피는 꽃은/저만치 혼자서 피어 있네."의, '저만치'의 거리에서 신이거나 자연이거나 천지의 이법을 보았다.「무녀도」(1936. 5),「황토기」(1939. 5) 이래 형성되고 있었던 '구경적 생의 형식'이 거기에 있었던 것이다. 그가 소월시 가운데「산유화」한 편만을 '조선의 서정시가 도달할 수 있는 한 개 최상급의 해조'를 보여주는 '기적적인 완벽성'의 작품이라고 한 것도 그러한 이유에서이다.

김동리의 소월론이 문학가 동맹측의 정치적인 문학론에 대한 통렬한 비판으로 씌어졌다고 생각할 때, 오장환의 소월론은 그에게 가소롭게 느껴졌다고 볼 수밖에 없는데, 그 까닭은 '구경적 생의 형식'의 관점을 취하면 해방공간의 이데올로기적 상황이란 하찮은 것에 지나지 않았을 것이기 때문이다. 두 사람은 소월론에 기대어 해방공간의 정치적 상황에 대응했던 것이다.

서정주의 소월론은 오장환·김동리보다 10년 이상 늦은 1960년을 전후해서 쓰여졌다. 「소월의 자연과 유계와 종교」(『신태양』, 1959. 5), 「소월시에 있어서 정한의 처리」(『현대문학』, 1959. 6), 「소월에게 있어서 육친, 붕우, 스승의 의미」(『현대문학』, 1960. 12), 「소월시에 나타난 사랑의 의미」(『예술원논문집』, 1963. 9). 그는 왜 이 시기에 네 편의 소월론을 써야만 했을까. 이 질문에 대한 대답은 4·19 혁명의 문학적 의미를 묻는 것과 다를 바 없다.

4·19는 그 동안 숨죽이고 있던 문학의 정치적 상상력을 일거에 폭발시켰다. 비록 5·16 군사정변(1961)으로 좌절되었지만 문인들의 가슴속에 '자유의 내면화'를 불려왔다. 최인훈·김승옥·김수영으로 대표되는 60년대 문학의 화려한 전개도 이로써 가능했다. 그러나 서정주는 4·19의 정신적 동력을 받아들이지 못했는데, 이때 그는 개화 이래 '잃어버린 조선식 어법'의 세계를 바라보고 있었기 때문이다. 다시 말하면, 서정주는 한편으로는 김동리의 '구경적 생의 형식'에 침윤되어 있었고, 다른 한편으로는 이승과 저승을 넘나드는 소월의 혼 속으로 들어가 있었다. 그렇게 하여 김소월과 김동리를 자신의 몸 속에서 녹여내어 사랑의, '휘영청한 개벽'의 현실세계로 나아갔던 것이다. 그러나 그것은 어디까지나 4·19의 정치경제학적 이념을 멀리한 '근대'의 우회로를 통해서였다.

세 사람의 소월론은 역사에 대한 그들의 문학적 혹은 이데올로기적 거리재기의 일환으로 씌어졌다. 오장환은 '결별'을 선언했고, 김동리는 '오연한 태도'를 취했고, 서정주는 '동화'됨으로써 새롭게 태어나고자 했다.『거리재기의 시학』의 저자가 세 사람의 소월론을 <오장환이 쓴 오장환론>, <김동리가 쓴 김동리론>, <서정주가 쓴 서정주론>이라고 했을 때, 거기에는 이미 김소월과 오장환·김동리·서정주, 그리고 저자 사이에 변증법적 거리재기가 성립된다. 이러한 거리재기는 문학의 역사적 차원을 가늠하는 독자의 안목을 한층 높여준다.

3. 만인행의 거리재기

「청마론을 통해 본 문덕수의 세계」는 저자의 변증법적 시각을 잘 보여준다. 여기서의 삼인행은 논의의 초점에 따라 다양한 모습으로 전이되고, 그때마다 삼인행을 가로지르는 복잡한 거리재기의 시학이 발생한다. 청마론에 대한 삼인행의 첫 출발은 김춘수·김양수·김성욱에 의해 시작된다. 당시 청마시에 대한 비평은 쉽사리 씌어질 수 없었는데, 그 이유는 청마에게 있었다.

"나(청마:필자)는 시인이 아닙니다. 만약 나를 시인으로 친다하면 그것은 분류학자의 독단과 취미에 맡길 수밖에 없는 것이요 어찌 사슴이 초식동물이 되려고 애써 풀잎을 씹고 있겠습니까"(『생명의 서』, 서문)라는 청마식 패러독스, 즉 "참된 시는 시가 아니어도 좋다"는 수사학의 틈을 비집고 들어가 논리의 교두보를 확보한 첫 주자는 김춘수였다. 그는 청마시에서 '의지'를 발견하였지만, 그 '의지'가 '허무의지'라는 데까지 나아가지 못했다. 그러나 그가 청마의 문학적 공적에 대해 한국의 서정시에 '의지'를 도입하여 '서구적인 의욕하는 정신'(「유치환론」, 『문예』, 1953. 5)을 불어넣어 주었다고 지적한 점은, 이후 청마론을 쓰는 논자들에게 깊은 영향을 미친다.

　김춘수 다음으로 청마론에 도전한 주인공들로 김양수(「유치환의 '수상록'」, 『문예』, 1953, 12)와 김성욱(「청마론서설」, 『신작품』 제8호, 1954)을 들 수 있다. 김양수가 전개한 청마론의 핵심은 『팡세』 속의 한 구절을 통한 허무에 대한 '공포의 인식'에 있었다. 그의 청마론은 '공포'의 발견 이상으로 나아가지는 못했지만, 서구적 방법론의 도입이라는 최초의 의의를 갖는다. 반면, 김성욱은 청마의 자기 생존의식을 '허무의식'이라고 규정하고, 청마를 서구의 지성인들과 비교한다. 특히 그는 말라르메에 주목하였다. 말라르메가 방법론을 가졌음에 비해 청마에겐 없다는 것, 그러니까 청마의 '허무의식'은 '동양적인 전통에 의존한 자연적인 방법', 즉 '무방법의 방법'이라는 것이 그의 논지이다.

　이처럼 세 논자는 청마시에 대해 '서구적인 방법론'을 문제 삼았다. 김춘수는 구체적이지는 않지만 '서구적인 의욕하는 정신'의 방법론으로, 김양수는 『팡세』의 철학자 파스칼의 방법론으로, 김성욱은 『목신의 오후』의 시인 말라르메의 방법론으로 청마에 맞섰다. 그러나 김춘수는 문제제기에 그쳤고, 김양수와 김성욱의 방법론은 신과의 '내기'도 할 줄 몰랐고, 말과 사물의 분리된 세계조차 인식하지 못했던 청마에게 적합하지 않았다. 이 가운데 말라르메의 방법론은 적어도 4·19 이후 김춘수·김종삼과 같은 이미지를 추구하는 시인에게나 적용될 수 있다. 이들 세 논자의 삼인행이 문덕수의 「청마론」(『현대문학』, 1957. 11－1958. 5) 속에서 해체될 때 김동리·(김춘수·김양수·김성욱)·문덕수의 삼인행의 행보로 전이된다. '방법론'의 관점에서 보면, 괄호 안의 세 사람은 한 사람으로 보아도 무방하다.

　김동리·(김춘수·김양수·김성욱)·문덕수의 삼인행이 성립될 수 있는 데에는 '무화과 나무를 보라!', '뜰 앞의 잣나무니라'식의 청마 시학이 '구경적 생의 형식'(김동리)의 명제로 표상된 문협정통파의 정신 구조와 닮아 있기 때문이다. 이점은 또한 김동리가 청마에 대해 "우리나라의 모든 훌륭한 시인 가운데서도 인생시와 자연시와 애국시를 완전히 동일한 바탕(목청)으로써 각각 성립시킨 사람은 그 하나뿐"(『유치환 시선』, 정음사, 1958)이라고 평한 대목에서도 그 근거를 찾을 수 있다.

문덕수는 김춘수의 '의지', 김양수의 '허무에의 공포', 김성욱의 '허무의식'을 그 근본에서 비판적으로 검토하여 본격적인 청마론을 전개한다. "얼마나 처절한 내적 고투이었으랴!"로 시작되는 이 대논문은 '허무의지'를 출발점으로 생명과 반생명, 긍정자와 부정자 사이에서 벌어지는 충돌을 변증법적 드라마로 보여준다. 의지와 표상의 세계에서 그 '의지'(김춘수)에 주목하여 이를 '허무의식'(김성욱)과 구별함으로써 청마 시를 '허무의지'(문덕수)로 바로잡았을 때, 주목되는 것은 청마의 '허무의지'와 쇼펜하우어의 '삶의 의지'에 대한 변별성이다. 문덕수는 "청마의 '생명의지'는 명백히 '반쇼펜하우어'적이다."고 했다. 쇼펜하우어의 '삶의 의지'가 시·공간 및 인과성을 벗어나는 불변의 그 무엇이라면, 청마의 '생명의지'는 시·공간을 넘어서는 것이 아니었다.

이에 따라 문덕수는 짐멜의 생의철학, 베르그송의 순수지속, 니체의 생의 철학 등을 내세워 생명의지가 어째서 지속적이며 또 변증법적인가의 해명에로 나아간다. 그러나 시 「드디어 空虛이었음을 알리라」, 「예루살렘의 닭」은 죽음과 허무 앞에서 청마의 '생명의지'가 '허무의지'로 전환되는 극적인 장면을 드러낸다. 여기서 생명과 반생명의 "대립의 연속적 과정과 더해가는 첨예적 강도는 생명의 자기성장에 비례하여 변증법적으로 반생명적 부정자의 성장도 수반하게 된다."(『현대문학』, 1957. 11, 184쪽)는 문덕수의 논리에 틈이 생긴다. 그는 이 위기를 어떻게 돌파했을까?

"죽음에 대한 겸허한 태도 내지 체험은 생명의 절대적 종말을 맞이하는 동양적 탈출구를 내다보는 것이다. 이것은 명백히 생명의 근본적 부정자에 대한 저항의 포기를 의미한다기보다 처음부터 죽음에의 융합적 긍정에서 출발하고 있었다는 것이다."(『현대문학』, 1957. 11, 186쪽) 문덕수는 김성욱이 청마를 '동양적 전통에 의존한 자연적인 방법'이라고 비판한 대목을 '생명의 절대적 종말을 맞이하는 동양적 탈출구', '죽음에의 융합적 긍정'으로 치환시켜 놓는다. 저자는 이것을 지금까지의 변증법적 전개에 대한 문덕수의 자기부정이라고 했다. 변증법이란 타자 속에 자기를 깃들이기, 그렇게 하여 타자를 자기화하기가 아닌가.(그 역도 마찬가지) 그렇다면 문덕수는 생명과 반생명이 혼융되는 지점에서 변증법의 새로운 계기를 창출했어야 마땅했다.

그러나 그렇게 하지 못했다. 문덕수는 죽음에 대한 동양적 탈출구를 더 밀고나가지 못하고 서구적 범신론에 빠져버리고 만다. 저자는 "만일 이 장면에서 문덕수가 기독교 교적을 갖고 있으면서 노자적 우주관에 깊이 관여하면서 애니미즘(무속사상)에 빠져 있던 김동리의 '구경적 생의 형식'으로서의 문학관을 염두에 두었다면 그의 청마론은 훨씬 우연성을 획득할 수 있었으리라."고 진단한다.

이 지점에서부터 문덕수의 「청마론」이 저자의 「청마론을 통해 본 문덕수의 세계」 속에서 해체된다. 이때 앞의 삼인행은 유치환·문덕수·김윤식의 삼인행의 행보로 바뀐다. 저자는 청마에 대한 문덕수의 비평적 한계를 "논자로서의 문덕수의 자기부정이자 논자로서의 대상에의 경사로 정리될 성질의 것"이라 했다. 이것은 그가 비평가에서 시인으로 몸을 바꾸었다는 것을 의미한다. 이 보이지 않는 몸의 변화에 대해 그의 추천시 「침묵」(1)이 웅변으로 대변해주지 않았을까.

"천 년 녹슬은
종소리의 그 간곡한 응답을 안은 채
일체를 이미 비밀로 해버렸다"

　신인 문덕수는 이미 오래 전에 청마의 내면의 목소리를 송두리째 다 들어버렸다. 청마는 추천사에서 시 「침묵」(1)을 "이 불과 10행의 작품에 담긴 거두절미한 거창한 파라독스는 그대로 우주형성 이전의 혼돈모호한 호흡으로써 우리를 휘감아가고 만다."고 평가했다. 청마가 "온갖 고통과 노력을 지불하고서 이제 가까스로 이른 원점과도 같은 지점에서" 자신과 똑 닮은 한 청년을 본 표정은 어땠을까. 저자는 '황홀'이라고 적고 있다.

　문덕수의 시가 시집 『황홀』의 '허무의지'(절대성)의 세계에서 제2시집 『선·공간』의 '기하학'(절대성)의 세계로 변모한 것을 두고, 저자는 문덕수가 시종일관 '황홀'에서 '황홀'로 나아갔다고 평한다. 이렇게 보면 「청마론을 통해 본 문덕수의 세계」가 왜 '황홀'에서 시작하여 '황홀'로 끝나는지 짐작할 수 있다. 그 까닭은 저자의 비평적 촉수가 '황홀'에 닿았기 때문이다. 그리고 그 '황홀'은 필자에게 <청마론>으로 시작된 문덕수의 「청마론」이 <청마론이자 문덕수론>으로 다가오고, <청마론이자 문덕수론>으로 시작된 저자의 「청마론을 통해 본 문덕수의 세계」가 <청마론이자 문덕수론이자 김윤식론>으로 다가오는 '황홀'과 같다.

4. 유아론의 늪 건너기

「'내용없는 아름다움'을 위한 넙치눈이의 만남과 헤어짐의 한 장면」

이라는 긴 제목의 평문은 황동규 시인의 산문집『젖은 손으로 돌아보라』(문학동네, 2001)의 마지막 글「유아론의 극복」의 안내를 받아 씌어졌다.「유아론의 극복」은 50년대 '유아론'의 늪에 빠져 있던 김수영·김춘수·김종삼 세 시인이 4·19에 영향 받아 어떻게 '유아론'을 극복했는지를 극적으로 보여준다. 그러면 여기서 말하는 '유아론'이란 대체 무엇을 말함인가. 황동규 시인은 '시인 자신만을 위해 예술작품을 만드는 작업 뒤에 있는 정신'이라 규정해 놓았다. 그렇다면 4·19의 어떤 측면이 독자란 시인 하나로도 족하다고 소리치던 3김으로 하여금 '유아론'을 극복하게 하였을까.

황동규 시인은 3김이 '유아론'의 늪에서 빠져나오는 장면을 보여주는 사례로「사랑의 변주곡」(김수영),「忍冬잎」(김춘수),「북치는 소년」(김종삼)을 제시한다. 김수영에게 있어 그 장면은 구조적인 것이다. '욕망이여 입을 열어라 그 속에서/사랑을 발견하겠다'에서 볼 수 있는 것처럼, 그는 당대의 사랑>욕망의 구조를 사랑<욕망의 구조로 전복시킴으로써 '참여시'(의미의 시)의 대부가 되었다. 이와는 달리 김춘수는 '이미지의 구축' 기법으로 '극히 인간적인 서술'을 '극히 탈인간적인 어조'로 바꾸면서 '무의미의 시'에, 김종삼은 '이미지의 생략' 기법으로 시적 울림의 잔상효과를 노리는 '내용없는 아름다움'의 미학에 도달했다.

세 시인의 시학이 이후 한국시단에 준 영향을 생각해보면 "1960년 당시 성행하던 모더니즘을 겉핥기식으로 받아들인 '주지(主知)주의'의 흐름 속에서 바로 그 흐름 속에 잠겨 있었던 이들 3김이 변모했을 때의 충격은 당시 독자들 눈에 비친 것보다는 더 대단한 것이었다."(『젖은 손으로 돌아보라』, 280쪽)고 말하는 황동규 시인의 주장은 타당하다.

하지만 지금까지의 연구는 "어째서 김수영은 구조적으로 세계를 보았으며, 김춘수는 이미지 구축 일변도로 나아갔고, 김종삼은 이미지 생략에로 매진하였는가에 대해서는 별다른 해답을 주지 못하고 있다." 이 점에 대해서 저자는 김수영으로 하여금 '의미의 시'로 치닫게 한 원인에 대해서는 많은 자료가 축적되어 있어서, 김춘수는 상당량의 산문을 남기고 있기에 유추가 가능한 반면, 아무 것도 없는 김종삼의 경우는 유추조차 불가능하다고 하였다. 다시 말해, "3김 중 김수영이 제일 확실하고 김종삼이 제일 불투명하고 그 중간에 김춘수가 놓여 있다."

이러한 사실은 삼인행의 관점으로 글을 전개하고 있는 필자로서는 난감하지 않을 수 없다. 삼인행이라 함은 동시대적인 것이든 문학사적인 것이든 서로 주고받은 영향의 흔적을 발견해야 하기 때문이다. 「'내용 없는 아름다움'을 위한 넙치눈이의 만남과 헤어짐의 한 장면」이라는 제목에서 알 수 있듯이, 저자의 글은 김춘수·김종삼 두 시인이 어떻게 '넙치눈이'로 만났다 헤어지는지에 초점이 맞추어져 있다. 이러한 저자의 의도를 살려내면서 세 시인의 퍼즐맞추기식 삼인행에 대해서 이야기해보자.

4·19 이후, 김춘수는 김수영을 꽤 의식하고 있었다. "고인이 된 김수영에게서 나는 무진 압박을 느낀 일이 있었지만 지금은 그렇지도 않다."(『김춘수전집(2)』, 문장, 389쪽) 당시 '엘리엇의 시론'과 우리의 옛 가락 '장타령'을 결합시키려고 실험하고 있던 김춘수는 김수영의 시적 작업을 보고 한동안 붓을 던질 정도로 무기력하였다. 이러한 사실을 고려하면, 그의 '무의미의 시'는 김수영의 '참여시'에 대한 대타의식화에서 비롯되었을지 모른다.

그러나 이러한 차이에도 불구하고 두 시인은 그 무엇을 공유하고 있는데, 그것은 김수영의 시론 「시여, 침을 뱉어라」와 김춘수의 평론 「김종삼과 시의 비애」 속에 나타나는 하이데거의 시론이다. 김수영은 거기서 "시의 형식은 내용에 의지하지 않고 그 내용은 형식에 의지하지 않는다. 시는 문화를 염두에 두지 않고, 민족을 염두에 두지 않고, 인류를 염두에 두지 않는다. 그러면서도 그것은 문화와 민족과 인류에 공헌하고 평화에 공헌한다. 바로 그처럼 형식은 내용이 되고, 내용이 형식이 된다. 시는 온몸으로, 바로 온몸으로 밀고 나가는 것이다.”라고 했다. 이것은 저자가 김수영과 김종삼의 관련성에 대해 자료의 부족을 내세워 아무런 주장도 하지 않은 점에 비춰볼 때 대단히 중요하다. 김수영의 ‘온몸의 시학’과 완벽한 언어형식을 추구한 김종삼의 ‘내용없는 아름다움’의 미학을 비교해보면, 두 시인은 4・19의 시대정신을 함께 호흡하고 있었다는 결론을 얻을 수 있다.

이에 비해 김춘수와 김종삼의 관계는 불투명하다. 김춘수는 「인동잎」을 시작으로 ‘순수 이미지 탐구’에 매진하지만, 그에게 있어 ‘순수 이미지 탐구’는 관념을 물리치기 위한 방편에 지나지 않았다. 김춘수가 「김종삼의 시와 비애」에서 김종삼의 「북치는 소년」의 ‘내용없는 아름다움’에 대해, “이런 아름다움이(무상의 아름다움이) 우리에게 다가올 때 우리는 일상성의 덧없음을 느끼게 해준다(제행무상). 그 때 우리에게 슬픔이 온다. 우리는 평시에는 느끼지 못한 우리 자신을 존재자로 느끼기 때문”.(『김춘수전집(2)』, 437 - 438)이라고 해석한 것은 ‘내용성’에 중점을 두었기에 그런 결과가 나왔다.

김춘수는 이러한 내용성(관념)을 극복하기 위한 몸부림으로 ‘빛깔’(「처용단장」, 제2부)을 쳐다보기도, ‘소리’(「하늘수박」)를 들어보기도 하고, 게다가 주체도 객체도 사라진 오직 ‘소리’만 혹은 ‘빛깔’만 있는 그런 경지(「詩法」)에까지 나아갔다. 결국 그는 “이미지의 탐구 끝에 비로소 이미지가 휘인다는 것, 이미지의 절대경이란 울림으로 변한다는 실험”(「이런 경우 - 김종삼씨에게」) 속에서 ‘내용없는 아름다움’이란 넙치를 볼 수 있었다. 그러나 두 넙치가 한 몸이 되어 서로를 흘겨보고 있는 것도 잠깐, 시인은 스스로 또 다른 넙치눈이가 되어 '삼만년 저쪽' (「봄안개」)으로 가고 있다.

이렇듯 김수영·김춘수·김종삼 세 시인은 4·19의 시대정신의 자장력 속에서 '유아론'의 한계를 극복해 나갔다. 이들은 시 혹은 시론의 입으로 서로의 꼬리를 물고서 '가장 이미지즘에 근접한 시를 쓴 시인' (김춘수)으로, '우리 현대시가 낳은 가장 완전도 높은 순수시인'(김종삼) 으로, '참여시의 건설자'(김수영)로 변모해갔던 것이다.

5. 만인행을 위하여

아직까지 필자는 마지막 「서정성의 삼인행」의 삼인행에 대해서는 이야기하지 못하고 있다. 잘 요약되지 않는 저자의 글쓰기 속성 때문에 주어진 지면을 초과했다고 하면, 필자의 무능이 숨겨질 수 있을까. 「서정성의 삼인행」의 삼인행은 별의 메타포로 나타난다. 세 별은 설악산(이성선)·지리산(송수권)·계룡산(나태주) 위에 '찬란함'으로, '호롱불'로, '북두칠성'으로 떠올라 '윤리감각보다 근원적인 생명감각'을 읊고 있다. 윤동주(「서시」)와 조지훈(「승무」) 그리고 고은(『만인보』)의 후예인, 이 별들은 우리시사의 전통에 빛나는 서정성의 '초록별'임에 틀림없다.

언제부턴가 저자는 필자에게 비평가, 문학사가, 학자라기보다 심오한 역사소설가처럼 느껴지기 시작했다. 아마도 『이광수와 그의 시대』(한길사, 1986), 『이상연구』(문학과 사상사, 1987), 『임화연구』(문학과 사상사, 1989) 등을 읽고 난 다음부터였을 것이다. 이러한 까닭으로 필자는 우리 근대사에 실존했던 문인들(시인, 소설가, 비평가)에 대한 저자특유의 정신사적 해석학을 염두에 두면서, 『거리재기의 시학』을 한 편의 재미있는 역사소설로 읽었다.

역사소설로서의 『거리재기의 시학』이 보여주는 시사적 장면은 수없이 많지만, 그 가운데 대표적인 것은 「아, 고은」에서 광화문과 종로 그리고 청진동을 설명하는 대목이 아닐 수 없다. 가슴에 청산가리를 품고 '종로' 한복판에 서서 "현실 괴멸하라 현실 괴멸하라"(「종로」)고 울부짖으며, '금빛 바다'(청진동) 위로 솟구치는 '은빛 날치떼'(「청진동에서」)가 되어 우연이 필연으로 돼라!고 외치는 고은의 모습은 독자에게 감동을 주기에 충분하다. 게다가 서정주의 「광화문」이 고은의 「광화문에서」으로 바뀌는, 그러니까 '미학으로서의 미당의 광화문이 역사로서의 광화문으로 바뀌는 한순간'을 낚아채는 장면은 얼마나 장관인가.

저자는 이를 두고 '미당 시학의 방법론적 뒤집기'의 시적 혁명이라 했다. 전혀 다른 두 문학적 시선을 한곳으로 모으는 이러한 관점이야말로, 삼인행을 넘어 만인행에 도달하기 위한 작업이 아닌가. 그런 의미에서 『거리재기의 시학』의 삼인행은 만인행에 다름 아니다. 저자가 삼인행에 대해 "다산은 삼인행을 두고, 주자와는 달리 '최소한의 인원'이라 주석했다."고 덧붙인 것도 그 때문일 것이다.

… 우리 문학사에서 무엇보다 중요한 삼인행은 '하늘엔 별' '땅엔 꽃' '사람에겐 시'라고 하는 어느 시 전문 계간지의 창간목표에 잘 나타나 있다. '하늘=별', '땅=꽃', '사람=시', 즉 천지인(天地人)의 삼인행은 이 땅에서 꽃핀 고유한 사상이기에, 그것은 우리가 가꾸어야 할 만인행에 해당할 터이다.

분열에서 통합으로

– 정일근 시인의 『오른손잡이의 슬픔』(2005)을 읽고 –

필자가 정일근 시인을 처음 만난 곳은 2004년 7월 24일 경희사이버대학교 문예창작학과 영남지역학생들이 주최한 제2회 경주여름캠프에서이다. 그날 저녁, 정일근 시인은 죽은 문무대왕(文武大王)이 왜구(倭寇)로부터 나라를 수호하고자 해룡(海龍)으로 화신하여 나타난 곳으로 알려진 이견대(利見臺)에서 우리 학생들에게 '시를 어떻게 쓸 것인가?'에 대한 강연을 하였다.

정일근 시인의 신작 시집 『오른손잡이의 슬픔』(2005)을 읽고, 필자는 정일근 시인이 그때 했던 강연의 주제에 부합하는 구절 – "시는 몸으로 쓰는 글씨 같아서/이 땅 시인들 너무 일찍 닳거나 부서져버리는데"(「몸」) – 을 확인하면서 삶의 인연이 얼마나 소중한지 다시 한번 생각하게 되었다. 당시 '시를 어떻게 쓸 것인가?' 강연이 끝나고, 술시(戌時) 무렵에 시작된 <경주국악연구소> 이성애 선생의 대금 연주는 이견대(利見臺)의 주위 풍경과 어우러져 한 폭의 아름다운 수묵화 같았다.

강연과 대금을 연주했던 이견대(利見臺)의 '이견(利見)'이라는 말은 주역(周易) 건괘(乾卦)의 "나는 용이 하늘에 있으니, 대인을 만남이 이롭다."「비룡재천 이견대인(飛龍在天 利見大人)」라는 문장에서 비롯되었다. 그곳에서 문무대왕의 아들 신문대왕(神文大王)은 낮에는 둘이 되고 밤에는 합하여 하나가 되는 대나무를 얻었고, 필자는 정일근이라는 한 시인을 만났다. 후에 그 대나무는 만파식적(萬波息笛)이라는 신묘한 피리로 만들어졌고, 정일근 시인은 이번에 나온 신작시집『오른손잡이의 슬픔』으로 제4회 영랑 시 문학상을 받았다.

정일근 시인은『실천문학』(1984)과『한국일보』(1985) 신춘문예로 등단한 이후 일상생활의 탐구, 삶의 정의를 위한 역사적 시원 찾기, 민족 통일을 향한 열망, 지방자치 시대 문화적 정체성 탐구, 환경과 생명의 복원 등 참으로 다양한 주제를 추구해 왔다. 게다가, 여덟 번째 시집『오른손잡이의 슬픔』에서는 지금까지 일궈온 시적 작업 위에 '근대문명의 극복과 통합'이라는 주제를 추가한다.

시인은 역사 속에 은폐된 것과 아직 그 실체를 드러내지 않은 것, 그리고 언제나 이미 거기에 있어야 할 것들을 탐구하고 준비하는 사람이다. 자신의 몸과 일치하는 언어를 가지지 못한 사물은 균열 이후 지금까지 은폐되어 왔으며, 명명되지 않은 사물은 본질적으로 아직 세상에 자신의 모습을 드러내지 않았다고 생각된다. 그래서 시인은 이러한 사물들에게 자신과 어울리는 말을 반드시 찾아주려 한다. 그 까닭은 언어가 말을 하기 때문이다. "인간이 말을 하기보다는 오히려, 인간이 언어에 응답해 나가는 한에서만 인간은 말할 수 있는 것이다."(하이데거)

『오른손잡이의 슬픔』에서 '언어에 응답해 나가는' 방식은 일곱 번째 시집『마당으로 출근하는 시인』(2003)의 <시인의 말>에서 "저는 아직 시와 사람 사이에 서 있습니다./그 사이에 난 길을 걸어가고 있습니다."라고 말한 진술의 연장선에 있다. 그러나 이러한 사유는 정일근 시인이 초기부터 일관되게 견지해온 것이다. 다만, "시인이란 시와 사람이 하나가 되었을 때/얻을 수 있는 자연의 이름이라는 것을/이 시집을 묶으며" 새삼 깨달았을 뿐이다.

> 시(詩)와 함께 죽을 수 있는 사람은
> 시(詩)와 함께 살 수 있는 사람이다
> 시와 사람은 처음부터 한 몸이다
> 그래서 시인(詩人)이다
> ―「시인(詩人)―서시」, 전문,『마당으로 출근하는 시인』―

우리는 예술을 창작하는 자 가운데, 유독, 시를 쓰는 사람에게만 인(人)이라는 꼬리말을 달아준다. 다른 사람에게는 소설가(小說家), 극작가(劇作家), 화가(畵家), 음악가(音樂家) 등에서 볼 수 있듯이 가(家)라는 명칭을 부여한다. 이러한 구분은 분명 인류문명의 존재론적 차원과 맥락이 닿아 있지만, 여기에서는 설명을 생략한다.

위의 시는 「시창작 강의실에서」(『마당으로 출근하는 시인』)와 함께 정일근 시인의 시적 존재에 대한 철학적 본질을 함축하고 있다. 시(詩)와 함께 '죽을 수'도 '살 수'도 있는 사람은 같으면서 다른 사람이다. 이 차이는 독자에게 "시와 사람은 처음부터 한 몸이다/그래서 시인(詩人)이다"라고 한 표현을 깊이 성찰하도록 요구한다. "시인이란 시와 사람이 하나가 되었을 때/얻을 수 있는 자연의 이름"이라는 사실, 그런데 시와 사람이 하나가 되기를 바라는 현실은 이미 문명 세계가 아닌가? 이점에서 시인이라는 이름 속에는 문명과 자연이 이중으로 각인되어 있다.

그렇기 때문에 문명과 자연이 상호교차 하는 자리에 시인이 위치한다. 정일근 시인은 이 둘을 밀고 당기면서 시의 현(絃)을 켜나간다.『오른손잡이의 슬픔』에서 시적 사유는 문명과 자연의 경계선을 따라서 시작되고, 그 경계선이 지워지는 지점에서 끝난다.

> 사람이 던지는 먹이를 따라
> 그 높이쯤에 길들여져 사는 뚱뚱한 갈매기를
> 이제는 더 이상 바닷새라 이름 하지 말자
> 바다를 잃어버린 텃새, 오직 먹이 좋아
> 화려한 군무 펼치는 봉길바다 갈매기를 보며
> 무용대학 나와 서라벌민속식당 일본관광객 앞에서
> 부채춤 추는 후배의 퇴화된 꿈을 생각한다
> 이사도라 던컨을 꿈꾸었던 후배가, 다시는
> 경제로 굵어진 허리로 발레복을 입지 못하듯
> 봉길바다 갈매기는 먼 바다로 날아가지 못한다
>   -「뚱뚱한 슬픔」, 부분-

봉길바다는 신라 문무대왕의 무덤, 대왕암이 있는 곳이다. 그러니까 이 공간에는 아주 오래전부터 문명과 자연이 공존해 왔다. 위 시에서 '뚱뚱한 갈매기 — 화려한 군무'의 짝은 '바닷새 — 먼 바다로 날아감'의 짝과, '굵어진 허리 — 부채춤'의 짝은 '이사도라 던컨 — 발레복'의 짝과 대립된다. 그와 동시에 봉길바다 갈매기의 야성과 후배의 꿈은 포개진다. 이 대립의 세계에서는 사람들이 던져주는 인공먹이를 누가 먼저 낚아채는가? 관광객의 돈지갑을 어떻게 열게 할 것인가? 하는 눈치의 처세술이, 포개짐의 세계에서는 꿈의 동력학이 지배한다.

이처럼 삶의 욕망이 눈치와 꿈으로 분열된 현실에서 "이사는 신입사원의 파병반대 주장보다 자신의 젓가락이 가지 않은 신성한 갈치구이를 먼저 공격하는 부하의 젓가락질이 언짢고 부장 대우는 갈치문제로 밥상 위의 평화가 깨어질까 불안"(「불안한 식사」)해 하는 것은 어쩌면 너무나 당연하다. 그래서 시인은 자신의 "마음에 양변기 놓아 물줄 당겨/쏴

아아 쏴쏴 다 씻어 내려버리고 싶다/오욕에 오염된 오장육부 다 내다버리고/내가 나를 이기지 못하는 마음 다 내다버리고"(「마음의 양변기」) 싶은 것이다.

이 아슬아슬한 '밥상 위의 평화'에 대한 불안은 "내가 아닌 우리라고 쉽게 익명이 되어버리는 이 시대의 밥상에서 나도 국밥이 아닌 국과 밥 먹고 싶"(「아름다운 식사」)은 인간욕망의 내적 형태이기도 한다. 이것은, 국은 국대로 밥은 밥대로 자신의 맛을 유지한 채 서로 섞여 새로운 맛을 내는 국밥의 상태, 즉 '나와 우리'가 아름다운 조화의 세계로 발전해 나아가야 함을 의미한다.

정일근 시인은 '나와 우리'의 변증적 반향의 세계에 도달하기 위해 먼저 도시문명부터 비판한다. 시인은 "제 몸의 살이 그 쌀로 만들어지는 줄도 모르고/그래서 쌀과 살이 동음이의어이라는 비밀 까마득히 모른 채"(「쌀」) 살아가는 서울 사람들에게 삶의 반성을 요구하면서, 자연의 '쌀'이 몸의 '살'로 순환하는 생명의 사이클을 잊어버린 도시인의 언어감각을 비판한다. 그러나 이미 오래 전에, "나는 학교에서 그릇이라 배웠지만/어머니는 인생을 통해 그륵이라 배웠다/그래서 내가 담는 한 그릇의 물과/어머니가 담는 한 그륵의 물은 다르다"(「어머니의 그륵」, 『마당으로 출근하는 시인』)며 어머니와 자신의 언어감각을 비교한 바 있다. 자신이 서울에 온 이유를 묻는 사람들의 질문에 똑같은 대답을 반복하는 까닭도 도시문명에 대한 비판에서 연유한다.

> 만나는 사람들이 똑같이 묻습니다.
> 무슨 일로 서울에 왔습니까?
> 나의 대답은 똑같습니다.
> 빨리 돌아가기 위해 왔습니다.
>
> ―「서울―우문우답」, 전문―

시인은 왜 '빨리 돌아가기 위해' 서울에 왔다고 대답했을까? 그것은 문명에 대한 역설적 풍자가 아닐까! 시인에게 서울은 "아무도 나를 구하러 오지 않는/무너진 막장 안에 혼자 남았다는 절망" 속에서 "오직 내가 나를 찾는 등불이라는 것, 내가 나를 눕히는 따뜻한 방 한 칸이라는 것"(「서울, 히말라야, 베이스캠프」)을 체험하는 공간일 뿐이다. 그래서 그는

> 도대체 여기가 어디인가? 숨을 쉴 수 있는 곳으로 내려가고 싶다.
> 　　　　　　　　　　　　　　－「서울, 히말라야, 베이스캠프」, 부분－

고 절규하는 것이다. "도대체 여기가 어디인가?" 여기는 '아무도 배웅해 주지 않는 여관 문 나서며 마음 문 열면 여는 넓이만큼 상처가 남는 곳'(「서울－우화」)이고, "사람 사는 땅으로 바람이 지나간 것뿐인데/바람이 한 꺼풀 벗기니 상처뿐인 알몸"(「颱風, 그 다음날」)의 허상이 판치는 세속에 불과하다. 그렇다면, 시인이 내려가고 싶은 '숨을 쉴 수 있는 곳'은 어디인가?

> 진해, 하고 중얼거려보면
> 마음이 먼저 정거장으로 달려가 기차를 기다린다
> 진해로 가는 마지막 기차 타고
> 고향 불빛 스미는 따뜻한 유리창에 얼굴 대고
> 늦기 전에 더 늦기 전에 고향으로 돌아가고 싶은
> 나를 만난다
> 　　　　　　　　　　　　　　　　　　－「진해」, 부분－

이 시에서 보면, '숨을 쉴 수 있는 곳'은 시인이 태어나고 자란 고향이

다. 하지만 그곳은 '진해'라는 현실적인 장소라기보다 가슴속으로 되뇔 때마다 '늦기 전에 더 늦기 전에' 돌아가고 싶은 '나'를 만나는 원초적 대타자로서의 어머니가 살아 숨쉬는 실재의 공간이다. 시인에게, 이러한 고향에 대한 기억은 "영일정씨문헌록을 읽으며/나는 내 피의 근원에 한없이 고마워지고/또 눈물겨워지는"(「영일정씨문헌록을 읽으며」) 연오랑 세오녀의 땅에서 시작된 시인의 육체적 뿌리를 넘어 시적 정신의 근원에까지 연결되어 있다. 모든 근원을 시작의 원점이라고 생각하지 말자. 그것은 우주의 진행 속에서 존재가 내뿜는 생명의 자리일 뿐이다.

시 「아 모도들 따사로히 가난하니」에서 시인은 자신의 시적 계보를 '백석 → 박재삼 → 정일근 → 삼천포의 아이들'이라고 밝혀놓은 바 있다. 이를 위해 시인은 1936년 25살의 백석(1912-1995)과 4살의 박재삼(1933-1997)이 삼천포에서 만나 서로의 눈길을 주고받았다고 가정한다.[실제로 백석은 1936년 남해안 일대를 여행하고 남행시초(南行詩抄) 4편을 『조선일보』에 발표한다. 3월에 창원도(昌原道)-남행시초(南行詩抄)1, 6월에 통영(統營)-남행시초(南行詩抄)2와 고성가도(固城街道)-남행시초(南行詩抄)3, 8월에 삼천포(三千浦)-남행시초(南行詩抄)4]

삼천포에서 시인 백석과 어린 박재삼이, 경복궁 근정전에서 열렸던 백일장에서 시인 박재삼과 청소년 정일근이, 박재삼 문학제가 열리는 삼천포에서 다시 시인 정일근과 어린 아이들이 서로의 눈길을 주고받았다. 시인은 이 만남이 가능한 이유를 "시인을 만드는 것은 시인의 눈길이다"(「아 모도들 따사로히 가난하니」)고 말함으로써 그 정당성을 획득한다.

여기서 시인의 눈길(gaze)은 정신적 생명이라는 사실, 그리고 정신적 생명은 대타자의 눈길이라는 사실을 음미할 필요가 있다. 왜냐하면 우리는 문명의 현실을 지켜보는 자연의 눈길 속에서, 그 눈길과 함께 이 글의 목적지에 도달해야 하기 때문이다.

> 아아, 만개한 동백꽃들 참을 수 없는 분노와 슬픔으로
> 스스로 제 몸 던져 섬의 눈동자를 점안시키는구나.
> 땅으로 떨어져 섬의 활활 타오르는 붉은 눈이 되는구나.
> ―「그 눈이 우리를 지켜보고 있다」, 부분―

동백꽃은 땅에 떨어져 스스로 섬의 눈동자를 점안하여 섬의 '붉은 눈'이 된다. 이 섬은 동백섬으로 일명 목도(目島)라고 부른다. 그런데, 목도(目島)라는 이름 속에는 이미 대타자의 눈길(目)을 머금고 있지 않은가? "후박나무는 누군가 기다린 지 오래지만 동백섬으로 가는 도선은 끊어진 지 오래다."(「후박나무 사랑」) 폐쇄된 바닷길을 사이에 두고 사람이 찾지 않는 동백섬의 '붉은 눈'은 울산의 온산공단을 바라보고 있다. "그러나 우리는 그 섬이 우리를 지켜보는 눈(필자:생명의 눈길)이라는 것을 몰랐다."(「그 눈이 우리를 지켜보고 있다」) 우리는 "그를 만나고도 그를 알아보지 못"(「엠마오 가는 길」)했던 것이다.

동백섬의 생명의 '붉은 눈'을 발견한 후부터, 시인은 눈(eye)과 눈길(gaze)의 변증적 세계에 대한 균형감각을 확보한다. "시를 보는 내 눈도 두 개다. 서정에 몰입하는 오른 눈이 있다면 오른 눈이 보지 않는 것을 보는 왼 눈도 있다. 시인은 결코 외눈으로 살 수 없는가 보다.(「시인의 말」)라고 한 시인의 말도 그런 관점에서 이해해야 한다. 여기서 '왼 눈'과 '오른 눈'의 세계는 아래 시에 나오는 '왼손'과 '오른손'의 세계와 별반 다르지 않다.

> 왼손은 오른손에서 가장 가까운 곳에 있었으나

왼손은 오른손에서 가장 멀리 잊혀져 있었다
오른손 아프고부터 왼손으로 세상을 잡아 본다
왼손으로는 지푸라기 하나 쉽게 잡히지 않는다
자꾸만 놓치고 마는 왼손의 미숙 앞에
오른손의 편애로 살아온 온몸이 끙끙거린다
오른손잡이도 왼손잡이도 절반을 잃고 사는 것이다
오른손잡이도 왼손잡이도 슬픈 사람인 것이다
손은 둘이 하나다 마주쳐야 소리가 나듯이
두 손을 모아야 기도가 되듯이
- 「오른손잡이의 슬픔」, 부분 -

인간의 좌뇌는 몸의 우측을, 우뇌는 몸의 좌측을 통제한다. 그러니까 왼 손은 우뇌의 지시에 따라, 오른 손은 좌뇌의 지시에 따라 움직인다. 위 시에서 보는 것처럼 오른손 문화에 길들여져 있었던 까닭에 '오른손에서 가장 가까운 곳에' 있었던 "왼손은 오른손에서 가장 멀리 잊혀져 있었다." 실제로 몇 천 년 동안 인류의 문명은 좌뇌의 특성을 중심으로 건설되어 왔으며, 우뇌의 특성을 억압해 왔다.

좌뇌의 특징은 선형성과 연속성 그리고 시각적 측면을 가진 반면, 우뇌의 특징은 동시성과 종합성 그리고 청각적 측면을 가진다. 그렇기 때문에 오른손잡이도 왼손잡이도 모두 '손은 둘이 하나'가 될 수 있도록 좌·우뇌의 균형감각을 터득하여야 한다. 그때, 인류문명은 정말 조화롭게 발전할 수 있을 것이다. 이 '손'의 문명론은 시인의 역사 감각과 만날 때 한반도의 통일론으로 바뀐다.

꽃은 남에서 북으로 피면서 올라가고
단풍은 북에서 남으로 물들면서 내려온다
어리석은 사람은 남과 북으로 나눠져 살고 있지만

꽃길 단풍길에는 나눠지고 끊어지는 길은 없다
한라에서 보내는 봄편지 백두에 닿으면
백두에서 보내는 가을답신 한라로 돌아온다
사람만이 금 그어 그 길 막아 놓았지만
새와 물고기들은 남과 북 자유로이 오가는 것이니
무릇 그것이 자연의 길이다
한반도의 큰길도 그렇게 열려야 할 일이다

　　　　　　　　　　　　　　　　－「자연법」, 부분－

　이 시는 신동엽 시인의 「껍데기는 가라」와 박봉우 시인의 「휴전선」
을 내면화시켜 놓은 듯한 분위기를 연출한다. 사실 대개의 시인들은 한
반도의 통일이 "한라에서 보내는 봄편지 백두에 닿으면/백두에서 보내
는 가을답신 한라로 돌아"오듯이, 새와 물고기들이 남북을 자유로이 오
가듯이 자연법에 기초해야 한다는 이런 부류의 시를 많이 써왔다. 그럼
에도 불구하고 정일근 시인의 「자연법」이 돋보이는 이유는, 2004년 4
월에 일어났던 북한 룡천 대폭발 참사에 대해 "남쪽이 북쪽을 구원하는
손이 아닌/우리가 우리를 살리는 손/그 손을 내밀어라"(「손을 내밀어라」)
하는 상생 주체의 정치경제학적 존재론에서 볼 수 있는 것처럼, 투철한
역사적 관점에 서 있는 그의 문명관 때문이다.
　이것은 "둘을 융합하면서 하나로 만들지 않고"「융이이불일(融二而
不一)」, "하나로 만들지 않으면서 둘을 융합하는"「불일이융일(不一而
融二)」 비진비속(非眞非俗)의 논리와 "유무의 양변을 떠났지만 중심에
얽매이지 않고"「리변이비중(離邊而非中)」, "중심에 얽매이지 않으면
서 유무의 양변을 떠나 있는"「비중이리변(非中而離邊)」의 비중비변
(非中非邊)의 논리와 유사하다. 이 원효(元曉)의 사상이 신라가 삼국을
통일하는 데 중요한 역할을 했던 것처럼, 정일근 시인의 역사적 문명론

도 남북통일을 이루는데 한 몫을 할 것이다.

　우리는 이미 정일근 시인의 신작시집『오른손잡이의 슬픔』의 마지막 목적지에 도착했다. 그런데, 시인은 흥미롭게도 이번 시집에서 그의 문명관에 도달하기 위한 방편으로「책」이라는 제목의 시 두 편을 제시하고 있다. <책>이란 무엇인가? 그것은 인류문명의 정수이다.

　　　책의 사유가 지나간 자리에 길이 생긴다.
　　　마음이 만드는 길처럼
　　　보라, 그 길은 따뜻하고 뜨겁다.

　　　책 속으로 난 길이 있다.
　　　많은 선지자가 그 길을 걸어가
　　　자신이 꿈꾸는 세상을 만들었다.

　　　지금 이 시간도 마찬가지다.
　　　책 속에 길이 있다.
　　　가자, 우리 다함께 그 길을 가자.

　　　　　　　　　　　　　　　　　　　　　　－「책」, 부분－

　책에 대한 시인의 일차적 관점은 그의 신춘문에 데뷔작「유배지에서 보내는 정약용의 편지」를 매개하여 정약용의『유배지에서 보낸 편지』(창비, 1991)를 읽어보면 알 수 있다. 정약용은 유배지 강진에서 서울의 학연과 학유 두 아들에게 쓴 편지에 "폐족(廢族)으로서 잘 처신하는 방법은 오직 독서하는 것 한 가지밖에 없다."(「두 아들에게 부치노라2」)고 곡진하게 쓰고 있다.

　이처럼 "책 속에 길이 있다."며, "가자, 우리 다 함께 그 길을 가자."는 시인의 말은 정약용의 편지 내용과 한 치의 차이도 없다. 그러나 시인은 전통적인 책에 만족하지 않고, 시인이 생각하는, 전혀 다른 새로운 책을 이야기한다.

> 한 장 한 장 읽어갈 때마다
> 피가 되고 심장이 되는 책
> 사랑이 되고 낭만이 되는 책
> 지성이 되고 사상이 되는 책
> 그리하여 사람을 만드는 책이 있다
> 그 책이 어디에 있는지 묻는다면
> 나는 자랑스럽게 답할 수 있으니
> 지금 그대들 손에 그 책이 있다
>
> ―「책」, 부분―

이 「책」에서 중요한 것은 책의 내용이 아니라 책의 위치다. "한 장 한 장 읽어갈 때마다" 피가, 심장이, 사랑이, 낭만이, 지성이, 사상이 되어 "그리하여 사람을 만드는 책이 있다." 여기까지는 우리가 그리 놀랄 일은 없다. 그런데 그 '책'이 있는 곳이 바로 '그대들 손'이라고 씌어 있는 대목을 읽는 순간, 우리는 망치로 정수리를 강하게 얻어맞은 것처럼 땅하다. 그 '책'은 정약용의 손에, 그 아들들의 손에, 시인의 손에, 그대들의 손에, 나의 손에 있다. 이것은 무엇을 뜻할까?

우리는 「책」이라는 두 편의 시에서 이야기된 것과 아직 이야기되지 않은 것 사이의 차이를 이해해야 한다. 그 차이는 사상과 노동, 철학과 경제, 역사와 존재와 같은 두 시원의 틈새에서 발견되는 시적 본질과 관계있기 때문이다. 독자여! 지금 당장 그대 손을 한번 펴보시라. 무엇이 보이지 않는가? 만약 보이지 않는다면, 정일근 시인의 시를 처음부터 다시 읽어보기 바란다.

서정(抒情)의 고통

― 박준식 시인의『일년 후』(2006)를 읽고 ―

지금까지 쓴 박준식 시인의 시는 한마디로 '견딜 수 없는 그리움의/정체성'(「비」,『날아야 닿을 수 있는 너에게』)을 찾기 위한 과정일지 모른다. 그것은 사랑의 현실태인 타자에 대해 '내 안의 바람이 너를 스쳤다/스쳐, 투명히 부서지는'(「코스모스」,『날아야 닿을 수 있는 너에게』) 사랑의 욕망이 그리움으로 변한 것이다. 바로 이 그리움의 끝자락을 붙잡고 누군가를 기다리는 형국이『날아야 닿을 수 있는 너에게』(1999)와『고슴도치의 꿈』(2004)에 이어, 세 번째 시집인『일년 후』(2006)의 시 세계를 형성하고 있다.

누군가에 대한 기다림은 '그대를 바라보며/가슴을 찌르는 아픔보다/안을 수 없는 실의에/익숙해진 고통'(「고슴도치」,『고슴도치의 봄』)처럼 '영원히 오지 않을/잃어버린 다음'(「다음」,『고슴도치의 봄』)의 시간과 관계가 있다. 그 시간 속에서는 '그대의 눈이 다 말해버려/더 이상 감출 수 없는/이별은/굵어진 빗줄기 속에서 젖어'(「희망1」,『고슴도치의 봄』)가고, '서로를 사랑한 만큼/깊어진 상처를 안고/자신에게 길들여지

기를 기다'(「cafe 아비앙또」, 『날아야 닿을 수 있는 너에게』)리는 시적
화자의 마음 '그 위로 세월이 쌓여/잊힐만도 하건만/여전히'(「빗소리1」,
『고슴도치의 봄』) '전갈의 독 같은 그리움'(「그리움2」, 『고슴도치의 봄』)
이 스며든다.

그러니까 시적 화자에게 있어 가슴을 저미며 살아가야 하는 '일상의
이곳은/그리움이라 불리는/유배지'로 '당신의 바다에 갇힌 나에게/아침
은/눈뜨며 맞는 어둠의/다른 모습'(「유배지」, 『고슴도치의 봄』)으로 현
상한다. 그리고 박준식 시인의 시에서 이러한 세계는 늘 '빗속에 젖어있
는 해시계의 시간'(「영원」, 『고슴도치의 봄』) 속에 놓여 있다.

> 그날 이후
> 나비 걱정에
> 비 오는 하늘이 미워
> 비가 원망이 되어버렸다
>
> −「그날 이후 − 나비」, 부분−

위 시에서 '비'는 시적 화자의 심리적 정황을 나타내는 '객관적 상관
물'이다. 그 까닭은 '비오는 날 그대를 처음 만났'(「기억」, 『고슴도치의
봄』)던 과거의 기억을 떠올리게 하고, 나비(영혼)가 되어 출현한 그대가
비에 젖을까봐 걱정하는 시적 화자의 욕망을 보여주는 지표이기 때문이
다.

그러나 이러한 '객관적 상관물'은 시적 화자에게 마음의 평정을 가져
다주지 못한다. '봄날 잡고픈 게 있다면/바람이거나/햇살이거나/혹은,
초록빛 사랑'(「다시 봄날을 1」)일진데, '바람이 차가워서인가/새순 뾰족
한 민둥가지도'(「다시 봄날을 3」) '그 많은 꽃을 피우며/예까지 왔을 터
인데/감흥'(「봄 강」)이 전혀 일어나지 않는다. 이러한 상황은 다음의 시

들에서도 마찬가지다. 여름은 '살아 땀 흘리고 있는/살덩이가/시리'(「8월」)고, '가을은 지나쳐 간다/사랑같이/그리고 겨울동안/스쳐간 흔적의 테를 새기는'(「가을은」) 여정일 뿐이다.

그래서 시인은 '바다로 닿는 끝까지 달려가/노란 봄의 유령이 되고 싶'(「유령 3」)은 것이 아닐까?

> 유령이 되고 싶다
> 육체이탈, 공간이동이라는
> 빙의의 단순기대 만으로
> 그렇게 그들만의 세계로 들어
> 만날 수 있다면
> 지난봄에 떠난 이를 만나
> 그간의 이야기도 들려주고
> 딸년 큰 것도 보여주고
> 끓여주던 된장찌개가 먹고 싶다
>
> 이네 유령이 되었다
>
> ─「유령 2」, 전문─

보통의 사람들은 가족 가운데 누가 이유없이 집을 뛰쳐나갔다면, 그/그녀가 다시 돌아온다 해도, 그 동안 살아온 가족 이야기를 들려주지 않을 것이다. 그런데 위 시에서는 사별(死別)한 부인에 대한 남편의 사랑이 넘쳐흐른다. 그 사랑은 '그대가/하늘에 별이 되어 떠 있다면/18,829,292 번째 이름으로'(「18,829,292번째의 이름」) 불려주겠다는 시적 화자의 의지 속에 자명하게 드러난다. '유령이 되고 싶'고 또 '이네 유령이 되었다'는 것도 결국 시적 화자가 꿈꾸는 물아일체(物我一體)의 세계에 대한 열망이 아니겠는가?

이 모든 때 전부 기뻤지만
가장 기쁜 때는
그대가 가슴으로 걸어 들어와
내가 된 지금입니다

-「가장 기쁠 때」, 부분-

　모든 사랑의 주체는 항상 그대 속의 나 혹은 나 속의 그대이다. 이 둘이 하나가 될 때가, 그것도 '그대가 가슴으로 걸어 들어와/내가 된 지금'이 사랑하는 사람의 입장에서는 가장 기쁠 때일 것이다. 그래서 시적 화자는 '그날 이후/더 이상 그림자가 없는/그녀가 되어/그림자 지우기를 시도'(「그날 이후 – 그림자」)한다.

　'매일 만나기만 하고/헤어지지는 못하는'(「유령1」) 유령은 '떠돌며/어둠을 흩어놓는 바람의 투명함을'(「별자리」) 바라본다. '하얀 소리를 실은 바람은/귓등을 스치며 어깨로 쌓인다/한 삽을 떠내면, 그 자리로/기억을 닮은 슬픔이 흥건'(「가슴으로부터」, 『날아야 닿을 수 있는 너에게』)하다. 게다가 유령은 '바람의 투명함' 뿐만 아니라 '멈춰버린 강의 시간 속에/그의 미소는 없지만'(「사랑 – 흐르지 않는 강」) '이렇게 모아 연기에 실어/손을 흔'(「별리 – 흐르지 않는 강」)들며 죽음의 세계를 마음대로 드나든다. '겨우내 4월을 기다리던 그녀는/영원히 3월이 되어/벽화'(「3월 – 흐르지 않는 강」)의 세계에 갇혀 버렸고, 시적 화자는 '그림자 없는/그녀'(유령)가 되어야만 그녀를 만날 수 있다.

　이번 시집이 이전의 두 시집과 다른 차이점이 있다면, 이번 시집의 시적 화자가 이전 시집의 시적 화자보다 현실을 대하는 태도에 있어 훨씬 더 능동적이라는 데 있다.

　　어둠 속을 달리는 내게

도피는 사치였다
　　피할 수 없는 현실

　　과거의 슬라이드로 남겨진
　　흑백의 잔영들

　　어디에도 비상구는 없다
　　　　　　　　　　　　　－「EXIT」, 전문－

　이 시에서 시적 화자는 어둠 속을 달린다. 그는 '흑백의 잔영들'처럼 남겨진 슬픈 과거의 기억을 외면하기 위한 '도피'조차 '사치'로 여기고, '피할 수 없는 현실'로 받아들인다. 아마, 우리는 죽음에 이르지 않고서는 기억 속에 저장되어 있는 온갖 이야기들을 잊을 수 없을 것이다. 그러므로 '어디에도 비상구는 없'는 세상을 온전히 살기 위해서는 정신적 지주가 필요하다. '그렇게 지주에 의지해/흔들려도 넘어지지 않고 건넌/세상의 다리를 돌아볼/그날을 기리며'(「흔들림에 익숙해지기」) 삶의 여유를 가질 때, 진실로 삶은 아름다울 수 있다.

　삶에 있어 모든 '기준은 나'이기 때문에 자기 삶의 '방향을 빛내줄 등대 하나'(「등대2」)쯤은 반드시 있어야 한다. 이때 감성적 주관주의에 빠지는 것을 경계하자. 만약 그렇지 않을 경우, 시는 시인 자신은 물론이거니와 독자에게도 아무런 감흥을 불러일으키지 못 할 것이다. 우리는, '문학적 허영과/관념적 사치를 터트려 웃음 짓던/알몸이 드러나'(「RIZ 2」)는 그 순간, 현실의 고통을 숙명적으로 긍정할 수밖에 없다.

　그리하여 '깊은 계곡과/작은 여울을 거슬러/다다른 죽음의 터를/힘찬 꼬리로 움파고 넓혀/혼을 낳'(「숙명－강 오름 물고기」)아야 하고, '한여름 밤 목숨을 건 도전일 뿐/첫 시도로 날개짓을 그을렸다면/다시 멋진

폼으로 뛰어들'(「숙명 – 부나비」)어야 하고, '태생부터 선택된 사랑/단,
한 번의 짝짓기로 맞는/낯설은 죽음/그조차도 향연이었고/존재의 방식'
(「숙명 – 숫벌」)이라는 사실을 알아야 한다. 그것을 두고 '타인들은 교
미라 하지만/목숨을 건/단 한번의 사랑/짧아도 그러고 싶었어/그렇게,
우리 영원할 수 있기에'(「숙명 – 숫 사마귀」) 순간 속의 영원성을 추구
할 수 있는 것이다. '올 장마부터' 시적 화자의 몸속에 '이렇게/말초 실
핏줄까지/아주 특별한 새 피가 돌기 시작'(「시도」)한 것도 이렇듯 일상
적 삶의 내밀한 결단으로부터 가능했다.

　　이러한 변화는 '그대를 떠나보내고/그대를 잃고서 얻은/새로운 희
망'(「희망2」, 『고슴도치의 봄』)에 대한 역설적 사유를 반증한다. 그것
은 시인에게 있어 '낯설은 익숙함'의 영역, 그러니까 프로이드가 말하는
'두려운 낯설음'(uncanny)의 세계에 해당한다.

　　　　　불을 끌 수가 없다
　　　　　머리맡에서 자리끼와 함께
　　　　　해맑게 웃는 얼굴 하마 지워질까
　　　　　그렇게 지워지면
　　　　　영원할까 두려워
　　　　　연민 같은 어둠을 밀쳐낸다

　　　　　눈을 감을 수가 없다
　　　　　마지막 얼굴이 두 겹, 세 겹 겹쳐와
　　　　　할 수 없이 자리 털고 일어나
　　　　　밤을 깨워 놓고
　　　　　함께 이던
　　　　　모든 시공을 들러본다

　　　　　이대로 살아야 할까

그대가 남겨 논 그리움의 공간을
쥐새끼처럼 갉아 배 채우며
명분도, 욕망도, 의욕도 없는
이곳의 삶을
손을 건네고, 말을 붙여본다
……
밀려와 가득 메우는 환영을 따라
터벅터벅 마음을 움직여 본다

-「서시」, 전문-

　모든 서시(序詩)는 시로 쓴 그 시인의 특별한 시론이다. 박준식 시인
의「서시」는 <나는 당신이 아프다>라는 문장으로 요약할 수 있는 연
애론이다. 시적 화자는 먼저 머리맡에 놓여 있는 자리끼 속에서 '해맑게
웃는 얼굴'이 지워질까봐, '그렇게 지워지면/영원할까 두려워' 한다. 그
다음 눈을 감고 잠을 청해 보지만, '마지막 얼굴이 두 겹, 세 겹 겹쳐와'
'밤을 깨워 놓고/함께 이던/모든 시공을' 유령처럼 들러본다. 그리고 마
지막으로 '명분도, 욕망도, 의욕도 없는/이곳의 삶을' 이대로 살아야 하
는지 반문하면서, '밀려와 가득 메우는 환영을 따라/터벅터벅 마음을 움
직여' 생각에 잠긴다.

　그렇게「서시」는 씌어졌고, 시적 화자는 대타자(시/그녀)가 나에게
무엇을 원하는지 그 질문(Che vuoi?)에 대한 답을 이미 첫 시집에서 다음
과 같이 준비해 두었다.

시, 그것은 시인의 체온이야
지키는 이의 목숨 바다, 그것은
그리움 짙은 심연으로서의 행진을
멈추지 않는 생명체

－「임원에서 － 태풍 테드」부분, 『날아야 닿을 수 있는
너에게』－

이때 시는 사랑하는 그녀를 향한 '시인의 체온'으로, '목숨바다' 속에서 '그리움 짙은 심연으로서의 행진을/멈추지 않는 생명체'이다. 이 '두려운 낯설음'의 세계는 시적 화자로 하여금 '시 같은 너/너의 환상으로 날을 새'(「열애」, 『날아야 닿을 수 있는 너에게』)우며, '생명과 대지의 꿈으로/혹한의 혹독함을 하나하나 새기며'(「붉은 5월」, 『고슴도치의 봄』) 사랑을 '가슴에 묻은 채/심장의 박동이 멈추는 날까지'(「별11」, 『고스도치의 봄』) 생명의 행진을 가능하게 한다. 이처럼 과거의 아픈 기억은 무의식적인 욕망에 따라 상징적 구조 속에서 안전하게 계속 재생산된다.

그대가
세상을 감춰버렸다
취하도록 마신 기억뿐인데
눈뜨니 사라졌다
먼 산도
가까운 꽃나무도
봄도

－「춘설」, 전문－

이 시는 한 편의 선시(禪詩) 풍 산수화(山水畵) 같다. 봄에 창문을 열고 펑펑 내리는 춘설(春雪)을 보면서 취하도록 마신 기억밖에 없는데, 아침에 눈을 떠보니 세상이 사라졌다는 이 놀라운 시는, 필자가 보기에 다른 몇 편의 시들과 함께, 박준식 시인의 문학적 터닝 포인트에 해당한다. 그리고 이 시는, 지금까지, 박준식 시인 특유의 서정적 감수성이 빚어낸 최고의 작품이라고 생각된다. 어차피 삶은 남가일몽(南柯一夢)의

환각이지만, '초사흘 달의 아릿함에/바다는 속내를 가른다'(「제부도」)
는 우주적 생리 앞에서, 우리는 삶의 비의를 느낄 수밖에 없지 않을까!

　필자는 마지막으로 박준식 시인에게 지금까지의 시 창작방식에서 벗
어나 당대적 현실－생명, 성, 역사 기타 등등－에 시적 더듬이를 들이
댈 것을 당부하고 싶다. 왜냐하면 시인의 말대로 '20C의 꼬리로/21C의
밑그림을 그리느라 지쳐 있는 우리는'(「카페 피카소」, 『날아야 닿을 수
있는 어에게』) 새로운 길을 모색해야 하기 때문이다. 이처럼 세월을 벼
리는 과정이 바로 박준식 시인이 꿈꾸는 삶이요, 또한 우리 모두의 희망
이 아니겠는가! 앞으로 더욱더 정진하기 바란다.

제3부

대담 기타

한국문학 발전을 위한 제언

일   시: 2007년 10월 27일 오후 5:30
장   소: 경희대학교 문과대학
참가자: 김용희(75학번, 아동문학평론가), 장현숙(75학번, 문학평론가), 이봉일
　　　　(82학번, 문학평론가)
사회자: 강정구(88학번, 문학평론가)
정   리: 김라나(04학번, 동아시아어학과)

강정구_ 먼저 바쁜 시간을 쪼개서 좌담회에 응해주신 선배님들께 감사드립니다. 오늘 좌담의 주제는 한국문학 발전을 위한 제언입니다. 다소 주제가 막연하고 범위가 넓어서 좌담을 준비하실 때 어려움을 겪었을 것으로 생각됩니다. 그렇지만 한국문학이라는 이 복잡하고 다양한 지형을 펼쳐놓고 이것저것 따져보고 반성해 보는 시간이 한번쯤은 꼭 필요한 시점이 아닌가 싶습니다. 최근 들어 활발하게 논의된 탈민족, 문학성, 환상성, 디지털 등의 테마는 단일한 담론으로 등장한 것이 아니라, 서로 얽히고설키면서 복잡한 담론의 장을 형성하고 있습니다. 이번

좌담은 이런 복잡한 담론들의 핵심을 짚어내면서 한국문학의 문제점과 현황을 점검해보고, 발전의 방향을 살펴보는 시간이 되었으면 좋겠습니다. 먼저, 본격적인 좌담을 진행하기 이전에, 선배님들의 최근 근황이 어떤지 여쭙고 싶습니다.

장현숙_ 현재 경원대 국문학과 재직하고 있으며 지난해 2월부터 내년 2월까지 걸쳐서 한국소설의 얼굴 전집을 발간하고 있고 총 18권으로 계획하고 있는데요. 지금 10권이 나왔어요. 1945년부터 1980년 등단한 작가의 작품을 선별해서 한 작품마다 해설을 달고 있습니다.

김용희_ 지난 10월 1일 학위논문 예비발표를 했습니다. 수료한지 5년이 넘도록 이 일 저 일에 쫓겨 논문에 시간을 내지 못하다가 올해는 무슨 일이 있어도 꼭 논문부터 써야겠다는 다짐을 한 터여서 가급적 이 일에 방해가 되는 것을 하지 않으려 작정을 했었지요. 그런데 그게 생각대로 될 리가 있겠습니까? 논문은 아직 미완성인 채로 남겨진 상태입니다. 시간적 여유로 별로 없고, 수정 보완할 부분은 많아서 걱정이 아주 큽니다. 사실 여기 나올 처지가 못 되는데 얼떨결에 참석하게 되었습니다.

이봉일_ 저는 요즘 한국근대문학의 내면성이 어떻게 형성되어 왔는지에 대해 소설을 중심으로 탐구하고 있습니다. 정확히 말하자면, 1894년부터 1919년에 이르기까지 한국근대문학이 근대적 내면성을 어떻게 형성시켜 왔는지 공부하고 있습니다.

강정구_ 최근 들어 한국문학에 탈민족(post-nationalism) 논쟁이 유행하고 있습니다. 우리 문학이 외세와 독재와 맞서 대응해 오는 과정에서 발생한 민중 - 민족주의 담론에 대한 반발과 비판이라고 할 수 있습니다. 2000년대 들어와서는 제법 그 논의가 커지고 있는 형국입니다. 이러한 탈민족 논쟁과 관련해서 선배님의 의견을 듣고 싶습니다. 민족담론에 기댄 문학이 과연 비판받아야 하는가, 순기능과 역기능은 무엇인가, 그리고 이 탈민족 논쟁에 동의하는가, 반대하는가 등등입니다. 아동문학을 연구하신 김용희 선배님은 아동문학에 나타난 민족성과 정치성에 대해서 하실 말씀이 많을 듯합니다. 그리고 황순원 문학을 연구하신 장현숙 선배님과 분단문학을 연구하신 이봉일 선배님은 각각 순수문학과 이데올로기 문학을 검토해 오셨는데, 이 문제에 대해서 어떤 생각을 하실 지 궁금합니다.

김용희_ '어린이는 우리의 미래'라 하지 않습니까? 아동문학은 민족담론으로부터 시작된 문학입니다. 일제강점기시대에 민족의 장래를 생각하지 않을 수 없었기 때문이지요. 흔히 '개화기'라 통칭되던 시기에 제국주의 각축의 와중에서 우린 선인들이 그에 대응해 왔는데, 사상적 관점으로 볼 때 대응 방식은 크게 세 가지로 구별하는 것이 통례이지요. 첫째는 종래의 도학사상을 계승하는 위정척사 사상이고, 둘째는 실학사상을 계승하는 개화사상, 셋째는 공제창생·보국안민의 가치 아래 새롭게 민중 속에 뿌리를 내리게 된 동학사상입니다. 이들 사상은 모두 백성의 곤궁을 구제하고 제국주의 열강의 침략에 대항하여 민족의 주권을 확고히 하자는 위국애국정신의 발로였다는 점에서 그 성격을 같이한다고 봅니다.

그 중 아동문학이 출현하는 데 정신적 배경이 되었던 사상은 개화사상과 동학사상이었습니다. 이 시기 근대 의식의 발아로 인한 사회구조의 지각변동은 개화 계몽의 정신으로 상승되어 신교육의 보급, 외국유학과 신문화 운동의 확산으로 이어지고, 또 한편으로 어린이의 인격도 소중히 받아들일 것을 천명한 동학의 근대적 인권옹호사상은 자연히 아동문화운동을 태동시키는 배경적 요소가 되었던 것입니다. 이러한 문화적 양상이 어린이에 대한 인식을 새롭게 각인시키면서 어린이를 위한 문학이 형성되는 토대가 되었지요. 결국 아동문학의 형성은 이 시기 전환기의 인식 변화와 긴밀히 연결되어 있었던 것입니다. 이때 아동문학 형성에 크게 기여한 사람은 '소년'의 힘으로 헤쳐 나가자고 했던 육당과 춘원, 그리고 3.1운동 이후 민족운동의 일환으로 구체화된 천도교의 소년운동에 앞장섰던 소파 방정환이었습니다. 특히 1920년 일본 땅을 처음 밟은 방정환이 어린이 책과 잡지, 신기한 장난감이 넘쳐나고, 계절마다 어린이를 위한 행사가 빈번했던 일본의 어린이 문화에서 받은 충격은 실로 김기전이 한탄한 조선 "장유유서의 말폐"를 직접 확인하는 계기였습니다. 그는 서둘러 일본에 유입된 서구의 동화들을 번안하여 조선으로 보내는 작업에 몰두하였는데, 그 일단의 결실이 그가 "학대받고 짓밟히고, 차고 어두운 속에서 우리처럼 자라는 불쌍한 영"이라 명명하던 조선 어린이들을 위한 번안동화집 『사랑의 선물』이었고, 그 이듬해 『어린이』지를 창간했습니다. 곧 '아동의 발견'이라는 근대와 '민족의 장래'라는 일제 강점기시대에서 아동문학은 아동문화운동으로 발아되어 출현한 문학이었기 때문에 민족과 관련지어 생각하지 않을 수 없는 것입니다. 그 후 해방과 함께 어린이를 위한 새 노래로 발표된 「새 나라의 어린이」가 '새 시대의 일꾼'의 상징적 지표가 되었던 것도 '어린이는 우리의 미래' 라는 의도가 내포된 것입니다.

　오늘날 글로벌 시대에는 그만큼 사정이 달라졌다 해도, 그들이 '우리의 미래'라는 생각에는 추호도 변함이 없습니다. 그래서 아동문학은 아무리 시대가 달라지고 정치가 바뀌어도 추구하는 방법론은 다를지라도 그 목표는 같았습니다. 그것은 아동문학이 인간의 원형적 심상인 동심을 지향하는 문학이며 지극히 보편적인 가치를 추구한다는 점 때문입니다. 아동문학은 구비 문학인 설화에 기원을 둔 문학이라는 점에서 보편성과 세계성을 이미 보유하고 있는 문학인 셈이지요. 바로 아동문학은 세상에 존재하는 모든 소외받은 사물이나 생명체에 대해 아픔을 인지하고, 그 극복의 아름다움을 보여주는 문학이며, 세상에 존재하는 모든 것은 다 소중한 가치를 지닌다는 사실을 정서적으로 의미화해 놓은 독창적인 장르인 것입니다. 이처럼 아동문학은 세계의 보편적 가치를 추구하는 문학이기 때문에 이미 탈민족주의에 대한 논쟁 같은 것은 초월해 있는 셈이지요.

장현숙_ 문학은 시대의 역사의 흐름 속에서 탄생하고 재구성된다고 볼 수 있습니다. 이렇게 볼 때 일제시대나 해방 후 특히 유신시대와 같은 구속의 시대에서는 어쩔 수 없이 민족주의나 민중주의 또는 리얼리즘 문학이 대두될 수밖에 없었을 것입니다.

저는 이러한 민족주의나 민중주의를 비판만 해서도 안 되고 계속 그러한 흐름에 머물러 있으면서 그것을 고수해야한다고도 생각하지 않습니다. 리얼리즘만이 또는 어떤 이즘만이 가장 유효한 척도라고 바라보는 편향적 태도는 소설의 자유로운 상상력을 구속시키는 것이라고 봅니다. 인간의 삶이 역사와 시대의 흐름에 놓여있듯이, 인간의 삶을 담고 있는 문학 역시 정체되지 않고 다양한 방법과 방식으로 역동적으로 흘러가야 한다고 봅니다. 요즈음 인터넷을 통해 새로운 형식의 소설들이 나오지 않습니까. 그런 맥락에서 탈민족 논쟁도 바라보아야 한다고 봅니다. 민족담론에 기대는 문학이든 아니든 그것은 중요하지 않다고 봅니다. 그것은 어차피 작가의 개성이고 사상이라고 봅니다. 작가든 문학이든 아니든 사상은 어떤 틀에 얽매이지 않고 자유로워져야 한다고 봅니다. 그래야 다양한, 실험적인 작품들이 나올 수 있다고 보는 것이지요.

그러나 한 번쯤 비판적으로 바라볼 수는 있어야겠지요. 민족담론에 기댄 문학의 순기능은 올바른 역사의식이나 가치관 함양에 도움을 줄 수 있을 것이고 역기능을 들라 한다면, 자칫 폐쇄주의나 획일주의로 왜곡될 수 있다는 점입니다. 현대는 다문화주의가 득세하고 경제 여건상 글로벌화 되는 시대이니만큼 단일민족만을 고수할 수는 없을 것입니다. 다만 세계 속에서 한국인들만이 가질 수 있는 독창적인 문화나 정신이 무엇인가 끊임없이 탐구해야 된다고 봅니다. 끊임없이 한국인의 얼과 정신을 찾으려 했다는 점에서 황순원 문학은 의미가 크다고 봅니다. 일제하에서 쓰여진 「눈」, 「그늘」, 「독 짓는 늙은이」, 그 외에 『움직이는 성』, 『일월』 등에서 특히 돋보인다고 볼 수 있습니다.

흔히 황순원 문학을 순수문학이라고 얘기합니다만 저는 개인적으로 '순수문학'이란 용어에 대해서도 거부합니다. 문학이 순수해야지 정치적이어야 하진 않으니까요. 다만 시대·역사를 배면에 깔면서 실험성과 다양성 그리고 상징적 수법으로 형상화 했던 작가이지 현실을 도피한 작가는 아니라는 것입니다. 그 대표적 작품으로 「모든 영광을」, 「학」, 「가랑비」라든지 「곡예사」 등이 있다고 봅니다. 황순원이라는 작가는 범생명주의, 인간애와 사랑으로 이데올로기를 초극하려고 했던 작가이지 역사와 현실을 도피한 작가는 분명 아닙니다. 오히려 누구보다도 올곧게 부정적 현실과 시대에 저항하며 견뎌낸 작가라 봅니다. 일제시대에서나 유신시대, 그리고 80년대에서도 그렇지요. 한 예로 제5공화국 군사정부 시대 때 일이지요. 언론통폐합 때 '문지'에서 활동하신 선생님은 창비 폐간에 반대하여 문화공보를 찾아가 '창비' 폐쇄조치를 취소하라는 건의문을 전달했습니다. 이렇게 올곧은 지성인의 자세와 행동을 보여준 점에서도 그러합니다. 황순원 선생님은 단상 『말과 삶과 자유』에서 "진정한 작가는 어떤 이즘에 묶여 있어서는 안된다."고 말씀하셨습니다. 민족주의 담론에 대한 논쟁도 이 맥락에서 바라볼 수 있으리라 봅니다.

이봉일_ 사회자께서 설문지에 탈민족 논쟁이라고 했는데, 이것은 탈민족주의 논쟁이라고 해야 할 것 같습니다. 사실 20세기의 이데올로기는 경제적으로는 자본주의 − 사회주의(공산주의), 정치적으로는 제국주의와 민족주의가 짝을 이룬다고 말할 수 있는데요. 이 탈민족주의 논쟁도 그 연장선상에 있는 것이죠. 애드워드 사이드의 『오리엔탈리즘』으로부터 시작된 탈식민주의 논의가 오늘날에 와서 탈민족주의 논쟁까지 번지고 있는데요. 이 논의가 왜 필요한지는, 남북한을 비교해보면 아주 뚜렷하게 확인할 수 있습니다. 해방 이후, 북한은 친일문제를 남한보다 원활하게 잘 수행한 것으로 드러나고 있지만, 남한은 그렇게 하지 못한 채 지금까지 오지 않았습니까. 그 결과, 남한사회에는 수많은 정치, 경제, 사회 문제들이 착종되어 뒤엉켜 버렸죠. 이것을 해결한다는 것은 사실상 불가능하다고 봅니다. 일례로, 노무현 정부가 실행하고자 했던 과거사 정리 문제에 대한 한나라당의 저항을 보면 쉽게 이해가 되죠. 좋은 저항이면 모르겠는데 그렇지 못한 저항이라는 데 문제가 있는 것이죠.

이데올로기 문제를 논할 때는 항상 절대적인 평가는 불가능하고 항상 현실적 변화의 추세에 맞춰 정치, 경제, 사회, 문화의 역동적 관계를 고려하면서 이야기해야 합니다. 1952년 7월 18일부터 1953년 2월 20일까지 조선일보에 연재했던 염상섭의 「취우」를 보면 쉽게 이해할 수 있습니다. 「취우」에 등장하는 이데올로기는 가치중립적인데, 그러한 이유로 작품에는 실증적 차원의 묘사가 주를 이루고 있죠. 사실 그러한 묘사에는 진보적인 측면이 없다고 말할 수 있을지 모르지만, 당시로 봤을 때는 그렇게 표현하는 것조차 대단한 문학적 성과입니다. 그러니까, 염상섭의 「취우」는 그 당시 <가능한 의식의 최대치>를 구현하고 있는 작품이라고 말할 수 있습니다.

강정구_ 세 분 선배님들은 탈민족 논쟁을 초월해서 문학의 보편성을 지켜야 된다는 점에서 공통된 의견을 말씀해 주셨습니다. 김용희 선배님은 아동문학이 지닌 보편적 가치가 이미 탈민족 논쟁을 초월해 있다는 말씀을, 그리고 장현숙 선배님도 황순원 문학이 지닌 범생명주의와 인간애가 탈민족 논의와는 다른 시각에서 살펴봐야 한다는 말씀을 하셨고요, 이봉일 선배님도 이데올로기를 극복·초월해야 한다는 의견을 개진해주셨습니다. 역시 문제는 이데올로기를 수용해서 문학성 자체를 좀 더 의미 있게 드러내는 것이 되겠지요.

얼마 전 시인 고은이 노벨문학상 수상에 실패했다는 소식이 들려왔습니다. 스웨덴 한림원 수상선정 위원회에서는 고은의 시 『만인보』를 비롯한 주요 작품들이 후보에 오른 이유를, 백 년 뒤에도 읽히는 문학이라고 밝힌 바 있습니다. 백 년 뒤에 읽히는 문학이란, 문학의 본격성, 문학성, 보편성, 혹은 세계성으로 번역될 수 있겠지요.

장현숙_ 예, 용어자체가 애매함 부분도 없지 않아 있는데요. 문학의 '본격성'이란 작가의 치열한 시대인식, 역사인식 또는 예술에 대한 열정과 작가의 진실성이라고 봅니다. 또 이 모두를 아우를 수 있으면 가장 좋겠지요.

황순원 선생님은 일제시대에도 이광수, 채만식 등 많은 지식인들이 훼절할 때 감시의 눈을 피해서 우리의 말과 글을 갈고 다듬으면서 우리

민족의 얼과 정신을 살리려고 치열하게 노력하셨습니다. 그 결과물이 바로 단편집 『기러기』이지요. 「별」, 「눈」, 「독짓는 늙은이」, 「황노인」 같은 작품들입니다.

작품 「눈」에서 보면 다 사그라져가는 질화로의 불씨를 읽으면서 반농사꾼으로서의 아버지와 농사꾼으로서의 할아버지의 호흡을 찾고, 고향 사람들과 당신의 생명을 바라보는 정신적 자세야말로 문학에 있어서 '본격성'이라고 말할 수 있겠습니다. 그러면서도 내용 속에서는 인간성에 대한 탐구, 인간에 대한 존엄성, 죽음과 재생, 모체에의 회귀 등을 담고 있는 작품으로서 문학의 보편성을 획득하면서 동시에 실험적 기법을 동원하여 형상화에서도 성공한 작품입니다. 1967년 작품인데 이미 데리다의 해체주의나 탈구조주의처럼, 시점의 자유로운 전이를 통해 서사구조를 해체시키면서도 문학의 완결성을 획득한 작품이지요. 전지적 작가시점에서 시작하여 삼인칭으로 전환했다가 일인칭으로 다시 삼인칭으로, 그리고 작가가 작품 속에 직접 개입하는 장면 등은 놀라울 정도죠. 그 만큼 황순원이라는 작가는 내용 뿐 아니라 형식면에서도 끊임없는 실험했던 작가이고 이것은 그의 자유정신의 추구에 있었다고 봅니다. 그 대표 작품에 「차라리 내 목을」 「탈」 같은 작품들이 있지요. 특히 「별」과 「왕모래」를 시대적으로 연결시켜 보면, 별은 어머니이고 작가에게는 조국이었던 것이죠. 문학은 그 작가만이 가지고 있는 개성과 고유성이 있어야 한다고 봅니다. 황순원 문학적 특질은 가장 기저에 범생명주의, 그 위에 모성에 대한 절대성, 그 위에 애정의 절대성을 추구하고 있으면서 형식면에서는 실험정신으로 자유지향성을 획득했다는 점에서 역시 보편성을 획득하고 있으면서 오늘날 이슈가 되고 있는 환경문제, 통일의 문제, 인간성의 진지한 탐구에 대한 탐색을 통하여 '세계성'을 아우르고 있다고 봅니다. 다만 얼마나 번역을 잘 할 수 있어서 외국인들에게 어필할 수 있는가가 문제로 남겠고 더불어 국력의 신장도 밑바탕이 되어야 하리라 봅니다.

이봉일_ 문학성, 보편성, 세계성 무거운 주제인데요. 세계성과 보편성은 서로를 포섭할 수 있으니까, 이것은 문학성과 보편성(세계성) 두 범주로 묶을 수 있겠죠. 여기에서 문제가 되는 것은 문학성이 아니라 보편성이라고 할 수 있습니다. 왜냐하면 보편성이란 용어는 말이 보편성이지 실제로는 지역성과 다르지 않기 때문입니다. 세계적인 보편성이 있을 수 없죠. 단지 '보편적'이라고 말할 수 있는 것은 '문학적'인 것과 관련지어서 말할 때뿐입니다. 우리는 그것을 '문학적 보편성'이라고 말합니다. '문학적 보편성'이란 것은 한 공동체 내에서 살고 있는 사람들이 그 시대를 치열하게 살아간 흔적을 자기 민족의 언어로 잘 살려 냈는가 아닌가 그것이 핵심이지요. 그렇게 됐을 때 '문학적 보편성'을 획득했다 이야기할 수 있습니다. 보편성은 사실 없는 개념이고 있다고 가정하는 개념입니다. 그렇다고 보편성이 없다고 말하고 싶지 않습니다. 인류는 고대부터 지금까지 끊임없이 활동영역을 확장하면서 지금처럼 전 지구가 하나가 되는 차원으로까지 발전해오지 않았습니까? 옛날에는 자기가 태어나서 살던 동네를 죽을 때까지 떠나지 않았는데, 이제는 마음만 먹으면 세계 어디든지 갈 수 있고 또 우주로 나아갈 수 있는 시대가 되었습니다. 그렇기 때문에 저는 보편성이 없다고 말하는 것이 아닙니다. 보편성에 대해 말할 때 그것이 가지고 있는 역사철학적인 한계를 반드시 염두에 두면서 이야기를 진행해야 한다고 봅니다. 보편성이란 것은 없지만 있다라고 얘기할 수 있겠습니다.

최근에 많이 이야기되고 있는 바깥의 사유를 예로 들면 좋겠습니다. 근대 바깥을 사유할 수 있어야지만 근대를 제대로 볼 수 있습니다. 바깥의 사유의 첫 번째 지점이 어디냐 하면 그것은 신화입니다. 신화를 반드시 깊이 있게 공부하고 난 다음에 자기가 하고 싶은 문학 혹은 학문 행위를 하면 오류를 줄일 수 있지 않을까 생각해 봅니다. 문학적 보편성이라는 개념도 신화의 세계에 반사시켜 보면 그 반향이 우리를 정말 문학적 보편성의 세계로 이끌어줄지 모르죠.

김용희_ 이봉일 선생께서 말씀하신 신화, 신화적인 사고, 원형적이라는 것들은 동심과 통하는 것이거든요. 아동문학에서 보편성이라고 하는 것은 인간이 본성이 지니고 있는 것을 보편성이라고 합니다. 그런데 아동문학에서의 문제는 보편성, 세계성보다도 문학성이라는 것입니다.

일반문학과 달리 아동문학에서 가장 문제가 되었던 것은 바로 '문학성'입니다. 이 문제에 대해 일단 동화문학에 한정지어 이야기하겠습니다. 우리는 낭만적이거나 환상적인 이야기, 혹은 지극히 순수하거나 따뜻한 이야기를 들으면 '동화 같다', '동화적이다'라는 말을 곧잘 합니다. 이때의 '동화'라는 말에는 어떤 이상적 세계에 대한 향수 어린 정감이 아름답게 드리워있습니다. 하지만 장르종(種)으로서의 '동화'는 한마디로 '아이들의 이야기' 정도로 비하되어, 덜 세련된 단순성, 어린애다운 유아성, 비현실성, 교훈성 등의 문학적 성격으로 폄하되었던 것이 사실입니다. 그런 동화의 장르적 폄하는 크게 두 가지 현상에 기인합니다. 하나는 문학이 갖는 장르적 엄격성의 문제에 있습니다. 동화는 '문학' 이전에 '이야기'의 범주에 머물러 있었습니다. 개화기에서 1920년대 초에 이르는 시기의 동화는 '잡종의'라 할 만큼 우화, 설화, 고소설, 위인담, 창가형식의 동화요, 서구 번안동화 등 어린이에게 들려줄 만한 것이라면 모두 장르 의식 없이 무분별하게 개작, 윤색, 번안되어 '이야기'로 통칭하던 문학체제 주변부의 온갖 변이들이었습니다. 그런 동화들은 어느 나라 민족의 것이든 편리한 방편으로 내용을 변용시킨 이야기로 장르적 엄격성을 유지하지 못하고 있었지요. 곧 동화는 '이야기'라는 말에 담긴 포괄적인 함의만큼, 문학 장르로는 엉성하기 이를 데 없는 교양 서사물이나 비현실적이고 원시적인 단순 소박한 이야기 정도로 방기되었던 것입니다. 또 하나는 덜 발달된 아동이란 독자에 대한 태도의 문제에 있습니다. 초창기, 서구동화 중에서 가장 관심 있게 번안되었던 이야기는 일본을 통해 들어온 독일의 그림 동화였습니다. 『그림 동화집』은 처음 성인을 위한 이야기로 출간된 뒤, 재판부터 어린이에게 적절하지 않은 민담을 손질하여 어린이용 판본으로 재출간한 것인데, 우리도 이에 착안하여 설화를 발굴하기 시작했던 것입니다. 그러나 동화로 기술된 설화는 민속학적 구비 설화와는 또 다른 성격을 지닌 이야기입니다. 민속학적 관점에서 구비 설화는 원형 그대로 보존하는 데에 중점을 두고 원칙적으로 개작을 허용하지 않는데 반해 동화는 수용자가 어린이라는 점에서 채록자가 임의대로 변형을 가해 이미 민속학적 가치를 상실하고 있었던 것이지요. 더군다나 같은 설화라도 내용을 자의적으로 변형시킨 국적 불명의 이야기들이 자연스럽게 동화로 기능하였습니다. 그런 점에서 동화는 민속학적으로나 문학적으로 유아성을 면치 못하고 자연히 변두리 장르로 밀려날 수밖에 없었던 것입니다.

그러한 한국의 동화문학은 외국의 명작동화들을 모방 모델로 하여 1920년대 조선동화, 고래동화, 전설동화 등 우리 동화를 발생시켰고, 그 우리 동화들은 '창작동화'가 출현하는 데 결정적 역할을 했습니다. 결국 이들 동화들이 점차 문학적으로 정제되어가면서 비로소 전통 민담서사를 어린이에게 적합하도록 현대적 감각으로 재현시킨 '전래동화'와 시적 서사를 도모하여 예술적으로 형상화한 '창작동화(순수동화)'로 구체화되고, 또 거기에 소설적 서사를 도입한 '소년소설'로 구분되어 발전해

왔습니다. 한마디로 말해서 한국 동화문학은 엉성하고 덜 세련된 '이야기'에서 시작되어 본격적인 '문학'으로 이행해간 과정의 장르였던 것입니다. 그것은 동화문학이 문학적 폄하를 넘어 동화라는 말에 드리운 아름다운 정감을 찾아 독자적인 예술성을 획득하기까지의 역정이 고스란히 담겨 있다는 뜻이기도 합니다. 이렇듯 한국 동화문학이 구체적인 제 모습을 드러내며 예술성을 획득하기까지 많은 동화작가들의 노력이 경주되었는데, 창작동화의 미학적 특징은 전래동화적 '경이성'을 벗어나는 '시적 환상'에 있었습니다. 이때 창작동화의 형상화 과정에 필연적으로 동원된 것은 비유, 상징, 이미지, 가진술 등 시적 기법이며 시적 서사였습니다. 곧 창작동화의 의미화 과정에는 부단히 객체를 보고하는 서사를 확장하기보다 자아의 감정을 자기표현하며 이야기를 간접화(indirection)했던 것이지요. 이러한 창작동화의 창작원리가 '전래동화'와 '소년소설'과의 변별성을 갖는 중요한 요건이 되었던 것입니다.

동요의 경우는 좀 다릅니다. 초등학교 의무 교육이 이루어진 지금까지 대한민국 국민치고 윤석중의 동요를 안 부르고 자라난 사람은 아무도 없을 겁니다. 앞으로 백 년 뒤에의 어린이가 부를 노래로도 윤석중 동요가 남을 것이라고 저는 확신합니다. 그만큼 동요는 보편성을 획득한 장르라는 것이지요. 그런데도 아동문학은 육당 최남선의 『소년』이후 오늘날까지 일반문학사에 편입되지 못한 채 별개의 문학으로 인식되어 왔습니다. 아동문학의 본질적 문제는 바로 여기에 있다고 봅니다.

강정구_ 김용희 선배님 말을 듣고 나니 제 자신도 아동문학의 문학성에 회의를 가진 태도를 은연중에 지니지 않았나 하는 반성이 앞섭니다. 오늘 좌담이 저로서는 공부가 되는 느낌입니다. 그럼 좀 더 논의를 진행하고자 합니다. 2000년대 들어서 환상을 기법으로 하는 문학, 이른바 환상문학이 우리 문학의 새로운 경향으로 자리 잡고 있습니다. 여기서 말하는 환상이란 토도르프에 따르면 현실과 초현실 사이의 머뭇거림으로, 로지 잭슨은 전복성으로 말하고 있습니다. 전통적으로도 문학은 환상적이거나 그 자체가 환상이라는 견해가 있습니다. 아동문학과 일반문학의 차이가 있을 것 같고요. 여러 선배님들의 어떤 의견을 가지고 있는지 궁금합니다.

이봉일_ 아동문학과 성인문학 가운데 어느 것이 더 중요한가 물으면, 저는 조건 없이 아동문학이라고 말하고 싶습니다. 왜 그런가하면 탈식민주의, 탈민족주의를 논의할 때 사실 아동문학은 굉장히 민감하거든요. 우리나라가 만화영화, 애니메이션과 같은 분야가 선진국에 한참 뒤떨어졌을 무렵에, 우리나라의 어린이들은 선진국에서 만들어 놓은 만화영화, 애니메이션를 보고 자랐죠. 그런데 그 작품 속에 숨어있는 플롯은 그들의 이야기 구조란 말이에요. 그것을 보고 자란 우리나라 어린이들은 거기에 무의식적으로 감염되는 것은 당연하죠. 오늘날 20대를 보면 쉽게 알 수 있어요. 오늘날 20대는 일본의 애니메이션, 만화영화, 게임을 즐기면서 성장해 왔습니다. 그들은 이야기하지 않아도 일본 상품에 대해 매니아 층을 형성하고 있죠. 그렇기 때문에 아동문학은 그만큼 중요합니다. 동요, 동시, 동화들이 우리 고유의 어법으로 창작되어야죠. 이것이 이야기되어야지 그다음 환상문학에 대해 얘기할 수 있을 것 같은데요. 실제로 아동문학은 이미 오래 전부터 환상적인 작품을 많이 써왔지요. 왜냐면 어린아이들의 생각은 환상적인 것과 깊은 연관성을 맺고 있기 때문이지요. 그러나 성인문학에서 환상의 도입은 환타지문학에서 수용된 이후 이제 본격문학 쪽으로 치고 들어오는 형국이라 할 수 있죠. 이 환상이란 말 자체는 시대적 무의식의 표상입니다. 세계 여러 선진국에서 판타지 소설이 유행하고 있는 것은 사회가 개인 담론 중심으로 변화되었다는 것을 의미합니다. 토도로프는 환상을 '현실과 초현실 사이의 머뭇거림'이라고 이야기하고 있어요. 여기서 현실이 자아라면, 초현실은 초자아라고 할 수 있지요. 에고와 슈퍼에고 사이에서 어쩔 줄 몰라하는 것, 거기에 숨겨진 것은 이드에 대한 공포죠. 이드가 기묘하게 굴절되고 변형 되어서 나타나는 현상, 이것이 환상일 수 있다 이겁니다. 이렇듯 환상은 시대적 무의식의 표상이기 때문에 실제로 성취되지 않는 시대의 무의식, 미래를 앞당겨 실현하는 사고방식이라고 할 수 있겠죠. 그렇기 때문에 실제로 현실을 전복시키고 아직 현실화되지 않았지만 곧 현실화될 것이라 믿고 그것을 실행하는 담론구조, 그것을 로드마리 잭슨은 전복성이라고 하지 않았을까요. 자크 라캉이 말하는 환상의 공식($\Diamond$ a)도 이와 비슷하다고 볼 수 있죠. 이 공식은 분열된 주체가 소타자와 만나는 방식입니다. 이 소타자의 최초 원형은 엄마의 젖가슴입니다. 이것은 엄마의 젖가슴이 어린 아기의 생존본능을 충족시켜 주기 때문이지요. 환상이란 것은 토도로프, 잭슨, 라캉이 얘기하는 것처럼 무의식과 깊은 관계가 있죠. 개체 발생적이든, 계통 발생적이든 환상이란 개념은 무의식과 깊은 연관이 있고, 또 신화와도 관계가 깊다고 할 수 있습니다.

사실 한국근현대문학에서 환상문학의 연원은 아주 깊다고 할 수 있습니다. 현상윤의 「핍박」(1917), 최서해의 「기아와 살육」(1925), 김동인의 「광염소나타」(1929), 이상의 「날개」(1936), 안회남의 「동물집」(1941), 최인훈의 「웃음소리」(1966), 장정일의 「페리컨」(1990), 신경숙의 「벌판위의 빈집」(1993), 김영하의 「피뢰침」(1999), 전성태의 「존재의 집」(2003) 등 수없이 많은 작품들이 창작되어 왔습니다. 이제 환상문학은 한국근현대문학에서 하나의 범주로 뚜렷하게 자리 잡았다고 말할 수 있습니다.

김용희_ 고대소설 등에 나타난 환상성은 근대 소설이 등장하면서 변두리 장르로 폄하되어 아동문학의 중심담론으로 전략하였다가 디지털 시대에 들면서 새롭게 각광을 받게 되었던 것이지요. 아동문학, 특히 동화문학은 환상성을 본질로 하는 문학입니다. 1920년대 아동소설이라는 장르가 생겨난 것도 동화라는 장르로는 현실의 문제성을 다룰 수 없었기 때문이었습니다. 그만큼 환상성은 아동문학의 가장 중요한 문학적 요소인데, 저는 전래동화와 창작동화의 비교를 통해서 이야기를 해보겠습니다.

한국 창작동화의 형성과 발전 과정은 서구와 다른 특성을 지니고 있습니다. 전래동화는 전통적 민담(옛날이야기)을 어린이에게 적합하도록 현대적 감각으로 재현한 동화이고, 창작동화는 설화 중에서 설명적 전설 유형이나 부가유래담을 모태로 작가의 순수 창작에 의해 새롭게 형성된 문학입니다. 이들 동화는 모두 기본적으로, 언술내용 곧 공상성, 초자연성, 초현실성 등의 설화성을 서사의 중요한 기반으로 삼고 있습니다.

따라서 창작동화에서 환상성은 창작동화가 동화라는 장르명이 성립될 수 있는 조건이자 개념적 속성입니다. 그래서 창작동화는 우화적 상상력과 초자연적 세계관이 자연스럽게 통용되는 특수한 세계를 공유합니다. 이러한 경이적 세계를 통해 창작동화는 우주의 온갖 사물이 인간처럼 생각하고 행동할 수 있었던 것이지요. 하지만 창작동화가 전래동화와 다른 장르라는 것은 바로 환상성을 유발하는 가능한 체계를 갖추었다는 점에 있습니다. 그것은 양식적 혼합을 통해 가능했습니다. 이 양식적 혼합은 언술내용과 언술방식에서 다 같이 이루어집니다. 언술내용에서 이루어지는 양식적 혼합은 경이적인 것과 모방적인 것의 혼합입니다. 또 하나 언술방식에서 이루어지는 양식적 혼합은 구술문화와 문자문화의 혼합 형태입니다. 전래동화의 언술방식은 다 아는 바와 같이 '옛날 옛적에…있었다'와 같은 전통적인 공식어법에 의존한 일정한 도식에 의해 짜여져 있습니다. 그것은 전래동화가 구전설화의 발화에서 연행된 구술문화의 유산입니다. 구술문화가 남긴 사고와 언어표현인 것이지요. 그 구술성의 영향은 상투적인 공식어법, 형용구, 대조법, 반복법, 정형구적인 구조 등에서 짙게 남아 있습니다. 그래서 전래동화는 경이적이고 기괴적이지요. 그러나 창작동화는 경이의 문학이 아닌 환상의 문학이라는 점에서 전래동화와 차별성을 갖습니다. 그 환상성이 창작동화에서는 공식어법에 의한 도식적으로 짜여진 언술방식이 아니고, 비사실적인 것을 사실적인 것으로 끌어오는 역할을 담당하는 것입니다. 창작동화를 말할 때 보통 '시적 환상'이라고 하는데, 이것은 서사성에 서정성을 결합한 혼합 기법을 뜻하는 개념입니다. 이 기법은 창작동화가 독자적인 예술적 형상화를 위한 언술행위이기도 합니다. 창작동화는 예술적 형상화를 위해 시적 서사의 기법을 적극적으로 도입했기 때문입니다. 의미론적 간접화, 서사적 자아의 서정화, 내면적 인물의 발견, 현실인식에 대한 반감과 공감의 공존, 삽화적 혹은 액자 형식의 이야기 구조, 자아와 세계의 동화나 융합, 회감, 결말의 현현, 간결한 문체, 비유, 상징적 언어 등 다양하게 시적 서사 방식을 도모하면서 창작동화는 비로소 미학을 창출해낼 수 있었던 것이지요.

하지만 이 같은 시적 서사의 도모가 한편으로는 활달한 서사를 낳지 못하는 약점으로 작용되었습니다. 우리 창작동화가 서구에 비해 환상 서사가 취약한 것은 여기에 연유한 것입니다. 따라서 이에 대한 모색으로 우리 창작동화가 민담적 서사를 원용하여 플롯을 강화하는 경향을 보이기도 했습니다. 마해송의 「토끼와 원숭이」, 「호랑이와 곶감」이나 이영희의 「날씨 굽는 가마」, 「어린 선녀의 날개옷」 등이 그 좋은 창작적 실례라 할 수 있습니다. 물론 이들 창작동화는 민담을 모방적으로 접근한 것이 아니라 예술적 표상으로서 상징적으로 접근한 것이지요.

분명 장르는 역사적 산물이어서 통시적으로 변하기 마련입니다. 동화문학은 장르 혼합을 통해 동화 장르 자체 내에서 변화를 보여주었지만, 특히 그 장르 혼합은 동화문학 외적으로도 자연스럽게 이루어졌습니다. 그것은 문화 콘텐츠로서의 새로운 문화 현상이며 장르의 다양화이지요. 곧 동화가 만화, 영화, 동극, 패러디 등으로의 장르 확산이나 게임 산업, 장난감, 놀이 공원과도 연계되는 문화 콘텐츠로의 재생산으로써 동화적 가능성을 의미하는 것입니다. 바로 동화작가들의 창의력이 동화문학을 역동적인 문화 지향으로 극대화할 수 있다는 것을 시사하는 것이기도 합니다. 오늘날 디지털 시대에는 이러한 어린이 문화 콘텐츠의 적극적인 모색이 절실히 요구됩니다. 이전에는 동화문학이 장르 혼합을 통해 시적 환상을 이루려고 했다면, 이제는 과감하게 소설적 환상을 적극적으로 모색해야 할 때라는 것이지요. 그런 장르적 확장이 이루어질 때 우리 동화문학도『해리포터』와 같은 환상문학을 얻을 수 있으리라 생각됩니다. 그만큼 창작동화는 무한한 가능성을 지닌 문학이라 생각됩니다.

장현숙_ 최근 환상 소설로 이영도의 「폴라리스 랩소디」, 전민희의 「세월의 돌」, 김종광의 「감상죽이기 좋은 날」등이 인터넷상에서 부상하기 시작하고 각 계간지에서도 환상소설을 자주 다루고 있습니다. '환상'기법은 아까 얘기했듯이 전통적 문학 속에서도 자주 씌어져 왔다고 봅니다. 황순원의 「숫자풀이」, 「그림자풀이」, 황석영의『손님』, 최인훈의 「웃음소리」, 박완서의『아주 오래된 농담』, 이상, 박태원, 이인성, 서정인의 작품들에서도 자주 도입되고 있으면서도 이들의 특징은 치열한 현실인식이 살아있고 작품으로 형상화에 성공하였습니다.

환상기법은 인간의 내면세계를 보다 효과적으로 묘사하는데 중요한 역할을 한다고 봅니다. 황순원 선생님은 "로맨티시즘을 거치지 않은 리얼리즘을 용납하지 않는다."라고 하셨고 크게 보면 낭만성 안에 환상성이 들어갈 수 있고 초현실성도 같이 끌어 써야 함을 강조하셨습니다. 최근에 황석영 선생님도 "역사와 개인의 꿈 같은 일상이 함께 현실 속에서 연결되어야 한다."고 하시면서 '환상'은 현실과 비현실의 경계를 허물게 하는 유용한 기법이며, 이를 통하여 문학의 엠비규이티, 애매성 혹은 신비성이 강화됨으로써 상상력을 증폭시킬 수 있으리라 봅니다.

강정구_ 1970년대에는 세계가 디지털 문명으로 접어들 것이라고 상상하지 못했을 것입니다. 디지털 문명은 그야말로 세계를 급박하게 변화시켰고, 문야 분야도 예외가 아니라고 생각합니다. 1990년대 전후에 컴퓨터의 보급으로 글쓰기가 길어졌다는 생각들이 상당히 새로운 것이었는데 이제는 엄청난 변화가 있습니다. 디지털 문명에 의한 문학 양식의 변화, 이것은 오늘날 한국문학의 발전을 위해서 꼭 다뤄야 할 듯싶습니다. 최근 전통적인 국문과는 미디어와 문예창작이 결합되고, 디지털, 콘텐츠와 문학이 결합되면서 새로운 양상으로 변화되고 있습니다. 이때 변화하거나 변화해야만 하는 부분과, 반대로 변화하지 말아야 할 부분이 있다고 생각합니다. 여기에 대해서 구체적으로 말씀해 주세요.

김용희_ 요즈음 한결같이 가정에서나 학교에서, '엄마 노릇하기 힘들다'거나 '아이들 다루기가 어렵다'고들 합니다. 동심은 불변한데, 지금처럼 아이들 다루기가 힘들어졌다는 말은 그만큼 시대가 달라졌다는 뜻이지요. 디지털 정보와 정보 기술(Information Technology)에 의해 성립된 지식정보화 시대는 새로운 유형의 정치, 경제, 사회·문화적 현상을 파급시켰습니다. 인류 역사상 과학 기술이 우리가 살아가는 방식을 지금처럼 급속도로 바꾼 적이 없었다고 할 만큼 자고 나면 꿈을 꾸듯 문화 전환(Cultural Turn)은 가속화되었지요. 이러한 지식정보화 시대의 문화 전환은 기성세대보다 더 급속히 자라나는 우리 아이들에게 생활 방식과 가치관, 의식 구조, 호기 성향 등 모두를 바꿔 놓기에 이르렀습니다.

바로 디지털 시대라는 급변하는 시대에 맞추어 아동문학도 창의적 전환이 절실해지지 않을 수 없습니다. 따라서 이 시대 우리 아동문학은 두 가지 커다란 과제를 동시에 안게 된 것입니다. 하나는 우리 민족의 진로와 관련된 일이고, 다른 하나는 국제사회에 대응해 나가야 하는 일입니다. 다시 말하면, 아동문학은 한편으로 새로운 민족문학으로서의 진로를 세우는 민족문학으로 거듭나야 하고, 다른 한편으로 글로벌리즘에 입각한 세계문학에 합류해야 하는 일이라는 것입니다. 아이들을 자랑스러운 한국인과 국제사회인으로 동시에 키우는 일이 아동문학의 시대적 당위성이기 때문입니다. 이러한 시대에 아동문학에서 변화해야 할 부분이 장르 확장이라는 양식적인 것에 놓여 있다면, 변화하지 말아야 할 것은 그 문학적 본질이자 그 원형인 것입니다.

이봉일_ 제가 경희사이버대학교에서 가르치고 있으니까요. 미디어와 문예 창작의 관계에 대해서 조금 말씀을 드리겠습니다. 사실 미디어문예창작이라고 하지만 미디어와 문예창작을 결부시키는 것은 상당히 어려운 작업입니다. 문예창작과 미디어 문예창작은 하늘과 땅만큼의 차이가 있습니다. 문예창작에서 '미디어'를 하나의 차원에서 다루기 위해서는 지금과 같은 커리큘럼을 가지고는 불가능합니다. 그것이 가능하려면, 멀티미디어디자인학과라던가 공학계열학과와 만나야 하는데 지금으로서는 요원한 일입니다. 그러나 언젠가 만나지겠죠. 지금 단계에서는 스토리텔링이 최선의 방법인 것 같습니다.

디지털시대의 핵심적인 과제가 문화콘텐츠를 어떻게 개발하느냐 하는 것인데 그동안 많은 연구자들이 오해를 해왔어요. 디지털 시대가 오면 전통적인 학문연구가 필요없는 것처럼 얘기해 왔는데 오히려 그 부분이 훨씬 더 중요해지고 있다 이겁니다. 그 이유는 디지털 시대에 가장 중요한 것이 문화콘텐츠를 개발하는 것이기 때문이죠. 그러니까 국문학과는 앞으로 더욱더 철저히 국학의 중심이 되어, 문화콘텐츠의 창조적 진원지로서의 역할을 해줘야 합니다. 그리고 다음 단계가 그 연구를 토대로 하이퍼텍스트, 애니메이션, 게임서사 등 디지탈 시대에 맞는 상품 생산이 가능하지 않겠어요. 지금까지는 후자만을 강조해 왔는데 전자를 무시하는 우를 범해서는 안 된다고 봅니다.

강정구_ 우리 문학이 세계에 내세울 한국문학의 자랑은 어떤 것들이고, 그 중 경희문학의 자랑이 있을 법합니다.

이봉일_ 거창하게 세계에 내세울 한국문학의 자랑보다는요. 경희문학이 한국문학 혹은 세계문학에 다가갔던 것이 무엇인가 생각해 보니, 문학에서는 저항정신하고 서정성 같아요. 황순원 선생님부터 시작되는 시대의 저항성, 전상국 선생님의 『아베의 가족』 같은 분단에 대한 저항, 고원정 작가의 『거인의 잠』, 『빙벽』 이런데서 나타나는 독재에 대한 저항, 김형경과 서하진 작가의 성해방 담론 등 이런 것들이 꾸준히 경희대 국문학과가 만들어진 이래로 발전해 왔습니다. 시에도 마찬가지인데요. 우리가 잘 아는 시인 박정만 시인이 고문의 후유증으로 죽지 않았습니까. 그러나 시를 통해 보면 너무나도 눈부신 서정성을 가지고 있어 정말 시만 보면 의구심이 될 정도로 서정성을 완성했단 말입니다. 그것을 이어받아 정호승 시인도 강하게 서정성을 가지고 있고, 동기인 이문재와 박주택 시인 같은 경우도 우리 문학에서 보기 드물게 서정성을 획득하고 있는 시인들이지 않습니까. 경희문학이 한국문학에서 내세울 수 있는 것은 저항정신과 문학적으로 아주 탁월하게 승화시킨 서정성에 있지 않나 생각이 듭니다. 학문적으로는 지금은 돌아가셨지만 민속학을 연구하셨던 김태곤 선생님의 무가 연구, 사실 이게 어느 정도 맥이 끊어진 것처럼 느껴지는데 한국문학 연구에 있어서 반드시 되살려서 경희대 국문과가 한국문학과 세계문학에 뭔가 줄 수 있는 세계의 젖줄 같은 존재가 되어야 합니다. 그런데 계보가 끊어진 것 같은 느낌이 있습니다. 또 하나의 측면은 언어학 측면에서 서정범 교수님의 어원학 연구입니다. 제 개인적으로 볼 때는 이 연구야말로 세계에 내놓을 수 있는 빛나는 업적이라 생각되는데요. 하지만 이것도 제대로 계승이 되고 있지 않습니다. 일부 학자들의 어원학에 대해 비판도 있지만, 초기 연구자로서 뛰어난 업적을 남기셨는데 제자들이 어떻게 이어갈지 앞으로 지켜보아야 하겠습니다.

장현숙_ 경희 문학을 대표하는 문인으로는 소설에 황순원, 조병화, 조세희, 조해일, 전상국, 고원정(「빙벽」「불타는 빙벽」), 김형경(『사랑을 선택하는 특별한 기준』), 서하진(『사랑하는 방식은 다 다르다』), 이혜경(『길 위의 집』) 등을 들 수 있습니다. 조세희 선생님이 보여주는 현실비판력과 실천적 행동력은 우리 문학사에 빛나리라 봅니다. 최근에도 전상국 선생님은 70을 바라보는 나이에도 『온 생애의 한 순간』이라는 소설집을 내었습니다. 주제의 다양성과 소재의 다양성, 기법의 다양성을 함께 시도한 소설집으로 작가의 실험정신과 문학에 대한 열정, 저력이 돋보이는 그러한 작품을 꾸준히 발표하고 계시고 그런 것들이 경희문학의 자랑이라 생각됩니다.

강정구_ 조세희 선생님의 『난장이가 쏘아올린 작은공』은, 80년도 후반 학번인 저에게 사회 혹은 정치 교과서였습니다. 대학생으로서 사회현실에서 참여해야 하는 정당성을 여타의 이론서보다 그 소설에서 먼저 배웠거든요.

김용희_ 두 분께서 경희 동문들을 통한 경희문학의 자랑을 해주셨으니까 저는 중복되지 않게 일화 한 가지로 대신하겠습니다. 몇 해 전의 일입니다. 조선일보 신춘문예에 정호승 선배님과 동화부문 심사를 같이 맡은 적이 있었는데, 그때 오태호 후배가 문학평론이 당선되어 함께 시상식장에 있었습니다. 시상식이 끝나고 한 문화부 기자가 우리를 보고 '단상에도 경희, 단하에도 경희'라며 농담을 한 적이 있었습니다. 분명 그 말은 우리 경희에 대한 자부심을 느끼게 하는 대목이지요. 하지만 아직 아동문학 분야의 진출은 우리 동문들이 저조한 편인데 앞으로 이 분야에도 큰 관심을 가져주었으면 하는 마음입니다.

강정구_ 한국문학은 커다란 변화의 순간마다 단절을 주장해 온 감이 있습니다. 그렇지만 그런 주장은 표피에 불과합니다. 단절이란 전통을 거부하는 것이 아니라 급격하게 재창조하는 것을 부르는 단어라고 생각됩니다. 이런 생각에 대한 선배님들의 의견을 듣고 싶습니다. 여러 선배님들은 오늘날 어떤 전통을 활용해야 한국문학의 저변이 넓어지고 질적 성장을 이룰 수 있는지에 대해서 말씀해 주시면 고맙겠습니다. 소설이

나 시, 아동문학에 대해서, 혹은 창작과 비평에 대해서 다양한 말씀이 개진되고 그것이 한국문학 발전에 작은 도움이 될 수 있을 것이라고 생각됩니다.

장현숙_ 저는 한국인들이 그리스로마 신화에 대해 관심을 가지면서 한국 고유의 삼국유사나 『살아있는 우리 신화』, 전설, 설화 등에 왜 무관심한지 모르겠습니다. 중국의 삼국지는 열심히 읽으면서 우리나라의 삼국지에는 왜 관심을 가지지 않는지 안타깝습니다. 신화, 설화, 전설, 조선왕조실록과 같은 고전 속에는 우리 민족의 원형이 자리하고 있다고 봅니다. 고전의 인물 속에서 공길전이 나오고 대장금이 나왔듯이, 추사 김정희나 세종대왕, 신채호 등을 소재로 한다면 여러 형태의 다양한 예술이 나오리라 봅니다.

최근 임치균 선생님이 고전소설 『운영전』을 바탕으로 『검은 바람』이라는 소설을 내었습니다. 최인호 선생님은 『유림』 『잃어버린 왕국』 등을 통하여 우리 민족의 정신과 뿌리를 찾고자 시도하였습니다.

우리의 신화, 전설, 설화, 역사, 고전을 바탕으로 장르를 넘나들면서 다양한 방법으로 대중들에게 접근해야 한다고 봅니다. 특히 국사편찬위원회 등 정부기관과 고전문학을 연구하는 학자들의 열린 사고가 절실하게 필요하다고 생각합니다. 또한 학교, 가정, 사회가 삼위일체가 되어서 인문학을 바탕으로 한 독서교육을 강화하면서 올바른 가치관을 심어주고, 성숙한 시민의식을 키워야 한다고 봅니다. 매스미디어가 홍수처럼 쏟아지는 현대사회에서 인간성에 대한 진지한 성찰이야말로 건강한 사회를 키우는 원동력이 될 것이기 때문입니다. 또 독자 편에서도 문학과 예술을 보는 안목을 높여야 하는데, 교육에서도 새로운 창작실기법이 요구된다고 봅니다. 예를 들면 「몽유도원도」나 샤갈의 그림을 보여주고 스토리를 엮으면서 상상력을 키워가는 방법이라든지 음악을 들으면서 스토리를 짜게 한다던지요. 톨스토이도 베토벤의 크로이첼 소나타를 듣고 소설을 썼듯이 말이죠. 모든 예술은 서로 상호 교통하고 보완함으로써 더욱 풍부해지리라 믿습니다.

김용희_ 아동문학은 설화라는 전통 양식을 계승 발전시킨 문학이어서 전통적 소재보다 아동문학이 앞으로 성찰해 나가야 길에 대해서 말씀드리겠습니다. 우리 시대 아동문학은 다음 네 가지의 진지한 성찰이 필요합니다. 첫째는 이미 언급된 창조적 상상력을 무한히 확장시키는 아동문학이지요. 급변하는 정보 통신 기술이 사회에 미치는 영향은 날로 커지면서, 미국의 미래학자들은 정보화 사회 이후에는 꿈의 사회(Dream Society)가 닥쳐올 것이라고 예언하기도 했습니다. 그 사회에서는 기술보다는 창조적 문학과 예술의 힘이 더욱 큰 힘으로 나타날 것이라고도 했습니다. 그런 미래의 사회를 담당할 주역이 바로 우리 어린이들인 것이지요. 둘째는 통일지향의 아동문학입니다. 지금은 정보나 기술을 장악한 새로운 제국주의의 출현마저 그 가능성을 인정하고 있는 현실입니다. 그럴수록 우리에게도 민족의 모순을 치유하고 새로운 민족의 진로를 세우는 일이 시급해졌습니다. 무엇보다 분단 이데올로기의 미망과 그렇게 살아온 반세기란 시간의 깊이가 오늘날 우리 아이들에게 북한을 아득히 먼 전설의 땅도 아니고 아주 남의 나라로 인식하는 시대를 살게 만들었습니다. 우리 아이들에게 이런 분단의 문제는 어떠한 문학적 제재보다 중차대한 과제임은 두말할 필요조차 없다는 것입니다. 셋째는 생명 사랑과 생태론적 접근으로서의 아동문학입니다. 1999년 10월 12일 사라예보의 코세보 대학병원에서 '60억 명 째 아기'가 태어났다고 각 일간지마다 크게 보도한 적이 있었습니다. 앞으로 50년 후에는 세계 인구가 100억 명 가까이 될 것이라는 예상까지 나왔습니다. 지구의 폭발적인 인구 증가가 야기하는 가장 심각한 문제는 분배 문제와 환경 문제일 것입니다. 전쟁, 핵무기 개발 같은 인위적 재해와 이상 기온으로 인한 홍수와 가뭄, 지진 등 자연적 재해뿐 아니라 우리 인류가 당하는 고통은 식량이나 물 부족 사태, 그리고 극심한 환경오염입니다. 지구 온난화 대책은 이미 늦었을 가능성이 크고, 또 열대우림의 파괴는 회복 불능 상태이고 물 부족도 심각하다는 비관론도 나왔습니다. 이처럼 분배 문제와 환경 문제에 대하여 아동문학은 생명 사랑과 생태문학을 전면에 떠올리지 않을 수 없게 되었다는 것입니다. 생명에 대한 사랑과 경외심, 생태의 중요성에 대한 각인은 어렸을 때부터 이루어져야 그 효용성이 배가될 수 있기 때문입니다. 끝으로 윤리 도덕적인 인간으로 회복시키고 인간 본성을 구현하는 아동문학입니다. 이것은 우리 전 세계적으로 만연된 도덕 훼손이나 인간성 상실과 관련을 맺고 있는 문제입니다. 컴퓨터, 인터넷 등의 새로운 커뮤니케이션 테크놀로지에 의한 인간관계의 상실도 비인간화 문제를 야기하는 새로운 요인으로 떠올랐지요. 따라서 디지털 시대의 아동문학은 '아동'이란 특수적 가치와 특수적 이해관계에서 '인간'이라는 보편적 가치와 보편적 이해관계로 나아가게 하는 문학이라는 인식으로 자리 잡게 만듭니다. 이것은 아동문학이 바른 인간상과 윤리 도덕적 인간을 구현하는데 이바지하는 문학임을 강조한 것이기도 하지요. 특히 참다운 인간관계를 형성하는 주제적 탐구와 환경 생태에 대한 문학적 각성이 어느 때보다도 요청되는 것은 이것이야말로 인류를 보존하는 가장 보편적 가치라고 생각되기 때문입니다.

이봉일_ 1990년대 후반부터 신화와 역사와 추리 이런 것들이 만나면서 디지털시대에 새롭게 부상하는 문화에너지로 자리잡아가고 있습니다. 재미있는 사실은 우리 역사에서 신화와 역사와 추리가 만났을 때 그 시대가 격동기에 해당한다는 것입니다. 첫째 시기는 이규보가 「동명왕」 편을 썼을 12세기 말이고, 둘째 시기는 임진왜란과 병자호란을 배경으로 한 작자 미상의 「임진록」과 「박씨전」과 같은 소설이 나왔을 17세기죠. 셋째 시기는 조선의 국권이 상실되기 직전 「을지문덕」, 「연개소문」, 「김유신」, 「이순신」 같은 위인전들이 대거 등장한 1900년대 초죠. 마지막 넷째 시기는 1990년대부터 지금까지입니다. 셋째 시기까지가 국가의 위기와 모멸의 시대에 문학적 대응방식이었다면, 마지막 넷째 시기는 우리나라의 국력이 신장되어 국제화 시대 우리의 에너지가 세계로 뻗어나가고 있는 것을 보여줍니다. 2005년 제1회 세계문학상을 받은 김별아의 「미실」은 김대문의 「화랑세기」를 토대로 쓴 작품이란 말이죠. 「화랑세기」가 세상에 나왔을 때 많은 사람들이 위서라고 했는데 서강대 사학과 이종욱 교수가 「화랑세기」의 내용을 고증하였습니다. 읽으면 참 놀랍죠. 요즘 뜨고 있는 MBC특별기획 드라마 「태왕사신기」도 광개토대왕 이야기지만 환인 시대부터 이야기하고 있는데, 이것은 박제상의 「부도지」, 안함로 등의 「한단고기」, 대야발의 「단기고사」, 김교헌의 「신단민사」, 박은식 등의 「단조사고」 등을 토대로 했다는 것을 알 수 있죠. 이 책들은 모두 위서논쟁이 휘말렸던 것들입니다. 그러나 이 책들도 시대의 요구에 의해 나왔기 때문에, 우리 시대 민중들이 품고 있는 욕망의 한 부분으로 인정하고 어떻게 창조적으로 활용할 것인지 연구해 보아야 합니다. 이러한 책들은 다 환상문학의 소재가 될 수 있는 것입니다.

개인적인 생각입니다만, 문학뿐만 아니라 다른 영역을 공부하시는 분들도 반드시 신화의 세계를 깊이 있게 공부하기를 권합니다. 그리고 근대적 사유의 허와 실이 무엇인지 판단해 보기를 바랍니다. 디지탈 시대 우리가 해야 할 일은 우리 선조들이 만들어놓은 창작품들을 정확한 이해를 토대로 번역하여 누구나 활용할 수 있게 데이터베이스화하는 작업일 것입니다.

강정구_ 지금까지의 말씀을 정리해 보면, 한국문학의 발전은 인간주의, 생명, 이념, 민족에 대한 성찰과 반성을 진행해 나아가되, 문학의 서정성, 환상성, 서사성을 적절하게 드러내는 데에서 출발해야 한다고 할 수 있습니다. 이번 좌담을 위해서 여기에 모이신 분들은 경희문학 발전의 주역이시고 경희문학을 사랑하신 분들임을 다시 한 번 확인하는 계기가 되었습니다. 오늘 좌담이 한국문학을 어떻게 볼 것인가 하는 후배들의 고민에 좋은 답변이 되었으리라고 생각됩니다. 긴 시간 동안 감사합니다.

경희문학, 무엇을 할 것인가

때 : 2004년 9월 3일 오후 4시
곳 : 경희대학교 국어국문학과 사무실
참가자 : 이영춘(60학번), 이정원(75학번), 이혜경(78학번), 노희준(91학번)
사   회 : 이봉일(82학번, 경희사이버대학교 교수)

사회_ 안녕하세요. 반갑습니다. 네 분의 선·후배님을 모시고 경희문학의 발전에 대해 이야기를 나눌 수 있는 기회를 갖게 되어 기쁩니다. 경희문학이 지금까지 한국문학의 발전에 큰 역할을 담당해왔다는 사실은 자타가 모두 인정하는 바입니다. 그럼에도 불구하고 경희문학이 현재의 관점에서 좀더 분발해야 하는 대목이 있다면, 어떤 것이 있을까요? 먼저 제일 높은 선배님이신 이영춘 선배님부터 차례대로 말씀해 주시면 고맙겠습니다.

이영춘_ 훌륭한 스승 밑에 훌륭한 제자 나고, 훌륭한 제자 위에 공부하는 스승 있다라는 말이 있습니다. 한 때 경희문학은 하늘을 찌를 듯한 전성시대가 있었습니다.

그 모두가 기라성 같은 교수님들의 묵시적인 가르침이었던 것 같습니다. 이름하여 황순원, 김광섭, 조병화, 주요섭, 박노춘, 서정범, 윤영춘, 유창돈, 양주동 같은 분들의 영향이었습니다. 물론 문학은 고독한 홀로의 작업이란 점은 인정하지만, 환경과 분위기의 지배를 받는 것이 또한 인간이라면, 그 환경과 예술적 분위기를 예전처럼 살려주고 있는지를 모교는 생각해 볼 필요가 있다고 봅니다. 더 이상 말하지 않겠습니다.

이정원_ 쟝르별 분포도가 늘어났으면 좋겠습니다. 선배님들에 비해서 한 쪽 쟝르에 치우쳐 있는 느낌입니다. 학과의 달라진 분위기와도 상관이 있다고 여겨집니다.

이혜경_ 최근 들어 창작 쪽의 진출이 이전보다는 덜 활발해진 것 같아 아쉽긴 한데요, 뒤집어 생각하면 그만큼 창작 이외의 다양한 분야로 나아가고 있는 게 아닐까요.

노희준_ 평론이 강세인 건 사실인 듯 합니다. 하지만 대학원은 학문이나 평론 위주로 가는 게 맞는 것 같습니다. 다만 창작의 경우 졸업하고 나서도 선후배 문인들이 자연스럽게 소통할 수 있는 장이 있었으면 하는 아쉬움이 있습니다.

사회_ 말씀 잘 들었습니다. 네 분의 학번을 보니까 60학번부터 91학번까지 포진해 있어 경희문학의 역사적 전개에 대해 이야기할 수 있을 것 같군요. 대학시절 당시의 문학적 이슈가 무엇이었는지 개인과 사회의 차원을 구분하여 말씀해 주십시오.

이영춘_ 당시 4·19가 터지고 계엄령이 선포되고 그래도 학생들은 독재정권에 맞서기 위해 교문이 차단된 학교에서 몰래몰래 모여 연일 데모를 하고 그야말로 매캐한 독가스 속에서 자유를 찾기 위해 피 흘리며 아우성쳤습니다. 실존주의보다 처절한 '실존'을 위해 피 흘리던 시절이었습니다. 자연 문학적 이슈가 있었다면 <참여문학>이었을 겁니다. 그러나 저는 불행하게도 그 당시 특별한 이슈로 글을 쓰지도 못했고 도둑고양이처럼 눈치만 보면서 살았던 것 같아 부끄럽기 짝이 없습니다. 개인적으로는 그런 와중에서도 나 혼자만 살아남으려는 것처럼 졸업 후의 취직문제, 인간적인 고뇌, 존재의 허망함, 그런 것들로 꽉 차 있었습니다. 지금 생각하면 좀 더 큰 이상과 울분으로 사회적 모순에 깊게 눈을 돌리지 못했던 점이 큰 아쉬움으로 남습니다.

예를 들어 고(古) 고정희 시인은 4·19를 배경으로 하여 『초혼제』라는 큰 역사적 의미를 담은 장시집을 80년 대에 들어와서 출간했습니다. 그러고 보면 저는 이슈도 없이 살았다고 하는 편이 좋을 것 같습니다.

이정원_ 입학해서 한 달만에 교문이 닫혔습니다. 마냥 움츠리고 중고등학교 시절에 꿈꾸어 오던 작가가 되고 싶다는 생각만 했었을 겁니다.

이혜경_ 유신정권이 무너지고 군사정권이 들어서던 그 시기에 학교에 다녔어요. 이른바 80년대 문학이 시작되던 때였지요. 워낙 사회적으로 조여오는 문제들이 많아서, 문학이 개인의 탐구보다는 사회의 변혁을 위한 도구로 더 많이 쓰이던 때… 그땐 또 그게 절실했으니까요. 시를 쓰다가 선배의 권유로 소설을 쓰기 시작한 저로선 사회적 리얼리즘과 개인의 구원을 다루는 문학 사이에서 갈팡질팡하던 시기였구요.

　　노희준_ 입학하자마자 91학번들의 분신자살이 잇달아 있었습니다. 몰려다니던 선배, 동기와 함께 밤늦도록 술을 마시며 논쟁을 하던 기억이 아직도 선연합니다. 선배들처럼 적극적으로 참여하지는 못했지만 저도 소극적으로나마 문예운동을 열심히 했습니다. 그러다가 동구권이 몰락하고 많은 문우들이 자포자기나 자학적인 조소주의에 빠지고 심지어는 자신의 신체를 학대하는 행위를 곁에서 지켜보게 되었습니다. 저 또한 깊은 고민과 우울증에 시달리지 않을 수 없었지요. 일종의 부채의식을 경험한 것도 사실이구요. 어떤 문학을 해야 할까. 상상력과 사회성, 개인적인 욕망과 정치적인 윤리의식 사이에서 길을 찾느라 방황하던 시기였습니다.

　　사회_ 문학을 대하는 입장, 그러니까 세계관과 역사관에 따라 창작방법도 각자 다르게 나타난다고 보는데요. 네 분께서는 어떤 식으로 창작을 하시는지요.

　　이영춘_ 초기에 제 시는 거의 인간의 존재의미를 찾아보려고 했습니다. 결국 내가 존재하는 이유가 무엇인가가 의문이었고 그것 때문에 괴로워했습니다. 그러나 답은 없었습니다. 그냥 사는 것이 존재 이유였습니다. 그러다 보니 자연 허무주의에 빠지기도 했고, 죽음에 대해서도 많이 생각해 보았습니다. 이건 세계관도 아니고 역사관도 아닙니다. 다만 개인적 사유에 불과하지요. 그러다가 한 때는 사회의 모순이나, 부조리, 정의롭지 못한 것에 대해 울분을 토하던 때도 있었습니다. 그런 것이 참여문학 성격으로 나타날 때도 있었습니다. 굳이 한 시대의 단편적인 역사의식이라면 역사의식이라고 붙일 수도 있겠지요.

제 시 중에 제2시집 표제인 「시시포스의 돌」을 비롯하여 「한국의 바람」, 「쥐들의 행진」 등이 그런 류의 시들입니다.

이정원_ 영혼의 자유로움을 토로하는 데 항상 마음이 가 있습니다. 예전부터 제가 표현하려는 주제를 다양한 꽃과 연결시키고 있습니다.

이혜경_ 내가, 그리고 사람이 자유롭게 살아가는 걸 방해하는 게 무엇일까… 그런 궁금증이 글을 쓰게 하는 게 아닌가 싶어요. 쓰다 보면 제가 인간성의 어떤 부분, 사람살이의 어떤 결을 몰랐다는 걸 어렴풋이나마 깨닫게 되고, 그때의 기쁨이나 미진함이 다시 글을 쓰게 하고…

노희준_ 저는 아직 세계관이나 역사관을 논할 입장은 아닌 것 같습니다. 다만 글쓰기 행위란 세계관이나 역사관의 완성이 아니라 계속해서 변혁하고 다듬어나가는 과정이라는 생각이 점점 더 강하게 들고 있습니다.

사회_ 다음은 장르에 대해 질문을 드리겠습니다. 네 분 가운데 이영춘 선배님은 시인이시고, 이정원 선배님은 수필가이시고, 이혜경 선배님과 노희준 후배님은 작가이십니다. 급변하는 문화시대에 각 장르가 살아남기 위해서는 어떤 노력을 해야 할까요.

이영춘_ 시는 결국 언어로 사상 감정을 나타내는 예술입니다. 그 사상 감정이 살아 있는 한 시는 살아남을 것입니다. 단, 어느 시인이 한 시대를 더 잘 반영하고 우리의 언어를 빛날 수 있게 하느냐? 그것이 문제입니다. 그것은 결국 각자정신의 노력 여하에 따라 좌우되리라 봅니다.

이정원_ 지금은 전문 수필 시대입니다. 수필이라는 쟝르에서는 특히 요구되는 사항이라고 여겨집니다. 자기만의 독특한 목소리를 지녀야 할 겁니다.

이혜경_ 예전에 소설이 감당해내던 어떤 것들을 요즘엔 영상매체들이 발빠르게 감당하고 있는 걸 보면서, 그렇다면 소설은 지금 무엇이고 궁극적으로 무엇일 수 있는가, 하고 고민은 하는데요. 저 자신, 아직 이거다, 할 만한 답을 찾아내지 못했어요. 계속 모색하고 써나가다 보면 그 안에서 답이 찾아지지 않을까요.

노희준_ 소설은 원래 잡종장르가 아니겠습니까. 시대의 문법을 받아들이되 그것에 저항할 수 있는 새로운 문법으로 내재화하는 것이 소설이 당대적 임무라고 생각해 왔습니다. 타 장르에 대한 승부의식이나 살아남기 전략보다는 이것 저것 재지 않는 외로운 암중모색이 멋있어 보이더라구요. 많은 선배님들의 꿋꿋하게 걸어가기를 보면서 배우는 바가 많습니다.

사회_ 흔히들 문학의 시대가 끝났다고 합니다. 제 생각으로도 문학이 독자적으로 생존하기가 불가능한 시대처럼 느껴집니다. 그 이유로는 첨단기술의 발전으로 사회가 다양해지고, 복잡해져서 독자들의 입맛을 다 채워줄 수 없기 때문이라고 할 수 있겠는데요. 네 분께서는 어떻게 생각하고 계신지요. 특히 젊은 작가이신 노희준 후배님께서 할 말이 많겠는데요.

이영춘_ 어느 분야이든 취미가 있는 사람들만이 공유하는 것이 예술입니다. 고급한 예술일수록 더욱 그렇습니다. 그러므로 아무리 첨단기술이 발달하고 사회가 다양해진다고 해도 이 분야에 관심과 취미가 있는 사람들은 언어로 된 이 예술을 결코 떠나지는 않을 것이라 생각합니다. 아무리 어리석은 독자라 하더라도 책을 읽는 사람이라면 책에서 모든 것을 느끼고 배운다는 것을 압니다. 혹은 "시 속에서 내 사상과 감정을 공유할 수 있다>"는 것도 알고 있기 때문입니다.

요즘 학생들이 아무리 이모티콘으로 된 책을 읽고 희희덕거리지만 거기에서는 결코 시험문제 하나 안 나오고 배울 것이 없다는 것을 압니다. 그러므로 결코 "문학은 죽지 않는다."고 생각합니다. 학교에서 학생들이 국어 시간에 배우는 것이 배우는 것이 모두 시, 소설, 수필, 희곡, 시나리오, 고전문학, 현대문학 등 문학에 관한 것이 대부분입니다.

이정원_ 문학만이 가질 수 있는 특질은 그래도 사라지지 않을 겁니다. 연극이나 영화와의 접목도 물론 필요하다고 여겨집니다.

이혜경_ '문학의 시대가 끝났다'는 말씀이 문학의 종말을 뜻하는 건 아니잖아요. 그 전에 문학이 담당하던 몫을 다른 장르에 내어주고 그래서 문학의 힘이 상대적으로 줄어든 건 사실이지만요. 어느 평론가께서 말씀하셨는데요, 백석 같은 시인은 시집 100부를 찍어서 돌렸다고, 그런데도 그런 이들에 의해 한국문학의 시가 유지되었다고…

노희준_ 범죄 심리에 관한 책을 읽다가 <좌뇌인간>이라는 용어를 접한 적이 있습니다. 인간은 본질적으로 이중적인데 그게 두 개의 뇌를 가졌기 때문이라는 것이지요. 추상적이고 관념적인 좌뇌와 구체적이고 감정적인 우뇌 말입니다. 좌뇌는 짧은 호흡의 작업을 빠른 속도로 처리하는데 능한 반면 우뇌는 그에 비하면 아주 느리게 삶의 방향을 잡아주는 역할을 한다는 내용이었습니다. 말하자면 현대사회는 <좌뇌인간>의 역할만을 강조해서 끊임없이 인류를 혼란 속에 몰아넣는다는 것입니다. 그런데 아무래도 예술가들이란 <우뇌인간>들이 아닌가 싶습니다. 수식과 도식과 아이콘으로 세상을 계산하는 게 아니라 포복을 하면서 느리게 살아가는, 경험과 직감에 의존해서 한발 한발 간신히 전진하는 부류들이 아닌가 생각했습니다. 문학의 위기의식이란 어쩌면 좌뇌와 우뇌의 엄청난 속도차이 속에서 한명의 문학인이 당연히 느낄 수밖에 없는 현기증이 아닐까요. 아마도 이러한 간극 때문에 한편에서는 세상의 속도를 따라잡으려는 과감한 시도가, 또 다른 편에서는 한 걸음 물러서서 내면으로 침잠하는 경향이 있어오지 않았나 싶습니다. 하지만 저는 문학 자체 내에 현대사회의 원심력을 십분 활용하면서 동시에 문학의 구심력을 지키는 어떤 방법이 분명 있을 거라고 낙관하는 편입니다. 그래서 요즘에는 폭넓게 많이 읽고 많이 보려고 노력합니다. 최근에는 한국영화에서 많은 것을 배웁니다. 이래놓고도 내가 글 쓰는 놈인가, 깊게 반성하게 만드는 작품이 많았습니다.

사회_ 지금까지 너무 무거운 주제만 다루었습니다. 그럼 가벼운 이야기를 해 볼까요. 문학적 열정을 불사르던 젊은 시절에는 누구든 기억에 남는 재미있는 에피소드가 한두 개쯤 있다고 봅니다. 지금까지 꺼내지 못 하고 가슴속에 숨겨두었던 문학적 애환(?)에 대해 들려주시죠.

이영춘_ 대학 시절 남들처럼 깃발 날리며 등단하지 못했던 점, 그리고 좀더 치열하게 전념하지 않았던 것이 후회스러울 때도 있습니다. 그러나 대학 3학년 말에 원주에서 시화전을 가졌던 일이 보람으로 남습니다. 그 때 김지하 시인이 방명록에 붉은 글씨로 "축! 영광 있으라!"라고 써준 글이 늘 기억에 남아 있습니다. 그 후 만나지 못하여 이 말을 한 번도 전하지 못했습니다. 1년 전 그분의 출판기념회에 초청을 받고서도 가 보지 못한 것이 또한 아쉽기도 합니다. 언젠가 만나면 그 때 방명록에 적어 놓은 글에 대해 이야기 해 보려고 합니다.

그리고 대학시절 조병화 선생님의 강의에 빠져 들었던 것들이 늘 새롭습니다. 눈 오는 날이면 "인생은 쌍두마차가 끄는 수레바퀴와 같은 것"이라고 읊으시면서 구내식당으로 우리를 안내하여 당신의 시 <사랑이 가기 전에>를 들려주시던 기억들이 내 문학적 감성을 깊게 키웠던 것 같습니다. 그리고 주요섭 선생님의 말씀, 잊을 수가 없습니다.

우리 몇몇이 특강을 요청했을 때 "너희들 이렇게 모여 앉아 누구의 말을 들으려 하지 말고 돌아가서 책 한 자라도 더 읽어라. 그리고 생각이 떠오를 때마다 메모해라. 자다가도 시상이 떠오르면 베개 밑에 종이를 넣고 자다가 메모해야 한다."고 일러 주시던 말씀들이 모두 교훈으로 남아 있습니다.

이정원_ 서정범 교수님께 지도받을 때 한 작품을 열 번씩 수정했습니다. 학창시절 문학을 하신 어머니의 도움을 받아도 통과가 안 되어 울었던 기억이 납니다. 그 덕분에 수필가로서는 등단이 빨랐습니다.

이혜경_ 저는 성적에 맞춰 학교를 택하고 선생님의 권고에 따라 학과를 선정한, 그야말로 어영부영 진학한 경우거든요. 그런데 들어와보니 전체적으로 창작의 열기가 대단했어요. 멋모르고 발 디뎠던 저로선 그 열기며 넘치는 개성들이 버겁더라구요. 이래저래 강의만 겨우 참석하고 학교 밖으로 뱅뱅 나돌았지요. 창작을 하겠다고 마음먹은 제게도 그렇게 낯설었는데, 학문을 하려고 했던 이들은 그 시절을 어떻게 지냈을까… 졸업하고 한참 지난 뒤에야 그런 생각이 들었어요. 그런데 바로 그 열기 덕분에 제가 글쓰기를 업으로 삼게 된 거 아닌가 싶어요.

노희준_ 무슨 말을 해야 할지…, 아직 젊은 관계로 계속 불태우겠습니다.

사회_ 현재 경희문인들의 응집력이 예전보다 약해진 느낌을 받습니다. 이러한 상황을 경희문인의 세대교체 현상으로도 볼 수 있겠지만, 학번이 높은 선배님들의 관점에서 보면 그렇지 않을 수도 있을 것 같습니다. 경희문인의 응집력을 높이려면 어떻게 해야 할까요.

이영춘_ 맨 처음 질문과 일맥상통합니다. 문학의 전성기가 한 때 <경희대> 출신에서 <한양대> 출신들로 넘어 간다는 소리도 있었습니다. 그러나 그것도 잠시였던 것 같습니다.

지금은 다시 <고려대> 판세란 말도 있습니다. 그 이유는 다 잘 알고 계시겠지만, 『현대시학』의 정진규 선생님, 『시안』의 오탁번 선생님, 『시정시학』과 '시사랑문화인회'의 최동호 교수님이 모두 <고려대> 출신들이시기 때문입니다.

일반 독자들도 그렇게 생각하고 있는 경향이 많습니다. (전제가 너무 장황해 졌네요)

그렇다면 <경희문학>의 응집력은 누가 선봉이 되어 주어야 할까요? 모교 출신 이름 있는 작가들이 대거 교수로 기용돼야 하는 것이 첫 번째 대안입니다. 이름 있는 교수 밑에는 자연 학생들이 몰려 들게 마련입니다. 우리는 한 때 입학시험 면접을 볼 때면 "어느 어느 교수 밑에서 배우기 위해 이 학교에 왔노라."라고 답변한 적이 있습니다. 시대가 달라졌다고 해도 적어도 문학을 절대 절명의 업으로 하려는 학생이라면ㅡ. 두 번째 대안은 예전처럼 입학전형에 특단의 조치와 처우로 우수 학생을 끌어들이는 길입니다. 지금도 실시하고 있겠지만 다른 대학에서도 다 하고 있기 때문에 그보다 다른 방법을 강구해야 될 것 같습니다.

이정원_ 지금만으로도 자랑스럽고 긍지를 느낄 수 있다고 생각합니다. 경희문학이 있다는 것 자체가 그렇습니다. 주변에서도 많이 부러워합니다. 힘들 땐 경희의 울타리를 찾는 것도 좋을 겁니다.

이혜경_ 같은 스승에게 배우고 같은 일을 하는 선후배나 동기들을 생각하면 마음이 든든해지곤 했지요. 그러니 각자 자기 분야에서 완성도 높은 작품을 내기 위해 노력하는 거, 그것만으로도 서로에게 충분히 힘이 되리라고 봅니다. 동문들의 좋은 작품을 보면 그분들과 같은 학교에 다녔다는 데 자긍심을 느끼고, 나도 잘해야지, 하는 마음이 들거든요.

노희준_ 군대에 있으면서 이혜경, 김형경 선배님의 소설을 읽으면서 가슴 설레던 기억이 납니다. 열심히 노력하겠습니다.

사회_ 이제 마무리해야 할 때가 된 것 같습니다. 선배님의 입장에서 지금 문학을 공부하고 있는 학부와 대학원생 후배들에게 한 말씀을 해주시죠.

이영춘_ 문명을 날리는 선배들을 본받아 자신의 이름을 빛내는 것이 곧 모교를 빛내고 경희의 전통을 잇는 길입니다. 문학이 결코 경제적 수단은 안 된다고 해도 고도의 정신적 풍요과 가치를 누릴 수 있는 예술이기에 누구나 자기가 택한 길 속에서 자기의 위치를 확고히 세워나간다면 그것이 문학인의 길이 아닐까요? 문학은 고독한 홀로의 작업입니다. 그 '홀로"를 꿋꿋이 세워 보십시오.

이정원_ 끝까지 자기와의 싸움이라고 여기고 고집을 꺾지 않았으면 합니다.

이혜경_ 글을 쓰는 일이 무용하게 느껴질 땐 가끔 선후배나 동료들을 떠올려요. 한 번도 뵙지 못한 분들도 있지만요. 그이들도 이 시간을 견디고 있으려니… 그러면 덜 외롭고, 다시 나아갈 힘을 얻게 되더라구요. 문학은 제가 공부할 때보다 위상이 더 낮아졌고 글쓰기를 통해 얻을 수 있는 보상도 더 적어졌어요. 그런데 이렇게 힘든 일을 하려고 마음먹은 분들이니… 지금 품은 마음을 잘 간직하시고 열심히 쓰시다 보면, 어느 순간, 바라던 곳에 와 있는 자신을 발견하게 될 거예요. 꼭 그리 되셨으면 좋겠네요.

노희준_ 저야 뭐… 특별히 할 말은 없고. 언제 밤새도록 소주나 한잔 마시자고 하고 싶습니다.

사회_ 오랜 시간 동안 '경희문학, 무엇을 할 것인가'란 주제를 좋은 말씀을 들려준 네 분 선·후배님들께 진심으로 감사드립니다. 이 좌담이 경희문학 발전에 작은 밑거름이 되기를 바라겠습니다. 고생하셨습니다.

이영춘·이정원·이혜경·노희준 : 감사합니다.

2000년대 북한문학의 전개양상

1. 강성대국문학

1994년 김일성 사후, 3년간의 유훈통치기간을 거친 북한은 김정일 체제를 공식적으로 출범시켰다. 이때 북한은 '강성대국'이라는 이데올로기를 내걸었다. '강성대국건설'은 1998년 후반부터 『로동신문』의 표제어로 떠오른다.[1] 강성대국은 '국력이 강한 나라, 그 어떤 침략자도 감히 범접할 수 없는 무적의 나라'[2]를 말한다. 이러한 강성대국론은 북한의 현실적 상황을 그대로 반영하고 있다.

김정일 정권이 들어서기 이전부터 계속된 식량난의 위기와 미국과의 극단적 대립은 북한사회의 내부적 결속과 외부적 대결이라는 구심력과 원심력의 정치적 균형을 강하게 추동시켜 왔다. 따라서 강성대국론은 낙후된 북한의 사회적 현실과 경제난을 극복하고자 하는 북한당국의 의지를 보여준다고 할 수 있다.

경제재건에 대한 북한당국의 초조감은 "경제건설은 강성대국 건설의

---

1) 「강성대국」, <로동신문>, 1998년 8월 22일; 「위대한 당의 령도 따라 사회주의강성대국을 건설해나가자」, <로동신문>, 1988년 9월 9일.
2) 「위대한 김일성 동지의 유훈을 지켜 강성대국을 건설해나가자」, <로동신문>, 1999년 4월 15일.

가장 중요한 과업"이며 "우리의 정치사상적 군사적 위력에 경제적 힘이 안받침될 때, 우리나라는 명실공히 강성대국의 지위에 올라설 수 있다"는 북한의 1999년 신년공동사설 논조에서 잘 나타난다. 1998년 이후, 북한의 신문사설과 문예지의 권두언을 보면 강성대국이 되기 위해 '군사강국·정치강국·사상강국·경제강국'이 되어야 한다고 적고 있다. 그러나 이 가운데 '군사·정치·사상'의 측면은 그동안 이미 강국을 이루었다고 선전해왔다. 따라서 강성대국의 실제 내용은 '경제강국'에 초점이 맞추어져 있다고 해도 틀린 말은 아니다.

1990년대 중반부터 시작된 '붉은기사상'(1994)과 '고난의 행군'(1996), 그리고 강성대국건설(1998)과 선군정치시대(1998)를 거쳐 태양민족문학(2000)으로 이어지는 북한의 정치사상적 문예정책의 모토는 사실 북한의 심각한 경제난을 반증한다고 볼 수 있다. 그리고 이러한 정치사상적 운동은 문예적 측면에서 보면 조선문학 2000년 3월호 머리글에서 밝힌 '강성대국 문학을 지향하자!'는 논리로 집약된다.

이러한 논리는 북한의 문학이 당의 사상적 이데올로기를 인민에게 전달하는 정치의 전위부대라는 사실을 떠올리면 쉽게 납득이 간다. 이렇듯 사회주의 조국을 수호하고 공산주의 이상촌을 건설하기 위해 인민들의 참여를 제고시키는 다양한 이데올로기는 '강성대국건설'이라는 김정일의 교시로 수렴된다.

결국 강성대국문학은 북한사회가 강성대국을 건설하는데 사상적 버팀목 역할을 하는 '21세기의 태양'인 김정일이 밝혀주는 문학이다. 강성대국문학에는 '사상중시·총대중시·과학기술중시'라는 세 가지 중심개념이 있다. 이러한 개념들은 한 작품 속에 유기적으로 형상화되어 있지만, 주제의 강조점은 개별 작품들 속에 서로 다르게 나타난다.

이점을 고려하여 필자는 2000년대 북한문학의 흐름을 보다 잘 이해

하기 위해 위에서 말한 세 가지 개념을 각각의 범주로 묶어 살펴보고자
한다.

2. 북한체제의 우월성 : '사상중시'의 문학

'사상중시'의 문학은 인민들을 주체사상으로 무장시켜 북한사회의
이념적 위기를 극복하기 위한 것이다. 이것은 북한체제의 한계를 반영
한다. 90년대 들어 급증하고 있는 인민들의 탈북사태로 인해 북한당국
은 사회내부의 동요를 미연에 차단해야 하는 상황에 빠졌다. 그 목적으
로 동구 공산주의의 붕괴원인을 자본주의 물질문명에 물든 인민들의 사
상적 해이에 있다고 진단하고, 북한식 사회주의의 우월성을 인민들에게
강조하고 있다.

조선문학 2000년 2월호에 발표된 양창조의 「두 번째 기자회견」은 주
체사상의 우월성을 선전하는 작품이다. 일본학계에서 '친쏘정통학자'
로 알려져 있는 사마다 쇼지 교수는 소련의 사회주의가 붕괴한 실상을
알기 위해 모스크바를 방문한다. 소련에 입국한 그는 맑스－레닌주의
연구소를 찾아 가지만, 아무렇게나 방치되고 버려지고 있는 정통파유물
론자들의 주옥같은 고서들을 보고 큰 충격에 빠진다.

이후, 시마다 쇼지 교수는 오래전부터 친분이 있었던 연방과학원의
쉐드리 루쟌스키 원사를 만나서 사회주의 붕괴에 대한 이야기를 나눈
다. 그러나 그와의 대화에서 여러 가지 의문점의 해답을 얻을 수 있을
것이라는 기대와는 달리, 루쟌스키 원사도 자기나라에서 발생한 사태의
동기나 원인에 대해 아직도 확고한 주견을 가지고 있지 못했다. 대신 그
는 시마다 쇼지 교수에게 김정일영도자의 로작『사회주의 건설의 력사
적 교훈과 우리 당의 총노선』이란 책을 건네면서 '당신이 알고저 하는

문제의 대답을 얻을 수 있을' 것이라고 말하며 자기 집으로 가자고 권유
한다.

루쟌스키의 집으로 간 시마다 쇼지 교수는 우연히 원사의 아들 글라
꼬브가 치열한 정치공방전의 유혈참극이 벌어졌던 지난해 10월 사변시
자본주의의 복귀에 반기를 들고 나섰다가 '사이비민주주의자'의 총탄
에 맞아 쓰러졌다는 이야기를 듣고 다시 한번 큰 충격을 받는다.

일본으로 돌아온 시마다 쇼지 교수는 그 충격으로 한동안 무기력하게
생활하다가 루쟌스키 원사가 건네준 책을 읽기 시작한다. 책을 읽은 후,
그는 동유럽의 붕괴원인은 사회주의의 자주적 주체형성을 소홀히 한 채
물질중심의 선행이론에 매달렸기 때문이라고 단정짓고, "혁명과 주인
으로서의 인민대중의 의식과 능력을 높이는 것을 기본으로 하지 않는
한 사회주의 발전이란 있을 수 없고 제국주의 공격에 맞서 이길 수 없
다"는 결론을 내린다.

다음해 4월, 시마다 쇼지 교수는 북한의 사회주의 노선을 따르던 옛
제자 혼다 깅이찌와 함께 평양을 방문하여 "사람이 모든 것의 주인이며
모든 것을 결정한다."는 주체철학의 원리를 피부로 느끼고 귀국한다. 시
마다 쇼지 교수는 귀국기자회견에서 "미국은 사회주의가 마지막 운명
에 처해 있다 라고 환호성을 울리지만 조선의 사람 중심의 주체사상을
구현한 결과를 볼 때 사회주의의 승리의 길이 훤히 보였다."고 확신에
찬 모습을 보여준다.

이러한 자본주의의 물질문명에 대한 인민들의 욕망을 차단하고 북한
체제의 우월성을 선전하는 또 다른 작품으로, 『조선문학』 2001년 8월
호에 발표된 윤경수의 「푸른 하늘」이 있다. 74살의 재미교포 오상주는
9살 된 손자 명동과 함께 평양을 방문한다. 조국방문의 목적은 손자에
게 고국의 정취와 민족의 넋을 심어주기 위함이다. 그러나 작품의 서사

는 미국의 폭력문화와 그것에 물든 남한사회를 비판하면서 북한의 전통문화－사실 전통문화라고 할 수도 없다－의 우수성을 보여준다. 고국에서의 마지막 날, 명동은 지하철도를 참관하러 가자는 할아버지의 권유를 거부한 채 호텔에 남아서 녹화기를 보겠다고 고집을 부린다. 오상주는 손자의 행동에 의아해 하면서 지하철도를 관람하러 떠난다.

관람을 마치고 돌아왔을 때, 명동은 호텔에서 사라지고 없었다. 손자를 찾으면서 오상주는 그동안의 여정을 회상한다. 우리말을 배우고 싶어서 애쓰는 명동의 관심, 민족성 짙은 녹화기 <소년장수>를 보고 좋아하던 명동의 행동, 그중에서도 안내자인 김영섭의 아들 종호와 사귀면서 팽이치기하던 모습을 떠올린다.

김영섭의 도움으로 대동강 유보도에서 종호와 함께 연띄우기 놀이를 하고 있는 명동을 발견한다. 그때 오상주는 조국방문기간 동안 명동이 종호와 함께 민속놀이를 하면서 <조선의 아이>로 변해가는 모습을 보며 조국방문을 잘했다고 생각한다.

이러한 오상주의 판단은 <인디안놀이>・<깽놀이> 같은 미국청소년들의 폭력적인 문화와 <팽이치기>・<연띄우기> 같은 자연친화적 조선의 민속놀이를 비교하면서, 그리고 2년전 고향인 경상남도 거창을 방문했을 때 알게 된 사기사건－오씨 가문의 종손이라는 오규호에게 돈을 뜯긴 경험－과 대비를 통해 더욱 선명하게 부각된다.

작가는 미국에 살고 있는 오상주로 하여금 '북조선의 사회구조와 사람들의 생활양식이 미국이나 남조선과는 근본적으로' 다르다고 말하게 함으로써 재외동포들까지 북한문화의 우월성을 인정하고 있다는 것을 보여준다. 그러나 실상 그것은 북한사회의 내부위기를 역으로 드러낸 것에 불과하다.

오상주는 스스로 손자의 가슴속에 조선민족의 후손이라는 자각을 심어주었다고 확신하면서, 자신의 평양행에 별로 관심을 보이지 않았던 아들 내외에게 꼭 조국을 방문하게 해야겠다고 다짐하지만, 반대로 천리마의 등에 붙어 천리를 가는 파리의 행로에 대해서는 아무런 고려도 하고 있지 못하고 있다. 이렇게 본다면 「푸른하늘」은 북한사회의 폐쇄성과 개방가능성도 함께 보여준다고 할 수 있다.

위의 두 작품에서처럼 북한체제의 우월성을 북한 내부의 시각이 아닌 제3의 목소리로 강조하는 이유는 북한인민들의 가슴속에 북한체제가 세계 사회주의의 마지막 보루라는 자긍심을 심어주기 위함이다. 그러나 이러한 제3의 목소리는 주체사상의 음각된 이데올로기에 불과하다. 이것은 강귀미의 「소나무 상감자기」(『조선문학』, 1999년 12월호)에서 보여주는 조선민족제일주의와 맥락을 같이한다.

조선민족제일주의는 김정일이 86년 처음 제기한 이래 1989년에 체계화된 이후, 동명왕릉(1993)과 단군왕릉(1994)의 복원 등 민족문화유산을 발굴하고 계승하는 작업의 정신적 준거이다. 그리고 이 사상은 남북과 해외동포가 한데 어울려 하나의 사랑으로 일어설 때 우리의 조국은 하나가 될 수 있다는 리춘식의 시 「우리는 이 땅의 주인입니다」(『조선문학』, 2000년 7월)에서도 나타난다.

3. 제국주의 비판과 선군혁명정신 : '총대중시' 문학

'총대중시' 문학은 선군(先軍)정치에 대한 문예적 표현이다. '총대중시' 문학의 핵심은 내부적으로는 '오직 한분 경애하는 최고사령관동지만'의 주체사상으로 똘똘 뭉쳐 북한의 총체적 위기를 극복하고, 외부적으로는 미제국주의의 침략에 대한 공세적 방어에 초점이 맞추어져 있다.

'총대중시' 문학의 등장은 핵문제로 인한 북미간의 오랜 적대적 관계에 있다. 그리고 이러한 관계는 6·25 전쟁 때 미군의 신천대학살을 상기시키면서 미국을 승냥이보다 더 흉물스런 괴물로 그리고 있는 박경심의 「침묵의 웨침(『조선문학』, 2000년 6월)」과 빌 클린톤 대통령과 모니카 루윈스키와의 염문을 풍자하면서 제3세계에 대한 미국의 일방적 지배를 비판한 김송남의 「클린톤 <능력>」(『조선문학』, 2000년 3월)이라는 시에서 잘 드러난다.

조선문학 2001년 2월호에 발표된 림화원 「다섯 번째 사진」은 소련의 붕괴원인에 대해 4대에 걸친 한 가문의 비극적인 몰락과정을 통해 보여준다. 이 작품은 액자소설로 구성되어 있다. 경공업 과학원의 연구원인 진옥은 평양에서 개최된 친선예술축전 폐막공연장에서 8년 전 모스크바 거리에서 만났던 인상적인 로씨야 청년, 쎄료자를 만난다. 두 사람은 공연관람을 끝낸 인파들에 떠밀려 인사만 하고 헤어진다. 진옥은 그날 밤 잠을 이루지 못하고 8년 전 받았던 충격적인 사건의 이야기를 회상한다.

8년 전, 진옥은 모스크바 싸도야와 거리의 소공원에서 <사회주의가 낳은 바보들의 가정사>라는 플랭카드 아래 <No.1>에서부터 <No.4>까지 번호가 붙은 사진을 팔고 있는 어여쁜 로씨야 처녀를 보게 된다. 그 사진의 주인공들은 볼쉐위크 출신으로 와짐→찌모페이→이완→쎄료쟈로 이어지는 씬쪼브 가문의 사람들이다. <No.1>의 아들이 <No.2>이고, <No.2>의 아들이 <No.3>이고, <No.4>는 <N0.3>의 아들과 딸이 자기 아버지와 함께 찍은 사진이다. 그후, 진옥은 경공업 기지를 견학하기 위해 차를 타고 가던 중 교통사고로 다친 한 청년을 병원에 입원시키는데, 아까 거리에서 사진을 팔려던 처녀의 오빠라는 사실을 알게 된다. 모스크바 종합대학의 졸업생으로 이름은 '쎄료자'라고 자신을 소개한 후, 그는 누이동생 '까쟈'가 그렇게 되기까지의 과정을 진옥에게 들려준다.

까쟈는 학급친구인 '갈랴'가 화려한 옷차림으로 주위의 시선을 독차지하는 것에 질투하면서 아버지를 원망한다. 그 이유는 자신의 아버지는 구역당 제1비서인데, 갈랴의 아버지 '마뜨렌꼬'는 자신의 아버지보다 직급이 낮은 구역당 조직부장인데도 더 잘 살기 때문이다. 까쟈는 비사회주의적인 부정협잡으로 물질적 부를 치부하는 자들을 증오한다. 그러나 까쟈의 증오는 무사상적인 것이었다. 그것은 까쟈 자신도 부정축제의 길로 내몰릴 수 있는 위험을 내포하고 있다. 그러던 중 까쟈는 '멕컨리'라는 미국인과 사랑에 빠져, 그를 통해 자신의 꿈을 펼치고 싶어한다. 그 와중에 까쟈의 아버지는 마뜨렌꼬의 교활한 책략에 의해 출당철칙을 당해 그 충격으로 사망한다. 그리고 맥컨리는 까쟈에게 아무 말도 없이 뉴욕으로 돌아가 버린다.

8년이 지난 지금 진옥은 두 사람이 어떻게 되었는지 아무것도 모른다. 다음날 진옥은 쎄료쟈를 배웅하기 위해 비행장으로 나간다. 거기서 진옥은 쎄료쟈에게서 까쟈가 맥컨리를 따라 미국으로 갔다는 소식을 듣게 된다. 귀국한 후 쎄료쟈는 까쟈가 자신에게 보냈던 편지를 진옥에게 보낸다. 편지의 내용은 맥컨리가 씬쪼브 가문과는 계급적 원수지간이었던 쁘로브까의 증손자라는 놀라운 사실과, 맥컨리는 자신의 숙적인 씬쪼브 가문의 후손이라는 것을 알고 까쟈에게 접근했다고 적고 있다. 까쟈는 자신의 조상들과 오빠를 '바보'라고 모욕했지만 진짜 바보는 자신이었다는 말로 편지를 끝맺는다.

그리고 덧붙여 보낸 쎄료쟈의 편지에는 자신의 나라가 망하게 된 원인은 사회주의의 사상적 진지가 무너져 서방식 '자유화'의 부정부패에 물들었기 때문이라고 적고 있다. 결국 쎄료자가 진옥에게 편지와 함께 보낸, 한쪽 다리를 잃은 채 뮨헨의 유곽에서 창녀의 삶을 사는 까쨔의 사진은 소설의 주제를 극적으로 부각시키는 씬쪼브 가문의 '다섯 번째 사진'이다. 며칠 후 진옥은 <로동신문>에서 로씨야신문 <쒤라니예>에 실렸던 "<평양선언>의 위대한 탄생지는 우리에게 과거를 일깨워주고 있다. 미래를 밝혀주고 있다."는 제목의 쎄료자가 쓴 평양방문인상기를 읽게 된다.

「다섯 번째 사진」은 로씨야의 몰락을 흐루쑈브→고르바쵸프→옐찐으로 이어지는 수정주의에 그 원인이 있음을 비판하면서, 내부적 결속을 통해 미제국주의에 대항하기 위해 '총대사상'을 부각시킨 작품이다. 여기서 '총대사상'을 가장 잘 보여주는 대목은 진옥이 비행장에서 쎄료쟈에게 자신의 가족에 대해 이야기할 때이다. 군관인 남편 사이에 쌍둥이 아들이 있는데 아버지의 뒤를 이어 둘 다 군대에 나갔다는 사실과, 고등중학교에 다니고 있는 딸 순희가 바이올린에 대한 자신의 재능을 살려 졸업 후 음악대학에 가기보다 군대에 나가겠다고 말한다는 진옥의 진술에서 '선군(先軍)혁명문학'의 특성을 읽을 수 있다.

이러한 선군혁명문학은 조국과 동지에 대한 고귀한 희생을 전제로 하는데, 조선문학 2001년 4월에서 6월까지 발표된 한웅빈의 「스물한발의 <포성>」이 그것을 잘 보여준다. 이 작품은 '군인건설자' 박철 신대원이 6월 13일부터 7월 5일까지 드문드문 쓴 일기로, 이야기의 서사는 1. 군대와 사민은 어떻게 다른가, 2.군대의 철학, 3. 스물한발의 <포성> 3부로 구성되어 있다.

1부에서는 전호진 소대장은 안변청년발전소 100리 물길굴공사장에 동원된 신대원 박철에게 "군대와 사민은 어떻게 다른가"라는 질문을 제기한다. 박철은 그 의미를 곰곰이 생각한다. 내리갱으로 만들어진 막장에는 항상 석수가 흐르고, 모래가 없어 바위를 깨뜨려 모래를 만들어 써야 하고, 발파작업 때 발생하는 가스로 인해 쓰러지는 위험을 겪어야 하는 척박한 상황에서 군대와 사민의 차이를 묻는 소대장의 의도는 무엇인가? 박철이 내린 결론은 "모든 것이 부족하고 없는 것이 더 많은 이 시기 <고난의 행군>의 나날에는…" 우리에게 불가능이란 없다는 신념에 대한 확신이다.

2부 "군대의 철학"에서는 군대와 사민의 차이를 1부보다 좀더 구체적으로 예시한다. 상관에게 보고없이 대렬을 이탈하면 탈영이라는 것, 군대는 하나의 유기체와 같다는 것, 조선인민군 군인들의 영웅주의는 집단적 영웅주의라는 것, 그래서 <나>를 잊어버리고 <우리>가 되어야 한다는 것, 요령으로 군사복무를 하는 건 자본주의나라 군대라는 것, 군인이란 일단 필요하면 목숨을 서슴없이 바칠 수 있어야 한다는 것. 이러한 예들은 '군인은 그 자신이 곧 총대'라는 <총대철학>의 사상을 보여준다.

3부 "스물한방의 <포성>"에서는 죽음으로써 부하대원들을 구한 전호진 소대장의 희생적 행동을 통해서 소대전체가 강인하고 정렬적인 군인으로 재탄생한다는 <총대철학>의 실체를 드러내고 있다. 100리 물길굴의 관통은 막장착암에 달려 있다. 소대원들이 막장착암을 마치고 화약에 뢰관을 꽂아 발파준비를 끝냈을 때, 조차장에 서 있어야 할 광차가 경사로를 따라 막장 안으로 질주해온다. 몇 대인지 모르는 버럭 실은 광차들이 막장에 부딪치면 아무도 살아날 수 없다. 이때 소대장은 "모두 벽에 붙으라!─" 소리치고, 아름드리 동발을 처들고 달려오는 광차를 향해 10m 남짓 막장 앞으로 나가, 레루 복판에 동발 한끝을 박고 다른 쪽은 어깨에 멘다. 다음 순간 광차들이 동발목에 날아와 부딪치고, 소대장은 쏟아진 버럭에 파묻히고 만다. 그 와중에도 소대장은 발파를 명령하고, 대원들의 노력으로 막장에서는 벗어나지만 스물한발의 폭발음과 함께 죽고 만다.

4. 생산력 향상과 실험정신 : 과학기술중시 문학

'과학기술중시' 문학은 오늘날 북한사회의 식량난이 얼마나 심각한지를 잘 보여준다. 그것은 농촌을 '사회주의 건설의 <1211고지>, 최전선'이라고 말하는 대목에서 쉽게 파악할 수 있다. 이처럼 북한은 농업생산량을 높이기 위해 전투적 개념까지 끌어들이고 있다.

조선문학 2000년 5월호에 발표된 리성식의 「아지랑이 피는 들」은 김정희 선생님과 송암리 관리위원장 송광남·송암마을 분조장 리보금·군농촌경영위원회 농산과장 최윤철·송태리 기사장 박홍범 등 네 명의 옛 제자 사이에서 과학농법의 기술적 문제 때문에 발생하는 갈등을 극복하고 농업생산량 제고에 성공한 '송암리' 마을의 이야기다.

송암리 관리위원장 송광남은 곽산·정주 같은 바다가군들에서 지난 해에 논 두벌농사를 하여 많은 식량을 생산했다는 이야기에 자극받아, 송암리 농장에서도 올해 서른 정보가량의 논에 시험삼아 키큰모를 내고 앞그루작물을 심으려 한다. 그 말을 들은 송태리 기사장 박홍범은 송암리는 벌방농장보다 년평균기온과 해비침율이 낮은 중간지대라 두벌농사를 하기가 힘든 곳이라고 말한다. 이에 송광남은 올감자로 파종하면 앞그루 뒤그루작물의 생육기일을 보장할 수 있다고 맞받아친다.

송광남의 명령에 실무를 담당할 1·2 작업반장은 성공을 확신할 수 없어 대답을 머뭇거리자, 그의 시선은 중학교 때 은사였던 김정희 작업반장 앞에 멈추었다. 그러나 김정희는 중간지대 두벌농사의 과학기술적 담보, 앞그루 감자재배에 필요한 정보당 열 톤의 진거름 장만, 두 차례의 논갈이, 종자확보 등의 어려움을 생각하고 감히 나서지 못한다. 이때 송광남은 지난해 농사를 잘못지은 데다 자연피해까지 겹쳐 식량사정이 말이 아닌 마당에 가능성만 따져서야 되겠냐며 소리친다.

　김정희는 송광남의 의견을 받아들여 키큰모 재배를 송암마을 분조장 리보금에게 맡긴다. 보금 또한 선생님의 요구에 며칠 후에야 맡겠다는 의사를 표시한다. 리보금은 두 해 전에 <흰돌>을 원료로 하여 자급비료를 생산하는 연구에 실패한 후 죽은 남편 서용준을 생각하고 어떻든지 성공할 각오를 다진다. 그동안 보금은 남편이 실패했던 <흰돌> 가공연구를 계속해오고 있었다. 정희는 벼뿌리 성장을 촉진하고 줄기를 튼튼하게 한다는 <흰돌>에 마음이 끌려 홍광남을 찾아가 보금에게 <흰돌> 연구를 계속하게 부탁한다. 이때부터 정희와 보금은 <흰돌> 연구를 함께 하게 된다. 정희는 <흰돌>을 태울 때 발생하는 유해가스를 맡으며, 용준이 이것 때문에 죽었을지 모른다는 생각을 하게 된다.

　어제 정희가 <흰돌>을 실어왔다는 소식을 들은 보금은 그녀가 늦도록 출근하지 않자 염려되어 집으로 달려온다. <흰돌>을 때울 때 발생하는 유해가스로 인해 정희는 현기증을 앓고 있었다. 이때 보금은 남편의 실험일지를 정희 앞에 내놓는다. 거기에는 '*<흰돌>… 80도 이상의 열에서 유해가스 발생, 위험!…' 이라고 적혀 있었다. 용준은 죽음의 위험을 무릅쓰고 <흰돌> 연구에 매달렸던 것이다. 정희는 용준의 경험에 기초하여 <밀폐된 방에서 저열가공법>으로 비료를 자급할 수 있는 길을 열게 된다.

　어느 날 군농촌경영위원회 농산과장 최윤철이 송암마을에 나타나 서용준의 과오를 되풀이할까봐 정희에게 <흰돌>로 만든 비료의 사용을 만류한다. 그 무렵 송광남은 군에 불려가 상태가 좋지 않은 키큰모 모판 때문에 욕을 먹고, "삼십정보의 논을 묵이는 경우 용서받지 못한다"는 비판을 당하고 돌아왔다. 그 이유로 송광남은 키큰모 앞그루작물 감자

대신 강냉이를 심으려 하자 정희는 어이없어 한다. 그러나 정희는 포기하지 않고 <흰돌>로 만든 자급비료의 실용성을 확증하기 위해 농업과학분원 연구소를 찾아간다. 연구소에서는 새 키큰모 병원인을 밝혀낸 사실을 알려준다. 이렇게 하여 정희는 세상을 떠난 한 기술일꾼의 왜곡당한 양심과 한 젊은 관리위원장의 잃어버린 신념을 되찾아줄 수 있었다.

이처럼 김정희의 실험적 과학정신과 서용준의 희생정신은, 조선문학 2001년 11월 라광철의 「토양」에서도 나타난다. 이 작품은 구세대(태영의 아버지)의 숭고한 희생과 신세대(태영)의 창조적 의지가 만나 고무안붙임의 자주화에 성공하는 이야기다.

정태영은 광산의 생산과정화에서 난문제의 하나로 되고 있는 마광기의 고무안붙임을 대담하게 기술혁신하려고 한다. 그러나 수명이 3달밖에 남지 않은 고무안붙임을 자체생산하기 위한 실험에서 계속 실패하고 실망한다. 태영은 이런 고민을 심장병을 앓고 있는 아버지에게 모두 털어놓는다. 다음날 아침, 태영은 강민 당비서에게 고무안붙임의 자체 생산에 대한 강한 신념을 내비춘다. 이에 당비서는 자력갱생만이 살길이라며 고급기능공들까지 동원시켜 태영에게 연구할 수 있는 환경을 마련해준다.

그날 태영의 아버지는 기술혁신조를 돕기 위해 현장을 방문한다. 이미 전에 영구자석에 의한 고무안붙임 연구를 한 경험이 있는 아버지는 5기압까지밖에 올라가지 않는 증기로의 압력을 7기압까지 올려야지만 재생고무의 강도를 높일 수 있다는 사실을 알고 있다. 그런데 증기로의 압력을 7기압까지 올릴 경우 폭발할 위험이 따른다. 태영은 며칠 뒤 기대를 걸었던 실험에 또 실패한다. 그 원인은 이전처럼 틀에 붙인 고무접착이 떨어져 나간 데 있는 것이 아니라, 재생고무의 강도에 있었다.

이를 안 아버지는 태영에게 일요일 날 휴식을 권유하고 재생고무의 강도를 높이기 위해 7기압에서 실험하다가 화상을 당한다. 아버지의 권유로 기술혁신조 동무들과 함께 나들이를 하고 있던 태영은 아버지를 돌보주는 처녀의사 옥주에게서 그 사고소식을 접한다. 그는 병원에서 아버지가 희생을 각오하고 증기압의 압력을 7기압까지 올려 실험을 했다는 사실을 알게 된다. 태영의 아버지는 아들에게 7기압에서 만든 고무를 주며 꼭 성공하라는 말을 남기고 도병원으로 호송된다. 아버지의 숭고한 희생정신에 고무된 기술혁신조는 불굴의 투쟁으로 끝내 우리식 고무안붙임을 만드는데 성공한다.

위의 두 작품에서처럼 과학을 중시하고 기성세대의 희생으로 세대간의 화합과 협력을 이끌어내는 작품으로 조선문학 2001년 3월에 발표된 변월녀의 「푸르른 대지」가 있다. 송경심은 남편으로부터 박음선 관리위원장이 시당위원회에 자기의 해임문제를 제기했다는 소문을 듣는다. 박음선 관리위원장은 자기는 이제 늙어서 과학농법을 지도할 능력이 부족하기 때문에 대학을 졸업한 젊고 유망한 적임자에게 관리위원장 자리를 넘겨주도록 요구했다는 것이다.

그러나 송경심은 박음선 관리위원장을 그만두게 해서는 안 된다고 생각한다. 그녀가 비록 늙긴 했지만 이미 오래 전에 영웅칭호를 받았을 뿐만 아니라 젊은 일꾼들에게 과학농법의 중요성을 깨우쳐 주고 있기 때문이다. 송경심과 그녀와의 인연은 각별하다. 12년전 고등중학교 졸업반이었던 송경심은 진학문제를 상의하기 위해 시병원 과장으로 근무하던 아버지를 찾아가던 중, 대평마을 언덕에서 관개수로의 흐르는 물에 영웅메달을 담그고 있는 박음선 관리위원장을 만난다. 그때 송경심이 그 이유를 묻자, 그녀는 자기가 영웅이 아니라 낟알을 많이 내준 대평벌이 영웅메달을 받아야 한다고 말한다. 그녀의 말에 감동 받아 농업대학에 진학하고 졸업 후, 대평벌로 돌아온 송경심은 대평벌을 이끌 사람은 그녀뿐이라고 굳게 믿는다.

그러한 믿음은 작품 속에 세 가지 사례로 제시되어 있다. 첫째는 땅에 미쳤다는 소리를 들으면서까지 대평벌의 농업생상량을 높이기 위해 온 힘을 쏟고 있는 점, 둘째는 그녀의 건강을 염려한 남편이 관리일꾼들과 봉사로력들의 진거름운반 경쟁도표에서 거름실적눈금을 올려준 것에 대해 원래대로 자신의 수치를 깎아내리라고 한 일, 셋째는 작업반장들을 모아놓고 매 필지를 열등분하여 구채적인 토양분석을 실시하라는 명령에 2년 전에 갱신한 이유를 들어 송경심이 이의를 제기했을 때, 매년 변하는 토양의 지력을 알아내어 거기에 맞게 대책을 세워야 한다는 것이다.

그녀의 평생에 걸친 과학농사를 위한 열정과 노력은 송경심에게 과학농사의 중요성을 깨닫게 해주었다. 그러한 이유로 송경심은 그녀를 만나 왜 그런 문제를 제기했는지 진위여부를 묻고 싶었다. 남편에게서 리당비서동지가 리당에 들어오라는 말을 들었을 때, 송경심은 마음속으로 박음선 관리위원장을 해임시켜서는 안 된다고 다짐하면서 대평천 뚝 위에 올라서서 사위를 둘러보았다. 송경심은 저 멀리 3작업반 논두렁에서 무엇인가 바쁘게 지시하는 그녀를 보면서 영원히 대평벌의 주인으로 남아야 한다고 생각한다. 그리고 자기의 해임문제를 제기해 놓고도 변함없이 대평벌에 사랑과 정력을 쏟아 붓고 있는 그녀의 모습을 당 조직에 반영하자는 생각을 가지고 리당을 위해 힘찬 걸음을 내짚는다.

5. 2000년대 북한문학을 위하여

지금까지 2000년대 북한문학을 살펴보았다. 많은 작품들을 분석대상으로 삼지 않았기 때문에 단정적으로 말하기는 어렵지만, 필자가 보기에 현재 북한문학은 이데올로기의 물신성3)에 빠져들고 있는 것 같다. 이데올로기의 물신성은 한 사회체제가 처해 있는 총체적 위기를 합리적으로 해결하지 않고, 정치적인 수단을 통해 단시간에 극복하려는 과정에서 발생한다.

현재 북한이 당면한 대·내외적 정치상황에 대한 시대적 대응물들은 서론에서도 이미 밝혔듯이 1990년대 중반부터 시작된 '붉은기사상'(1994)과 '고난의 행군'(1996), 그리고 강성대국건설(1998)과 선군정치시대(1998)를 거쳐 태양민족문학(2000)으로 이어지는 이데올로기들로 나타났다. 그리고 이런 다양한 대응물들은 주체사상이라는 이념태로 묶여 있다.

1967년 이후, 지금까지 북한사회를 지배하고 있는 주체사상은 북한인민들을 통합하는 구심체 역할을 해왔다. 이점에서 보면, 앞서 말한 북한문학에 나타나는 이데올로기의 물신성은 90년대 들어 시작된 북한사회의 총체적 위기 때문에 발생한 것이 아니다. 그것은 수십 년 동안 북한사회를 지배한 주체사상이 그 한계점에 도달한 결과라고 볼 수 있다.

---

3) 상품생산사회에서는 생산수단의 사유로 인해 생산이 무정부적으로 수행되기 때문에 상품생산자들끼리의 사회관계는 상품의 교환을 통해서 나타날 수밖에 없다. 따라서 사람과 사람과의 관계가 사물과 사물과의 관계로서 나타나 인간과 사회관계는 은폐된다. 그리고 생산물의 상품으로서의 성질, 예컨대 가치는 이것이 사회관계의 표현임에도 불구하고 은폐되어 사회적인 자연적 성질로서 나타난다. 마르크스는 이것을 상품의 물신성이라 부르고, 상품생산사회에서는 상품, 특히 화폐가 인간을 지배하고 있음을 밝히고 이것을 물신숭배라고 불렀다. 이 물신숭배는 전면적인 상품생산 사회로서의 자본주의 사회에 있어서 가장 두드러진다. 마르크스는 물신성의 비밀을 명확히 구명하고 이것에 홀려 있는 부르주아 경제학을 비판하였다. 루카치는 이 개념을 확대하여, 어떠한 역사적 현상이 그것의 사회적이며 역사적인 기반으로부터 분리되어 추상적 개념이 자립적인 존재로서 나타나는 경우도 물신화로 파악하고, 제국주의 시대의 부르주아 이데올로기의 물신성을 폭로하고 있다.(임석진 감수, 『철학사전』, 이삭, 1983, '물신성' 항목참조) 그러나 필자는 이데올로기의 물신성이 꼭 부르부아 사회에서만 출현하는 것이 아니라, 사회적 위기를 이데올로기의 조작적 효과로 극복하려는 북한과 같은 사회주의 국가에서도 나타난다고 본다.

단도직입적으로 말하면, 수령이라는 오직 하나의 목소리만을 갖고 있는 주체사상의 단성주의로는 더 이상 북한문학의 발전을 기대하기가 어렵다. 그 예로 김명익의 「생의 메아리」(조선문학, 2001년 8월)을 들 수 있다. 이 작품은 특이하게 성태관이라는 기업인을 긍정적으로 묘사하고 있다. 그의 배후에는 항상 어버이 수령의 그림자가 따라다닌다. 결국 그가 기업인으로 성장하는 데는 자본의 축적방식의 비결보다 수령의 보호가 우선한다.

그러나 창작방법의 세계관적 한계에도 불구하고, 이러한 징후는 필연적으로 개방할 수밖에 없는 북한사회의 역사적 운명에 대한 암시로 볼 수 있다. 이제 북한문학은 서서히 개방에 대비해 자본의 축적과정에 숨어 있는 인민들의 욕망을 사실적으로 묘사할 수 있어야 한다. 그리고 북한이 세계자본주의 체제를 수용할 수밖에 없는 시대적 대세의 파도에 올라타기 위해서는 정치적 이데올로기의 탄력성을 높여야 한다. 이를 위해 북한의 문학인들은 정치에 복무하는 작품보다 인민들의 다양한 삶의 욕망을 표현해야 한다. 그렇게 될 때, 북한사회는 정치경제의 위기를 극복할 수 있을 것이다.

■ 이봉일

지은이는 1963년 경북 봉화에서 태어났고, 경희대학교 국어국문학과와 동대학원을 졸업했다.
현재 경희사이버대학교 미디어문예창작학과 교수로 재직 중이다.
저서로『1950년대 분단소설연구』과『이데올로기의 유령을 넘어서』가 있고, 역서로『인간언어기원론』이 있다.
최근에는 신화와 역사문화예술유적 스토리텔링 연구에 매진하고 있다.

이메일 : lbizeus@khcu.ac.kr

문학과 정신분석

초판 1쇄 인쇄일	2009년 07월 27일
3쇄 인쇄일	2013년 06월 17일
초판 1쇄 발행일	2009년 07월 27일
4쇄 발행일	2023년 10월 24일

지은이	이봉일
펴낸이	한선희
편집/디자인	정구형 이보은
마케팅	정찬용 정진이
영업관리	한선희 김형철
책임편집	이보은
인쇄처	으뜸사
펴낸곳	국학자료원 새미 (주)
	등록일 2005 03 15 제25100 - 2005 - 000008호
	경기도 고양시 덕양구 권율대로 656 원흥동 클래시아 더 퍼스트 1519,1520호
	Tel 442 - 4623 Fax 6499 - 3082
	www.kookhak.co.kr
	kookhak2010@hanmail.net

ISBN	978-89-6137-517-7 *93800
가격	19,000원

* 저자와의 협의하에 인지는 생략합니다.
  잘못된 책은 구입하신 곳에서 교환하여 드립니다.